Thomas Mann ist einer der großen Erzähler und Essayisten des 20. Jahrhunderts. Seine Novellen und Romane haben Literaturgeschichte geschrieben, mit seinen Reden und Aufsätzen wurde er – vor allem im amerikanischen Exil – zu einer moralischen Instanz, die das wahre Deutschland gegen die Barbarei der Nationalsozialisten vertrat. »Das Thomas-Mann-Lesebuch« zeigt die beeindruckende literarische Bandbreite dieses Schriftstellers: seine Beschreibungskunst ebenso wie seinen Humor, seine intellektuelle Schärfe ebenso wie die Liebe zu seinen Figuren. Neben ausgewählten Erzählungen enthält der Band Auszüge aus den großen Romanen sowie Beispiele seines essayistischen Werks.

Thomas Mann, geboren am 6. Juni 1875 in Lübeck, entstammte einer Kaufmannsfamilie. Seit 1893 wohnte er in München und war seit 1894 freier Schriftsteller. 1929 erhielt er den Nobelpreis für Literatur. Er verließ 1933 Deutschland und lebte zuerst in der Schweiz am Zürichsee, dann in den USA, wo er 1939 eine Professur in Princeton annahm. 1941 bis 1952 lebte er in Kalifornien, danach wieder in der Schweiz. Er starb in Kilchberg bei Zürich am 12. August 1955.

Unsere Adresse im Internet: www.fischerverlage.de

THOMAS MANN

Das große Lesebuch

Fischer Taschenbuch Verlag

Ausgewählt von Roland Spahr

Originalausgabe
Veröffentlicht im Fischer Taschenbuch Verlag,
einem Unternehmen der S. Fischer Verlag GmbH,
Frankfurt am Main, Juni 2005

Quellenhinweise am Schluss des Bandes
Gesamtherstellung: Clausen & Bosse, Leck
Printed in Germany
ISBN 3-596-50897-5

Inhalt

Erzählungen

Aus den Romanen

Vermischtes

Erzählungen

Tonio Kröger

1.

Die Wintersonne stand nur als armer Schein, milchig und matt hinter Wolkenschichten über der engen Stadt. Naß und zugig war's in den giebeligen Gassen, und manchmal fiel eine Art von weichem Hagel, nicht Eis, nicht Schnee.

Die Schule war aus. Über den gepflasterten Hof und heraus aus der Gatterpforte strömten die Scharen der Befreiten, teilten sich und enteilten nach rechts und links. Große Schüler hielten mit Würde ihre Bücherpäckchen hoch gegen die linke Schulter gedrückt, indem sie mit dem rechten Arm wider den Wind dem Mittagessen entgegen ruderten; kleines Volk setzte sich lustig in Trab, daß der Eisbrei umherspritzte und die Siebensachen der Wissenschaft in den Seehundsränzeln klapperten. Aber hie und da riß alles mit frommen Augen die Mützen herunter vor dem Wotanshut und dem Jupiterbart eines gemessen hinschreitenden Oberlehrers ...

»Kommst du endlich, Hans?« sagte Tonio Kröger, der lange auf dem Fahrdamm gewartet hatte; lächelnd trat er dem Freunde entgegen, der im Gespräch mit anderen Kameraden aus der Pforte kam und schon im Begriffe war, mit ihnen davon zu gehen ... »Wieso?« fragte er und sah Tonio an ... »Ja, das ist wahr! Nun gehen wir noch ein bißchen.«

Tonio verstummte, und seine Augen trübten sich. Hatte Hans es vergessen, fiel es ihm erst jetzt wieder ein, daß sie heute Mittag ein wenig zusammen spazieren gehen wollten? Und er selbst hatte sich seit der Verabredung beinahe unausgesetzt darauf gefreut!

»Ja, adieu, ihr!« sagte Hans Hansen zu den Kameraden. »Dann gehe ich noch ein bißchen mit Kröger.« – Und die Beiden wandten sich nach links, indes die Anderen nach rechts schlenderten.

Hans und Tonio hatten Zeit, nach der Schule spazieren zu gehen, weil sie beide Häusern angehörten, in denen erst um vier Uhr zu

Mittag gegessen wurde. Ihre Väter waren große Kaufleute, die öffentliche Ämter bekleideten und mächtig waren in der Stadt. Den Hansens gehörten schon seit manchem Menschenalter die weitläufigen Holz-Lagerplätze drunten am Fluß, wo gewaltige Sägemaschinen unter Fauchen und Zischen die Stämme zerlegten. Aber Tonio war Konsul Krögers Sohn, dessen Getreidesäcke mit dem breiten schwarzen Firmendruck man Tag für Tag durch die Straßen kutschieren sah; und seiner Vorfahren großes altes Haus war das herrschaftlichste der ganzen Stadt ... Beständig mußten die Freunde, der vielen Bekannten wegen, die Mützen herunternehmen, ja, von manchen Leuten wurden die Vierzehnjährigen zuerst gegrüßt ...

Beide hatten die Schulmappen über die Schultern gehängt, und beide waren sie gut und warm gekleidet; Hans in eine kurze Seemanns-Überjacke, über welcher auf Schultern und Rücken der breite, blaue Kragen seines Marine-Anzuges lag, und Tonio in einen grauen Gurt-Paletot. Hans trug eine dänische Matrosenmütze mit kurzen Bändern, unter der ein Schopf seines bastblonden Haares hervorquoll. Er war außerordentlich hübsch und wohlgestaltet, breit in den Schultern und schmal in den Hüften, mit freiliegenden und scharf blickenden stahlblauen Augen. Aber unter Tonios runder Pelzmütze blickten aus einem brünetten und ganz südlich scharf geschnittenen Gesicht dunkle und zart umschattete Augen mit zu schweren Lidern träumerisch und ein wenig zaghaft hervor ... Mund und Kinn waren ihm ungewöhnlich weich gebildet. Er ging nachlässig und ungleichmäßig, während Hansens schlanke Beine in den schwarzen Strümpfen so elastisch und taktfest einherschritten ...

Tonio sprach nicht. Er empfand Schmerz. Indem er seine etwas schräg stehenden Brauen zusammenzog und die Lippen zum Pfeifen gerundet hielt, blickte er seitwärts geneigten Kopfes ins Weite. Diese Haltung und Miene war ihm eigentümlich.

Plötzlich schob Hans seinen Arm unter den Tonios und sah ihn dabei von der Seite an, denn er begriff sehr wohl, um was es sich handelte. Und obgleich Tonio auch bei den nächsten Schritten noch schwieg, so ward er doch auf einmal sehr weich gestimmt.

»Ich hatte es nämlich nicht vergessen, Tonio«, sagte Hans und blickte vor sich nieder auf das Trottoir, »sondern ich dachte nur, daß heute doch wohl nichts daraus werden könnte, weil es ja so naß und windig ist. Aber mir macht das gar nichts, und ich finde es famos, daß du trotzdem auf mich gewartet hast. Ich glaubte schon, du seist nach Hause gegangen, und ärgerte mich ...«

Alles in Tonio geriet in eine hüpfende und jubelnde Bewegung bei diesen Worten.

»Ja, wir gehen nun also über die Wälle!« sagte er mit bewegter Stimme. »Über den Mühlenwall und den Holstenwall, und so bringe ich dich nach Hause, Hans ... Bewahre, das schadet gar nichts, daß ich dann meinen Heimweg allein mache; das nächste Mal begleitest du mich.«

Im Grunde glaubte er nicht sehr fest an das, was Hans gesagt hatte, und fühlte genau, daß jener nur halb so viel Gewicht auf diesen Spaziergang zu zweien legte, wie er. Aber er sah doch, daß Hans seine Vergeßlichkeit bereute und es sich angelegen sein ließ, ihn zu versöhnen. Und er war weit von der Absicht entfernt, die Versöhnung hintanzuhalten ...

Die Sache war die, daß Tonio Hans Hansen liebte und schon Vieles um ihn gelitten hatte. Wer am meisten liebt, ist der Unterlegene und muß leiden, – diese schlichte und harte Lehre hatte seine vierzehnjährige Seele bereits vom Leben entgegengenommen; und er war so geartet, daß er solche Erfahrungen wohl vermerkte, sie gleichsam innerlich aufschrieb und gewissermaßen seine Freude daran hatte, ohne sich freilich für seine Person danach zu richten und praktischen Nutzen daraus zu ziehen. Auch war es so mit ihm bestellt, daß er solche Lehren weit wichtiger und interessanter achtete, als die Kenntnisse, die man ihm in der Schule aufnötigte, ja, daß er sich während der Unterrichtsstunden in den gotischen Klassengewölben meistens damit abgab, solche Einsichten bis auf den Grund zu empfinden und völlig auszudenken. Und diese Beschäftigung bereitete ihm eine ganz ähnliche Genugtuung, wie wenn er mit seiner Geige (denn er spielte die Geige) in seinem Zimmer umherging und die Töne, so weich, wie er sie nur hervorzubringen vermochte, in das Plätschern des Springstrahles hinein erklingen ließ, der drunten im Garten unter den Zweigen des alten Walnußbaumes tänzelnd emporstieg ...

Der Springbrunnen, der alte Walnußbaum, seine Geige und in der Ferne das Meer, die Ostsee, deren sommerliche Träume er in den Ferien belauschen durfte, diese Dinge waren es, die er liebte, mit denen er sich gleichsam umstellte, und zwischen denen sich sein inneres Leben abspielte, Dinge, deren Namen mit guter Wirkung in Versen zu verwenden sind und auch wirklich in den Versen, die Tonio Kröger zuweilen verfertigte, immer wieder erklangen.

Dieses, daß er ein Heft mit selbstgeschriebenen Versen besaß, war durch sein eigenes Verschulden bekannt geworden und schadete ihm sehr, bei seinen Mitschülern sowohl wie bei den Lehrern. Dem Sohne Konsul Krögers schien es einerseits, als sei es dumm und gemein, daran Anstoß zu nehmen, und er verachtete dafür sowohl die Mitschüler wie die Lehrer, deren schlechte Manieren ihn obendrein abstießen, und deren persönliche Schwächen er seltsam eindringlich durchschaute. Andererseits aber empfand er selbst es als ausschweifend und eigentlich ungehörig, Verse zu machen, und mußte all denen gewissermaßen recht geben, die es für eine befremdende Beschäftigung hielten. Allein das vermochte ihn nicht, davon abzulassen ...

Da er daheim seine Zeit vertat, beim Unterricht langsamen und abgewandten Geistes war und bei den Lehrern schlecht angeschrieben stand, so brachte er beständig die erbärmlichsten Zensuren nach Hause, worüber sein Vater, ein langer, sorgfältig gekleideter Herr mit sinnenden blauen Augen, der immer eine Feldblume im Knopfloch trug, sich sehr erzürnt und bekümmert zeigte. Der Mutter Tonios jedoch, seiner schönen, schwarzhaarigen Mutter, die Consuelo mit Vornamen hieß und überhaupt so anders war als die übrigen Damen der Stadt, weil der Vater sie sich einstmals von ganz unten auf der Landkarte heraufgeholt hatte, – seiner Mutter waren die Zeugnisse grundeinerlei ...

Tonio liebte seine dunkle und feurige Mutter, die so wunderbar den Flügel und die Mandoline spielte, und er war froh, daß sie sich ob seiner zweifelhaften Stellung unter den Menschen nicht grämte. Andererseits aber empfand er, daß der Zorn des Vaters weit würdiger und respektabler sei, und war, obgleich er von ihm gescholten wurde, im Grunde ganz einverstanden mit ihm, während er die heitere Gleichgültigkeit der Mutter ein wenig liederlich fand. Manchmal dachte er ungefähr: Es ist gerade genug, daß ich bin, wie ich bin, und mich nicht ändern will und kann, fahrlässig, widerspenstig und auf Dinge bedacht, an die sonst niemand denkt. Wenigstens gehört es sich, daß man mich ernstlich schilt und straft dafür, und nicht mit Küssen und Musik darüber hinweggeht. Wir sind doch keine Zigeuner im grünen Wagen, sondern anständige Leute, Konsul Krögers, die Familie der Kröger ... Nicht selten dachte er auch: Warum bin ich doch so sonderlich und in Widerstreit mit allem, zerfallen mit den Lehrern und fremd unter den anderen Jungen? Siehe sie an, die guten Schüler und die von solider Mittelmäßigkeit. Sie finden die Lehrer nicht komisch, sie machen keine Verse und denken nur Dinge, die man eben denkt und die man laut aussprechen kann. Wie ordentlich und einverstanden mit allem und jedermann sie sich fühlen müssen! Das muß gut sein ... Was aber ist mit mir, und wie wird dies alles ablaufen?

Diese Art und Weise, sich selbst und sein Verhältnis zum Leben zu betrachten, spielte eine wichtige Rolle in Tonios Liebe zu Hans Hansen. Er liebte ihn zunächst, weil er schön war; dann aber, weil er in allen Stücken als sein eigenes Widerspiel und Gegenteil erschien. Hans Hansen war ein vortrefflicher Schüler und außerdem ein frischer Gesell, der ritt, turnte, schwamm wie ein Held und sich der allgemeinen Beliebtheit erfreute. Die Lehrer waren ihm beinahe mit Zärtlichkeit zugetan, nannten ihn mit Vornamen und förderten ihn auf alle Weise, die Kameraden waren auf seine Gunst bedacht, und auf der Straße hielten ihn Herren und Damen an, faßten ihn an dem Schopfe bastblonden Haares, der unter seiner dänischen Schiffermütze hervorquoll und sagten: »Guten Tag, Hans Hansen, mit deinem netten Schopf! Bist du noch Primus? Grüß' Papa und Mama, mein prächtiger Junge ...«

So war Hans Hansen, und seit Tonio Kröger ihn kannte, empfand er Sehnsucht, sobald er ihn erblickte, eine neidische Sehnsucht, die oberhalb der Brust saß und brannte. Wer so blaue Augen hätte, dachte er, und so in Ordnung und glücklicher Gemeinschaft mit aller Welt lebte, wie du! Stets bist du auf eine wohlanständige und allgemein respektierte Weise beschäftigt. Wenn du die Schulaufgaben erledigt hast, so nimmst du Reitstunden oder arbeitest mit der Laubsäge, und selbst in den Ferien, an der See, bist du vom Rudern, Segeln und Schwimmen in Anspruch genommen, indes ich müßiggängerisch und verloren im Sande liege und auf die geheimnisvoll wechselnden Mienenspiele starre, die über des Meeres Antlitz huschen. Aber darum sind deine Augen so klar. Zu sein wie du ...

Er machte nicht den Versuch, zu werden wie Hans Hansen, und vielleicht war es ihm nicht einmal sehr ernst mit diesem Wunsche. Aber er begehrte schmerzlich, so, wie er war, von ihm geliebt zu werden, und er warb um seine Liebe auf seine Art, eine langsame und innige, hingebungsvolle, leidende und wehmütige Art, aber von einer Wehmut, die tiefer und zehrender brennen kann, als alle jähe Leidenschaftlichkeit, die man von seinem fremden Äußeren hätte erwarten können.

Und er warb nicht ganz vergebens, denn Hans, der übrigens eine gewisse Überlegenheit an ihm achtete, eine Gewandtheit des Mundes, die Tonio befähigte, schwierige Dinge auszusprechen, begriff ganz wohl, daß hier eine ungewöhnlich starke und zarte Empfindung für ihn lebendig sei, erwies sich dankbar und bereitete ihm manches Glück durch sein Entgegenkommen – aber auch manche Pein der Eifersucht, der Enttäuschung und der vergeblichen Mühe, eine geistige Gemeinschaft herzustellen. Denn es war das Merkwürdige, daß Tonio, der Hans Hansen doch um seine Daseinsart beneidete, beständig trachtete, ihn zu seiner eigenen herüberzuziehen, was höchstens auf Augenblicke und auch dann nur scheinbar gelingen konnte ...

»Ich habe jetzt etwas Wundervolles gelesen, etwas Prachtvolles ...« sagte er. Sie gingen und aßen gemeinsam aus einer Tüte Fruchtbonbons, die sie bei Krämer Iwersen in der Mühlenstraße für zehn Pfennige erstanden hatten. »Du mußt es lesen, Hans, es ist nämlich Don Carlos von Schiller ... Ich leihe es dir, wenn du willst ...«

»Ach nein«, sagte Hans Hansen, »das laß nur, Tonio, das paßt nicht für mich. Ich bleibe bei meinen Pferdebüchern, weißt du. Famose Abbildungen sind darin, sage ich dir. Wenn du mal bei mir bist, zeige ich sie dir. Es sind Augenblicks-Photographien, und man sieht die Gäule im Trab und im Galopp und im Sprunge, in allen Stellungen, die man in Wirklichkeit gar nicht zu sehen bekommt, weil es zu schnell geht ...«

»In allen Stellungen?« fragte Tonio höflich. »Ja, das ist fein. Was aber Don Carlos betrifft, so geht das über alle Begriffe. Es sind Stellen darin, du sollst sehen, die so schön sind, daß es einem einen Ruck gibt, daß es gleichsam knallt ...«

»Knallt es?« fragte Hans Hansen ... »Wieso?«

»Da ist zum Beispiel die Stelle, wo der König geweint hat, weil er von dem Marquis betrogen ist ... aber der Marquis hat ihn nur dem Prinzen zu Liebe betrogen, verstehst du, für den er sich opfert. Und nun kommt aus dem Kabinett in das Vorzimmer die Nachricht, daß der König geweint hat. ›Geweint?‹ ›Der König geweint?‹ Alle Hofmänner sind fürchterlich betreten, und es geht einem durch und durch, denn es ist ein schrecklich starrer und strenger König. Aber man begreift es so gut, daß er geweint hat, und mir tut er eigentlich mehr leid als der Prinz und der Marquis zusammengenommen. Er ist immer so ganz allein und ohne Liebe, und nun glaubt er einen Menschen gefunden zu haben, und der verrät ihn ...«

Hans Hansen sah von der Seite in Tonios Gesicht, und irgend etwas in diesem Gesicht mußte ihn wohl dem Gegenstande gewinnen, denn er schob plötzlich wieder seinen Arm unter den Tonios und fragte:

»Auf welche Weise verrät er ihn denn, Tonio?«

Tonio geriet in Bewegung.

»Ja, die Sache ist«, fing er an, »daß alle Briefe nach Brabant und Flandern ...«

»Da kommt Erwin Jimmerthal«, sagte Hans.

Tonio verstummte. Möchte ihn doch, dachte er, die Erde verschlingen, diesen Jimmerthal! Warum muß er kommen und uns stören! Wenn er nur nicht mit uns geht und den ganzen Weg von der Reitstunde spricht ... Denn Erwin Jimmerthal hatte ebenfalls Reitstunde. Er war der Sohn des Bankdirektors und wohnte hier draußen vorm Tore. Mit seinen krummen Beinen und Schlitzaugen kam er ihnen, schon ohne Schulmappe, durch die Allee entgegen.

»Tag, Jimmerthal«, sagte Hans. »Ich gehe ein bißchen mit Kröger ...«

»Ich muß zur Stadt«, sagte Jimmerthal, »und etwas besorgen. Aber ich gehe noch ein Stück mit euch ... Das sind wohl Fruchtbonbons, die ihr da habt? Ja, danke, ein paar esse ich. Morgen haben wir wieder Stunde, Hans.« – Es war die Reitstunde gemeint.

»Famos!« sagte Hans. »Ich bekomme jetzt die ledernen Gamaschen, du, weil ich neulich die Eins im Exercitium hatte ...«

»Du hast wohl keine Reitstunde, Kröger?« fragte Jimmerthal, und seine Augen waren nur ein Paar blanker Ritzen ...

»Nein ...« antwortete Tonio mit ganz ungewisser Betonung.

»Du solltest«, bemerkte Hans Hansen, »deinen Vater bitten, daß du auch Stunde bekommst, Kröger.«

»Ja ...« sagte Tonio zugleich hastig und gleichgültig. Einen Augenblick schnürte sich ihm die Kehle zusammen, weil Hans ihn mit Nachnamen angeredet hatte; und Hans schien dies zu fühlen, denn er sagte erläuternd:

»Ich nenne dich Kröger, weil dein Vorname so verrückt ist, du, entschuldige, aber ich mag ihn nicht leiden. Tonio... Das ist doch überhaupt kein Name. Übrigens kannst du ja nichts dafür, bewahre!«

»Nein, du heißt wohl hauptsächlich so, weil es so ausländisch klingt und etwas Besonderes ist ...« sagte Jimmerthal und tat, als ob er zum Guten reden wollte.

Tonios Mund zuckte. Er nahm sich zusammen und sagte:

»Ja, es ist ein alberner Name, ich möchte, weiß Gott, lieber Heinrich oder Wilhelm heißen, das könnt ihr mir glauben. Aber es kommt daher, daß ein Bruder meiner Mutter, nach dem ich getauft worden bin, Antonio heißt; denn meine Mutter ist doch von drüben ...«

Dann schwieg er und ließ die beiden von Pferden und Lederzeug sprechen. Hans hatte Jimmerthal untergefaßt und redete mit einer geläufigen Teilnahme, die für Don Carlos niemals in ihm zu erwecken gewesen wäre ... Von Zeit zu Zeit fühlte Tonio, wie der Drang zu weinen ihm prickelnd in die Nase stieg; auch hatte er Mühe, sein Kinn in der Gewalt zu behalten, das beständig ins Zittern geriet ...

Hans mochte seinen Namen nicht leiden, – was war dabei zu tun? Es selbst hieß Hans, und Jimmerthal hieß Erwin, gut, das waren allgemein anerkannte Namen, die niemand befremdeten. Aber »Tonio« war etwas Ausländisches und Besonderes. Ja, es war in allen Stücken etwas Besonderes mit ihm, ob er wollte oder nicht, und er war allein und ausgeschlossen von den Ordentlichen und Gewöhnlichen, obgleich er doch kein Zigeuner im grünen Wagen war, sondern ein Sohn Konsul Krögers, aus der Familie der Kröger ... Aber warum nannte Hans ihn Tonio, solange sie allein waren, wenn er, kam ein dritter hinzu, anfing, sich seiner zu schämen? Zuweilen war er ihm nahe und gewonnen, ja. Auf welche Weise verrät er ihn denn, Tonio? hatte er gefragt und ihn untergefaßt. Aber als dann Jimmerthal gekommen war, hatte er dennoch erleichtert aufgeatmet, hatte ihn verlassen und ihm ohne Not seinen fremden Rufnamen vorgeworfen. Wie weh es tat, dies alles durchschauen zu müssen! ... Hans Hansen hatte ihn im Grunde ein wenig gern, wenn sie unter sich waren, er wußte es. Aber kam ein dritter, so schämte er sich dessen und opferte ihn auf. Und er war wieder allein. Er dachte an König Philipp. Der König hat geweint ...

»Gott bewahre«, sagte Erwin Jimmerthal, »nun muß ich aber wirklich zur Stadt! Adieu, ihr, und Dank für die Fruchtbonbons!« Darauf sprang er auf eine Bank, die am Wege stand, lief mit seinen krummen Beinen darauf entlang und trabte davon.

»Jimmerthal mag ich leiden!« sagte Hans mit Nachdruck. Er hatte eine verwöhnte und selbstbewußte Art, seine Sympathien und Abneigungen kundzugeben, sie gleichsam gnädigst zu verteilen ... Und dann fuhr er fort, von der Reitstunde zu sprechen, weil er einmal im Zuge war. Es war auch nicht mehr so weit bis zum Hansenschen Wohnhause; der Weg über die Wälle nahm nicht so viel Zeit in Anspruch. Sie hielten ihre Mützen fest und beugten die Köpfe vor dem starken, feuchten Wind, der in dem kahlen Geäst der Bäume knarrte und stöhnte. Und Hans Hansen sprach, während Tonio nur dann und wann ein künstliches Ach und Jaja einfließen ließ, ohne Freude darüber, daß Hans ihn im Eifer der Rede wieder untergefaßt hatte, denn das war nur eine scheinbare Annäherung, ohne Bedeutung.

Dann verließen sie die Wallanlagen unfern des Bahnhofes, sahen einen Zug mit plumper Eilfertigkeit vorüberpuffen, zählten zum Zeitvertreib die Wagen und winkten dem Manne zu, der in seinen Pelz vermummt zuhöchst auf dem allerletzten saß. Und am Lindenplatze, vor Großhändler Hansens Villa, blieben sie stehen, und Hans zeigte ausführlich, wie amüsant es sei, sich unten auf die Gartenpforte zu stellen und sich in den Angeln hin und her zu schlenkern, daß es nur so kreischte. Aber hierauf verabschiedete er sich.

»Ja, nun muß ich hinein«, sagte er. »Adieu, Tonio. Das nächste Mal begleite ich dich nach Hause, sei sicher.«

»Adieu, Hans«, sagte Tonio, »es war nett, spazieren zu gehen.«

Ihre Hände, die sich drückten, waren ganz naß und rostig von der Gartenpforte. Als aber Hans in Tonios Augen sah, entstand etwas wie reuiges Besinnen in seinem hübschen Gesicht.

»Übrigens werde ich nächstens ›Don Carlos‹ lesen!« sagte er rasch. »Das mit dem König im Kabinett muß famos sein!« Dann nahm er seine Mappe unter den Arm und lief durch den Vorgarten. Bevor er im Hause verschwand, nickte er noch einmal zurück.

Und Tonio Kröger ging ganz verklärt und beschwingt von dannen. Der Wind trug ihn von hinten, aber es war nicht darum allein, daß er so leicht von der Stelle kam.

Hans würde ›Don Carlos‹ lesen, und dann würden sie etwas miteinander haben, worüber weder Jimmerthal noch irgend ein Anderer mitreden konnte! Wie gut sie einander verstanden! Wer wußte, – vielleicht brachte er ihn noch dazu, ebenfalls Verse zu schreiben? ...

Nein, nein, das wollte er nicht! Hans sollte nicht werden, wie Tonio, sondern bleiben, wie er war, so hell und stark, wie alle ihn liebten und Tonio am meisten! Aber daß er ›Don Carlos‹ las, würde trotzdem nicht schaden ... Und Tonio ging durch das alte, untersetzte Tor, ging am Hafen entlang und die steile, zugige und nasse Giebelgasse hinauf zum Haus seiner Eltern. Damals lebte sein Herz; Sehnsucht war darin und schwermütiger Neid und ein klein wenig Verachtung und eine ganze keusche Seligkeit.

2.

Die blonde Inge, Ingeborg Holm, Doktor Holms Tochter, der am Markte wohnte, dort, wo hoch, spitzig und vielfach der gotische Brunnen stand, sie war's, die Tonio Kröger liebte, als er sechzehn Jahre alt war.

Wie geschah das? Er hatte sie tausendmal gesehen; an einem Abend jedoch sah er sie in einer gewissen Beleuchtung, sah, wie sie im Gespräch mit einer Freundin auf eine gewisse übermütige Art lachend den Kopf zur Seite warf, auf eine gewisse Art ihre Hand, eine gar nicht besonders schmale, gar nicht besonders feine Klein-Mädchen-Hand zum Hinterkopfe führte, wobei der weiße Gaze-Ärmel von ihrem Ellenbogen zurückglitt, hörte, wie sie ein Wort, ein gleichgültiges Wort, auf eine gewisse Art betonte, wobei ein warmes Klingen in ihrer Stimme war, und ein Entzücken ergriff sein Herz, weit stärker als jenes, das er früher zuweilen empfunden hatte, wenn er Hans Hansen betrachtete, als er noch ein kleiner, dummer Junge war.

An diesem Abend nahm er ihr Bild mit fort, mit dem dicken, blonden Zopf, den länglich geschnittenen, lachenden, blauen Augen und dem zart angedeuteten Sattel von Sommersprossen über der Nase, konnte nicht einschlafen, weil er das Klingen in ihrer Stimme hörte, versuchte leise, die Betonung nachzuahmen, mit der sie das gleichgültige Wort ausgesprochen hatte, und erschauerte dabei. Die Erfahrung lehrte ihn, daß dies die Liebe sei. Aber obgleich er genau wußte, daß die Liebe ihm viel Schmerz, Drangsal und Demütigung bringen müsse, daß sie überdies den Frieden zerstöre und das Herz mit Melodieen überfülle, ohne daß man Ruhe fand, eine Sache rund zu formen und in Gelassenheit etwas Ganzes daraus zu schmieden, so nahm er sie doch mit Freuden auf, überließ sich ihr ganz und pflegte sie mit den Kräften seines Gemütes, denn er wußte, daß sie reich und lebendig mache, und er sehnte sich, reich und lebendig zu sein, statt in Gelassenheit etwas Ganzes zu schmieden ...

Dies, daß Tonio Kröger sich an die lustige Inge Holm verlor, ereignete sich in dem ausgeräumten Salon der Konsulin Husteede, die es an jenem Abend traf, die Tanzstunde zu geben; denn es war ein Privat-Kursus, an dem nur Angehörige von ersten Familien teilnahmen, und man versammelte sich reihum in den elterlichen Häusern, um sich Unterricht in Tanz und Anstand erteilen zu lassen. Aber zu diesem Behufe kam allwöchentlich Ballettmeister Knaak eigens von Hamburg herbei.

François Knaak war sein Name, und was für ein Mann war das! »J'ai l'honneur de me vous représenter«, sagte er, »mon nom est Knaak ... Und dies spricht man nicht aus, während man sich verbeugt, sondern wenn man wieder aufrecht steht, – gedämpft und dennoch deutlich. Man ist nicht täglich in der Lage, sich auf Französisch vorstellen zu müssen, aber kann man es in dieser Sprache korrekt und tadellos, so wird es einem auf Deutsch erst recht nicht fehlen.« Wie wunderbar der seidig schwarze Gehrock sich an seine fetten Hüften schmiegte! In weichen Falten fiel sein Beinkleid auf seine Lackschuhe hinab, die mit breiten Atlasschleifen geschmückt waren, und seine braunen Augen blickten mit einem müden Glück über ihre eigene Schönheit umher ...

Jedermann ward erdrückt durch das Übermaß seiner Sicherheit und Wohlanständigkeit. Er schritt – und niemand schritt wie er, elastisch, wogend, wiegend, königlich – auf die Herrin des Hauses zu, verbeugte sich und wartete, daß man ihm die Hand reiche. Erhielt er sie, so dankte er mit leiser Stimme dafür, trat federnd zurück, wandte sich auf dem linken Fuße, schnellte den rechten mit niedergedrückter

Spitze seitwärts vom Boden ab und schritt mit bebenden Hüften davon ...

Man ging rückwärts und unter Verbeugungen zur Tür hinaus, wenn man eine Gesellschaft verließ, man schleppte einen Stuhl nicht herbei, indem man ihn an einem Bein ergriff, oder am Boden entlang schleifte, sondern man trug ihn leicht an der Lehne herzu und setzte ihn geräuschlos nieder. Man stand nicht da, indem man die Hände auf dem Bauch faltete und die Zunge in den Mundwinkel schob; tat man es dennoch, so hatte Herr Knaak eine Art, es ebenso zu machen, daß man für den Rest seines Lebens einen Ekel vor dieser Haltung bewahrte ...

Dies war der Anstand. Was aber den Tanz betraf, so meisterte Herr Knaak ihn womöglich in noch höherem Grade. In dem ausgeräumten Salon brannten die Gasflammen des Kronleuchters und die Kerzen auf dem Kamin. Der Boden war mit Talkum bestreut, und in stummem Halbkreise standen die Eleven umher. Aber jenseits der Portièren, in der anstoßenden Stube, saßen auf Plüschstühlen die Mütter und Tanten, und betrachteten durch ihre Lorgnetten Herrn Knaak, wie er, in gebückter Haltung, den Saum seines Gehrockes mit je zwei Fingern erfaßt hielt und mit federnden Beinen die einzelnen Teile der Mazurka demonstrierte. Beabsichtigte er aber, sein Publikum gänzlich zu verblüffen, so schnellte er sich plötzlich und ohne zwingenden Grund vom Boden empor, indem er seine Beine mit verwirrender Schnelligkeit in der Luft umeinander wirbelte, gleichsam mit denselben trillerte, worauf er mit einem gedämpften, aber alles in seinen Festen erschütternden Plumps zu dieser Erde zurückkehrte ...

Was für ein unbegreiflicher Affe, dachte Tonio Kröger in seinem Sinn. Aber er sah wohl, daß Inge Holm, die lustige Inge, oft mit einem selbstvergessenen Lächeln Herrn Knaaks Bewegungen verfolgte, und nicht dies allein war es, weshalb alle diese wundervoll beherrschte Körperlichkeit ihm im Grunde etwas wie Bewunderung abgewann. Wie ruhevoll und unverwirrbar Herrn Knaaks Augen blickten! Sie sahen nicht in die Dinge hinein, bis dorthin, wo sie kompliziert und traurig werden; sie wußten nichts, als daß sie braun und schön seien. Aber deshalb war seine Haltung so stolz! Ja, man mußte dumm sein, um so schreiten zu können, wie er; und dann wurde man geliebt, denn man war liebenswürdig. Er verstand es so gut, daß Inge, die blonde, süße Inge, auf Herrn Knaak blickte, wie sie es tat. Aber würde denn niemals ein Mädchen so auf ihn selbst blicken?

O doch, das kam vor. Da war Magdalena Vermehren, Rechtsanwalt Vermehrens Tochter, mit dem sanften Mund und den großen, dunklen, blanken Augen voll Ernst und Schwärmerei. Sie fiel oft hin beim Tanzen; aber sie kam zu ihm bei der Damenwahl, sie wußte, daß er Verse dichtete, sie hatte ihn zweimal gebeten, sie ihr zu zeigen, und oftmals schaute sie ihn von Weitem mit gesenktem Kopfe an. Aber was sollte ihm das? Er, er liebte Inge Holm, die blonde, lustige Inge, die ihn sicher darum verachtete, daß er poetische Sachen schrieb ... er sah sie an, sah ihre schmalgeschnittenen, blauen Augen, die voll Glück und Spott waren, und eine neidische Sehnsucht, ein herber, drängender Schmerz, von ihr ausgeschlossen und ihr ewig fremd zu sein, saß in seiner Brust und brannte ...

»Erstes Paar en avant!« sagte Herr Knaak, und keine Worte schildern, wie wunderbar der Mann den Nasal-Laut hervorbrachte. Man übte Quadrille, und zu Tonio Krögers tiefem Erschrecken befand er sich mit Inge Holm in ein und demselben Carré. Er mied sie, wie er konnte, und dennoch geriet er beständig in ihre Nähe; er wehrte seinen Augen, sich ihr zu nahen, und dennoch traf sein Blick beständig auf sie ... Nun kam sie an der Hand des rotköpfigen Ferdinand Matthiessen gleitend und laufend herbei, warf den Zopf zurück und stellte sich aufatmend ihm gegenüber; Herr Heinzelmann, der Klavierspieler, griff mit seinen knochigen Händen in die Tasten, Herr Knaak kommandierte, die Quadrille begann.

Sie bewegte sich vor ihm hin und her, vorwärts und rückwärts, schreitend und drehend, ein Duft, der von ihrem Haar oder dem zarten, weißen Stoff ihres Kleides ausging, berührte ihn manchmal, und seine Augen trübten sich mehr und mehr. Ich liebe dich, liebe, süße

Inge, sagte er innerlich, und er legte in diese Worte seinen ganzen Schmerz darüber, daß sie so eifrig und lustig bei der Sache war und sein nicht achtete. Ein wunderschönes Gedicht von Storm fiel ihm ein: »Ich möchte schlafen; aber du mußt tanzen.« Der demütigende Widersinn quälte ihn, der darin lag, tanzen zu müssen, während man liebte ...

»Erstes Paar en avant!« sagte Herr Knaak, denn es kam eine neue Tour. »Compliment! Moulinet des dames! Tour de main!« Und niemand beschreibt, auf welch graziöse Art er das stumme e vom »de« verschluckte.

»Zweites Paar en avant!« Tonio Kröger und seine Dame waren daran. »Compliment!« Und Tonio Kröger verbeugte sich. »Moulinet des dames!« Und Tonio Kröger, mit gesenktem Kopfe und finsteren Brauen, legte seine Hand auf die Hände der vier Damen, auf die Inge Holms, und tanzte »moulinet«.

Ringsum entstand ein Kichern und Lachen. Herr Knaak fiel in eine Ballett-Pose, welche ein stilisiertes Entsetzen ausdrückte. »O weh!« rief er. »Halt, halt! Kröger ist unter die Damen geraten! En arrière, Fräulein Kröger, zurück, fi donc! Alle haben es nun verstanden, nur Sie nicht. Husch! Fort! Zurück mit Ihnen!« Und er zog sein gelbseidenes Taschentuch und scheuchte Tonio Kröger damit an seinen Platz zurück.

Alles lachte, die Jungen, die Mädchen und die Damen jenseits der Portieren, denn Herr Knaak hatte etwas gar zu Drolliges aus dem Zwischenfall gemacht, und man amüsierte sich wie im Theater. Nur Herr Heinzelmann wartete mit trockener Geschäftsmiene auf das Zeichen zum Weiterspielen, denn er war abgehärtet gegen Herrn Knaaks Wirkungen.

Dann ward die Quadrille fortgesetzt. Und dann war Pause. Das Folgmädchen klirrte mit einem Teebrett voll Weingelee-Gläsern zur Tür herein, und die Köchin folgte mit einer Ladung Plumcake in ihrem Kielwasser. Aber Tonio Kröger stahl sich fort, ging heimlich auf den Korridor hinaus und stellte sich dort, die Hände auf dem Rükken, vor ein Fenster mit herabgelassener Jalousie, ohne zu bedenken, daß man durch diese Jalousie gar nichts sehen konnte, und daß es also lächerlich sei, davorzustehen und zu tun, als blicke man hinaus.

Er blickte aber in sich hinein, wo so viel Gram und Sehnsucht war. Warum, warum war er hier? Warum saß er nicht in seiner Stube am Fenster und las in Storms »Immensee« und blickte hie und da in den abendlichen Garten hinaus, wo der alte Walnußbaum schwerfällig knarrte? Das wäre sein Platz gewesen. Mochten die anderen tanzen und frisch und geschickt bei der Sache sein! ... Nein, nein, sein Platz war dennoch hier, wo er sich in Inges Nähe wußte, wenn er auch nur einsam von ferne stand und versuchte, in dem Summen, Klirren und Lachen dort drinnen ihre Stimme zu unterscheiden, in welcher es klang von warmem Leben. Deine länglich geschnittenen, blauen, lachenden Augen, du blonde Inge! So schön und heiter wie du kann man nur sein, wenn man nicht »Immensee« liest und niemals versucht, selbst dergleichen zu machen; das ist das Traurige! ...

Sie müßte kommen! Sie müßte bemerken, daß er fort war, müßte fühlen, wie es um ihn stand, müßte ihm heimlich folgen, wenn auch nur aus Mitleid, ihm ihre Hand auf die Schulter legen und sagen: Komm herein zu uns, sei froh, ich liebe dich. Und er horchte hinter sich und wartete in unvernünftiger Spannung, daß sie kommen möge. Aber sie kam keines Weges. Dergleichen geschah nicht auf Erden.

Hatte auch sie ihn verlacht, gleich allen anderen? Ja, das hatte sie getan, so gern er es ihret- und seinetwegen geleugnet hätte. Und doch hatte er nur aus Versunkenheit in ihre Nähe »moulinet des dames« mitgetanzt. Und was verschlug das? Man würde vielleicht einmal aufhören, zu lachen! Hatte etwa nicht kürzlich eine Zeitschrift ein Gedicht von ihm angenommen, wenn sie dann auch wieder eingegangen war, bevor das Gedicht hatte erscheinen können? Es kam der Tag, wo er berühmt war, wo alles gedruckt wurde, was er schrieb, und dann würde man sehen, ob es nicht Eindruck auf Inge Holm machen würde ... Es würde *keinen* Eindruck machen, nein, das war es ja. Auf Magdalena Vermehren, die immer hinfiel, ja, auf die. Aber niemals auf Inge Holm, niemals auf die blauäugige, lustige Inge. Und war es also nicht vergebens? ...

Tonio Krögers Herz zog sich schmerzlich zusammen bei diesem Gedanken. Zu fühlen, wie wunderbare spielende und schwermütige Kräfte sich in dir regen, und dabei zu wissen, daß diejenigen, zu denen du dich hinübersehnst, ihnen in heiterer Unzugänglichkeit gegenüberstehen, das tut sehr weh. Aber obgleich er einsam, ausgeschlossen und ohne Hoffnung vor einer geschlossenen Jalousie stand und in seinem Kummer tat, als könne er hindurchblicken, so war er dennoch glücklich. Denn damals lebte sein Herz. Warm und traurig schlug es für dich, Ingeborg Holm, und seine Seele umfaßte deine blonde, lichte und übermütig gewöhnliche kleine Persönlichkeit in seliger Selbstverleugnung.

Mehr als einmal stand er mit erhitztem Angesicht an einsamen Stellen, wohin Musik, Blumenduft und Gläsergeklirr nur leise drangen, und suchte in dem fernen Festgeräusch deine klingende Stimme zu unterscheiden, stand in Schmerzen um dich und war dennoch glücklich. Mehr als einmal kränkte es ihn, daß er mit Magdalena Vermehren, die immer hinfiel, sprechen konnte, daß sie ihn verstand und mit ihm lachte und ernst war, während die blonde Inge, saß er auch neben ihr, ihm fern und fremd und befremdet erschien, denn seine Sprache war nicht ihre Sprache; und dennoch war er glücklich. Denn das Glück, sagte er sich, ist nicht, geliebt zu werden; das ist eine mit Ekel gemischte Genugtuung für die Eitelkeit. Das Glück ist, zu lieben und vielleicht kleine, trügerische Annäherungen an den geliebten Gegenstand zu erhaschen. Und er schrieb diesen Gedanken innerlich auf, dachte ihn völlig aus und empfand ihn bis auf den Grund.

Treue! dachte Tonio Kröger. Ich will treu sein und dich lieben, Ingeborg, solange ich lebe! So wohlmeinend war er. Und dennoch flüsterte in ihm eine leise Furcht und Trauer, daß er ja auch Hans Hansen ganz und gar vergessen habe, obgleich er ihn täglich sah. Und es war das Häßliche und Erbärmliche, daß diese leise und ein wenig hämische Stimme recht behielt, daß die Zeit verging und Tage kamen, da Tonio Kröger nicht mehr so unbedingt wie ehemals für die lustige Inge zu sterben bereit war, weil er Lust und Kräfte in sich fühlte, auf seine Art in der Welt eine Menge des Merkwürdigen zu leisten.

Und er umkreiste behutsam den Opfer-Altar, auf dem die lautere und keusche Flamme seiner Liebe loderte, kniete davor und schürte und nährte sie auf alle Weise, weil er treu sein wollte. Und über eine Weile, unmerklich, ohne Aufsehen und Geräusch, war sie dennoch erloschen.

Aber Tonio Kröger stand noch eine Zeit lang vor dem erkalteten Altar, voll Staunen und Enttäuschung darüber, daß Treue auf Erden unmöglich war. Dann zuckte er die Achseln und ging seiner Wege.

3.

Er ging den Weg, den er gehen mußte, ein wenig nachlässig und ungleichmäßig, vor sich hinpfeifend, mit seitwärts geneigtem Kopfe ins Weite blickend, und wenn er irre ging, so geschah es, weil es für Etliche einen richtigen Weg überhaupt nicht gibt. Fragte man ihn, was in aller Welt er zu werden gedachte, so erteilte er wechselnde Auskunft, denn er pflegte zu sagen (und hatte es auch bereits aufgeschrieben), daß er die Möglichkeiten zu tausend Daseinsformen in sich trage, zusammen mit dem heimlichen Bewußtsein, daß es im Grunde lauter Unmöglichkeiten seien ...

Schon bevor er von der engen Vaterstadt schied, hatten sich leise die Klammern und Fäden gelöst, mit denen sie ihn hielt. Die alte Familie der Kröger war nach und nach in einen Zustand des Abbröckelns und der Zersetzung geraten, und die Leute hatten Grund, Tonio Krögers eigenes Sein und Wesen ebenfalls zu den Merkmalen dieses Zustandes zu rechnen. Seines Vaters Mutter war gestorben, das Haupt des Geschlechts, und nicht lange darauf, so folgte sein Vater, der lange, sinnende, sorgfältig gekleidete Herr mit der Feldblume im Knopfloch, ihr im Tode nach. Das große Krögersche Haus stand mitsamt seiner würdigen Geschichte zum Verkaufe, und die Firma ward ausgelöscht. Tonios Mutter jedoch, seine schöne, feurige Mutter, die so wunderbar den Flügel und die Mandoline spielte und der alles ganz einerlei war, vermählte sich nach Jahresfrist aufs Neue und zwar mit einem Musiker, einem Virtuosen mit italienischem Namen, dem sie in blaue Fernen folgte. Tonio Kröger fand dies ein wenig liederlich; aber war *er* berufen, es ihr zu wehren? Er schrieb Verse und konnte nicht einmal beantworten, was in aller Welt er zu werden gedachte ...

Und er verließ die winklige Heimatstadt, um deren Giebel der feuchte Wind pfiff, verließ den Springbrunnen und den alten Walnußbaum im Garten, die Vertrauten seiner Jugend, verließ auch das Meer, das er so sehr liebte, und empfand keinen Schmerz dabei. Denn er war groß und klug geworden, hatte begriffen, was für eine Bewandtnis es mit ihm hatte, und war voller Spott für das plumpe und niedrige Dasein, das ihn so lange in seiner Mitte gehalten hatte.

Er ergab sich ganz der Macht, die ihm als die erhabenste auf Erden erschien, zu deren Dienst er sich berufen fühlte, und die ihm Hoheit und Ehren versprach, der Macht des Geistes und Wortes, die lächelnd über dem unbewußten und stummen Leben thront. Mit seiner jungen Leidenschaft ergab er sich ihr, und sie lohnte ihm mit allem, was sie zu schenken hat, und nahm ihm unerbittlich all das, was sie als Entgelt dafür zu nehmen pflegt.

Sie schärfte seinen Blick und ließ ihn die großen Wörter durchschauen, die der Menschen Busen blähen, sie erschloß ihm der Menschen Seelen und seine eigene, machte ihn hellsehend und zeigte ihm das Innere der Welt und alles Letzte, was hinter den Worten und Taten ist. Was er aber sah, war dies: Komik und Elend – Komik und Elend.

Da kam, mit der Qual und dem Hochmut der Erkenntnis, die Einsamkeit, weil es ihn im Kreise der Harmlosen mit dem fröhlich dunklen Sinn nicht litt und das Mal an seiner Stirn sie verstörte. Aber mehr und mehr versüßte sich ihm auch die Lust am Worte und der Form, denn er pflegte zu sagen (und hatte es auch bereits aufgeschrieben), daß die Kenntnis der Seele allein unfehlbar trübsinnig machen würde, wenn nicht die Vergnügungen des Ausdrucks uns wach und munter erhielten ...

Er lebte in großen Städten und im Süden, von dessen Sonne er sich ein üppigeres Reifen seiner Kunst versprach; und vielleicht war es das

Blut seiner Mutter, welches ihn dorthin zog. Aber da sein Herz tot und ohne Liebe war, so geriet er in Abenteuer des Fleisches, stieg tief hinab in Wollust und heiße Schuld und litt unsäglich dabei. Vielleicht war es das Erbteil seines Vaters in ihm, des langen, sinnenden, reinlich gekleideten Mannes mit der Feldblume im Knopfloch, das ihn dort unten so leiden machte und manchmal eine schwache, sehnsüchtige Erinnerung in ihm sich regen ließ an eine Lust der Seele, die einstmals sein eigen gewesen war, und die er in allen Lüsten nicht wiederfand.

Ein Ekel und Haß gegen die Sinne erfaßte ihn und ein Lechzen nach Reinheit und wohlanständigem Frieden, während er doch die Luft der Kunst atmete, die laue und süße, duftgeschwängerte Luft eines beständigen Frühlings, in der es treibt und braut und keimt in heimlicher Zeugungswonne. So kam es nur dahin, daß er, haltlos zwischen krassen Extremen, zwischen eisiger Geistigkeit und verzehrender Sinnenglut hin- und hergeworfen, unter Gewissensnöten ein erschöpfendes Leben führte, ein ausbündiges, ausschweifendes und außerordentliches Leben, das er, Tonio Kröger, im Grunde verabscheute. Welch Irrgang! dachte er zuweilen. Wie war es nur möglich, daß ich in alle diese excentrischen Abenteuer geriet? Ich bin doch kein Zigeuner im grünen Wagen, von Hause aus ...

Aber in dem Maße, wie seine Gesundheit geschwächt ward, verschärfte sich seine Künstlerschaft, ward wählerisch, erlesen, kostbar, fein, reizbar gegen das Banale und aufs höchste empfindlich in Fragen des Taktes und Geschmacks. Als er zum ersten Male hervortrat, wurde unter denen, die es anging, viel Beifall und Freude laut, denn es war ein wertvoll gearbeitetes Ding, was er geliefert hatte, voll Humor und Kenntnis des Leidens. Und schnell ward sein Name, derselbe, mit dem ihn einst seine Lehrer scheltend gerufen hatten, derselbe, mit dem er seine ersten Reime an den Walnußbaum, den Springbrunnen und das Meer unterzeichnet hatte, dieser aus Süd und Nord zusammengesetzte Klang, dieser exotisch angehauchte Bürgersname zu einer Formel, die Vortreffliches bezeichnete; denn der schmerzlichen Gründlichkeit seiner Erfahrungen gesellte sich ein seltener, zäh ausharrender und ehrsüchtiger Fleiß, der im Kampf mit der wählerischen Reizbarkeit seines Geschmacks unter heftigen Qualen ungewöhnliche Werke entstehen ließ.

Er arbeitete nicht wie Jemand, der arbeitet, um zu leben, sondern wie Einer, der nichts will, als arbeiten, weil er sich als lebendigen Menschen für nichts achtet, nur als Schaffender in Betracht zu kommen wünscht und im Übrigen grau und unauffällig umhergeht, wie ein abgeschminkter Schauspieler, der nichts ist, solange er nichts darzustellen hat. Er arbeitete stumm, abgeschlossen, unsichtbar und voller Verachtung für jene Kleinen, denen das Talent ein geselliger Schmuck war, die, ob sie nun arm oder reich waren, wild und abgerissen einhergingen oder mit persönlichen Krawatten Luxus trieben, in erster Linie glücklich, liebenswürdig und künstlerisch zu leben bedacht waren, unwissend darüber, daß gute Werke nur unter dem Druck eines schlimmen Lebens entstehen, daß, wer lebt, nicht arbeitet, und daß man gestorben sein muß, um ganz ein Schaffender zu sein.

4.

»Störe ich?« fragte Tonio Kröger auf der Schwelle des Ateliers. Er hielt seinen Hut in der Hand und verbeugte sich sogar ein wenig, obgleich Lisaweta Iwanowna seine Freundin war, der er Alles sagte.

»Erbarmen Sie sich, Tonio Kröger, und kommen Sie ohne Ceremonien herein!« antwortete sie mit ihrer hüpfenden Betonung. »Es ist bekannt, daß Sie eine gute Kinderstube genossen haben und wissen, was sich schickt.« Dabei steckte sie ihren Pinsel zu der Palette in die linke Hand, reichte ihm die rechte und blickte ihm lachend und kopfschüttelnd ins Gesicht.

»Ja, aber Sie arbeiten«, sagte er. »Lassen Sie sehen ... O, Sie sind vorwärts gekommen.« Und er betrachtete abwechselnd die farbigen Skizzen, die zu beiden Seiten der Staffelei auf Stühlen lehnten, und die große, mit einem quadratischen Linien-Netz überzogene Leinwand, auf welcher, in dem verworrenen und schemenhaften Kohle-Entwurf, die ersten Farbflecke aufzutauchen begannen.

Es war in München, in einem Rückgebäude der Schellingstraße, mehrere Stiegen hoch. Draußen, hinter dem breiten Nordlicht-Fenster, herrschte Himmelsblau, Vogelgezwitscher und Sonnenschein, und des Frühlings junger, süßer Atem, der durch eine offene Klappe hereinströmte, vermischte sich mit dem Geruch von Fixativ und Ölfarbe, der den weiten Arbeitsraum erfüllte. Ungehindert überflutete das goldige Licht des hellen Nachmittags die weitläufige Kahlheit des Ateliers, beschien freimütig den ein wenig schadhaften Fußboden, den rohen, mit Fläschchen, Tuben und Pinseln bedeckten Tisch unterm Fenster und die ungerahmten Studien an den untapezierten Wänden, beschien den Wandschirm aus rissiger Seide, der in der Nähe der Tür einen kleinen, stilvoll möblierten Wohn- und Mußewinkel begrenzte, beschien das werdende Werk auf der Staffelei und davor die Malerin und den Dichter.

Sie mochte etwa so alt sein, wie er, nämlich ein wenig jenseits der Dreißig. In ihrem dunkelblauen, fleckigen Schürzenkleide saß sie auf einem niedrigen Schemel und stützte das Kinn in die Hand. Ihr braunes Haar, fest frisiert und an den Seiten schon leicht ergraut, bedeckte in leisen Scheitelwellen ihre Schläfen und gab den Rahmen zu ihrem brünetten, slavisch geformten, unendlich sympathischen Gesicht mit der Stumpfnase, den scharf herausgearbeiteten Wangenknochen und den kleinen, schwarzen, blanken Augen. Gespannt, mißtrauisch und gleichsam gereizt musterte sie schiefen und gekniffenen Blicks ihre Arbeit ...

Er stand neben ihr, hielt die rechte Hand in die Hüfte gestemmt und drehte mit der Linken eilig an seinem braunen Schnurrbart. Seine schrägen Brauen waren in einer finsteren und angestrengten Bewegung, wobei er leise vor sich hinpfiff, wie gewöhnlich. Er war äußerst sorgfältig und gediegen gekleidet, in einen Anzug von ruhigem Grau und reserviertem Schnitt. Aber in seiner durcharbeiteten Stirn, über der sein dunkles Haar so außerordentlich simpel und korrekt sich scheitelte, war ein nervöses Zucken, und die Züge seines südlich geschnittenen Gesichts waren schon scharf, von einem harten Griffel gleichsam nachgezogen und ausgeprägt, während doch sein

Mund so sanft umrissen, sein Kinn so weich gebildet erschien ... Nach einer Weile strich er mit der Hand über Stirn und Augen und wandte sich ab.

»Ich hätte nicht kommen sollen«, sagte er.

»Warum hätten Sie nicht, Tonio Kröger?«

»Eben stehe ich von meiner Arbeit auf, Lisaweta, und in meinem Kopf sieht es genau aus wie auf dieser Leinwand. Ein Gerüst, ein blasser, von Korrekturen beschmutzter Entwurf und ein paar Farbflecke, ja; und nun komme ich hierher und sehe das Selbe. Und auch den Konflikt und Gegensatz finde ich hier wieder«, sagte er und schnupperte in die Luft, »der mich zu Hause quälte. Seltsam ist es. Beherrscht dich ein Gedanke, so findest du ihn überall ausgedrückt, du *riechst* ihn sogar im Winde. Fixativ und Frühlingsarom, nicht wahr? Kunst und – ja, was ist das Andere? Sagen Sie nicht ›Natur‹, Lisaweta, ›Natur‹ ist nicht erschöpfend. Ach, nein, ich hätte wohl lieber spazieren gehen sollen, obgleich es die Frage ist, ob ich mich dabei wohler befunden hätte: Vor fünf Minuten, nicht weit von hier, traf ich einen Kollegen, Adalbert, den Novellisten. ›Gott verdamme den Frühling!‹ sagte er in seinem aggressiven Stil. ›Er ist und bleibt die gräßlichste Jahreszeit! Können Sie einen vernünftigen Gedanken fassen, Kröger, können Sie die kleinste Pointe und Wirkung in Gelassenheit ausarbeiten, wenn es Ihnen auf eine unanständige Weise im Blute kribbelt und eine Menge von unzugehörigen Sensationen Sie beunruhigt, die, sobald Sie sie prüfen, sich als ausgemacht triviales und gänzlich unbrauchbares Zeug entpuppen? Was mich betrifft, so gehe ich nun ins Café. Das ist neutrales, vom Wechsel der Jahreszeiten unberührtes Gebiet, wissen Sie, das stellt sozusagen die entrückte und erhabene Sphäre des Literarischen dar, in der man nur vornehmerer Einfälle fähig ist ...‹ Und er ging ins Café; und vielleicht hätte ich mitgehen sollen.«

Lisaweta amüsierte sich.

»Das ist gut, Tonio Kröger. Das mit dem ›unanständigen Kribbeln‹ ist gut. Und er hat ja gewissermaßen recht, denn mit dem Arbeiten ist es wirklich nicht sonderlich bestellt im Frühling. Aber nun geben Sie acht. Nun mache ich trotzdem noch diese kleine Sache hier, diese kleine Pointe und Wirkung, wie Adalbert sagen würde. Nachher gehen wir in den ›Salon‹ und trinken Tee, und Sie sprechen sich aus; denn das sehe ich genau, daß Sie heute geladen sind. Bis dahin gruppieren Sie sich wohl irgendwo, zum Beispiel auf der Kiste da, wenn Sie nicht für Ihre Patrizier-Gewänder fürchten ...«

»Ach, lassen Sie mich mit meinen Gewändern in Ruh, Lisaweta Iwanowna! Wünschten Sie, daß ich in einer zerrissenen Sammetjacke oder einer rotseidenen Weste umherliefe? Man ist als Künstler innerlich immer Abenteurer genug. Äußerlich soll man sich gut anziehen, zum Teufel, und sich benehmen wie ein anständiger Mensch ... Nein, geladen bin ich nicht«, sagte er und sah zu, wie sie auf der Palette eine Mischung bereitete. »Sie hören ja, daß es nur ein Problem und Gegensatz ist, was mir im Sinne liegt und mich bei der Arbeit störte ... Ja, wovon sprachen wir eben? Von Adalbert, dem Novellisten, und was für ein stolzer und fester Mann er ist. ›Der Frühling ist die gräßlichste Jahreszeit‹, sagte er und ging ins Café. Denn man muß wissen, was man will, nicht wahr? Sehen Sie, auch mich macht der Frühling nervös, auch mich setzt die holde Trivialität der Erinnerungen und Empfindungen, die er erweckt, in Verwirrung; nur, daß ich es nicht über mich gewinne, ihn dafür zu schelten und zu verachten; denn die Sache ist die, daß ich mich vor ihm schäme, mich schäme vor seiner reinen Natürlichkeit und seiner siegenden Jugend. Und ich weiß nicht, ob ich Adalbert beneiden oder geringschätzen soll, dafür, daß er nichts davon weiß ...

Man arbeitet schlecht im Frühling, gewiß, und warum? Weil man empfindet. Und weil der ein Stümper ist, der glaubt, der Schaffende dürfe empfinden. Jeder echte und aufrichtige Künstler lächelt über die Naivität dieses Pfuscher-Irrtums, – melancholisch vielleicht, aber er lächelt. Denn das, was man sagt, darf ja niemals die Hauptsache sein, sondern nur das an und für sich gleichgültige Material, aus dem das ästhetische Gebilde in spielender und gelassener Überlegenheit zusammenzusetzen ist. Liegt Ihnen zu viel an dem, was Sie zu sagen haben, schlägt Ihr Herz zu warm dafür, so können Sie eines vollständigen Fiaskos sicher sein. Sie werden pathetisch, Sie werden sentimental, etwas Schwerfälliges, Täppisch-Ernstes, Unbeherrschtes, Unironisches, Ungewürztes, Langweiliges, Banales entsteht unter Ihren Händen, und nichts als Gleichgültigkeit bei den Leuten, nichts als Enttäuschung und Jammer bei Ihnen selbst ist das Ende ... Denn so ist es ja, Lisaweta: Das Gefühl, das warme, herzliche Gefühl ist immer banal und unbrauchbar, und künstlerisch sind bloß die Gereiztheiten und kalten Ekstasen unseres verdorbenen, unseres artistischen Nervensystems. Es ist nötig, daß man irgend etwas Außermenschliches und Unmenschliches sei, daß man zum Menschlichen in einem seltsam fernen und unbeteiligten Verhältnis stehe, um imstande und überhaupt versucht zu sein, es zu spielen, damit zu spielen, es wirksam und geschmackvoll darzustellen. Die Begabung für Stil, Form und Ausdruck setzt bereits dies kühle und wählerische Verhältnis zum Menschlichen, ja, eine gewisse menschliche Verarmung und Verödung voraus. Denn das gesunde und starke Gefühl, dabei bleibt es, hat keinen Geschmack. Es ist aus mit dem Künstler, sobald er Mensch wird und zu empfinden beginnt. Das wußte Adalbert, und darum begab er sich ins Café, in die ›entrückte Sphäre‹, jawohl!«

»Nun, Gott mit ihm, Batuschka«, sagte Lisaweta und wusch sich die Hände in einer Blechwanne; »Sie brauchen ihm ja nicht zu folgen.«

»Nein, Lisaweta, ich folge ihm nicht, und zwar einzig, weil ich hie und da imstande bin, mich vor dem Frühling meines Künstlertums ein wenig zu schämen. Sehen Sie, zuweilen erhalte ich Briefe von fremder Hand, Lob- und Dankschreiben aus meinem Publikum, bewunderungsvolle Zuschriften ergriffener Leute. Ich lese diese Zuschriften, und Rührung beschleicht mich angesichts des warmen und unbeholfenen menschlichen Gefühls, das meine Kunst hier bewirkt hat, eine Art von Mitleid faßt mich an gegenüber der begeisterten Naivetät, die aus den Zeilen spricht, und ich erröte bei dem Gedanken, wie sehr dieser redliche Mensch ernüchtert sein müßte, wenn er je einen Blick hinter die Kulissen täte, wenn seine Unschuld je begriffe, daß ein rechtschaffener, gesunder und anständiger Mensch überhaupt nicht schreibt, mimt, komponiert ... was alles ja nicht hindert, daß ich seine Bewunderung für mein Genie benütze, um mich zu steigern und zu stimulieren, daß ich sie gewaltig ernst nehme, und ein Gesicht dazu mache, wie ein Affe, der den großen Mann spielt ... Ach, reden Sie mir nicht darein, Lisaweta! Ich sage Ihnen, daß ich es oft sterbensmüde bin, das Menschliche darzustellen, ohne am Menschlichen teilzuhaben ... Ist der Künstler überhaupt ein Mann? Man frage ›das Weib‹ danach! Mir scheint, wir Künstler teilen alle ein wenig das Schicksal jener präparierten päpstlichen Sänger ... Wir singen ganz rührend schön. Jedoch –«

»Sie sollten sich ein bißchen schämen, Tonio Kröger. Kommen Sie nun zum Tee. Das Wasser wird gleich kochen, und hier sind Papyros. Beim Sopran-Singen waren Sie stehen geblieben; und fahren Sie da nur fort. Aber schämen sollten Sie sich. Wenn ich nicht wüßte, mit welch stolzer Leidenschaft Sie Ihrem Berufe ergeben sind ...«

»Sagen Sie nichts von ›Beruf‹, Lisaweta Iwanowna! Die Literatur ist überhaupt kein Beruf, sondern ein Fluch, – damit Sie's wissen. Wann beginnt er fühlbar zu werden, dieser Fluch? Früh, schrecklich früh. Zu einer Zeit, da man billig noch in Frieden und Eintracht mit Gott und der Welt leben sollte. Sie fangen an, sich gezeichnet, sich in einem rätselhaften Gegensatz zu den Anderen, den Gewöhnlichen, den Ordentlichen zu fühlen, der Abgrund von Ironie, Unglaube, Opposition, Erkenntnis, Gefühl, der Sie von den Menschen trennt, klafft tiefer und tiefer, Sie sind einsam, und fortan gibt es keine Verständigung mehr. Was für ein Schicksal! Gesetzt, daß das Herz lebendig genug, *liebevoll* genug geblieben ist, es als furchtbar zu empfinden! ... Ihr Selbstbewußtsein entzündet sich, weil Sie unter Tausenden das Zeichen an Ihrer Stirne spüren und fühlen, daß es Niemandem entgeht. Ich kannte einen Schauspieler von Genie, der als Mensch mit einer krankhaften Befangenheit und Haltlosigkeit zu kämpfen hatte. Sein überreiztes Ichgefühl zusammen mit dem Mangel an Rolle, an darstellerischer Aufgabe, bewirkten das bei diesem vollkommenen Künstler und verarmten Menschen ... Einen Künstler, einen wirklichen, nicht einen, dessen bürgerlicher Beruf die Kunst ist, sondern einen vorbestimmten und verdammten, ersehen Sie mit geringem

Scharfblick aus einer Menschenmasse. Das Gefühl der Separation und Unzugehörigkeit, des Erkannt- und Beobachtetseins, etwas zugleich Königliches und Verlegenes ist in seinem Gesicht. In den Zügen eines Fürsten, der in Civil durch eine Volksmenge schreitet, kann man etwas Ähnliches beobachten. Aber da hilft kein Civil, Lisaweta! Verkleiden Sie sich, vermummen Sie sich, ziehen Sie sich an wie ein Attaché oder ein Gardeleutnant in Urlaub: Sie werden kaum die Augen aufzuschlagen und ein Wort zu sprechen brauchen, und jedermann wird wissen, daß Sie kein Mensch sind, sondern irgend etwas Fremdes, Befremdendes, Anderes ...

Aber *was* ist der Künstler? Vor keiner Frage hat die Bequemlichkeit und Erkenntnisträgheit der Menschheit sich zäher erwiesen als vor dieser. ›Dergleichen ist Gabe‹, sagen demütig die braven Leute, die unter der Wirkung eines Künstlers stehen, und weil heitere und erhabene Wirkungen nach ihrer gutmütigen Meinung ganz unbedingt auch heitere und erhabene Ursprünge haben müssen, so argwöhnt niemand, daß es sich hier vielleicht um eine äußerst schlimm bedingte, äußerst fragwürdige ›Gabe‹ handelt ... Man weiß, daß Künstler leicht verletzlich sind, – nun, man weiß auch, daß dies bei Leuten mit gutem Gewissen und solid gegründetem Selbstgefühl nicht zuzutreffen pflegt ... Sehen Sie, Lisaweta, ich hege auf dem Grunde meiner Seele – ins Geistige übertragen – gegen den Typus des Künstlers den ganzen *Verdacht*, den jeder meiner ehrenfesten Vorfahren droben in der engen Stadt irgend einem Gaukler und abenteuernden Artisten entgegengebracht hätte, der in sein Haus gekommen wäre. Hören Sie Folgendes. Ich kenne einen Bankier, einen ergrauten Geschäftsmann, der die Gabe besitzt, Novellen zu schreiben. Er macht von dieser Gabe in seinen Mußestunden Gebrauch, und seine Arbeiten sind manchmal ganz ausgezeichnet. Trotz – ich sage ›trotz‹ – dieser süblimen Veranlagung ist dieser Mann nicht völlig unbescholten; er hat im Gegenteil bereits eine schwere Freiheitsstrafe zu verbüßen gehabt, und zwar aus triftigen Gründen. Ja, es geschah ganz eigentlich erst in der Strafanstalt, daß er seiner Begabung inne wurde, und seine Sträflingserfahrungen bilden das Grundmotiv in allen seinen Produktionen. Man könnte daraus, mit einiger Keckheit, folgern, daß es nötig sei, in irgend einer Art von Strafanstalt zu Hause zu sein, um zum Dichter zu werden. Aber drängt sich nicht der Verdacht auf, daß seine Erlebnisse im Zuchthause weniger innig mit den Wurzeln und Ursprüngen seiner Künstlerschaft verwachsen gewesen sein möchten, als *das, was ihn hineinbrachte* –? Ein Bankier, der Novellen dichtet, das ist eine Rarität, nicht wahr? Aber ein nicht krimineller, ein unbescholtener und solider Bankier, welcher Novellen dichtete, *das kommt nicht vor* ... Ja, da lachen Sie nun, und dennoch scherze ich nur halb und halb. Kein Problem, keines in der Welt, ist quälender, als das vom Künstlertum und seiner menschlichen Wirkung. Nehmen Sie das wunderartigste Gebilde des typischsten und darum mächtigsten Künstlers, nehmen Sie ein so morbides und tief zweideutiges Werk wie ›Tristan und Isolde‹ und beobachten Sie die Wirkung, die dieses Werk auf einen jungen, gesunden, stark normal empfindenden Menschen ausübt. Sie sehen Gehobenheit, Gestärktheit, warme, rechtschaffene Begeisterung, Angeregtheit vielleicht zu eigenem ›künstlerischen‹ Schaffen ... Der gute Dilettant! In uns Künstlern sieht es gründlich anders aus, als er mit seinem ›warmen Herzen‹ und ›ehrlichen Enthusiasmus‹ sich träumen mag. Ich habe Künstler von Frauen und Jünglingen umschwärmt und umjubelt gesehen, während ich über sie *wußte* ... Man macht, was die Herkunft, die Miterscheinungen und Bedingungen des Künstlertums betrifft, immer wieder die merkwürdigsten Erfahrungen ...«

»An Anderen, Tonio Kröger – verzeihen Sie – oder nicht nur an Anderen?«

Er schwieg. Er zog seine schrägen Brauen zusammen und pfiff vor sich hin.

»Ich bitte um Ihre Tasse, Tonio. Er ist nicht stark. Und nehmen Sie eine neue Cigarette. Übrigens wissen Sie sehr wohl, daß Sie die Dinge ansehen, wie sie nicht notwendig angesehen zu werden brauchen ...«

»Das ist die Antwort des Horatio, liebe Lisaweta. ›Die Dinge so betrachten, hieße, sie zu genau betrachten‹, nicht wahr?«

»Ich sage, daß man sie ebenso genau von einer anderen Seite betrachten kann, Tonio Kröger. Ich bin bloß ein dummes malendes Frauenzimmer, und wenn ich Ihnen überhaupt etwas zu erwidern weiß, wenn ich Ihren eigenen Beruf ein wenig gegen Sie in Schutz nehmen kann, so ist es sicherlich nichts Neues, was ich vorbringe, sondern nur eine Mahnung an das, was Sie selbst sehr wohl wissen ... Wie also: Die reinigende, heiligende Wirkung der Literatur, die Zerstörung der Leidenschaften durch die Erkenntnis und das Wort, die Literatur als Weg zum Verstehen, zum Vergeben und zur Liebe, die erlösende Macht der Sprache, der literarische Geist als die edelste Erscheinung des Menschengeistes überhaupt, der Literat als vollkommener Mensch, als Heiliger, – die Dinge *so* betrachten, hieße, sie nicht genau genug betrachten?«

»Sie haben ein Recht, so zu sprechen, Lisaweta Iwanowna, und zwar im Hinblick auf das Werk Ihrer Dichter, auf die anbetungswürdige russische Literatur, die so recht eigentlich die heilige Literatur darstellt, von der Sie reden. Aber ich habe Ihre Einwände nicht außer Acht gelassen, sondern sie gehören mit zu dem, was mir heute im Sinne liegt ... Sehen Sie mich an. Ich sehe nicht übermäßig munter aus, wie? Ein bißchen alt und scharfzügig und müde, nicht wahr? Nun, um auf die ›Erkenntnis‹ zurückzukommen, so ließe sich ein Mensch denken, der, von Hause aus gutgläubig, sanftmütig, wohlmeinend und ein wenig sentimental, durch die psychologische Hellsicht ganz einfach aufgerieben und zu Grunde gerichtet würde. Sich von der Traurigkeit der Welt nicht übermannen lassen; beobachten, merken, einfügen, auch das Quälendste, und übrigens guter Dinge sein, schon im Vollgefühl der sittlichen Überlegenheit über die abscheuliche Erfindung des Seins, – ja freilich! Jedoch zuweilen wächst Ihnen die Sache trotz aller Vergnügungen des Ausdrucks ein wenig über den Kopf. Alles verstehen hieße Alles verzeihen? Ich weiß doch nicht. Es gibt etwas, was ich Erkenntnisekel nenne, Lisaweta: Der Zustand, in dem es dem Menschen genügt, eine Sache zu durchschauen, um sich bereits zum Sterben angewidert (und durchaus nicht versöhnlich gestimmt) zu fühlen, – der Fall Hamlets, des Dänen, dieses typischen Literaten. Er wußte, was das ist: zum Wissen berufen werden, ohne dazu geboren zu sein. Hellsehen noch durch den Tränenschleier des Gefühls hindurch, erkennen, merken, beobachten und das Beobachtete lächelnd bei Seite legen müssen noch in Augenblicken, wo Hände sich umschlingen, Lippen sich finden, wo des Menschen Blick, erblindet von Empfindung, sich bricht, – es ist infam, Lisaweta, es ist niederträchtig, empörend ... aber was hilft es, sich zu empören?

Eine andere, aber nicht minder liebenswürdige Seite der Sache ist dann freilich die Blasiertheit, Gleichgültigkeit und ironische Müdigkeit aller Wahrheit gegenüber, wie es denn Tatsache ist, daß es nirgends in der Welt stummer und hoffnungsloser zugeht als in einem Kreise von geistreichen Leuten, die bereits mit allen Hunden gehetzt sind. Alle Erkenntnis ist alt und langweilig. Sprechen Sie eine Wahrheit aus, an deren Eroberung und Besitz Sie vielleicht eine gewisse jugendliche Freude haben, und man wird Ihre ordinäre Aufgeklärtheit mit einem ganz kurzen Entlassen der Luft durch die Nase beantworten ... Ach, ja, die Literatur macht müde, Lisaweta! In menschlicher Gesellschaft kann es einem, ich versichere Sie, geschehen, daß man vor lauter Skepsis und Meinungsenthaltsamkeit für dumm gehalten wird, während man doch nur hochmütig und mutlos ist ... Dies zur ›Erkenntnis‹. Was aber das ›Wort‹ betrifft, so handelt es sich da vielleicht weniger um eine Erlösung als um ein Kaltstellen und Aufs-Eis-Legen der Empfindung? Im Ernst, es hat eine eisige und empörend anmaßliche Bewandtnis mit dieser prompten und oberflächlichen Erledigung des Gefühls durch die literarische Sprache. Ist Ihnen das Herz zu voll, fühlen Sie sich von einem süßen oder erhabenen Erlebnis allzu sehr ergriffen: nichts einfacher! Sie gehen zum Literaten, und Alles wird in kürzester Frist geregelt sein. Er wird Ihnen Ihre Angelegenheit analysieren und formulieren, bei Namen nennen, aussprechen und zum Reden bringen, wird Ihnen das Ganze für alle Zeit erledigen und gleichgültig machen und keinen Dank dafür nehmen. Sie aber werden erleichtert, gekühlt und geklärt nach Hause gehen und sich wundern, was an der Sache Sie eigentlich soeben noch mit so süßem Tumult verstören konnte. Und für diesen kalten und eitlen Charlatan wollen Sie ernstlich eintreten? Was ausgesprochen ist, so lautet sein Glaubensbekenntnis, ist erledigt. Ist die ganze Welt ausgesprochen, so ist sie erledigt, erlöst, abgetan ... Sehr gut! Jedoch ich bin kein Nihilist ...«

»Sie sind kein –« sagte Lisaweta ... Sie hielt gerade ihr Löffelchen mit Tee in der Nähe des Mundes und erstarrte in dieser Haltung.

»Nun ja ... nun ja ... kommen Sie zu sich, Lisaweta! Ich bin es nicht, sage ich Ihnen, in Bezug auf das lebendige Gefühl. Sehen Sie, der Literat begreift im Grunde nicht, daß das Leben noch fortfahren mag, zu leben, daß es sich dessen nicht schämt, nachdem es doch ausgesprochen und ›erledigt‹ ist. Aber siehe da, es sündigt trotz aller Erlösung durch die Literatur unentwegt darauf los; denn alles Handeln ist Sünde in den Augen des Geistes ...

Ich bin am Ziel, Lisaweta. Hören Sie mich an. Ich liebe das Leben – dies ist ein Geständnis. Nehmen Sie es und bewahren Sie es, – ich habe es noch Keinem gemacht. Man hat gesagt, man hat es sogar geschrieben und drucken lassen, daß ich das Leben hasse oder fürchte oder verachte oder verabscheue. Ich habe dies gern gehört, es hat mir geschmeichelt; aber darum ist es nicht weniger falsch. Ich liebe das Leben ... Sie lächeln, Lisaweta, und ich weiß, worüber. Aber ich beschwöre Sie, halten Sie es nicht für Literatur, was ich da sage! Denken Sie nicht an Cesare Borgia oder an irgend eine trunkene Philosophie, die ihn aufs Schild erhebt! Er ist mir nichts, dieser Cesare Borgia, ich halte nicht das Geringste auf ihn, und ich werde nie und nimmer begreifen, wie man das Außerordentliche und Dämonische als Ideal verehren mag. Nein, das ›Leben‹, wie es als ewiger Gegensatz dem Geiste und der Kunst gegenübersteht, – nicht als eine Vision von blutiger Größe und wilder Schönheit, nicht als das Ungewöhnliche stellt es uns Ungewöhnlichen sich dar; sondern das Normale, Wohlanständige und Liebenswürdige ist das Reich unserer Sehnsucht, ist das Leben in seiner verführerischen Banalität! Der ist noch lange kein Künstler, meine Liebe, dessen letzte und tiefste Schwärmerei das Raffinierte, Excentrische und Satanische ist, der die Sehnsucht nicht kennt nach dem Harmlosen, Einfachen und Lebendigen, nach ein wenig Freundschaft, Hingebung, Vertraulichkeit und menschlichem Glück, – die verstohlene und zehrende Sehnsucht, Lisaweta, nach den Wonnen der Gewöhnlichkeit! ...

Ein menschlicher Freund! Wollen Sie glauben, daß es mich stolz und glücklich machen würde, unter Menschen einen Freund zu besitzen? Aber bislang habe ich nur unter Dämonen, Kobolden, tiefen Unholden und erkenntnisstummen Gespenstern, das heißt: unter Literaten Freunde gehabt.

Zuweilen gerate ich auf irgend ein Podium, finde mich in einem Saale Menschen gegenüber, die gekommen sind, mir zuzuhören. Sehen Sie, dann geschieht es, daß ich mich bei einer Umschau im Publikum beobachte, mich ertappe, wie ich heimlich im Auditorium umherspähe, mit der Frage im Herzen, wer es ist, der zu mir kam, wessen Beifall und Dank zu mir dringt, mit wem meine Kunst mir hier eine ideale Vereinigung schafft ... Ich finde nicht, was ich suche, Lisaweta. Ich finde die Herde und Gemeinde, die mir wohlbekannt ist, eine Versammlung von ersten Christen gleichsam: Leute mit ungeschickten Körpern und feinen Seelen, Leute, die immer hinfallen, sozusagen, Sie versteh'n mich, und denen die Poesie eine sanfte Rache am Leben ist, – immer nur Leidende und Sehnsüchtige und Arme und niemals jemand von den Anderen, den Blauäugigen, Lisaweta, die den Geist nicht nötig haben! ...

Und wäre es nicht zuletzt ein bedauerlicher Mangel an Folgerichtigkeit, sich zu freuen, wenn es anders wäre? Es ist widersinnig, das Leben zu lieben und dennoch mit allen Künsten bestrebt zu sein, es auf seine Seite zu ziehen, es für die Finessen und Melancholieen, den ganzen kranken Adel der Literatur zu gewinnen. Das Reich der Kunst nimmt zu, und das der Gesundheit und Unschuld nimmt ab auf Erden. Man sollte, was noch davon übrig ist, aufs Sorgfältigste konservieren und man sollte nicht Leute, die viel lieber in Pferdebüchern mit Momentaufnahmen lesen, zur Poesie verführen wollen!

Denn schließlich, – welcher Anblick wäre kläglicher, als der des Lebens, wenn es sich in der Kunst versucht? Wir Künstler verachten niemand gründlicher, als den Dilettanten, den Lebendigen, der glaubt, obendrein bei Gelegenheit einmal ein Künstler sein zu können. Ich versichere Sie, diese Art von Verachtung gehört zu meinen persönlichsten Erlebnissen. Ich befinde mich in einer Gesellschaft in gutem Hause, man ißt, trinkt und plaudert, man versteht sich aufs Beste, und ich fühle mich froh und dankbar, eine Weile unter harmlosen und regelrechten Leuten als ihresgleichen verschwinden zu können. Plötzlich (dies ist mir begegnet) erhebt sich ein Offizier, ein Leutnant, ein hübscher und strammer Mensch, dem ich niemals eine seines Ehrenkleides unwürdige Handlungsweise zugetraut hätte, und bittet mit unzweideutigen Worten um die Erlaubnis, uns einige Verse mitzuteilen, die er angefertigt habe. Man gibt ihm, mit bestürztem Lächeln, diese Erlaubnis, und er führt sein Vorhaben aus, indem er von einem Zettel, den er bis dahin in seinem Rockschoß verborgen gehalten hat, seine Arbeit vorliest, etwas an die Musik und die Liebe, kurzum, ebenso tief empfunden wie unwirksam. Nun bitte ich aber jedermann: ein Leutnant! Ein Herr der Welt! Er hätte es doch wahrhaftig nicht nötig ...! Nun, es erfolgt, was erfolgen muß: Lange Gesichter, Stillschweigen, ein wenig künstlicher Beifall und tiefstes Mißbehagen ringsum. Die erste seelische Tatsache, deren ich mir bewußt werde, ist die, daß ich mich mitschuldig fühle an der Verstörung, die dieser unbedachte junge Mann über die Gesellschaft gebracht; und kein Zweifel: auch mich, in dessen Handwerk er gepfuscht hat, treffen spöttische und entfremdete Blicke. Aber die zweite besteht darin, daß dieser Mensch, vor dessen Sein und Wesen ich soeben noch den ehrlichsten Respekt empfand, in meinen Augen plötzlich sinkt, sinkt, sinkt ... Ein mitleidiges Wohlwollen faßt mich an. Ich trete, gleich einigen anderen beherzten und gutmütigen Herren, an ihn heran und rede ihm zu. ›Meinen Glückwunsch‹, sage ich, ›Herr Leutnant! Welch hübsche Begabung! Nein, das war allerliebst!‹ Und es fehlt nicht viel, daß ich ihm auf die Schulter klopfe. Aber ist Wohlwollen die Empfindung, die man einem Leutnant entgegenzubringen hat? ... Seine Schuld! Da stand er und büßte in großer Verlegenheit den Irrtum, daß man ein Blättchen pflücken dürfe, ein einziges, vom Lorbeerbaume der Kunst, ohne mit seinem Leben dafür zu zahlen. Nein, da halte ich es mit meinem Kollegen, dem kriminellen Bankier – –. Aber finden Sie nicht, Lisaweta, daß ich heute von einer hamletischen Redseligkeit bin?«

»Sind Sie nun fertig, Tonio Kröger?«

»Nein. Aber ich sage nichts mehr.«

»Und es genügt auch. – Erwarten Sie eine Antwort?«

»Haben Sie eine?«

»Ich dächte doch. – Ich habe Ihnen gut zugehört, Tonio, von Anfang bis zu Ende, und ich will Ihnen die Antwort geben, die auf Alles paßt, was Sie heute Nachmittag gesagt haben, und die die Lösung ist für das Problem, das Sie so sehr beunruhigt hat. Nun also! Die Lösung ist die, daß Sie, wie Sie da sitzen, ganz einfach ein Bürger sind.«

»Bin ich?« fragte er und sank ein wenig in sich zusammen ...

»Nicht wahr, das trifft Sie hart, und das muß es ja auch. Und darum will ich den Urteilsspruch um etwas mildern, denn das kann ich. Sie sind ein Bürger auf Irrwegen, Tonio Kröger, – ein verirrter Bürger.«

– Stillschweigen. Dann stand er entschlossen auf und griff nach Hut und Stock.

»Ich danke Ihnen, Lisaweta Iwanowna; nun kann ich getrost nach Hause gehn. *Ich bin erledigt.*«

5.

Gegen den Herbst sagte Tonio Kröger zu Lisaweta Iwanowna:

»Ja, ich verreise nun, Lisaweta; ich muß mich auslüften, ich mache mich fort, ich suche das Weite.«

»Nun, wie denn, Väterchen, geruhen Sie wieder nach Italien zu fahren?«

»Gott, gehen Sie mir doch mit Italien, Lisaweta! Italien ist mir bis zur Verachtung gleichgültig! Das ist lange her, daß ich mir einbildete, dorthin zu gehören. Kunst, nicht wahr? Sammetblauer Himmel, heißer Wein und süße Sinnlichkeit ... Kurzum, ich mag das nicht. Ich verzichte. Die ganze bellezza macht mich nervös. Ich mag auch alle diese fürchterlich lebhaften Menschen dort unten mit dem schwarzen

Tierblick nicht leiden. Diese Romanen haben kein Gewissen in den Augen ... Nein, ich gehe nun ein bißchen nach Dänemark.«

»Nach Dänemark?«

»Ja. Und ich verspreche mir Gutes davon. Ich bin aus Zufall noch niemals hinaufgelangt, so nah ich während meiner ganzen Jugend der Grenze war, und dennoch habe ich das Land von jeher gekannt und geliebt. Ich muß wohl diese nördliche Neigung von meinem Vater haben, denn meine Mutter war doch eigentlich mehr für die bellezza, sofern ihr nämlich nicht Alles ganz einerlei war. Aber nehmen Sie die Bücher, die dort oben geschrieben werden, diese tiefen, reinen und humoristischen Bücher, Lisaweta, – es geht mir nichts darüber, ich liebe sie. Nehmen Sie die skandinavischen Mahlzeiten, diese unvergleichlichen Mahlzeiten, die man nur in einer starken Salzluft verträgt (ich weiß nicht, ob ich sie überhaupt noch vertrage), und die ich von zu Hause aus ein wenig kenne, denn man ißt schon ganz so bei mir zu Hause. Nehmen Sie auch nur die Namen, die Vornamen, mit denen die Leute dort oben geschmückt sind und von denen es ebenfalls schon viele bei mir zu Hause gibt, einen Laut wie ›Ingeborg‹, ein Harfenschlag makellosester Poesie. Und dann die See, – sie haben die Ostsee dort oben! ... Mit einem Worte, ich fahre hinauf, Lisaweta. Ich will die Ostsee wiedersehen, will diese Vornamen wieder hören, diese Bücher an Ort und Stelle lesen; ich will auch auf der Terrasse von Kronborg stehen, wo der ›Geist‹ zu Hamlet kam und Not und Tod über den armen, edlen jungen Menschen brachte ...«

»Wie fahren Sie, Tonio, wenn ich fragen darf? Welche Route nehmen Sie?«

»Die übliche«, sagte er achselzuckend und errötete deutlich. »Ja, ich berühre meine – meinen Ausgangspunkt, Lisaweta, nach dreizehn Jahren, und das kann ziemlich komisch werden.«

Sie lächelte.

»Das ist es, was ich hören wollte, Tonio Kröger. Und also fahren Sie mit Gott. Versäumen Sie auch nicht, mir zu schreiben, hören Sie? Ich verspreche mir einen erlebnisvollen Brief von Ihrer Reise nach – Dänemark ...«

6.

Und Tonio Kröger fuhr gen Norden. Er fuhr mit Komfort (denn er pflegte zu sagen, daß jemand, der es innerlich so viel schwerer hat, als andere Leute, gerechten Anspruch auf ein wenig äußeres Behagen habe), und er rastete nicht eher, als bis die Türme der engen Stadt, von der er ausgegangen war, sich vor ihm in die graue Luft erhoben. Dort nahm er einen kurzen, seltsamen Aufenthalt ...

Ein trüber Nachmittag ging schon in den Abend über, als der Zug in die schmale, verräucherte, so wunderlich vertraute Halle einfuhr; noch immer ballte sich unter dem schmutzigen Glasdach der Qualm in Klumpen zusammen und zog in gedehnten Fetzen hin und wider, wie damals, als Tonio Kröger, nichts als Spott im Herzen, von hier gefahren war. – Er versorgte sein Gepäck, ordnete an, daß es ins Hotel geschafft werde, und verließ den Bahnhof.

Das waren die zweispännigen, schwarzen, unmäßig hohen und breiten Droschken der Stadt, die draußen in einer Reihe standen! Er nahm keine davon; er sah sie nur an, wie er Alles ansah, die schmalen Giebel und spitzen Türme, die über die nächsten Dächer herübergrüßten, die blonden und lässig-plumpen Menschen mit ihrer breiten und dennoch rapiden Redeweise rings um ihn her, und ein nervöses Gelächter stieg in ihm auf, das eine heimliche Verwandtschaft mit Schluchzen hatte. – Er ging zu Fuß, ging langsam, den unablässigen Druck des feuchten Windes im Gesicht, über die Brücke, an deren Geländer mythologische Statuen standen, und eine Strecke am Hafen entlang.

Großer Gott, wie winzig und winklig das Ganze erschien! Waren hier in all der Zeit die schmalen Giebelgassen so putzig steil zur Stadt emporgestiegen? Die Schornsteine und Maste der Schiffe schaukelten leise in Wind und Dämmerung auf dem trüben Flusse. Sollte er jene Straße hinaufgehen, die dort, an der das Haus lag, das er im Sinne hatte? Nein, morgen. Er war so schläfrig jetzt. Sein Kopf war schwer von der Fahrt, und langsame, nebelhafte Gedanken zogen ihm durch den Sinn.

Zuweilen in diesen dreizehn Jahren, wenn sein Magen verdorben gewesen war, hatte ihm geträumt, daß er wieder daheim sei in dem alten, hallenden Haus an der schrägen Gasse, daß auch sein Vater wieder da sei und ihn hart anlasse wegen seiner entarteten Lebensführung, was er jedesmal sehr in der Ordnung gefunden hatte. Und diese Gegenwart nun unterschied sich durch nichts von einem dieser betörenden und unzerreißbaren Traumgespinste, in denen man sich fragen kann, ob dies Trug oder Wirklichkeit ist, und sich notgedrungen mit Überzeugung für das Letztere entscheidet, um dennoch am Ende zu erwachen ... Er schritt durch die wenig belebten, zugigen Straßen, hielt den Kopf gegen den Wind gebeugt und schritt wie schlafwandelnd in der Richtung des Hotels, des ersten der Stadt, wo er übernachten wollte. Ein krummbeiniger Mann mit einer Stange, an deren Spitze ein Feuerchen brannte, ging mit wiegendem Matrosentritt vor ihm her und zündete die Gaslaternen an.

Wie war ihm doch? Was war das alles, was unter der Asche seiner Müdigkeit, ohne zur klaren Flamme zu werden, so dunkel und schmerzlich glomm? Still, still und kein Wort! Keine Worte! Er wäre gern lange so dahingegangen, im Wind durch die dämmerigen, traumhaft vertrauten Gassen. Aber Alles war so eng und nah beieinander. Gleich war man am Ziel.

In der oberen Stadt gab es Bogenlampen, und eben erglühten sie. Da war das Hotel, und es waren die beiden schwarzen Löwen, die davor lagen, und vor denen er sich als Kind gefürchtet hatte. Noch immer blickten sie mit einer Miene, als wollten sie niesen, einander an; aber sie schienen viel kleiner geworden, seit damals. – Tonio Kröger ging zwischen ihnen hindurch.

Da er zu Fuß kam, wurde er ohne viel Feierlichkeit empfangen. Der Portier und ein sehr feiner, schwarzgekleideter Herr, welcher die Honneurs machte und beständig mit den kleinen Fingern seine Manschetten in die Ärmel zurückstieß, musterten ihn prüfend und wägend vom Scheitel bis zu den Stiefeln, sichtlich bestrebt, ihn gesellschaftlich ein wenig zu bestimmen, ihn hierarchisch und bürgerlich unterzubringen und ihm einen Platz in ihrer Achtung anzuweisen, ohne doch zu einem beruhigenden Ergebnis gelangen zu können, weshalb sie sich für eine gemäßigte Höflichkeit entschieden. Ein Kellner, ein milder Mensch mit brotblonden Backenbartstreifen, einem altersblanken Frack und Rosetten auf den lautlosen Schuhen, führte ihn zwei Treppen hinauf in ein reinlich und altväterlich eingerichtetes Zimmer, hinter dessen Fenster sich im Zwielicht ein pittoresker und mittelalterlicher Ausblick auf Höfe, Giebel und die bizarren Massen der Kirche eröffnete, in deren Nähe das Hotel gelegen war. Tonio Kröger stand eine Weile vor diesem Fenster; dann setzte er sich mit gekreuzten Armen auf das weitschweifige Sofa, zog seine Brauen zusammen und pfiff vor sich hin.

Man brachte Licht, und sein Gepäck kam. Gleichzeitig legte der milde Kellner den Meldezettel auf den Tisch, und Tonio Kröger malte mit seitwärts geneigtem Kopfe etwas darauf, das aussah wie Name, Stand und Herkunft. Hierauf bestellte er ein wenig Abendbrot, und fuhr fort, von seinem Sofawinkel aus ins Leere zu blicken. Als das Essen vor ihm stand, ließ er es noch lange unberührt, nahm endlich ein paar Bissen und ging noch eine Stunde im Zimmer auf und ab, wobei er zuweilen stehen blieb und die Augen schloß. Dann entkleidete er sich mit langsamen Bewegungen und ging zu Bette. Er schlief lange, unter verworrenen und seltsam sehnsüchtigen Träumen. –

Als er erwachte, sah er sein Zimmer von hellem Tage erfüllt. Verwirrt und hastig besann er sich, wo er sei, und machte sich auf, um die Vorhänge zu öffnen. Des Himmels schon ein wenig blasses Spätsommer-Blau war von dünnen, vom Wind zerzupften Wolkenfetzchen durchzogen; aber die Sonne schien über seiner Vaterstadt.

Er verwandte noch mehr Sorgfalt auf seine Toilette, als gewöhnlich, wusch und rasierte sich aufs Beste und machte sich so frisch und reinlich, als habe er einen Besuch in gutem, korrektem Hause vor, wo es gelte, einen schmucken und untadelhaften Eindruck zu machen; und während der Hantierungen des Ankleidens horchte er auf das ängstliche Pochen seines Herzens.

Wie hell es draußen war! Er hätte sich wohler gefühlt, wenn, wie gestern, Dämmerung in den Straßen gelegen hätte; nun aber sollte er unter den Augen der Leute durch den klaren Sonnenschein gehen. Würde er auf Bekannte stoßen, angehalten, befragt werden und Rede stehen müssen, wie er diese dreizehn Jahre verbracht? Nein, gottlob, es kannte ihn keiner mehr, und wer sich seiner erinnerte, würde ihn nicht erkennen, denn er hatte sich wirklich ein wenig verändert unterdessen. Er betrachtete sich aufmerksam im Spiegel, und plötzlich fühlte er sich sicherer hinter seiner Maske, hinter seinem früh durcharbeiteten Gesicht, das älter als seine Jahre war ... Er ließ Frühstück kommen und ging dann aus, ging unter den abschätzenden Blicken des Portiers und des feinen Herrn in Schwarz durch das Vestibule und zwischen den beiden Löwen hindurch ins Freie.

Wohin ging er? Er wußte es kaum. Es war wie gestern. Kaum daß er sich wieder von diesem wunderlich würdigen und urvertrauten Beieinander von Giebeln, Türmchen, Arkaden, Brunnen umgeben sah, kaum daß er den Druck des Windes, des starken Windes, der ein zartes und herbes Aroma aus fernen Träumen mit sich führte, wieder im Angesicht spürte, als es sich ihm wie Schleier und Nebelgespinst um die Sinne legte ... Die Muskeln seines Gesichtes spannten sich ab; und mit stille gewordenem Blick betrachtete er Menschen und Dinge. Vielleicht, daß er dort, an jener Straßenecke, dennoch erwachte ...

Wohin ging er? Ihm war, als stehe die Richtung, die er einschlug, in einem Zusammenhange mit seinen traurigen und seltsam reuevollen Träumen zur Nacht ... Auf den Markt ging er, unter den Bogengewölben des Rathauses hindurch, wo Fleischer mit blutigen Händen ihre Ware wogen, auf den Marktplatz, wo hoch, spitzig und vielfach der gotische Brunnen stand. Dort blieb er vor einem Hause stehen, einem schmalen und schlichten, gleich anderen mehr, mit einem geschwungenen, durchbrochenen Giebel, und versank in dessen Anblick. Er las das Namensschild an der Tür und ließ seine Augen ein Weilchen auf jedem der Fenster ruhen. Dann wandte er sich langsam zum Gehen.

Wohin ging er? Heimwärts. Aber er nahm einen Umweg, machte

einen Spaziergang vors Tor hinaus, weil er Zeit hatte. Er ging über den Mühlenwall und den Holstenwall und hielt seinen Hut fest vor dem Winde, der in den Bäumen rauschte und knarrte. Dann verließ er die Wallanlagen unfern des Bahnhofes, sah einen Zug mit plumper Eilfertigkeit vorüberpuffen, zählte zum Zeitvertreib die Wagen und blickte dem Manne nach, der zuhöchst auf dem allerletzten saß. Aber am Lindenplatze machte er vor einer der hübschen Villen Halt, die dort standen, spähte lange in den Garten und zu den Fenstern hinauf und verfiel am Ende darauf, die Gatterpforte in ihren Angeln hin- und herzuschlenkern, so daß es kreischte. Dann betrachtete er eine Weile seine Hand, die kalt und rostig geworden war, und ging weiter, ging durch das alte, untersetzte Tor, am Hafen entlang und die steile zugige Gasse hinauf zum Haus seiner Eltern.

Es stand, eingeschlossen von den Nachbarhäusern, die sein Giebel überragte, grau und ernst wie seit dreihundert Jahren, und Tonio Kröger las den frommen Spruch, der in halb verwischten Lettern über dem Eingang stand. Dann atmete er auf und ging hinein.

Sein Herz schlug ängstlich, denn er gewärtigte, sein Vater könnte aus einer der Türen zu ebener Erde, an denen er vorüberschritt, hervortreten, im Kontor-Rock und die Feder hinterm Ohr, ihn anhalten und ihn wegen seines extravaganten Lebens streng zur Rede stellen, was er sehr in der Ordnung gefunden hätte. Aber er gelangte unbehelligt vorbei. Die Windfangtür war nicht geschlossen, sondern nur angelehnt, was er als tadelnswert empfand, während ihm gleichzeitig zu Mute war wie in gewissen leichten Träumen, in denen die Hindernisse von selbst vor einem weichen und man, von wunderbarem Glück begünstigt, ungehindert vorwärts dringt ... Die weite Diele, mit großen, viereckigen Steinfliesen gepflastert, widerhallte von seinen Schritten. Der Küche gegenüber, in der es still war, sprangen wie vor Alters in beträchtlicher Höhe die seltsamen, plumpen, aber reinlich lackierten Holzgelasse aus der Wand hervor, die Mägdekammern, die nur durch eine Art freiliegender Stiege von der Diele aus zu erreichen waren. Aber die großen Schränke und die geschnitzte Truhe waren nicht mehr da, die hier gestanden hatten ... Der Sohn des Hauses beschritt die gewaltige Treppe und stützte sich mit der Hand auf das weißlackierte, durchbrochene Holzgeländer, indem er sie bei jedem Schritte erhob und beim nächsten sacht wieder darauf niedersinken ließ, wie als versuche er schüchtern, ob die ehemalige Vertrautheit mit diesem alten, soliden Geländer wieder herzustellen sei ... Aber auf dem Treppenabsatz blieb er stehen, vorm Eingang zum Zwischengeschoß. An der Tür war ein weißes Schild befestigt, auf dem in schwarzen Buchstaben zu lesen war: Volksbibliothek.

Volksbibliothek? dachte Tonio Kröger, denn er fand, daß hier weder das Volk noch die Literatur etwas zu suchen hatten. Er klopfte an die Tür ... Ein Herein ward laut, und er folgte ihm. Gespannt und finster blickte er in eine höchst unziemliche Veränderung hinein.

Das Geschoß war drei Stuben tief, deren Verbindungstüren offen standen. Die Wände waren fast in ihrer ganzen Höhe mit gleichförmig gebundenen Büchern bedeckt, die auf dunklen Gestellen in langen Reihen standen. In jedem Zimmer saß hinter einer Art von Ladentisch ein dürftiger Mensch und schrieb. Zwei davon wandten nur die Köpfe nach Tonio Kröger, aber der erste stand eilig auf, wobei er sich mit beiden Händen auf die Tischplatte stützte, den Kopf vorschob, die Lippen spitzte, die Brauen emporzog und den Besucher mit eifrig zwinkernden Augen anblickte ...

»Verzeihung«, sagte Tonio Kröger, ohne den Blick von den vielen Büchern zu wenden. »Ich bin hier fremd, ich besichtige die Stadt. Dies ist also die Volksbibliothek? Würden Sie erlauben, daß ich mir ein wenig Einblick in die Sammlung verschaffe?«

»Gern!« sagte der Beamte und zwinkerte noch heftiger ... »Gewiß, das steht jedermann frei. Wollen Sie sich nur umsehen ... Ist Ihnen ein Katalog gefällig?«

»Danke«, antwortete Tonio Kröger. »Ich orientiere mich leicht.« Damit begann er, langsam an den Wänden entlang zu schreiten, indem er sich den Anschein gab, als studiere er die Titel auf den Bücherrücken. Schließlich nahm er einen Band heraus, öffnete ihn und stellte sich damit ans Fenster.

Hier war das Frühstückszimmer gewesen. Man hatte hier morgens gefrühstückt, nicht droben im großen Eßsaal, wo aus der blauen Tapete weiße Götterstatuen hervortraten ... Das dort hatte als Schlafzimmer gedient. Seines Vaters Mutter war dort gestorben, so alt sie war, unter schweren Kämpfen, denn sie war eine genußfrohe Weltdame und hing am Leben. Und später hatte dort sein Vater selbst den letzten Seufzer getan, der lange, korrekte, ein wenig wehmütige und nachdenkliche Herr mit der Feldblume im Knopfloch ... Tonio hatte am Fußende seines Sterbebettes gesessen, mit heißen Augen, ehrlich und gänzlich hingegeben an ein stummes und starkes Gefühl, an Liebe und Schmerz. Und auch seine Mutter hatte am Lager geknieet, seine schöne, feurige Mutter, ganz aufgelöst in heißen Tränen; worauf sie mit dem südlichen Künstler in blaue Fernen gezogen war ... Aber dort hinten, das kleinere, dritte Zimmer, nun ebenfalls ganz mit Büchern angefüllt, die ein dürftiger Mensch bewachte, war lange Jahre hindurch sein eigenes gewesen. Dorthin war er nach der Schule heimgekehrt, nachdem er einen Spaziergang, wie eben jetzt, gemacht, an jener Wand hatte sein Tisch gestanden, in dessen Schublade er seine ersten, innigen und hilflosen Verse verwahrt hatte ... Der Walnußbaum ... Eine stechende Wehmut durchzuckte ihn. Er blickte seitwärts durchs Fenster hinaus. Der Garten lag wüst, aber der alte Walnußbaum stand an seinem Platze, schwerfällig knarrend und rauschend im Winde. Und Tonio Kröger ließ die Augen auf das Buch zurückgleiten, das er in Händen hielt, ein hervorragendes Dichtwerk und ihm wohlbekannt. Er blickte auf diese schwarzen Zeilen und Satzgruppen nieder, folgte eine Strecke dem kunstvollen Fluß des Vortrags, wie er in gestaltender Leidenschaft sich zu einer Pointe und Wirkung erhob und dann effektvoll absetzte ...

Ja, das ist gut gemacht, sagte er, stellte das Dichtwerk weg und wandte sich. Da sah er, daß der Beamte noch immer aufrecht stand und mit einem Mischausdruck von Diensteifer und nachdenklichem Mißtrauen seine Augen zwinkern ließ.

»Eine ausgezeichnete Sammlung, wie ich sehe«, sagte Tonio Kröger. »Ich habe schon einen Überblick gewonnen. Ich bin Ihnen sehr verbunden. Adieu.« Damit ging er zur Tür hinaus; aber es war ein zweifelhafter Abgang, und er fühlte deutlich, daß der Beamte, voller Unruhe über diesen Besuch, noch minutenlang stehen und zwinkern würde.

Er spürte keine Neigung, noch weiter vorzudringen. Er war zu Hause gewesen. Droben, in den großen Zimmern hinter der Säulenhalle, wohnten fremde Leute, er sah es; denn der Treppenkopf war durch eine Glastür verschlossen, die ehemals nicht dagewesen war, und irgend ein Namensschild war daran. Er ging fort, ging die Treppe hinunter, über die hallende Diele, und verließ sein Elternhaus. In einem Winkel eines Restaurants nahm er in sich gekehrt eine schwere und fette Mahlzeit ein, und kehrte dann ins Hotel zurück.

»Ich bin fertig«, sagte er zu dem feinen Herrn in Schwarz. »Ich reise heute Nachmittag.« Und er bestellte seine Rechnung, sowie den Wagen, der ihn an den Hafen bringen sollte, zum Dampfschiff nach Kopenhagen. Dann ging er auf sein Zimmer und setzte sich an den Tisch, saß still und aufrecht, indem er die Wange in die Hand stützte und mit blicklosen Augen auf die Tischplatte niedersah. Später beglich er seine Rechnung und machte seine Sachen bereit. Zur festgesetzten Zeit ward der Wagen gemeldet, und Tonio Kröger stieg reisefertig hinab.

Drunten, am Fuße der Treppe, erwartete ihn der feine Herr in Schwarz.

»Um Vergebung!« sagte er und stieß mit den kleinen Fingern seine Manschetten in die Ärmel zurück ... »Verzeihen Sie, mein Herr, daß wir Sie noch eine Minute in Anspruch nehmen müssen. Herr Seehaase – der Besitzer des Hotels – ersucht Sie um eine Unterredung von zwei Worten. Eine Formalität ... Er befindet sich dort hinten ... Wollen Sie die Güte haben, sich mit mir zu bemühen ... Es ist *nur* Herr Seehaase, der Besitzer des Hotels.«

Und er führte Tonio Kröger unter einladendem Gestenspiel in den Hintergrund des Vestibules. Dort stand in der Tat Herr Seehaase. Tonio Kröger kannte ihn von Ansehen aus alter Zeit. Er war klein, fett und krummbeinig. Sein geschorener Backenbart war weiß geworden; aber noch immer trug er eine weit ausgeschnittene Frackjacke und dazu ein grün gesticktes Sammetmützchen. Übrigens war er nicht allein. Bei ihm, an einem kleinen, an der Wand befestigten Pultbrett, stand, den Helm auf dem Kopf, ein Polizist, welcher seine behandschuhte Rechte auf einem bunt beschriebenen Papier ruhen ließ, das vor ihm auf dem Pulte lag, und Tonio Kröger mit seinem ehrlichen Soldatengesicht so entgegensah, als erwartete er, daß dieser bei seinem Anblick in den Boden versinken müsse.

Tonio Kröger blickte von Einem zum Andern und verlegte sich aufs Warten.

»Sie kommen von München?« fragte endlich der Polizist mit einer gutmütigen und schwerfälligen Stimme.

Tonio Kröger bejahte dies.

»Sie reisen nach Kopenhagen?«

Ja, ich bin auf der Reise in ein dänisches Seebad.«

»Seebad? – Ja, Sie müssen mal Ihre Papiere vorweisen«, sagte der Polizist, indem er das letzte Wort mit besonderer Genugtuung aussprach.

»Papiere ...« Er hatte keine Papiere. Er zog seine Brieftasche hervor und blickte hinein; aber es befand sich außer einigen Geldscheinen nichts darin, als die Korrektur einer Novelle, die er an seinem Reiseziel zu erledigen gedachte. Er verkehrte nicht gern mit Beamten und hatte sich noch niemals einen Paß ausstellen lassen ...

»Es tut mir leid«, sagte er, »aber ich führe keine Papiere bei mir.«

»So?« sagte der Polizist ... »Gar keine? – Wie ist Ihr Name?«

Tonio Kröger antwortete ihm.

»Ist das auch wahr?!« fragte der Polizist, reckte sich auf und öffnete plötzlich seine Nasenlöcher, so weit er konnte ...

»Vollkommen wahr«, antwortete Tonio Kröger.

»Was sind Sie denn?«

Tonio Kröger schluckte hinunter und nannte mit fester Stimme sein Gewerbe. – Herr Seehaase hob den Kopf und sah neugierig in sein Gesicht empor.

»Hm!« sagte der Polizist. »Und Sie geben an, nicht identisch zu sein mit einem Individium namens –« Er sagte »Individium« und buchstabierte dann aus dem bunt beschriebenen Papier einen ganz verzwickten und romantischen Namen zusammen, der aus den Lauten verschiedener Rassen abenteuerlich gemischt erschien und den Tonio Kröger im nächsten Augenblick wieder vergessen hatte. »– Welcher«, fuhr er fort, »von unbekannten Eltern und unbestimmter Zuständigkeit wegen verschiedener Betrügereien und anderer Vergehen von der Münchener Polizei verfolgt wird und sich wahrscheinlich auf der Flucht nach Dänemark befindet?«

»Ich gebe das nicht nur an«, sagte Tonio Kröger und machte eine nervöse Bewegung mit den Schultern. – Dies rief einen gewissen Eindruck hervor.

»Wie? Ach so, na gewiß!« sagte der Polizist. »Aber daß Sie auch gar nichts vorweisen können!«

Auch Herr Seehaase legte sich beschwichtigend ins Mittel.

»Das Ganze ist eine Formalität«, sagte er, »nichts weiter! Sie müssen bedenken, daß der Beamte nur seine Schuldigkeit tut. Wenn Sie sich irgendwie legitimieren könnten ... Ein Papier ...«

Alle schwiegen. Sollte er der Sache ein Ende machen, indem er sich zu erkennen gab, indem er Herrn Seehaase eröffnete, daß er kein Hochstapler von unbestimmter Zuständigkeit sei, von Geburt kein Zigeuner im grünen Wagen, sondern der Sohn Konsul Krögers, aus der Familie der Kröger? Nein, er hatte keine Lust dazu. Und waren diese Männer der bürgerlichen Ordnung nicht im Grunde ein wenig im Recht? Gewissermaßen war er ganz einverstanden mit ihnen ... Er zuckte die Achseln und blieb stumm.

»Was haben Sie denn da?« fragte der Polizist. »Da, in dem Porteföhch?«

»Hier? Nichts. Es ist eine Korrektur«, antwortete Tonio Kröger.

»Korrektur? Wieso? Lassen Sie mal sehen.«

Und Tonio Kröger überreichte ihm seine Arbeit. Der Polizist breitete sie auf der Pultplatte aus und begann, darin zu lesen. Auch Herr Seehaase trat näher herzu und beteiligte sich an der Lektüre. Tonio Kröger blickte ihnen über die Schultern und beobachtete, bei welcher Stelle sie seien. Es war ein guter Moment, eine Pointe und Wirkung, die er vortrefflich herausgearbeitet hatte. Er war zufrieden mit sich.

»Sehen Sie!« sagte er. »Da steht mein Name. Ich habe dies geschrieben, und nun wird es veröffentlicht, verstehen Sie.«

»Nun, das genügt!« sagte Herr Seehaase mit Entschluß, raffte die Blätter zusammen, faltete sie und gab sie ihm zurück. »Das muß genügen, Petersen!« wiederholte er kurz, in dem er verstohlen die Augen schloß und abwinkend den Kopf schüttelte. »Wir dürfen den Herrn nicht länger aufhalten. Der Wagen wartet. Ich bitte sehr, die kleine Störung zu entschuldigen, mein Herr. Der Beamte hat ja nur seine Pflicht getan, aber ich sagte ihm sofort, daß er auf falscher Fährte sei ...«

So? dachte Tonio Kröger.

Der Polizist schien nicht ganz einverstanden; er wandte noch etwas ein von ›Individium‹ und ›vorweisen‹. Aber Herr Seehaase führte seinen Gast unter wiederholten Ausdrücken des Bedauerns durch das Vestibule zurück, geleitete ihn zwischen den beiden Löwen hindurch zum Wagen und schloß selbst unter Achtungsbezeugungen den Schlag hinter ihm. Und dann rollte die lächerlich hohe und breite Droschke stolpernd, klirrend und lärmend die steilen Gassen hinab zum Hafen ...

Dies war Tonio Krögers seltsamer Aufenthalt in seiner Vaterstadt.

7.

Die Nacht fiel ein, und mit einem schwimmenden Silberglanz stieg schon der Mond empor, als Tonio Krögers Schiff die offene See gewann. Er stand am Bugspriet, in seinen Mantel gehüllt vor dem Winde, der mehr und mehr erstarkte, und blickte hinab in das dunkle Wandern und Treiben der starken, glatten Wellenleiber dort unten, die umeinander schwankten, sich klatschend begegneten, in unerwarteten Richtungen auseinanderschossen und plötzlich schaumig aufleuchteten ...

Eine schaukelnde und still entzückte Stimmung erfüllte ihn. Er war ein wenig niedergeschlagen gewesen, daß man ihn daheim als Hochstapler hatte verhaften wollen, ja, – obgleich er es gewissermaßen in der Ordnung gefunden hatte. Aber dann, nachdem er sich eingeschifft, hatte er, wie als Knabe zuweilen mit seinem Vater, dem Verladen der Waren zugesehen, mit denen man, unter Rufen, die ein Gemisch aus Dänisch und Plattdeutsch waren, den tiefen Bauch des Dampfers füllte, hatte gesehen, wie man außer den Ballen und Kisten auch einen Eisbären und einen Königstiger in dick vergitterten Käfigen hinabließ, die wohl von Hamburg kamen und für eine dänische Menagerie bestimmt waren; und dies hatte ihn zerstreut. Während dann das Schiff zwischen den flachen Ufern den Fluß entlang glitt, hatte er Polizist Petersens Verhör ganz und gar vergessen, und alles, was vorher gewesen war, seine süßen, traurigen und reuigen Träume der Nacht, der Spaziergang, den er gemacht, der Anblick des Walnußbaumes, war wieder in seiner Seele stark geworden. Und nun, da das Meer sich öffnete, sah er von fern den Strand, an dem er als Knabe die sommerlichen Träume des Meeres hatte belauschen dürfen, sah die Glut des Leuchtturms und die Lichter des Kurhauses, darin er mit seinen Eltern gewohnt ... Die Ostsee! Er lehnte den Kopf gegen den starken Salzwind, der frei und ohne Hindernis daherkam, die Ohren umhüllte und einen gelinden Schwindel, eine gedämpfte Betäubung hervorrief, in der die Erinnerung an alles Böse, an Qual und Irrsal, an Wollen und Mühen träge und selig unterging. Und in dem Sausen, Klatschen, Schäumen und Ächzen ringsum ihn her glaubte er das Rauschen und Knarren des alten Walnußbaumes, das Kreischen einer Gartenpforte zu hören ... Es dunkelte mehr und mehr.

»Die Sderne, Gott, sehen Sie doch bloß die Sderne an«, sagte plötzlich mit schwerfällig singender Betonung eine Stimme, die aus dem Innern einer Tonne zu kommen schien. Er kannte sie schon. Sie gehörte einem rotblonden und schlicht gekleideten Mann mit geröteten Augenlidern und einem feuchtkalten Aussehen, als habe er soeben gebadet. Beim Abendessen in der Kajüte war er Tonio Krögers Nachbar gewesen und hatte mit zagen und bescheidenen Bewegungen erstaunliche Mengen von Hummer-Omelette zu sich genommen. Nun lehnte er neben ihm an der Brüstung und blickte zum Himmel empor, indem er sein Kinn mit Daumen und Zeigefinger erfaßt hielt. Ohne Zweifel befand er sich in einer jener außerordentlichen und festlich-beschaulichen Stimmungen, in denen die Schranken zwischen den Menschen dahinsinken, in denen das Herz auch Fremden sich öffnet und der Mund Dinge spricht, vor denen er sich sonst schamhaft verschließen würde ...

»Sehen Sie, Herr, doch bloß die Sderne an. Da sdehen sie und glitzern, es ist, weiß Gott, der ganze Himmel voll. Und nun bitt' ich Sie, wenn man hinaufsieht und bedenkt, daß viele davon doch hundertmal größer sein sollen als die Erde, wie wird einem da zu Sinn? Wir Menschen haben den Telegraphen erfunden und das Telephon und so viele Errungenschaften der Neuzeit, ja, das haben wir. Aber wenn wir da hinaufsehen, so müssen wir doch erkennen und versdehen, daß wir im Grunde Gewürm sind, elendes Gewürm und nichts weiter, – hab' ich Recht oder Unrecht, Herr? Ja, wir sind Gewürm!« antwortete er sich selbst und nickte demütig und zerknirscht zum Firmament empor.

Au ... nein, der hat keine Literatur im Leibe! dachte Tonio Kröger. Und alsbald fiel ihm etwas ein, was er kürzlich gelesen hatte, der Aufsatz eines berühmten französischen Schriftstellers über kosmologische und psychologische Weltanschauung; es war ein recht feines Geschwätz gewesen.

Er gab dem jungen Mann etwas wie eine Antwort auf seine tief erlebte Bemerkung, und dann fuhren sie fort, miteinander zu sprechen, indem sie, über die Brüstung gelehnt, in den unruhig erhellten, bewegten Abend hinausblickten. Es erwies sich, daß der Reisegefährte ein junger Kaufmann aus Hamburg war, der seinen Urlaub zu dieser Vergnügungsfahrt benutzte ...

»Sollst«, sagte er, »ein bißchen mit dem steamer nach Kopenhagen fahren, denk' ich, und da sdeh ich nun, und es ist ja so weit ganz schön. Aber das mit den Hummer-Omeletten, das war nicht richtig, Herr, das sollen Sie sehn, denn die Nacht wird sdürmisch, das hat der Kapitän selbst gesagt, und mit so einem unbekömmlichen Essen im Magen ist das kein Sbaß ...«

Tonio Kröger lauschte all dieser zutunlichen Torheit mit einem heimlichen und freundschaftlichen Gefühl.

»Ja«, sagte er, »man ißt überhaupt zu schwer hier oben. Das macht faul und wehmütig.«

»Wehmütig?« wiederholte der junge Mann und betrachtete ihn verdutzt ... »Sie sind wohl fremd hier, Herr?« fragte er plötzlich ...

»Ach ja, ich komme weit her!« antwortete Tonio Kröger mit einer vagen und abwehrenden Armbewegung.

»Aber Sie haben Recht«, sagte der junge Mann; »Sie haben, weiß Gott, Recht in dem, was Sie von wehmütig sagen! Ich bin fast immer wehmütig, aber besonders an solchen Abenden, wie heute, wenn die Sderne am Himmel sdehn.« Und er stützte wieder sein Kinn mit Daumen und Zeigefinger.

Sicherlich schreibt er Verse, dachte Tonio Kröger, tief ehrlich empfundene Kaufmannsverse ...

Der Abend rückte vor, und der Wind war nun so heftig geworden, daß er das Sprechen behinderte. So beschlossen sie, ein wenig zu schlafen, und wünschten einander gute Nacht.

Tonio Kröger streckte sich in seiner Koje auf der schmalen Bettstatt aus, aber er fand keine Ruhe. Der strenge Wind und sein herbes Arom hatten ihn seltsam erregt, und sein Herz war unruhig wie in ängstlicher Erwartung von etwas Süßem. Auch verursachte die Erschütterung, welche entstand, wenn das Schiff einen steilen Wogenberg hinabglitt und die Schraube wie im Krampf außerhalb des Wassers arbeitete, ihm arge Übelkeit. Er kleidete sich wieder vollends an und stieg ins Freie hinauf.

Wolken jagten am Monde vorbei. Das Meer tanzte. Nicht runde und gleichmäßige Wellen kamen in Ordnung daher, sondern weithin, in bleichem und flackerndem Licht, war die See zerrissen, zerpeitscht, zerwühlt, leckte und sprang in spitzen, flammenartigen Riesenzungen empor, warf neben schaumerfüllten Klüften zackige und unwahrscheinliche Gebilde auf und schien mit der Kraft ungeheurer Arme in tollem Spiel den Gischt in alle Lüfte zu schleudern. Das Schiff hatte schwere Fahrt; stampfend, schlenkernd und ächzend arbeitete es sich durch den Tumult, und manchmal hörte man den Eisbären und den Tiger, die unter dem Seegang litten, in seinem Innern brüllen. Ein Mann im Wachstuchmantel, die Kapuze überm Kopf und eine Laterne um den Leib geschnallt, ging breitbeinig und mühsam balancierend auf dem Verdecke hin und her. Aber dort hinten stand, tief über Bord gebeugt, der junge Mann aus Hamburg und ließ es sich schlecht ergehen. »Gott«, sagte er mit hohler und wankender Stimme, als er Tonio Kröger gewahrte, »sehen Sie doch bloß den Aufruhr der Elemente, Herr!« Aber dann wurde er unterbrochen und wandte sich eilig ab.

Tonio Kröger hielt sich an irgend einem gestrafften Tau und blickte hinaus in all den unbändigen Übermut. In ihm schwang sich ein Jauchzen auf, und ihm war, als sei es mächtig genug, um Sturm und Flut zu übertönen. Ein Sang an das Meer, begeistert von Liebe, tönte in ihm. Du meiner Jugend wilder Freund, so sind wir einmal noch vereint ... Aber dann war das Gedicht zu Ende. Es ward nicht fertig, nicht rund geformt und nicht in Gelassenheit zu etwas Ganzem geschmiedet. Sein Herz lebte ...

Lange stand er so; dann streckte er sich auf einer Bank am Kajütenhäuschen aus und blickte zum Himmel hinauf, an dem die Sterne flackerten. Er schlummerte sogar ein wenig. Und wenn der kalte Schaum in sein Gesicht spritzte, so war es ihm im Halbschlaf wie eine Liebkosung.

Senkrechte Kreidefelsen, gespenstisch im Mondschein, kamen in Sicht und näherten sich; das war Möen, die Insel. Und wieder trat Schlummer dazwischen, unterbrochen von salzigen Sprühschauern, die scharf ins Gesicht bissen und die Züge erstarren ließen ... Als er völlig wach wurde, war es schon Tag, ein hellgrauer, frischer Tag, und die grüne See ging ruhiger. Beim Frühstück sah er den jungen Kaufmann wieder, der heftig errötete, wahrscheinlich vor Scham, im Dunklen so poetische und blamable Dinge geäußert zu haben, mit allen fünf Fingern seinen kleinen rötlichen Schnurrbart emporstrich und ihm einen soldatisch scharfen Morgengruß zurief, um ihn dann ängstlich zu meiden.

Und Tonio Kröger landete in Dänemark. Er hielt Ankunft in Kopenhagen, gab Trinkgeld an Jeden, der sich die Miene gab, als hätte er Anspruch darauf, durchwanderte von seinem Hotelzimmer aus drei Tage lang die Stadt, indem er sein Reisebüchlein aufgeschlagen vor sich her trug, und benahm sich ganz wie ein besserer Fremder, der seine Kenntnisse zu bereichern wünscht. Er betrachtete des Königs Neumarkt und das »Pferd« in seiner Mitte, blickte achtungsvoll an den Säulen der Frauenkirche empor, stand lange vor Thorwaldsens edlen und lieblichen Bildwerken, stieg auf den Runden Turm, besichtigte Schlösser und verbrachte zwei bunte Abende im Tivoli. Aber es war nicht so recht eigentlich all dies, was er sah.

An den Häusern, die oft ganz das Aussehen der alten Häuser seiner Vaterstadt mit geschwungenen, durchbrochenen Giebeln hatten, sah er Namen, die ihm aus alten Tagen bekannt waren, die ihm etwas Zartes und Köstliches zu bezeichnen schienen und bei alldem etwas wie Vorwurf, Klage und Sehnsucht nach Verlorenem in sich schlossen. Und allerwegen, indes er in verlangsamten, nachdenklichen Zügen die feuchte Seeluft atmete, sah er Augen, die so blau, Haare, die so blond, Gesichter, die von eben der Art und Bildung waren, wie er sie in den seltsam wehen und reuigen Träumen der Nacht geschaut, die er in seiner Vaterstadt verbracht hatte. Es konnte geschehen, daß auf offener Straße ein Blick, ein klingendes Wort, ein Auflachen ihn ins Innerste traf ...

Es litt ihn nicht lange in der munteren Stadt. Eine Unruhe, süß und töricht, Erinnerung halb und halb Erwartung, bewegte ihn, zusammen mit dem Verlangen, irgendwo still am Strande liegen zu dürfen und nicht den angelegentlich sich umtuenden Touristen spielen zu müssen. So schiffte er sich aufs Neue ein und fuhr an einem trüben Tage (die See ging schwarz) nordwärts die Küste von Seeland entlang gen Helsingör. Von dort setzte er seine Reise unverzüglich zu Wagen auf dem Chausseewege fort, noch drei Viertelstunden lang, immer ein wenig oberhalb des Meeres, bis er an seinem letzten und eigentlichen Ziele hielt, dem kleinen weißen Badehotel mit grünen Fensterläden, das inmitten einer Siedelung niedriger Häuschen stand und mit seinem holzgedeckten Turm auf den Sund und die schwedische Küste hinausblickte. Hier stieg er ab, nahm Besitz von dem hellen Zimmer, das man ihm bereit gehalten, füllte Bord und Spind mit dem, was er mit sich führte, und schickte sich an, hier eine Weile zu leben.

8.

Schon rückte der September vor: es waren nicht mehr viele Gäste in Aalsgaard. Bei den Mahlzeiten in dem großen, balkengedeckten Eßsaal zu ebener Erde, dessen hohe Fenster auf die Glas-Veranda und die See hinausführten, führte die Wirtin den Vorsitz, ein bejahrtes Mädchen mit weißem Haar, farblosen Augen, zartrosigen Wangen und einer haltlosen Zwitscherstimme, das immer seine roten Hände auf dem Tafeltuche ein wenig vorteilhaft zu gruppieren trachtete. Ein kurzhalsiger alter Herr mit eisgrauem Schifferbart und dunkelbläulichem Gesicht war da, ein Fischhändler aus der Hauptstadt, der des Deutschen mächtig war. Er schien gänzlich verstopft und zum Schlagfluß geneigt, denn er atmete kurz und stoßweise und hob von Zeit zu Zeit den beringten Zeigefinger zu einem seiner Nasenlöcher empor, um es zuzudrücken und dem anderen durch starkes Blasen ein wenig Luft zu verschaffen. Nichtsdestoweniger sprach er beständig der Aquavitflasche zu, die sowohl beim Frühstück als beim Mittag- und Abendessen vor ihm stand. Dann waren nur noch drei große amerikanische Jünglinge mit ihrem Gouverneur oder Hauslehrer zugegen, der schweigend an seiner Brille rückte und tagüber mit ihnen Fußball spielte. Sie trugen ihr rotgelbes Haar in der Mitte gescheitelt und hatten lange, unbewegte Gesichter. »Please, give me the wurst-things there!« sagte der Eine. »That's not wurst, that's schinken!« sagte ein Anderer, und dies war alles, was sowohl sie als der Hauslehrer zur Unterhaltung beitrugen; denn sonst saßen sie still und tranken heißes Wasser.

Tonio Kröger hätte sich keine andere Art von Tischgesellschaft gewünscht. Er genoß seinen Frieden, horchte auf die dänischen Kehllaute, die hellen und trüben Vokale, in denen der Fischhändler und die Wirtin zuweilen konversierten, wechselte hie und da mit dem Ersteren eine schlichte Bemerkung über den Barometerstand und erhob sich dann, um durch die Veranda wieder an den Strand hinunterzugehen, wo er schon lange Morgenstunden verbracht hatte.

Manchmal war es dort still und sommerlich. Die See ruhte träge und glatt, in blauen, flaschengrünen und rötlichen Streifen, von silbrig glitzernden Lichtreflexen überspielt, der Tang dörrte zu Heu in der Sonne, und die Quallen lagen da und verdunsteten. Es roch ein wenig faulig und ein wenig auch nach dem Teer des Fischerbootes, an welches Tonio Kröger, im Sande sitzend, den Rücken lehnte, – so gewandt, daß er den offenen Horizont und nicht die schwedische Küste vor Augen hatte; aber des Meeres leiser Atem strich rein und frisch über alles hin.

Und graue, stürmische Tage kamen. Die Wellen beugten die Köpfe wie Stiere, die die Hörner zum Stoße einlegen, und rannten wütend gegen den Strand, der hoch hinauf überspült und mit naßglänzendem Seegras, Muscheln und angeschwemmtem Holzwerk bedeckt war. Zwischen den langgestreckten Wellenhügeln dehnten sich unter dem verhängten Himmel blaßgrünschaumig die Täler; aber dort, wo hinter den Wolken die Sonne stand, lag auf den Wassern ein weißlicher Sammetglanz.

Tonio Kröger stand in Wind und Brausen eingehüllt, versunken in dies ewige, schwere, betäubende Getöse, das er so sehr liebte. Wandte er sich und ging fort, so schien es plötzlich ganz ruhig und warm um ihn her. Aber im Rücken wußte er sich das Meer; es rief, lockte und grüßte. Und er lächelte.

Er ging landeinwärts, auf Wiesenwegen durch die Einsamkeit, und bald nahm Buchenwald ihn auf, der sich hügelig weit in die Gegend erstreckte. Er setzte sich ins Moos, an einen Baum gelehnt, so, daß er zwischen den Stämmen einen Streifen des Meeres gewahren konnte. Zuweilen trug der Wind das Geräusch der Brandung zu ihm, das klang, wie wenn in der Ferne Bretter aufeinander fallen. Krähengeschrei über den Wipfeln, heiser, öde und verloren ... Er hielt ein

Buch auf den Knieen, aber er las nicht eine Zeile darin. Er genoß ein tiefes Vergessen, ein erlöstes Schweben über Raum und Zeit, und nur zuweilen war es, als würde sein Herz von einem Weh durchzuckt, einem kurzen, stechenden Gefühl von Sehnsucht oder Reue, das nach Namen und Herkunft zu fragen er zu träge und versunken war.

So verging mancher Tag; er hätte nicht zu sagen vermocht, wie viele, und trug kein Verlangen danach, es zu wissen. Dann aber kam einer, an welchem etwas geschah; es geschah, während die Sonne am Himmel stand und Menschen zugegen waren, und Tonio Kröger war nicht einmal so außerordentlich erstaunt darüber.

Gleich dieses Tages Anfang gestaltete sich festlich und entzückend. Tonio Kröger erwachte sehr früh und ganz plötzlich, fuhr mit einem feinen und unbestimmten Erschrecken aus dem Schlafe empor und glaubte, in ein Wunder, einen feenhaften Beleuchtungszauber hineinzublicken. Sein Zimmer, mit Glastür und Balkon nach dem Sunde hinaus gelegen und durch einen dünnen, weißen Gaze-Vorhang in Wohn- und Schlafraum geteilt, war zartfarbig tapeziert und mit leichten, hellen Möbeln versehen, sodaß es stets einen lichten und freundlichen Anblick bot. Nun aber sahen seine schlaftrunkenen Augen es in einer unirdischen Verklärung und Illumination vor sich liegen, über und über getaucht in einen unsäglich holden und duftigen Rosenschein, der Wände und Möbel vergoldete und den Gaze-Vorhang in ein mildes, rotes Glühen versetzte ... Tonio Kröger begriff lange nicht, was sich ereignete. Als er aber vor der Glastür stand und hinausblickte, sah er, daß es die Sonne war, die aufging.

Mehrere Tage lang war es trüb und regnicht gewesen; jetzt aber spannte sich der Himmel wie aus straffer, blaßblauer Seide schimmernd klar über See und Land, und durchquert und umgeben von rot und golden durchleuchteten Wolken, erhob sich feierlich die Sonnenscheibe über das flimmernd gekrauste Meer, das unter ihr zu erschauern und zu erglühen schien ... So hub der Tag an, und verwirrt und glücklich warf Tonio Kröger sich in die Kleider, frühstückte vor allen Anderen drunten in der Veranda, schwamm hierauf von dem kleinen hölzernen Badehäuschen aus eine Strecke in den Sund hinaus und tat dann einen stundenlangen Gang am Strande hin. Als er zurückkehrte, hielten mehrere omnibusartige Wagen vorm Hotel, und vom Eßsaal aus gewahrte er, daß sowohl in dem anstoßenden Gesellschaftszimmer, dort, wo das Klavier stand, als auch in der Veranda und auf der Terrasse, die davor lag, Menschen in großer Anzahl, kleinbürgerlich gekleidete Herrschaften, an runden Tischen saßen und unter angeregten Gesprächen Bier mit Butterbrot genossen. Es waren ganze Familien, ältere und junge Leute, ja sogar ein paar Kinder.

Beim zweiten Frühstück (der Tisch trug schwer an kalter Küche, Geräuchertem, Gesalzenem und Gebackenem) erkundigte sich Tonio Kröger, was vor sich gehe.

»Gäste!« sagte der Fischhändler. »Ausflügler und Ballgäste aus Helsingör! Ja, Gott soll uns bewahren, wir werden nicht schlafen können, diese Nacht! Es wird Tanz geben, Tanz und Musik, und man muß fürchten, daß das lange dauert. Es ist eine Familienvereinigung, eine Landpartie nebst Réunion, kurzum, eine Subskription oder dergleichen, und sie genießen den schönen Tag. Sie sind zu Boot und zu Wagen gekommen, und jetzt frühstücken sie. Später fahren sie noch weiter über Land, aber abends kommen sie wieder, und dann ist Tanzbelustigung hier im Saale. Ja, verdammt und verflucht, wir werden kein Auge zutun ...«

»Das ist eine hübsche Abwechslung«, sagte Tonio Kröger.

Hierauf wurde längere Zeit nichts mehr gesprochen. Die Wirtin ordnete ihre roten Finger, der Fischhändler blies durch das rechte Nasenloch, um sich ein wenig Luft zu verschaffen, und die Amerikaner tranken heißes Wasser und machten lange Gesichter dazu.

Da geschah dies auf einmal: *Hans Hansen und Ingeborg Holm gingen durch den Saal.* –

Tonio Kröger lehnte, in einer wohligen Ermüdung nach dem Bade und seinem hurtigen Gang, im Stuhl und aß geräucherten Lachs auf Röstbrot; – er saß der Veranda und dem Meere zugewandt. Und plötzlich öffnete sich die Tür, und Hand in Hand kamen die Beiden herein, – schlendernd und ohne Eile. Ingeborg, die blonde Inge, war hell gekleidet, wie sie in der Tanzstunde bei Herrn Knaak zu sein pflegte. Das leichte, geblümte Kleid reichte ihr nur bis zu den Knöcheln, und um die Schultern trug sie einen breiten, weißen Tüllbesatz mit spitzem Ausschnitt, der ihren weichen, geschmeidigen Hals freiließ. Der Hut hing ihr an seinen zusammengeknüpften Bändern über dem einen Arm. Sie war vielleicht ein klein wenig erwachsener als sonst, und trug ihren wunderbaren Zopf nun um den Kopf gelegt; aber Hans Hansen war ganz wie immer. Er hatte seine Seemanns-Überjacke mit den goldenen Knöpfen an, über welcher auf Schultern und Rücken der breite, blaue Kragen lag; die Matrosenmütze mit den kurzen Bändern hielt er in der hinabhängenden Hand und schlenkerte sie sorglos hin und her. Ingeborg hielt ihre schmal geschnittenen Augen abgewandt, vielleicht ein wenig geniert durch die speisenden Leute, die auf sie schauten. Allein Hans Hansen wandte nun grade und aller Welt zum Trotz den Kopf nach der Frühstückstafel und musterte mit seinen stahlblauen Augen Einen nach dem Anderen herausfordernd und gewissermaßen verächtlich; er ließ sogar Ingeborgs Hand fahren und schwenkte seine Mütze noch heftiger hin und her, um zu zeigen, was für ein Mann er sei. So gingen die Beiden, mit dem still blauenden Meere als Hintergrund, vor Tonio Krögers Augen vorüber, durchmaßen den Saal seiner Länge nach und verschwanden durch die entgegengesetzte Tür im Klavierzimmer.

Dies begab sich um halb zwölf Uhr vormittags, und noch während die Kurgäste beim Frühstück saßen, brach nebenan und in der Veranda die Gesellschaft auf und verließ, ohne daß noch jemand den Eßsaal betreten hätte, durch den Seitenzugang, der vorhanden war, das Hotel. Man hörte, wie draußen unter Scherzen und Gelächter die Wagen bestiegen wurden, wie ein Gefährt nach dem anderen auf der Landstraße sich knirschend in Bewegung setzte und davonrollte ...

»Sie kommen also wieder?« fragte Tonio Kröger ...

»Das tun sie!« sagte der Fischhändler. »Und Gott sei's geklagt. Sie haben Musik bestellt, müssen Sie wissen, und ich schlafe hier überm Saale.«

»Das ist eine hübsche Abwechslung«, wiederholte Tonio Kröger. Dann stand er auf und ging fort.

Er verbrachte den Tag, wie er die anderen verbracht hatte, am Strande, im Walde, hielt ein Buch auf den Knieen und blinzelte in die Sonne. Er bewegte nur einen Gedanken: diesen, daß sie wiederkehren und im Saale Tanzbelustigung abhalten würden, wie es der Fischhändler versprochen hatte; und er tat nichts, als sich hierauf freuen, mit einer so ängstlichen und süßen Freude, wie er sie lange, tote Jahre hindurch nicht mehr erprobt hatte. Einmal, durch irgend eine Verknüpfung von Vorstellungen, erinnerte er sich flüchtig eines fernen Bekannten, Adalberts, des Novellisten, der wußte, was er wollte, und sich ins Kaffeehaus begeben hatte, um der Frühlingsluft zu entgehen. Und er zuckte die Achseln über ihn ...

Es wurde früher als gewöhnlich zu Mittag gegessen, und das Abendbrot nahm man ebenfalls zeitiger als sonst, im Klavierzimmer, weil im Saale schon Vorbereitungen zum Balle getroffen wurden: auf so festliche Art war alles in Unordnung gebracht. Dann, als es schon dunkel war und Tonio Kröger in seinem Zimmer saß, ward es wieder lebendig auf der Landstraße und im Hause. Die Ausflügler kehrten zurück; ja, aus der Richtung von Helsingör trafen zu Rad und zu Wagen noch neue Gäste ein, und bereits hörte man drunten im Hause eine Geige stimmen und eine Klarinette näselnde Übungsläufe vollführen ... Alles versprach, daß es ein glänzendes Ballfest geben werde.

Nun setzte das kleine Orchester mit einem Marsche ein: gedämpft und taktfest scholl es herauf: man eröffnete den Tanz mit einer Polonaise. Tonio Kröger saß noch eine Weile still und lauschte. Als er aber vernahm, wie das Marschtempo in Walzertakt überging, machte er sich auf und schlich geräuschlos aus seinem Zimmer.

Von dem Korridor, an dem es gelegen war, konnte man über eine Nebentreppe zu dem Seiteneingang des Hotels und von dort, ohne ein Zimmer zu berühren, in die Glasveranda gelangen. Diesen Weg nahm er, leise und verstohlen, als befinde er sich auf verbotenen Pfaden, tastete sich behutsam durch das Dunkel, unwiderstehlich angezogen von dieser dummen und selig wiegenden Musik, deren Klänge schon klar und ungedämpft zu ihm drangen.

Die Veranda war leer und unerleuchtet, aber die Glastür zum Saale, wo die beiden großen, mit blanken Reflektoren versehenen Petroleum-Lampen hell erstrahlten, stand geöffnet. Dorthin schlich er sich auf leisen Sohlen, und der diebische Genuß, hier im Dunkeln stehen und ungesehen Die belauschen zu dürfen, die im Lichte tanzten, verursachte ein Prickeln in seiner Haut. Hastig und begierig sandte er seine Blicke nach den Beiden aus, die er suchte ...

Die Fröhlichkeit des Festes schien schon ganz frei entfaltet, obgleich es kaum seit einer halben Stunde eröffnet war; aber man war ja bereits warm und angeregt hierhergekommen, nachdem man den ganzen Tag miteinander verbracht, sorglos, gemeinsam und glücklich. Im Klavierzimmer, das Tonio Kröger überblicken konnte, wenn er sich ein wenig weiter vorwagte, hatten sich mehrere ältere Herren rauchend und trinkend beim Kartenspiel vereinigt; aber andere saßen bei ihren Gattinnen im Vordergrunde auf den Plüschstühlen und an den Wänden des Saales und sahen dem Tanze zu. Sie hielten die Hände auf die gespreizten Kniee gestützt und bliesen mit einem wohlhabenden Ausdruck die Wangen auf, indes die Mütter, Kapotthütchen auf den Scheiteln, die Hände unter der Brust zusammenlegten und mit seitwärts geneigten Köpfen in das Getümmel der jungen Leute schauten. Ein Podium war an der einen Längswand des Saales errichtet worden, und dort taten die Musikanten ihr Bestes. Sogar eine Trompete war da, welche mit einer gewissen zögernden Behutsamkeit blies, als fürchtete sie sich vor ihrer eigenen Stimme, die sich dennoch beständig brach und überschlug ... Wogend und kreisend bewegten sich die Paare umeinander, indes andere Arm in Arm den Saal umwandelten. Man war nicht ballmäßig gekleidet, sondern nur wie an einem Sommer-Sonntag, den man im Freien verbringt: die Kavaliere in kleinstädtisch geschnittenen Anzügen, denen man ansah, daß sie die ganze Woche geschont wurden, und die jungen Mädchen in lichten und leichten Kleidern mit Feldblumensträußchen an den Miedern. Auch ein paar Kinder waren im Saale und tanzten unter einander auf ihre Art, sogar, wenn die Musik pausierte. Ein langbeiniger Mensch in schwalbenschwanzförmigem Röckchen, ein Provinzlöwe mit Augenglas und gebranntem Haupthaar, Post-Adjunkt oder dergleichen und wie die fleischgewordene komische Figur aus einem dänischen Roman, schien Festordner und Kommandeur des Balles zu sein. Eilfertig, transpirierend und mit ganzer Seele bei der Sache, war er überall zugleich, schwänzelte übergeschäftig durch den Saal, indem er kunstvoll mit den Zehenspitzen zuerst auftrat und die Füße, die in glatten und spitzen Militär-Stiefeletten steckten, auf eine verzwickte Art kreuzweis übereinander setzte, schwang die Arme in der Luft, traf Anordnungen, rief nach Musik, klatschte in die Hände, und bei all dem flogen die Bänder der großen, bunten Schleife, die als Zeichen seiner Würde auf seiner Schulter befestigt war, und nach der er manchmal liebevoll den Kopf drehte, flatternd hinter ihm drein.

Ja, sie waren da, die Beiden, die heute im Sonnenlicht an Tonio Kröger vorübergezogen waren, er sah sie wieder und erschrak vor Freude, als er sie fast gleichzeitig gewahrte. Hier stand Hans Hansen, ganz nahe bei ihm, dicht an der Tür; breitbeinig und ein wenig vorgebeugt, verzehrte er bedächtig ein großes Stück Sandtorte, wobei er die hohle Hand unters Kinn hielt, um die Krümel aufzufangen. Und dort an der Wand saß Ingeborg Holm, die blonde Inge, und eben schwänzelte der Adjunkt auf sie zu, um sie durch eine ausgesuchte Verbeugung zum Tanze aufzufordern, wobei er die eine Hand auf den Rücken legte und die andere graziös in den Busen schob; aber sie schüttelte den Kopf und deutete an, daß sie zu atemlos sei und ein wenig ruhen müsse, worauf der Adjunkt sich neben sie setzte.

Tonio Kröger sah sie an, die Beiden, um die er vor Zeiten Liebe gelitten hatte, – Hans und Ingeborg. Sie waren es nicht so sehr vermöge einzelner Merkmale und der Ähnlichkeit der Kleidung, als kraft der Gleichheit der Rasse und des Typus, dieser lichten, stahlblauäugigen und blondhaarigen Art, die eine Vorstellung von Reinheit, Ungetrübtheit, Heiterkeit und einer zugleich stolzen und schlichten, unberührbaren Sprödigkeit hervorrief ... Er sah sie an, sah, wie Hans Hansen so keck und wohlgestaltet wie nur jemals, breit in den Schultern und schmal in den Hüften, in seinem Matrosenanzug dastand, sah, wie Ingeborg auf eine gewisse übermütige Art lachend den Kopf zur Seite warf, auf eine gewisse Art ihre Hand, eine gar nicht besonders schmale, gar nicht besonders feine Klein-Mädchen-Hand, zum Hinterkopfe führte, wobei der leichte Ärmel von ihrem Ellenbogen zurückglitt, – und plötzlich erschütterte das Heimweh seine Brust mit einem solchen Schmerz, daß er unwillkürlich weiter ins Dunkel zurückwich, damit niemand das Zucken seines Gesichtes sähe.

Hatte ich euch vergessen? fragte er. Nein, niemals! Nicht dich, Hans, noch dich, blonde Inge! Ihr wart es ja, für die ich arbeitete, und wenn ich Applaus vernahm, blickte ich heimlich um mich, ob ihr daran teilhättet ... Hast du nun den Don Carlos gelesen, Hans Hansen, wie du es mir an eurer Gartenpforte versprachst? Tu's nicht! ich verlange es nicht mehr von dir. Was geht dich der König an, der weint, weil er einsam ist? Du sollst deine hellen Augen nicht trüb und traumblöde machen vom Starren in Verse und Melancholie ... Zu sein wie du! Noch einmal anfangen, aufwachsen gleich dir, rechtschaffen, fröhlich und schlicht, regelrecht, ordnungsgemäß und im Einverständnis mit Gott und der Welt, geliebt werden von den Harmlosen und Glücklichen, dich zum Weibe nehmen, Ingeborg Holm, und einen Sohn haben wie du, Hans Hansen, – frei vom Fluch der Erkenntnis und der schöpferischen Qual leben, lieben und loben in seliger Gewöhnlichkeit! ... Noch einmal anfangen? Aber es hülfe nichts. Es würde wieder so werden, – Alles würde wieder so kommen, wie es gekommen ist. Denn Etliche gehen mit Notwendigkeit in die Irre, weil es einen rechten Weg für sie überhaupt nicht gibt.

Nun schwieg die Musik; es war Pause, und Erfrischungen wurden gereicht. Der Adjunkt eilte persönlich mit einem Teebrett voll Häringssalat umher und bediente die Damen; aber vor Ingeborg Holm ließ er sich sogar auf ein Knie nieder, als er ihr das Schälchen reichte, und sie errötete vor Freude darüber.

Man begann jetzt dennoch im Saale, auf den Zuschauer unter der Glastür aufmerksam zu werden, und aus hübschen, erhitzten Gesichtern trafen ihn fremde und forschende Blicke; aber er behauptete trotzdem seinen Platz. Auch Ingeborg und Hans streiften ihn beinahe gleichzeitig mit den Augen, mit jener vollkommenen Gleichgültigkeit, die fast das Ansehen der Verachtung hat. Plötzlich jedoch ward er sich bewußt, daß von irgendwoher ein Blick zu ihm drang und auf ihm ruhte ... Er wandte den Kopf, und sofort trafen seine Augen mit denen zusammen, deren Berührung er empfunden hatte. Ein Mädchen stand nicht weit von ihm, mit blassem, schmalen und feinen Gesicht, das er schon früher bemerkt hatte. Sie hatte nicht viel getanzt, die Kavaliere hatten sich nicht sonderlich um sie bemüht, und er hatte sie einsam mit herb geschlossenen Lippen an der Wand sitzen sehen. Auch jetzt stand sie allein. Sie war hell und duftig gekleidet, wie die Anderen, aber unter dem durchsichtigen Stoff ihres Kleides schimmerten ihre bloßen Schultern spitz und dürftig, und der magere Hals stak so tief zwischen diesen armseligen Schultern, daß das stille Mädchen fast ein wenig verwachsen erschien. Ihre Hände, mit dünnen Halbhandschuhen bekleidet, hielt sie so vor der flachen Brust, daß die Fingerspitzen sich sacht berührten. Gesenkten Kopfes blickte sie Tonio Kröger von unten herauf mit schwarzen, schwimmenden Augen an. Er wandte sich ab ...

Hier, ganz nahe bei ihm, saßen Hans und Ingeborg. Er hatte sich zu ihr gesetzt, die vielleicht seine Schwester war, und umgeben von anderen rotwangigen Menschenkindern aßen und tranken sie, schwatzten und vergnügten sich, riefen sich mit klingenden Stimmen Neckereien zu und lachten hell in die Luft. Konnte er sich ihnen nicht ein wenig nähern? Nicht an ihn oder sie ein Scherzwort richten, das ihm einfiel, und das sie ihm wenigstens mit einem Lächeln beantworten mußten? Es würde ihn beglücken, er sehnte sich danach; er würde dann zufriedener in sein Zimmer zurückkehren, mit dem Bewußtsein, eine kleine Gemeinschaft mit den Beiden hergestellt zu haben. Er dachte sich aus, was er sagen könnte; aber er fand nicht den Mut, es zu sagen. Auch war es ja wie immer: sie würden ihn nicht verstehen, würden befremdet auf das horchen, was er zu sagen vermöchte. Denn ihre Sprache war nicht seine Sprache.

Nun schien der Tanz aufs Neue beginnen zu sollen. Der Adjunkt entfaltete eine umfassende Tätigkeit. Er eilte umher und forderte alle Welt zum Engagieren auf, räumte mit Hilfe des Kellners Stühle und

Gläser aus dem Wege, erteilte den Musikern Befehle und schob einzelne Täppische, die nicht wußten wohin, an den Schultern vor sich her. Was hatte man vor? Je vier und vier Paare bildeten Carrés... Eine schreckliche Erinnerung machte Tonio Kröger erröten. Man tanzte Quadrille.

Die Musik setzte ein, und die Paare schritten unter Verbeugungen durcheinander. Der Adjunkt kommandierte; er kommandierte, bei Gott, auf Französisch und brachte die Nasallaute auf unvergleichlich distinguierte Art hervor. Ingeborg Holm tanzte dicht vor Tonio Kröger, in dem Carré, das sich unmittelbar an der Glastür befand. Sie bewegte sich vor ihm hin und her, vorwärts und rückwärts, schreitend und drehend; ein Duft, der von ihrem Haar oder dem zarten Stoff ihres Kleides ausging, berührte ihn manchmal, und er schloß die Augen in einem Gefühl, das ihm von je so wohl bekannt gewesen, dessen Arom und herben Reiz er in all diesen letzten Tagen leise verspürt hatte, und das ihn nun wieder ganz mit seiner süßen Drangsal erfüllte. Was war es doch? Sehnsucht? Zärtlichkeit? Neid, Selbstverachtung? ... Moulinet des dames! Lachtest du, blonde Inge, lachtest du mich aus, als ich moulinet tanzte und mich so jämmerlich blamierte? Und würdest du auch heute noch lachen, nun, da ich doch so etwas wie ein berühmter Mann geworden bin? Ja, das würdest du und würdest dreimal recht daran tun! Und wenn ich, ich ganz allein, die neun Symphonieen, Die Welt als Wille und Vorstellung und Das Jüngste Gericht vollbracht hätte, – du würdest ewig Recht haben zu lachen ... Er sah sie an, und eine Verszeile fiel ihm ein, deren er sich lange nicht erinnert hatte, und die ihm doch so vertraut und verwandt war: »Ich möchte schlafen, aber du mußt tanzen.« Er kannte sie so gut, die melancholisch-nordische, innig-ungeschickte Schwerfälligkeit der Empfindung, die daraus sprach. Schlafen ... Sich danach sehnen, einfach und völlig dem Gefühle leben zu dürfen, das ohne die Verpflichtung, zur Tat und zum Tanz zu werden, süß und träge in sich selber ruht, – und dennoch tanzen, behend und geistesgegenwärtig den schweren, schweren und gefährlichen Messertanz der Kunst vollführen zu müssen, ohne je ganz des demütigenden Widersinnes zu vergessen, der darin lag, tanzen zu müssen, indes man liebte ...

Auf einmal geriet das Ganze in eine tolle und ausgelassene Bewegung. Die Carrés hatten sich aufgelöst, und springend und gleitend stob Alles umher; man beschloß die Quadrille mit einem Galopp. Die Paare flogen zum rasenden Eiltakt der Musik an Tonio Kröger vorüber, chassierend, hastend, einander überholend, mit kurzem, atemlosem Gelächter. Eines kam daher, mitgerissen von der allgemeinen Jagd, kreisend und vorwärts sausend. Das Mädchen hatte ein blasses, feines Gesicht und magere, zu hohe Schultern. Und plötzlich, dicht vor ihm, entstand ein Stolpern, Rutschen und Stürzen ... Das blasse Mädchen fiel hin. Sie fiel so hart und heftig, daß es fast gefährlich aussah, und mit ihr der Kavalier. Dieser mußte sich so gröblich weh getan haben, daß er seiner Tänzerin ganz vergaß, denn, nur halbwegs aufgerichtet, begann er unter Grimassen seine Kniee mit den Händen zu reiben; und das Mädchen, scheinbar ganz betäubt vom Falle, lag noch immer am Boden. Da trat Tonio Kröger vor, faßte sie sacht an den Armen und hob sie auf. Abgehetzt, verwirrt und unglücklich sah sie zu ihm empor, und plötzlich färbte ihr zartes Gesicht sich mit einer matten Röte.

»Tak! O, mange Tak!« sagte sie und sah ihn von unten herauf mit dunklen, schwimmenden Augen an.

»Sie sollten nicht mehr tanzen, Fräulein«, sagte er sanft. Dann blickte er sich noch einmal nach *ihnen* um, nach Hans und Ingeborg, und ging fort, verließ die Veranda und den Ball und ging in sein Zimmer hinauf.

Er war berauscht von dem Feste, an dem er nicht Teil gehabt, und müde von Eifersucht: Wie früher, ganz wie früher war es gewesen! Mit erhitztem Gesicht hatte er an dunkler Stelle gestanden, in Schmerzen um euch, ihr Blonden, Lebendigen, Glücklichen, und war dann einsam hinweggegangen. Jemand müßte nun kommen! Ingeborg müßte nun kommen, müßte bemerken, daß er fort war, müßte ihm heimlich folgen, ihm die Hand auf die Schulter legen und sagen: Komm herein zu uns! Sei froh! Ich liebe dich! ... Aber sie kam keines Weges. Dergleichen geschah nicht. Ja, wie damals war es, und er war glücklich wie damals. Denn sein Herz lebte. Was aber war gewesen während all der Zeit, in der er das geworden, was er nun war? – Erstarrung; Öde; Eis; und Geist! Und Kunst! ...

Er entkleidete sich, legte sich zur Ruhe, löschte das Licht. Er flüsterte zwei Namen in das Kissen hinein, diese paar keuschen, nordischen Silben, die ihm seine eigentliche und ursprüngliche Liebes-, Leides- und Glückesart, das Leben, das simple und innige Gefühl, die Heimat bezeichneten. Er blickte zurück auf die Jahre seit damals bis auf diesen Tag. Er gedachte der wüsten Abenteuer der Sinne, der Nerven und des Gedankens, die er durchlebt, sah sich zerfressen von Ironie und Geist, verödet und gelähmt von Erkenntnis, halb aufgerieben von den Fiebern und Frösten des Schaffens, haltlos und unter Gewissensnöten zwischen krassen Extremen, zwischen Heiligkeit und Brunst hin- und hergeworfen, raffiniert, verarmt, erschöpft von kalten und künstlich erlesenen Exaltationen, verirrt, verwüstet, zermartert, krank – und schluchzte vor Reue und Heimweh.

Um ihn war es still und dunkel. Aber von unten tönte gedämpft und wiegend des Lebens süßer, trivialer Dreitakt zu ihm herauf.

9.

Tonio Kröger saß im Norden und schrieb an Lisaweta Iwanowna, seine Freundin, wie er es ihr versprochen hatte.

Liebe Lisaweta dort unten in Arkadien, wohin ich bald zurückkehren werde, schrieb er. Hier ist nun also so etwas wie ein Brief, aber er wird Sie wohl enttäuschen, denn ich denke, ihn ein wenig allgemein zu halten. Nicht, daß ich so gar nichts zu erzählen, auf meine Weise nicht dies und das erlebt hätte. Zu Hause, in meiner Vaterstadt, wollte man mich sogar verhaften ... aber davon sollen Sie mündlich hören. Ich habe jetzt manchmal Tage, an denen ich es vorziehe, auf gute Art etwas Allgemeines zu sagen, anstatt Geschichten zu erzählen.

Wissen Sie wohl noch, Lisaweta, daß Sie mich einmal einen Bürger, einen verirrten Bürger nannten? Sie nannten mich so in einer

Stunde, da ich Ihnen, verführt durch andere Geständnisse, die ich mir vorher hatte entschlüpfen lassen, meine Liebe zu dem gestand, was ich das Leben nenne; und ich frage mich, ob Sie wohl wußten, wie sehr Sie damit die Wahrheit trafen, wie sehr mein Bürgertum und meine Liebe zum »Leben« eins und dasselbe sind. Diese Reise hat mir Veranlassung gegeben, darüber nachzudenken ...

Mein Vater, wissen Sie, war ein nordisches Temperament: betrachtsam, gründlich, korrekt aus Puritanismus und zur Wehmut geneigt; meine Mutter von unbestimmt exotischem Blut, schön, sinnlich, naiv, zugleich fahrlässig und leidenschaftlich und von einer impulsiven Liederlichkeit. Ganz ohne Zweifel war dies eine Mischung, die außerordentliche Möglichkeiten – und außerordentliche Gefahren in sich schloß. Was herauskam, war dies: ein Bürger, der sich in die Kunst verirrte, ein Bohémien mit Heimweh nach der guten Kinderstube, ein Künstler mit schlechtem Gewissen. Denn mein bürgerliches Gewissen ist es ja, was mich in allem Künstlertum, aller Außerordentlichkeit und allem Genie etwas tief Zweideutiges, tief Anrüchiges, tief Zweifelhaftes erblicken läßt, was mich mit dieser verliebten Schwäche für das Simple, Treuherzige und Angenehm-Normale, das Ungeniale und Anständige erfüllt.

Ich stehe zwischen zwei Welten, bin in keiner daheim und habe es infolge dessen ein wenig schwer. Ihr Künstler nennt mich einen Bürger, und die Bürger sind versucht, mich zu verhaften ... ich weiß nicht, was von beidem mich bitterer kränkt. Die Bürger sind dumm; ihr Anbeter der Schönheit aber, die ihr mich phlegmatisch und ohne Sehnsucht heißt, solltet bedenken, daß es ein Künstlertum gibt, so tief, so von Anbeginn und Schicksals wegen, daß keine Sehnsucht ihm süßer und empfindenswerter erscheint als die nach den Wonnen der Gewöhnlichkeit.

Ich bewundere die Stolzen und Kalten, die auf den Pfaden der großen, der dämonischen Schönheit abenteuern und den »Menschen« verachten, – aber ich beneide sie nicht. Denn wenn irgend etwas imstande ist, aus einem Literaten einen Dichter zu machen, so ist es diese meine Bürgerliebe zum Menschlichen, Lebendigen und Gewöhnlichen. Alle Wärme, alle Güte, aller Humor kommt aus ihr, und fast will mir scheinen, als sei sie jene Liebe selbst, von der geschrieben steht, daß Einer mit Menschen- und Engelszungen reden könne und ohne sie doch nur ein tönendes Erz und eine klingende Schelle sei.

Was ich getan habe, ist nichts, nicht viel, so gut wie nichts. Ich werde Besseres machen, Lisaweta, – dies ist ein Versprechen. Während ich schreibe, rauscht das Meer zu mir herauf, und ich schließe die Augen. Ich schaue in eine ungeborene und schemenhafte Welt hinein, die geordnet und gebildet sein will, ich sehe in ein Gewimmel von Schatten menschlicher Gestalten, die mir winken, daß ich sie banne und erlöse: tragische und lächerliche und solche, die beides zugleich sind, – und diesen bin ich sehr zugetan. Aber meine tiefste und verstohlenste Liebe gehört den Blonden und Blauäugigen, den hellen Lebendigen, den Glücklichen, Liebenswürdigen und Gewöhnlichen.

Schelten Sie diese Liebe nicht, Lisaweta; sie ist gut und fruchtbar. Sehnsucht ist darin und schwermütiger Neid und ein klein wenig Verachtung und eine ganze keusche Seligkeit.

Schwere Stunde

Er stand vom Schreibtisch auf, von seiner kleinen, gebrechlichen Schreibkommode, stand auf wie ein Verzweifelter und ging mit hängendem Kopfe in den entgegengesetzten Winkel des Zimmers zum Ofen, der lang und schlank war wie eine Säule. Er legte die Hände an die Kacheln, aber sie waren fast ganz erkaltet, denn Mitternacht war lange vorbei, und so lehnte er, ohne die kleine Wohltat empfangen zu haben, die er suchte, den Rücken daran, zog hustend die Schöße seines Schlafrockes zusammen, aus dessen Brustaufschlägen das verwaschene Spitzenjabot heraushing, und schnob mühsam durch die Nase, um sich ein wenig Luft zu verschaffen; denn er hatte den Schnupfen wie gewöhnlich.

Das war ein besonderer und unheimlicher Schnupfen, der ihn fast nie völlig verließ. Seine Augenlider waren entflammt und die Ränder seiner Nasenlöcher ganz wund davon, und in Kopf und Gliedern lag dieser Schnupfen ihm wie eine schwere, schmerzliche Trunkenheit. Oder war an all der Schlaffheit und Schwere das leidige Zimmergewahrsam schuld, das der Arzt nun schon wieder seit Wochen über ihn verhängt hielt? Gott wußte, ob er wohl daran tat. Der ewige Katarrh und die Krämpfe in Brust und Unterleib mochten es nötig machen, und schlechtes Wetter war über Jena, seit Wochen, seit Wochen, das war richtig, ein miserables und hassenswertes Wetter, das man in allen Nerven spürte, wüst, finster und kalt, und der Dezemberwind heulte im Ofenrohr, verwahrlost und gottverlassen, daß es klang nach nächtiger Heide im Sturm und Irrsal und heillosem Gram der Seele. Aber gut war sie nicht, diese enge Gefangenschaft, nicht gut für die Gedanken und den Rhythmus des Blutes, aus dem die Gedanken kamen ...

Das sechseckige Zimmer, kahl, nüchtern und unbequem, mit seiner geweißten Decke, unter der Tabaksrauch schwebte, seiner schräg karierten Tapete, auf der oval gerahmte Silhouetten hingen, und seinen vier, fünf dünnbeinigen Möbeln, lag im Lichte der beiden Kerzen, die zu Häupten des Manuskripts auf der Schreibkommode brannten. Rote Vorhänge hingen über den oberen Rahmen der Fenster, Fähnchen nur, symmetrisch geraffte Kattune; aber sie waren rot, von einem warmen, sonoren Rot, und er liebte sie und wollte sie niemals missen, weil sie etwas von Üppigkeit und Wollust in die unsinnlich-enthaltsame Dürftigkeit seines Zimmers brachten ...

Er stand am Ofen und blickte mit einem raschen und schmerzlich angestrengten Blinzeln hinüber zu dem Werk, von dem er geflohen war, dieser Last, diesem Druck, dieser Gewissensqual, diesem Meer, das auszutrinken, dieser furchtbaren Aufgabe, die sein Stolz und sein Elend, sein Himmel und seine Verdammnis war. Es schleppte sich, es stockte, es stand – schon wieder, schon wieder! Das Wetter war schuld und sein Katarrh und seine Müdigkeit. Oder das Werk? Die Arbeit selbst? Die eine unglückselige und der Verzweiflung geweihte Empfängnis war?

Er war aufgestanden, um sich ein wenig Distanz davon zu verschaffen, denn oft bewirkte die räumliche Entfernung vom Manuskript, daß man Übersicht gewann, einen weiteren Blick über den Stoff, und Verfügungen zu treffen vermochte. Ja, es gab Fälle, wo das Erleichterungsgefühl, wenn man sich abwendete von der Stätte des Ringens, begeisternd wirkte. Und das war eine unschuldigere Begeisterung, als wenn man Likör nahm oder schwarzen, starken Kaffee ... Die kleine Tasse stand auf dem Tischchen. Wenn sie ihm über das Hemmnis hülfe? Nein, nein, nicht mehr! Nicht der Arzt nur, auch ein zweiter noch, ein Ansehnlicherer, hatte ihm dergleichen behutsam widerraten: der Andere, der dort, in Weimar, den er mit einer sehnsüchtigen Feindschaft liebte. Der war weise. Der wußte zu leben, zu schaffen; mißhandelte sich nicht; war voller Rücksicht gegen sich selbst ...

Stille herrschte im Hause. Nur der Wind war hörbar, der die Schloßgasse hinunter sauste, und der Regen, wenn er prickelnd gegen die Fenster getrieben ward. Alles schlief, der Hauswirt und die Seinen, Lotte und die Kinder. Und er stand einsam wach am erkalteten Ofen und blinzelte gequält zu dem Werk hinüber, an das seine kranke

Ungenügsamkeit ihn glauben ließ ... Sein weißer Hals ragte lang aus der Binde hervor, und zwischen den Schößen des Schlafrocks sah man seine nach innen gekrümmten Beine. Sein rotes Haar war aus der hohen und zarten Stirn zurückgestrichen, ließ blaß geäderte Buchten über den Schläfen frei und bedeckte die Ohren in dünnen Locken. An der Wurzel der großen, gebogenen Nase, die unvermittelt in eine weißliche Spitze endete, traten die starken Brauen, dunkler als das Haupthaar, nahe zusammen, was dem Blick der tiefliegenden, wunden Augen etwas tragisch Schauendes gab. Gezwungen, durch den Mund zu atmen, öffnete er die dünnen Lippen, und seine Wangen, sommersprossig und von Stubenluft fahl, erschlafften und fielen ein ...

Nein, es mißlang, und alles war vergebens! Die Armee! Die Armee hätte gezeigt werden müssen! Die Armee war die Basis von allem! Da sie nicht vors Auge gebracht werden konnte – war die ungeheure Kunst denkbar, sie der Einbildung aufzuzwingen? Und der Held war kein Held; er war unedel und kalt! Die Anlage war falsch, und die Sprache war falsch, und es war ein trockenes und schwungloses Kolleg in Historie, breit, nüchtern und für die Schaubühne verloren!

Gut, es war also aus. Eine Niederlage. Ein verfehltes Unternehmen. Bankerott. Er wollte es Körnern schreiben, dem guten Körner, der an ihn glaubte, der in kindischem Vertrauen seinem Genius anhing. Er würde höhnen, flehen, poltern – der Freund; würde ihn an den Carlos gemahnen, der auch aus Zweifeln und Mühen und Wandlungen hervorgegangen und sich am Ende, nach aller Qual, als ein weithin Vortreffliches, eine ruhmvolle Tat erwiesen hat. Doch das war anders gewesen. Damals war er der Mann noch, eine Sache mit glücklicher Hand zu packen und sich den Sieg daraus zu gestalten. Skrupel und Kämpfe? O ja. Und krank war er gewesen, wohl kränker als jetzt, ein Darbender, Flüchtiger, mit der Welt Zerfallener, gedrückt und im Menschlichen bettelarm. Aber jung, ganz jung noch! Jedesmal, wie tief auch gebeugt, war sein Geist geschmeidig emporgeschnellt, und nach den Stunden des Harms waren die anderen des

Glaubens und des inneren Triumphes gekommen. Die kamen nicht mehr, kamen kaum noch. Eine Nacht der flammenden Stimmung, da man auf einmal in einem genialisch leidenschaftlichen Lichte sah, was werden könnte, wenn man immer solcher Gnade genießen dürfte, mußte bezahlt werden mit einer Woche der Finsternis und der Lähmung. Müde war er, siebenunddreißig erst alt und schon am Ende. Der Glaube lebte nicht mehr, der an die Zukunft, der im Elend sein Stern gewesen. Und so war es, dies war die verzweifelte Wahrheit: Die Jahre der Not und der Nichtigkeit, die er für Leidens- und Prüfungsjahre gehalten, sie eigentlich waren reiche und fruchtbare Jahre gewesen; und nun, da ein wenig Glück sich herniedergelassen, da er aus dem Freibeutertum des Geistes in einige Rechtlichkeit und bürgerliche Verbindung eingetreten war, Amt und Ehren trug, Weib und Kinder besaß, nun war er erschöpft und fertig. Versagen und verzagen – das war's, was übrig blieb.

Er stöhnte, preßte die Hände vor die Augen und ging wie gehetzt durch das Zimmer. Was er da eben gedacht, war so furchtbar, daß er nicht an der Stelle zu bleiben vermochte, wo ihm der Gedanke gekommen war. Er setzte sich auf einen Stuhl an der Wand, ließ die gefalteten Hände zwischen den Knien hangen und starrte trüb auf die Diele nieder.

Das Gewissen ... wie laut sein Gewissen schrie! Er hatte gesündigt, sich versündigt gegen sich selbst in all den Jahren, gegen das zarte Instrument seines Körpers. Die Ausschweifungen seines Jugendmutes, die durchwachten Nächte, die Tage in tabakrauchiger Stubenluft, übergeistig und des Leibes uneingedenk, die Rauschmittel, mit denen er sich zur Arbeit gestachelt – das rächte, rächte sich jetzt!

Und rächte es sich, so wollte er den Göttern trotzen, die Schuld schickten und dann Strafe verhängten. Er hatte gelebt, wie er leben mußte, er hatte nicht Zeit gehabt, weise, nicht Zeit, bedächtig zu sein. Hier, an dieser Stelle der Brust, wenn er atmete, hustete, gähnte, immer am selben Punkt dieser Schmerz, diese kleine, teuflische, stechende, bohrende Mahnung, die nicht schwieg, seitdem vor fünf Jahren in Erfurt das Katarrhfieber, jene hitzige Brustkrankheit, ihn angefallen – was wollte sie sagen? In Wahrheit, er wußte es nur zu gut, was sie meinte – mochte der Arzt sich stellen wie er konnte und wollte. Er hatte nicht Zeit, sich mit kluger Schonung zu begegnen, mit milder Sittlichkeit hauszuhalten. Was er tun wollte, mußte er bald tun, heute noch, schnell ... Sittlichkeit? Aber wie kam es zuletzt, daß die Sünde gerade, die Hingabe an das Schädliche und Verzehrende ihn moralischer dünkte als alle Weisheit und kühle Zucht? Nicht sie, nicht die verächtliche Kunst des guten Gewissens waren das Sittliche, sondern der Kampf und die Not, die Leidenschaft und der Schmerz!

Der Schmerz ... Wie das Wort ihm die Brust weitete! Er reckte sich auf, verschränkte die Arme; und sein Blick, unter den rötlichen, zusammenstehenden Brauen, beseelte sich mit schöner Klage. Man war noch nicht elend, ganz elend noch nicht, solange es möglich war, seinem Elend eine stolze und edle Benennung zu schenken. Eins war not: Der gute Mut, seinem Leben große und schöne Namen zu geben! Das Leid nicht auf Stubenluft und Konstipation zurückzuführen! Gesund genug sein, um pathetisch sein – um über das Körperliche hinwegsehen, hinwegfühlen zu können! Nur hierin naiv sein, wenn auch sonst wissend in allem! Glauben, an den Schmerz glauben können ... Aber er glaubte ja an den Schmerz, so tief, so innig, daß etwas, was unter Schmerzen geschah, diesem Glauben zufolge weder nutzlos noch schlecht sein konnte. Sein Blick schwang sich zum Manuskript hinüber, und seine Arme verschränkten sich fester über der Brust ... Das Talent selbst – war es nicht Schmerz? Und wenn *das* dort, das unselige Werk, ihn leiden machte, war es nicht in der Ordnung so und fast schon ein gutes Zeichen? Es hatte noch niemals gesprudelt, und sein Mißtrauen würde erst eigentlich beginnen, wenn es das täte. Nur bei Stümpern und Dilettanten sprudelte es, bei den Schnellzufriedenen und Unwissenden, die nicht unter dem Druck und der Zucht des Talentes lebten. Denn das Talent, meine Herren und Damen dort unten, weithin im Parterre, das Talent ist nichts Leichtes, nichts Tändelndes, es ist nicht ohne weiteres ein Können. In der Wurzel ist es *Bedürfnis*, ein kritisches Wissen um das Ideal, eine Ungenügsamkeit, die sich ihr Können nicht ohne Qual erst schafft und steigert. Und den Größten, den Ungenügsamsten ist ihr Talent die schärfste Geißel ... Nicht klagen! Nicht prahlen! Bescheiden, geduldig denken von dem, was man trug! Und wenn nicht ein Tag in der Woche, nicht eine Stunde von Leiden frei war – was weiter? Die Lasten und Leistungen, die Anforderungen, Beschwerden, Strapazen gering achten, *klein* sehen – das war's, was groß machte!

Er stand auf, zog die Dose und schnupfte gierig, warf dann die Hände auf den Rücken und schritt so heftig durch das Zimmer, daß die Flammen der Kerzen im Luftzuge flatterten ... Größe! Außerordentlichkeit! Welteroberung und Unsterblichkeit des Namens! Was galt alles Glück der ewig Unbekannten gegen dies Ziel? Gekannt sein – gekannt und geliebt von den Völkern der Erde! Schwatzet von Ichsucht, die ihr nichts wißt von der Süßigkeit dieses Traumes und Dranges! Ichsüchtig ist alles Außerordentliche, sofern es leidet. Mögt ihr selbst zusehen, spricht es, ihr Sendungslosen, die ihr's auf Erden so viel leichter habt! Und der Ehrgeiz spricht: Soll das Leiden umsonst gewesen sein? Groß muß es mich machen! ...

Die Flügel seiner großen Nase waren gespannt, sein Blick drohte und schweifte. Seine Rechte war heftig und tief in den Aufschlag seines Schlafrockes geschoben, während die Linke geballt herniederhing. Eine fliegende Röte war in seine hageren Wangen getreten, eine Lohe, emporgeschlagen aus der Glut seines Künstleregoismus, jener Leidenschaft für sein Ich, die unauslöschlich in seiner Tiefe brannte. Er kannte ihn wohl, den heimlichen Rausch dieser Liebe. Zuweilen brauchte er nur seine Hand zu betrachten, um von einer begeisterten Zärtlichkeit für sich selbst erfüllt zu werden, in deren Dienst er alles, was ihm an Waffen des Talentes und der Kunst gegeben war, zu stellen beschloß. Er durfte es, nichts war unedel daran. Denn tiefer noch, als diese Ichsucht, lebte das Bewußtsein, sich dennoch bei alldem im Dienste vor irgend etwas Hohem, ohne Verdienst freilich, sondern unter einer Notwendigkeit, uneigennützig zu verzehren und aufzuopfern. Und dies war seine Eifersucht: daß niemand größer werde als er, der nicht auch tiefer als er um dieses Hohe gelitten.

Niemand! ... Er blieb stehen, die Hand über den Augen, den Oberkörper halb seitwärts gewandt, ausweichend, fliehend. Aber er fühlte schon den Stachel dieses unvermeidlichen Gedankens in seinem Herzen, des Gedankens an ihn, den anderen, den Hellen, Tastseligen, Sinnlichen, Göttlich-Unbewußten, an *den* dort, in Weimar, den er mit einer sehnsüchtigen Feindschaft liebte ... Und wieder, wie stets, in tiefer Unruhe, mit Hast und Eifer, fühlte er die Arbeit in sich beginnen, die diesem Gedanken folgte: das eigene Wesen und Künstlertum gegen das des anderen zu behaupten und abzugrenzen ... War er denn größer? Worin? Warum? War es ein blutendes Trotzdem, wenn er siegte? Würde je sein Erliegen ein tragisches Schauspiel sein? Ein Gott, vielleicht – ein Held war er nicht. Aber es war leichter, ein Gott zu sein, als ein Held! – Leichter ... Der andere hatte es leichter! Mit weiser und glücklicher Hand Erkennen und Schaffen zu scheiden, das mochte heiter und quallos und quellend fruchtbar machen. Aber war Schaffen göttlich, so war Erkenntnis Heldentum, und beides war der, ein Gott und ein Held, welcher erkennend schuf.

Der Wille zum Schweren ... Ahnte man, wieviel Zucht und Selbstüberwindung ein Satz, ein strenger Gedanke ihn kostete? Denn zuletzt war er unwissend und wenig geschult, ein dumpfer und schwärmender Träumer. Es war schwerer, einen Brief des Julius zu schreiben, als die beste Szene zu machen – und war es nicht darum auch fast schon das Höhere? – Vom ersten rhythmischen Drange innerer Kunst nach Stoff, Materie, Möglichkeit des Ergusses – bis zum Gedanken, zum Bilde, zum Worte, zur Zeile: welch Ringen! welch Leidensweg! Wunder der Sehnsucht waren seine Werke, der Sehnsucht nach Form, Gestalt, Begrenzung, Körperlichkeit, der Sehnsucht hinüber in die klare Welt des anderen, der unmittelbar und mit göttlichem Mund die besonnten Dinge bei Namen nannte.

Dennoch, und jenem zum Trotz: Wer war ein Künstler, ein Dichter gleich ihm, ihm selbst? Wer schuf, wie er, aus dem Nichts, aus der eigenen Brust? War nicht als Musik, als reines Urbild des Seins ein Gedicht in seiner Seele geboren, lange bevor es sich Gleichnis und Kleid aus der Welt der Erscheinungen lieh? Geschichte, Weltweisheit, Leidenschaft: Mittel und Vorwände, nicht mehr, für etwas, was wenig mit ihnen zu schaffen, was seine Heimat in orphischen Tiefen hatte. Worte, Begriffe: Tasten nur, die sein Künstlertum schlug, um ein verborgenes Saitenspiel klingen zu machen ... Wußte man das? Sie priesen ihn sehr, die guten Leute, für die Kraft der Gesinnung, mit welcher er die oder jene Taste schlug. Und sein Lieblingswort, sein letztes Pathos, die große Glocke, mit der er zu den höchsten Festen der Seele rief, sie lockte viele herbei ... Freiheit ... Mehr und weniger, wahrhaftig, begriff er darunter als sie, wenn sie jubelten. Freiheit – was hieß das? Ein wenig Bürgerwürde doch nicht vor Fürstenthronen? Laßt ihr euch träumen, was alles ein Geist mit dem Worte zu meinen wagt? Freiheit wovon? Wovon zuletzt noch? Vielleicht sogar noch vom Glück, vom Menschenglück, dieser seidenen Fessel, dieser weichen und holden Verpflichtung ...

Vom Glück ... Seine Lippen zuckten; es war, als kehrte sein Blick sich nach innen, und langsam ließ er das Gesicht in die Hände sinken ... Er war im Nebenzimmer. Bläuliches Licht floß von der Ampel, und der geblümte Vorhang verhüllte in stillen Falten das Fenster. Er stand am Bette, beugte sich über das süße Haupt auf dem Kissen ... Eine schwarze Locke ringelte sich über die Wange, die von der Blässe der Perlen schien, und die kindlichen Lippen waren im Schlummer geöffnet ... Mein Weib! Geliebte! Folgtest du meiner Sehnsucht und tratest du zu mir, mein Glück zu sein? Du bist es, sei still! Und schlafe! Schlag jetzt nicht diese süßen, langschattenden Wimpern auf, um mich anzuschauen, so groß und dunkel, wie manchmal, als fragtest und suchtest du mich! Bei Gott, bei Gott, ich liebe dich sehr! Ich kann mein Gefühl nur zuweilen nicht finden, weil ich oft sehr müde vom Leiden bin und vom Ringen mit jener Aufgabe, welche mein Selbst mir stellt. Und ich darf nicht allzusehr dein, nie ganz in dir glücklich sein, um dessentwillen, was meine Sendung ist ...

Er küßte sie, trennte sich von der lieblichen Wärme ihres Schlummers, sah um sich, kehrte zurück. Die Glocke mahnte ihn, wie weit schon die Nacht vorgeschritten, aber es war auch zugleich, als zeigte sie gütig das Ende einer schweren Stunde an. Er atmete auf, seine

Lippen schlossen sich fest; er ging und ergriff die Feder ... Nicht grübeln! Er war zu tief, um grübeln zu dürfen! Nicht ins Chaos hinabsteigen, sich wenigstens nicht dort aufhalten! Sondern aus dem Chaos, welches die Fülle ist, ans Licht emporheben, was fähig und reif ist, Form zu gewinnen. Nicht grübeln: Arbeiten! Begrenzen, ausschalten, gestalten, fertig werden ...

Und es wurde fertig, das Leidenswerk. Es wurde vielleicht nicht gut, aber es wurde fertig. Und als es fertig war, siehe, da war es auch gut. Und aus seiner Seele, aus Musik und Idee, rangen sich neue Werke hervor, klingende und schimmernde Gebilde, die in heiliger Form die unendliche Heimat wunderbar ahnen ließen, wie in der Muschel das Meer saust, dem sie entfischt ist.

Mario und der Zauberer

Ein tragisches Reiseerlebnis

Die Erinnerung an Torre di Venere ist atmosphärisch unangenehm. Ärger, Gereiztheit, Überspannung lagen von Anfang an in der Luft, und zum Schluß kam dann der Choc mit diesem schrecklichen Cipolla, in dessen Person sich das eigentümlich Bösartige der Stimmung auf verhängnishafte und übrigens menschlich sehr eindrucksvolle Weise zu verkörpern und bedrohlich zusammenzudrängen schien. Daß bei dem Ende mit Schrecken (einem, wie uns nachträglich schien, vorgezeichneten und im Wesen der Dinge liegenden Ende) auch noch die Kinder anwesend sein mußten, war eine traurige und auf Mißverständnis beruhende Ungehörigkeit für sich, verschuldet durch die falschen Vorspiegelungen des merkwürdigen Mannes. Gottlob haben sie nicht verstanden, wo das Spektakel aufhörte und die Katastrophe begann, und man hat sie in dem glücklichen Wahn gelassen, daß alles Theater gewesen sei.

Torre liegt etwa fünfzehn Kilometer von Portoclemente, einer der beliebtesten Sommerfrischen am Tyrrhenischen Meer, städtisch-elegant und monatelang überfüllt, mit bunter Hotel- und Basarstraße am Meere hin, breitem, von Capannen, bewimpelten Burgen und brauner Menschheit bedecktem Strande und einem geräuschvollen Unterhaltungsbetrieb. Da der Strand, begleitet von Piniengehölz, auf das aus geringer Entfernung die Berge herniederblicken, diese ganze Küste entlang seine wohnlich-feinsandige Geräumigkeit behält, ist es kein Wunder, daß etwas weiterhin stillere Konkurrenz sich schon zeitig aufgetan hat: Torre di Venere, wo man sich übrigens nach dem Turm, dem es seinen Namen verdankt, längst vergebens umsieht, ist als Fremdenort ein Ableger des benachbarten Großbades und war während einiger Jahre ein Idyll für wenige, Zuflucht für Freunde des unverweltlichten Elementes. Wie es aber mit solchen Plätzen zu gehen pflegt, so hat sich der Friede längst eine Strecke weiter begeben müssen, der Küste entlang, nach Marina Petriera und Gott weiß wohin; die Welt, man kennt das, sucht ihn und vertreibt ihn, indem sie sich in lächerlicher Sehnsucht auf ihn stürzt, wähnend, sie könne sich mit ihm vermählen, und wo sie ist, da könne er sein; ja, wenn sie an seiner Stelle schon ihren Jahrmarkt aufgeschlagen hat, ist sie imstande zu glauben, er sei noch da. So ist Torre, wenn auch immer noch beschaulicher und bescheidener als Portoclemente, bei Italienern und Fremden stark in Aufnahme gekommen. Man geht nicht mehr in das Weltbad, wenn auch nur in dem Maße nicht mehr, daß dieses trotzdem ein lärmend ausverkauftes Weltbad bleibt; man geht nebenan, nach Torre, es ist sogar feiner, es ist außerdem billiger, und die Anziehungskraft dieser Eigenschaften fährt fort, sich zu bewähren, während die Eigenschaften selbst schon nicht mehr bestehen. Torre hat ein Grand Hôtel bekommen; zahlreiche Pensionen, anspruchsvolle und schlichtere, sind erstanden; die Besitzer und Mieter der Sommerhäuser und Pineta-Gärten oberhalb des Meeres sind am Strande keineswegs mehr ungestört; im Juli, August unterscheidet das Bild sich dort in nichts mehr von dem in Portoclemente: es wimmelt von zeterndem, zankendem, jauchzendem Badevolk, dem eine wie toll herabbrennende Sonne die Haut von den Nacken schält; flachbodige, grell bemalte Boote, von Kindern bemannt, deren tönende Vornamen, ausgestoßen von Ausschau haltenden Müttern, in heiserer Besorgnis die Lüfte erfüllen, schaukeln auf der blitzenden Bläue, und über die Gliedmaßen der Lagernden tretend bieten die Verkäufer von Austern, Getränken, Blumen, Korallenschmuck und Cornetti al burro, auch sie mit der belegten offenen Stimme des Südens, ihre Ware an.

So sah es am Strande von Torre aus, als wir kamen – hübsch genug, aber wir fanden dennoch, wir seien zu früh gekommen. Es war Mitte August, die italienische Saison stand noch in vollem Flor; das ist für Fremde der rechte Augenblick nicht, die Reize des Ortes schätzen zu lernen. Welch ein Gedränge nachmittags in den Garten-Cafés der Strandpromenade, zum Beispiel im »Esquisito«, wo wir zuweilen saßen, und wo Mario uns bediente, derselbe Mario, von dem ich dann gleich erzählen werde! Man findet kaum einen Tisch, und die Musikkapellen, ohne daß eine von der anderen wissen wollte, fallen einander wirr ins Wort. Gerade nachmittags gibt es übrigens täglich Zuzug aus Portoclemente; denn natürlich ist Torre ein beliebtes Ausflugsziel für die unruhige Gästeschaft jenes Lustplatzes, und dank den hin und her sausenden Fiat-Wagen ist das Lorbeer- und Oleandergebüsch am Saum der verbindenden Landstraße von weißem Staube zolldick verschneit – ein merkwürdiger, aber abstoßender Anblick.

Ernstlich, man soll im September nach Torre di Venere gehen, wenn das Bad sich vom großen Publikum entleert hat, oder im Mai, bevor die Wärme des Meeres den Grad erreicht hat, der den Südländer dafür gewinnt, hineinzutauchen. Auch in der Vor- und Nachsaison ist es nicht leer dort, aber gedämpfter geht es dann zu und weniger national. Das Englische, Deutsche, Französische herrscht vor unter den Schattentüchern der Capannen und in den Speisesälen der Pensionen, während der Fremde noch im August wenigstens das Grand Hôtel, wo wir mangels persönlicherer Adressen Zimmer belegt hatten, so sehr in den Händen der florentinischen und römischen Gesellschaft findet, daß er sich isoliert und augenblicksweise wie ein Gast zweiten Ranges vorkommen mag.

Diese Erfahrung machten wir mit etwas Verdruß am Abend unserer Ankunft, als wir uns zum Diner im Speisesaal einfanden und uns von dem zuständigen Kellner einen Tisch anweisen ließen. Es war gegen diesen Tisch nichts einzuwenden, aber uns fesselte das Bild der anstoßenden, auf das Meer gehenden Glasveranda, die so stark wie der Saal, aber nicht restlos besetzt war, und auf deren Tischchen rotbeschirmte Lampen glühten. Die Kleinen zeigten sich entzückt von dieser Festlichkeit, und wir bekundeten einfach den Entschluß, unsere Mahlzeiten lieber in der Veranda einzunehmen – eine Äußerung der Unwissenheit, wie sich zeigte, denn wir wurden mit etwas verlegener Höflichkeit bedeutet, daß jener anheimelnde Aufenthalt »unserer Kundschaft«, »ai nostri clienti«, vorbehalten sei. Unseren Klienten? Aber das waren wir. Wir waren keine Passanten und Eintagsfliegen, sondern für drei oder vier Wochen Hauszugehörige,

Pensionäre. Wir unterließen es übrigens, auf der Klarstellung des Unterschiedes zwischen unsersgleichen und jener Klientele, die bei rot glühenden Lämpchen speisen durfte, zu bestehen und nahmen das Pranzo an unserm allgemein und sachlich beleuchteten Saaltische – eine recht mittelmäßige Mahlzeit, charakterloses und wenig schmackhaftes Hotelschema; wir haben die Küche dann in der Pensione Eleonora, zehn Schritte landeinwärts, viel besser gefunden.

Dorthin nämlich siedelten wir schon über, bevor wir im Grand Hôtel nur erst warm geworden, nach drei oder vier Tagen – nicht der Veranda und ihrer Lämpchen wegen; die Kinder, sofort befreundet mit Kellnern und Pagen, von Meereslust ergriffen, hatten sich jene farbige Lockung sehr bald aus dem Sinn geschlagen. Aber mit gewissen Verandaklienten, oder richtiger wohl nur mit der Hotelleitung, die vor ihnen liebedienerte, ergab sich sogleich einer dieser Konflikte, die einem Aufenthalt von Anfang an den Stempel des Unbehaglichen aufdrücken können. Römischer Hochadel befand sich darunter, ein Principe X. mit Familie, und da die Zimmer dieser Herrschaften in Nachbarschaft der unsrigen lagen, war die Fürstin, große Dame und leidenschaftliche Mutter zugleich, in Schrecken versetzt worden durch die Restspuren eines Keuchhustens, den unsere Kleinen kurz zuvor gemeinsam überstanden hatten, und von dem schwache Nachklänge zuweilen noch nachts den sonst unerschütterlichen Schlaf des Jüngsten unterbrachen. Das Wesen dieser Krankheit ist wenig geklärt, dem Aberglauben hier mancher Spielraum gelassen, und so haben wir es unserer eleganten Nachbarin nie verargt, daß sie der weit verbreiteten Meinung anhing, der Keuchhusten sei akustisch ansteckend, und einfach für ihre Kleinen das schlechte Beispiel fürchtete. Im weiblichen Vollgefühl ihres Ansehens wurde sie vorstellig bei der Direktion, und diese, in der Person des bekannten Gehrockmanagers, beeilte sich, uns mit vielem Bedauern zu bedeuten, unter diesen Verhältnissen sei unsere Umquartierung in den Nebenbau des Hotels eine unumgängliche Notwendigkeit. Wir hatten gut beteuern, die Kinderkrankheit befinde sich im Stadium letzten Abklingens, sie habe als überwunden zu gelten und stelle keinerlei Gefahr für die Umgebung mehr dar. Alles, was uns zugestanden wurde, war, daß der Fall vor das medizinische Forum gebracht und der Arzt des Hauses – nur dieser, nicht etwa ein von uns bestellter – zur Entscheidung berufen werden möge. Wir willigten in dieses Abkommen, überzeugt, so sei zugleich die Fürstin zu beruhigen und für uns die Unbequemlichkeit eines Umzuges zu vermeiden. Der Doktor kommt und erweist sich als ein loyaler und aufrechter Diener der Wissenschaft. Er untersucht den Kleinen, erklärt das Übel für abgelaufen und verneint jede Bedenklichkeit. Schon glauben wir uns berechtigt, den Zwischenfall für beigelegt zu halten: da erklärt der Manager, daß wir die Zimmer räumten und in der Dependance Wohnung nähmen, bleibe auch nach den Feststellungen des Arztes geboten.

Dieser Byzantinismus empörte uns. Es ist unwahrscheinlich, daß die wortbrüchige Hartnäckigkeit, auf die wir stießen, diejenige der Fürstin war. Der servile Gastwirt hatte wohl nicht einmal gewagt, ihr von dem Votum des Doktors Mitteilung zu machen. Jedenfalls verständigten wir ihn dahin, wir zögen es vor, das Hotel überhaupt und sofort zu verlassen, – und packten. Wir konnten es leichten Herzens tun, denn schon mittlerweile hatten wir zur Pensione Eleonora, deren freundlich privates Äußere uns gleich in die Augen gestochen hatte, im Vorübergehen Beziehungen angeknüpft und in der Person ihrer Besitzerin, Signora Angiolieri, eine sehr sympathische Bekanntschaft gemacht. Frau Angiolieri, eine zierliche, schwarzäugige Dame, toskanischen Typs, wohl anfangs der Dreißiger, mit dem matten Elfenbeinteint der Südländerinnen, und ihr Gatte, ein sorgfältig gekleideter, stiller und kahler Mann, besaßen in Florenz ein größeres Fremdenheim und standen nur im Sommer und frühen Herbst der Filiale in Torre di Venere vor. Früher aber, vor ihrer Verheiratung, war unsere neue Wirtin Gesellschafterin, Reisebegleiterin, Garderobiere, ja Freundin der Duse gewesen, eine Epoche, die sie offenbar als die große, die glückliche ihres Lebens betrachtete, und von der sie bei unserem ersten Besuch sogleich mit Lebhaftigkeit zu erzählen begann. Zahlreiche Photographien der großen Schauspielerin, mit herzlichen Widmungen versehen, auch weitere Andenken an das Zusammenleben von einst schmückten die Tischchen und Etageren von Frau Angiolieris Salon, und obgleich auf der Hand lag, daß der Kult ihrer interessanten Vergangenheit ein wenig auch die Anziehungskraft ihres gegenwärtigen Unternehmens erhöhen wollte, hörten wir doch, während wir durchs Haus geführt wurden, mit Vergnügen und Anteil ihren in stackiertem und klingendem Toskanisch vorgetragenen Erzählungen von der leidenden Güte, dem Herzensgenie und dem tiefen Zartsinn ihrer verewigten Herrin zu.

Dorthin also ließen wir unsere Sachen bringen, zum Leidwesen des nach gut italienischer Art sehr kinderlieben Personals vom Grand Hôtel; die uns eingeräumte Wohnung war geschlossen und angenehm, der Kontakt mit dem Meere bequem, vermittelt durch eine Allee junger Platanen, die auf die Strandpromenade stieß, der Speisesaal, wo Mme. Angiolieri jeden Mittag eigenhändig die Suppe auffüllte, kühl und reinlich, die Bedienung aufmerksam und gefällig, die Beköstigung vortrefflich, sogar Wiener Bekannte fanden sich vor, mit denen man nach dem Diner vorm Hause plauderte, und die weitere Bekanntschaften vermittelten, und so hätte alles gut sein können – wir waren unseres Tausches vollkommen froh, und nichts fehlte eigentlich zu einem zufriedenstellenden Aufenthalt.

Dennoch wollte kein rechtes Behagen aufkommen. Vielleicht ging der törichte Anlaß unseres Quartierwechsels uns gleichwohl nach, – ich persönlich gestehe, daß ich schwer über solche Zusammenstöße mit dem landläufig Menschlichen, dem naiven Mißbrauch der Macht, der Ungerechtigkeit, der kriecherischen Korruption hinwegkomme. Sie beschäftigten mich zu lange, stürzten mich in ein irritiertes Nachdenken, das seine Fruchtlosigkeit der übergroßen Selbstverständlichkeit und Natürlichkeit dieser Erscheinungen verdankt. Dabei fühlten wir uns mit dem Grand Hôtel nicht einmal überworfen. Die Kinder unterhielten ihre Freundschaften dort nach wie vor, der Hausdiener besserte ihnen ihr Spielzeug aus, und dann und wann tranken wir unseren Tee in dem Garten des Etablissements, nicht ohne der Fürstin ansichtig zu werden, welche, die Lippen korallenrot aufgehöht, mit zierlich festen Tritten erschien, um sich nach ihren von einer Engländerin betreuten Lieblingen umzusehen, und sich dabei unserer bedenklichen Nähe nicht vermutend war, denn streng wurde unserem Kleinen, sobald sie sich zeigte, untersagt, sich auch nur zu räuspern.

Die Hitze war unmäßig, soll ich das anführen? Sie war afrikanisch; die Schreckensherrschaft der Sonne, sobald man sich vom Saum der indigoblauen Frische löste, von einer Unerbittlichkeit, die die wenigen Schritte vom Strande zum Mittagstisch, selbst im bloßen Pyjama, zu einem im voraus beseufzten Unternehmen machte. Mögen Sie das? Mögen Sie es wochenlang? Gewiß, es ist der Süden, es ist klassisches Wetter, das Klima erblühender Menschheitskultur, die Sonne Homers und so weiter. Aber nach einer Weile, ich kann mir nicht helfen, werde ich leicht dahin gebracht, es stumpfsinnig zu finden. Die glühende Leere des Himmels Tag für Tag fällt mir bald zur Last, die Grellheit der Farben, die ungeheure Naivität und Ungebrochenheit des Lichts erregt wohl festliche Gefühle, sie gewährt Sorglosigkeit und sichere Unabhängigkeit von Wetterlaunen und -rückschlägen; aber ohne daß man sich anfangs Rechenschaft davon gäbe, läßt sie tiefere, uneinfachere Bedürfnisse der nordischen Seele auf verödende Weise unbefriedigt und flößt auf die Dauer etwas wie Verachtung ein. Sie haben recht, ohne das dumme Geschichtchen mit dem Keuchhusten hätte ich es wohl nicht so empfunden; ich war gereizt, ich wollte es vielleicht empfinden und griff halb unbewußt ein bereitliegendes geistiges Motiv auf, um die Empfindung damit wenn nicht zu erzeugen, so doch zu legitimieren und zu verstärken. Aber rechnen Sie hier mit unserem bösen Willen, – was das Meer betrifft, den Vormittag im feinen Sande, verbracht vor seiner ewigen Herrlichkeit, so kann unmöglich dergleichen in Frage kommen, und doch war es so, daß wir uns, gegen alle Erfahrung, auch am Strande nicht wohl, nicht glücklich fühlten.

Zu früh, zu früh, er war, wie gesagt, noch in den Händen der inländischen Mittelklasse, – eines augenfällig erfreulichen Menschenschlages, auch da haben Sie recht, man sah unter der Jugend viel

Wohlschaffenheit und gesunde Anmut, war aber unvermeidlich doch auch umringt von menschlicher Mediokrität und bürgerlichem Kroppzeug, das, geben Sie es zu, von dieser Zone geprägt nicht reizender ist als unter unserem Himmel. *Stimmen* haben diese Frauen –! Es wird zuweilen recht unwahrscheinlich, daß man sich in der Heimat der abendländischen Gesangskunst befindet. »Fuggièro!« Ich habe den Ruf noch heute im Ohr, da ich ihn zwanzig Vormittage lang hundertmal dicht neben mir erschallen hörte, in heiserer Ungedecktheit, gräßlich akzentuiert, mit grell offenem è, hervorgestoßen von einer Art mechanisch gewordener Verzweiflung. »Fuggièro! Rispondi al mèno!« Wobei das sp populärerweise nach deutscher Art wie schp gesprochen wurde – ein Ärgernis für sich, wenn sowieso üble Laune herrscht. Der Schrei galt einem abscheulichen Jungen mit ekelerregender Sonnenbrandwunde zwischen den Schultern, der an Widerspenstigkeit, Unart und Bosheit das Äußerste zum besten gab, was mir vorgekommen, und außerdem ein großer Feigling war, imstande, durch seine empörende Wehleidigkeit den ganzen Strand in Aufruhr zu bringen. Eines Tages nämlich hatte ihn im Wasser ein Taschenkrebs in die Zehe gezwickt, und das antikische Heldenjammergeschrei, das er ob dieser winzigen Unannehmlichkeit erhob, war markerschütternd und rief den Eindruck eines schrecklichen Unglücksfalls hervor. Offenbar glaubte er sich aufs giftigste verletzt. Ans Land gekrochen, wälzte er sich in scheinbar unerträglichen Qualen umher, brüllte Ohi! und Oimè! und wehrte, mit Armen und Beinen um sich stoßend, die tragischen Beschwörungen seiner Mutter, den Zuspruch Fernerstehender ab. Die Szene hatte Zulauf von allen Seiten. Ein Arzt wurde herbeigeholt, es war derselbe, der unseren Keuchhusten so nüchtern beurteilt hatte, und wieder bewährte sich sein wissenschaftlicher Geradsinn. Gutmütig tröstend erklärte er den Fall für null und nichtig und empfahl einfach des Patienten Rückkehr ins Bad, zur Kühlung der kleinen Kniffwunde. Statt dessen aber wurde Fuggièro, wie ein Abgestürzter oder Ertrunkener, auf einer improvisierten Bahre mit großem Gefolge vom Strande getragen, – um schon am nächsten Morgen wieder, unter dem Scheine der Unabsichtlichkeit, anderen Kindern die Sandbauten zu zerstören. Mit einem Worte, ein Greuel.

Dabei gehörte dieser Zwölfjährige zu den Hauptträgern einer öffentlichen Stimmung, die, schwer greifbar in der Luft liegend, uns einen so lieben Aufenthalt als nicht geheuer verleiden wollte. Auf irgendeine Weise fehlte es der Atmosphäre an Unschuld, an Zwanglosigkeit; dies Publikum »hielt auf sich« – man wußte zunächst nicht recht, in welchem Sinn und Geist, es prästabilierte Würde, stellte voreinander und vor dem Fremden Ernst und Haltung, wach aufgerichtete Ehrliebe zur Schau –, wieso? Man verstand bald, daß Politisches umging, die Idee der Nation im Spiele war. Tatsächlich wimmelte es am Strande von patriotischen Kindern, – eine unnatürliche und niederschlagende Erscheinung. Kinder bilden ja eine Menschenspezies und Gesellschaft für sich, sozusagen eine eigene Nation; leicht und notwendig finden sie sich, auch wenn ihr kleiner Wortschatz verschiedenen Sprachen angehört, auf Grund gemeinsamer Lebensform in der Welt zusammen. Auch die unsrigen spielten bald mit einheimischen sowohl wie solchen wieder anderer Herkunft. Offenbar aber erlitten sie rätselhafte Enttäuschungen. Es gab Empfindlichkeiten, Äußerungen eines Selbstgefühls, das zu heikel und lehrhaft schien, um seinen Namen ganz zu verdienen, einen Flaggenzwist, Streitfragen des Ansehens und Vorranges; Erwachsene mischten sich weniger schlichtend als entscheidend und Grundsätze wahrend ein, Redensarten von der Größe und Würde Italiens fielen, unheiterspielverderberische Redensarten; wir sahen unsere beiden betroffen und ratlos sich zurückziehen und hatten Mühe, ihnen die Sachlage einigermaßen verständlich zu machen: Diese Leute, erklärten wir ihnen, machten soeben etwas durch, so einen Zustand, etwas wie eine Krankheit, wenn sie wollten, nicht sehr angenehm, aber wohl notwendig.

Es war unsere Schuld, wir hatten es unserer Lässigkeit zuzuschreiben, daß es zu einem Konflikt mit diesem von uns doch erkannten und gewürdigten Zustande kam, – noch einem Konflikt; es schien, daß die vorausgegangenen nicht ganz ungemischte Zufallserzeugnisse gewesen waren. Mit einem Worte, wir verletzten die öffentliche Moral. Unser Töchterchen, achtjährig, aber nach ihrer körperlichen Entwicklung ein gutes Jahr jünger zu schätzen und mager wie ein Spatz, die nach längerem Bad, wie es die Wärme erlaubte, ihr Spiel im nassen Kostüm wieder aufgenommen hatte, erhielt Erlaubnis, den von anklebendem Sande starrenden Anzug noch einmal im Meere zu spülen, um ihn dann wieder anzulegen und vor neuer Verunreinigung zu schützen. Nackt läuft sie zum wenige Meter entfernten Wasser, schwenkt ihr Trikot und kehrt zurück. Hätten wir die Welle von Hohn, Anstoß, Widerspruch voraussehen müssen, die ihr Benehmen, unser Benehmen also, erregte? Ich halte Ihnen keinen Vortrag, aber in der ganzen Welt hat das Verhalten zum Körper und seiner Nacktheit sich während der letzten Jahrzehnte grundsätzlich und das Gefühl bestimmend gewandelt. Es gibt Dinge, bei denen man sich »nichts mehr denkt«, und zu ihnen gehörte die Freiheit, die wir diesem so gar nicht herausfordernden Kinderleibe gewährt hatten. Sie wurde jedoch hierorts als Herausforderung empfunden. Die patriotischen Kinder johlten. Fuggièro pfiff auf den Fingern. Erregtes Gespräch unter Erwachsenen in unserer Nähe wurde laut und verhieß nichts Gutes. Ein Herr in städtischem Schniepel, den wenig strandgerechten Melonenhut im Nacken, versichert seinen entrüsteten Damen, er sei zu korrigierenden Schritten entschlossen; er tritt vor uns hin, und eine Philippika geht auf uns nieder, in der alles Pathos des sinnenfreudigen Südens sich in den Dienst spröder Zucht und Sitte gestellt findet. Die Schamwidrigkeit, die wir uns hätten zuschulden kommen lassen, hieß es, sei um so verurteilenswerter, als sie einem dankvergessenen und beleidigenden Mißbrauch der Gastfreundschaft Italiens gleichkomme. Nicht allein Buchstabe und Geist der öffentlichen Badevorschriften, sondern zugleich auch die Ehre seines Landes seien freventlich verletzt, und in Wahrung dieser Ehre werde er, der Herr im Schniepel, Sorge tragen, daß unser Verstoß gegen die nationale Würde nicht ungeahndet bleibe.

Wir taten unser Bestes, diese Suade mit nachdenklichem Kopfnicken anzuhören. Dem erhitzten Menschen widersprechen hätte zweifellos geheißen, von einem Fehler in den anderen fallen. Wir hatten dies und das auf der Zunge, zum Beispiel, daß nicht alle Umstände zusammenträfen, um das Wort Gastfreundschaft nach seiner reinsten Bedeutung ganz am Platze erscheinen zu lassen, und daß wir, ohne Euphemismus gesprochen, nicht sowohl die Gäste Italiens, sondern der Signora Angiolieri seien, welche eben seit einigen Jahren den Beruf einer Vertrauten der Duse gegen den der Gastlichkeit eingetauscht habe. Auch hatten wir Lust, zu antworten, wie wir nicht wüßten, daß die moralische Verwahrlosung in diesem schönen Lande je einen solchen Grad erreicht gehabt habe, daß ein solcher Rückschlag von Prüderie und Überempfindlichkeit begreiflich und notwendig erscheinen könne. Aber wir beschränkten uns darauf, zu versichern, daß jede Provokation und Respektlosigkeit uns fern gelegen habe, und entschuldigend auf das zarte Alter, die leibliche Unbeträchtlichkeit der kleinen Delinquentin hinzuweisen. Umsonst. Unsere Beteuerungen wurden als unglaubhaft, unsere Verteidigung als hinfällig zurückgewiesen und die Errichtung eines Exempels als notwendig behauptet. Telephonisch, wie ich glaube, wurde die Behörde benachrichtigt, ihr Vertreter erschien am Strande, er nannte den Fall sehr ernst, molto grave, und wir hatten ihm hinauf zum »Platze«, ins Municipio zu folgen, wo ein höherer Beamter das vorläufige Urteil »molto grave« bestätigte, sich in genau denselben, offenbar landläufigen didaktischen Redewendungen über unsere Tat erging wie der Herr im steifen Hut und uns ein Sühne- und Lösegeld von fünfzig Lire auferlegte. Wir fanden, diesen Beitrag zum italienischen Staatshaushalt müsse das Abenteuer uns wert sein, zahlten und gingen. Hätten wir nicht abreisen sollen?

Hätten wir es nur getan! Wir hätten dann diesen fatalen Cipolla vermieden; allein mehreres kam zusammen, den Entschluß zu einem Ortswechsel hintanzuhalten. Ein Dichter hat gesagt, es sei Trägheit, was uns in peinlichen Zuständen festhalte – man könnte das Aperçu zur Erklärung unserer Beharrlichkeit heranziehen. Auch räumt man nach solchem Vorkommnis nicht gern unmittelbar das Feld; man zögert, zuzugeben, daß man sich unmöglich gemacht habe, besonders wenn Sympathiekundgebungen von außen den Trotz ermutigen. In der Villa Eleonora gab es nur eine Stimme über die Ungerechtigkeit unseres Schicksals. Italienische Nach-Tisch-Bekannte wollten finden, es sei dem Rufe des Landes keineswegs zuträglich, und äußerten den Vorsatz, den Herrn im Schniepel landsmannschaftlich zur Rede zu stellen. Aber dieser selbst war vom Strande verschwunden, nebst seiner Gruppe, schon am nächsten Tag – nicht unseretwegen natürlich, aber es mag sein, daß das Bewußtsein seiner dicht bevorstehenden Abreise seiner Tatkraft zuträglich gewesen war, und jedenfalls erleichterte uns seine Entfernung. Um alles zu sagen: Wir blieben auch deshalb, weil der Aufenthalt uns merkwürdig geworden war, und weil Merkwürdigkeit ja in sich selbst einen Wert bedeutet, unabhängig von Behagen und Unbehagen. Soll man die Segel streichen und dem Erlebnis ausweichen, sobald es nicht vollkommen danach angetan ist, Heiterkeit und Vertrauen zu erzeugen? Soll man »abreisen«, wenn das Leben sich ein bißchen unheimlich, nicht ganz geheuer oder etwas peinlich und kränkend anläßt? Nein doch, man soll bleiben, soll sich das ansehen und sich dem aussetzen, gerade dabei gibt es vielleicht etwas zu lernen. Wir blieben also und erlebten als schrecklichen Lohn unserer Standhaftigkeit die eindrucksvoll-unselige Erscheinung Cipollas.

Daß fast in dem Augenblick unserer staatlichen Maßregelung die Nachsaison einsetzte, habe ich nicht erwähnt. Jener Gestrenge im steifen Hut, unser Angeber, war nicht der einzige Gast, der das Bad jetzt verließ; es gab große Abreise, man sah viele Handkarren mit Gepäck sich zur Station bewegen. Der Strand entnationalisierte sich, das Leben in Torre, in den Cafés, auf den Wegen der Pineta wurde sowohl intimer wie europäischer; wahrscheinlich hätten wir jetzt sogar in der Glasveranda des Grand Hôtel speisen können, aber wir nahmen Abstand davon, wir befanden uns am Tische der Signora Angiolieri vollkommen wohl, – das Wort Wohlbefinden in der Abschattung zu verstehen, die der Ortsdämon ihm zuteil werden ließ. Gleichzeitig aber mit dieser als wohltätig empfundenen Veränderung schlug auch das Wetter um, es zeigte sich fast auf die Stunde im Einvernehmen mit dem Ferienkalender des großen Publikums. Der Himmel bedeckte sich, nicht daß es frischer geworden wäre, aber die offene Glut, die achtzehn Tage seit unserer Ankunft (und vorher wohl lange schon) geherrscht hatte, wich einer stickigen Scirocco-schwüle, und ein schwächlicher Regen netzte von Zeit zu Zeit den samtenen Schauplatz unserer Vormittage. Auch das: zwei Drittel unserer für Torre vorgesehenen Zeit waren ohnehin abgelebt; das schlaffe, entfärbte Meer, in dessen Flachheit träge Quallen trieben, war immerhin eine Neuigkeit; es wäre albern gewesen, nach einer Sonne zurückzuverlangen, der, als sie übermütig waltete, so mancher Seufzer gegolten hatte.

Zu diesem Zeitpunkt also zeigte Cipolla sich an. Cavaliere Cipolla, wie er auf den Plakaten genannt war, die eines Tages überall, auch im Speisesaal der Pensione Eleonora, sich angeschlagen fanden, – ein fahrender Virtuose, ein Unterhaltungskünstler, Forzatore, Illusionista und Prestidigitatore (so bezeichnete er sich), welcher dem hochansehnlichen Publikum von Torre di Venere mit einigen außerordentlichen Phänomenen geheimnisvoller und verblüffender Art aufzuwarten beabsichtigte. Ein Zauberkünstler! Die Ankündigung genügte, unseren Kleinen den Kopf zu verdrehen. Sie hatten noch nie einer solchen Darbietung beigewohnt, diese Ferienreise sollte ihnen die unbekannte Aufregung bescheren. Von Stund an lagen sie uns in den Ohren, für den Abend des Taschenspielers Eintrittskarten zu nehmen, und obgleich uns die späte Anfangsstunde der Veranstaltung, neun Uhr, von vornherein Bedenken machte, gaben wir in der Erwägung nach, daß wir ja nach einiger Kenntnisnahme von Cipollas wahrscheinlich bescheidenen Künsten nach Hause gehen, daß auch die Kinder am folgenden Morgen ausschlafen könnten, und erstanden von Signora Angiolieri selbst, die eine Anzahl von Vorzugsplätzen für ihre Gäste in Kommission hatte, unsere vier Karten. Sie konnte für solide Leistungen des Mannes nicht gutsagen, und wir versahen uns solcher kaum; aber ein gewisses Zerstreuungsbedürfnis empfanden wir selbst, und die dringende Neugier der Kinder bewährte eine Art von Ansteckungskraft.

Das Lokal, in dem der Cavaliere sich vorstellen sollte, war ein Saalbau, der während der Hochsaison zu wöchentlich wechselnden Cinema-Vorführungen gedient hatte. Wir waren nie dort gewesen. Man gelangte dahin, indem man, vorbei am »Palazzo«, einem übrigens verkäuflichen, kastellartigen Gemäuer aus herrschaftlichen Zeiten, die Hauptstraße des Ortes verfolgte, an der auch die Apotheke, der Coiffeur, die gebräuchlichsten Einkaufsläden zu finden waren, und die gleichsam vom Feudalen über das Bürgerliche ins Volkstümliche führte; denn sie lief zwischen ärmlichen Fischerwohnungen aus, vor deren Türen alte Weiber Netze flickten, und hier, schon im Populären, lag die »Sala«, nichts Besseres eigentlich als eine allerdings geräumige Bretterbude, deren torähnlicher Eingang zu beiden Seiten mit buntfarbigen und übereinandergeklebten Plakaten geschmückt war. Einige Zeit nach dem Diner also, am angesetzten Tage, pilgerten wir im Dunklen dorthin, die Kinder in festlichem Kleidchen und Anzug, beglückt von so viel Ausnahme. Es war schwül, wie seit Tagen, es wetterleuchtete manchmal und regnete etwas. Wir gingen unter Schirmen. Es war eine Viertelstunde Weges.

Im Durchgange kontrolliert, hatten wir unsere Plätze selbst aufzusuchen. Sie fanden sich in der dritten Bank links, und indem wir uns niederließen, mußten wir bemerken, daß man die ohnedies bedenkliche Anfangsstunde auch noch lax behandelte: nur sehr allmählich begann ein Publikum, das es darauf ankommen zu lassen schien, zu spät zu kommen, das Parterre zu besetzen, auf welches, da keine Logen vorhanden waren, der Zuschauerraum sich beschränkte. Diese Säumigkeit machte uns etwas besorgt. Den Kindern färbte schon jetzt eine mit Erwartung hektisch gemischte Müdigkeit die Wangen. Einzig die Stehplätze in den Seitengängen und im Hintergrunde waren bei unserer Ankunft schon komplett. Es stand da, halbnackte Arme auf gestreifter Trikotbrust verschränkt, allerlei autochthone Männlichkeit von Torre di Venere, Fischervolk, unternehmend blickende junge Burschen; und wenn wir mit der Anwesenheit dieser eingesessenen Volkstümlichkeit, die solchen Veranstaltungen erst Farbe und Humor verleiht, sehr einverstanden waren, so zeigten die Kinder sich entzückt davon. Denn sie hatten Freunde unter diesen Leuten, Bekanntschaften, die sie auf nachmittäglichen Spaziergängen am entfernteren Strande gemacht. Oft, um die Stunde, wenn die Sonne, müde ihrer gewaltigen Arbeit, ins Meer sank und den vordringenden Schaum der Brandung rötlich vergoldete, waren wir heimkehrend auf bloßbeinige Fischergruppen gestoßen, die in Reihen stemmend und ziehend, unter gedehnten Rufen ihre Netze eingeholt, ihren meist dürftigen Fang an Frutti di mare in triefende Körbe geklaubt hatten; und die Kleinen hatten ihnen zugesehen, ihre italienischen Brocken an den Mann gebracht, beim Strickziehen geholfen, Kameradschaft geschlossen. Jetzt tauschten sie Grüße mit der Sphäre der Stehplätze, da war Guiscardo, da war Antonio, sie kannten die Namen, riefen sie winkend mit halber Stimme hinüber und bekamen ein Kopfnicken, ein Lachen sehr gesunder Zähne zur Antwort. Sieh doch, da ist sogar Mario vom »Esquisito«, Mario, der uns die Schokolade bringt! Auch er will den Zauberer sehen, und er muß früh gekommen sein, er steht fast vorn, aber er bemerkt uns nicht, er gibt nicht acht, das ist so seine Art, obgleich er ein Kellnerbursche ist. Dafür winken wir dem Manne zu, der am Strande die Paddelboote vermietet, und der auch da steht, ganz hinten.

Es wurde neun ein Viertel, es wurde beinahe halb zehn Uhr. Sie begreifen unsere Nervosität. Wann würden die Kinder ins Bett kommen? Es war ein Fehler gewesen, sie herzuführen, denn ihnen zuzumuten, den Genuß abzubrechen, kaum daß er recht begonnen, würde sehr hart sein. Mit der Zeit hatte das Parkett sich gut gefüllt; ganz Torre war da, so konnte man sagen, die Gäste des Grand Hôtel, die Gäste der Villa Eleonora und anderer Pensionen, bekannte Gesichter vom Strande. Man hörte Englisch und Deutsch. Man hörte das Französisch, das etwa Rumänen mit Italienern sprechen. Mme. Angiolieri selbst saß zwei Reihen hinter uns an der Seite ihres stillen und glatzköpfigen Gatten, der mit zwei mittleren Fingern seiner Rechten seinen Schnurrbart strich. Alle waren spät gekommen, aber niemand zu spät; Cipolla ließ auf sich warten.

Er ließ auf sich warten, das ist wohl der richtige Ausdruck. Er erhöhte die Spannung durch die Verzögerung seines Auftretens. Auch hatte man Sinn für diese Manier, aber nicht ohne Grenzen. Gegen halb zehn Uhr begann das Publikum zu applaudieren, eine liebenswürdige Form, rechtmäßige Ungeduld zu äußern, da sie zugleich Beifallslust zum Ausdruck bringt. Für die Kleinen gehörte es schon zum Vergnügen, sich daran zu beteiligen. Alle Kinder lieben es, Beifall zu klatschen. Aus der populären Sphäre rief es energisch: »Pronti!« und »Cominciamo!« Und siehe, wie es zu gehen pflegt: Auf einmal war der Beginn, welche Hindernisse ihm nun so lange entgegengestanden haben mochten, leicht zu ermöglichen. Ein Gongschlag ertönte, der von den Stehplätzen mit mehrstimmigem Ah! beantwortet wurde, und die Gardine ging auseinander. Sie enthüllte ein Podium, das nach seiner Ausstattung eher einer Schulstube als dem Wirkungsfeld eines Taschenspielers glich, und zwar namentlich dank der schwarzen Wandtafel, die auf einer Staffelei links im Vordergrunde stand. Sonst waren noch ein gewöhnlicher gelber Kleiderständer, ein paar landesübliche Strohstühle und, weiter im Hintergrunde, ein Rundtischchen zu sehen, auf dem eine Wasserflasche mit Glas und, auf besonderem Tablett, ein Flakon voll hellgelber Flüssigkeit nebst Likörgläschen standen. Man hatte noch zwei Sekunden Zeit, diese Utensilien ins Auge zu fassen. Dann, ohne daß das Haus sich verdunkelt hätte, hielt Cavaliere Cipolla seinen Auftritt.

Er kam in jenem Geschwindschritt herein, in dem Erbötigkeit gegen das Publikum sich ausdrückt und der die Täuschung erweckt, als habe der Ankommende in diesem Tempo schon eine weite Strecke zurückgelegt, um vor das Angesicht der Menge zu gelangen, während er doch eben noch in der Kulisse stand. Der Anzug Cipollas unterstützte die Fiktion des Von-außen-her-Eintreffens. Ein Mann schwer bestimmbaren Alters, aber keineswegs mehr jung, mit scharfem, zerrüttetem Gesicht, stechenden Augen, faltig verschlossenem Munde, kleinem, schwarz gewichstem Schnurrbärtchen und einer sogenannten Fliege in der Vertiefung zwischen Unterlippe und Kinn, war er in eine Art von komplizierter Abendstraßeneleganz gekleidet. Er trug einen weiten schwarzen und ärmellosen Radmantel mit

Samtkragen und atlasgefütterter Pelerine, den er mit den weiß behandschuhten Händen bei behinderter Lage der Arme vorn zusammenhielt, einen weißen Schal um den Hals und einen geschweiften, schief in die Stirne gerückten Zylinderhut. Vielleicht mehr als irgendwo ist in Italien das achtzehnte Jahrhundert noch lebendig und mit ihm der Typus des Scharlatans, des marktschreierischen Possenreißers, der für diese Epoche so charakteristisch war, und dem man nur in Italien noch in ziemlich wohl erhaltenen Beispielen begegnen kann. Cipolla hatte in seinem Gesamthabitus viel von diesem historischen Schlage, und der Eindruck reklamehafter und phantastischer Narretei, die zum Bilde gehört, wurde schon dadurch erweckt, daß die anspruchsvolle Kleidung ihm sonderbar, hier falsch gestrafft und dort in falschen Falten, am Leibe saß oder gleichsam daran aufgehängt war: Irgend etwas war mit seiner Figur nicht in Ordnung, vorn nicht und hinten nicht, – später wurde das deutlicher. Aber ich muß betonen, daß von persönlicher Scherzhaftigkeit oder gar Clownerie in seiner Haltung, seinen Mienen, seinem Benehmen nicht im geringsten die Rede sein konnte; vielmehr sprachen strenge Ernsthaftigkeit, Ablehnung alles Humoristischen, ein gelegentlich übellauniger Stolz, auch jene gewisse Würde und Selbstgefälligkeit des Krüppels daraus, – was freilich nicht hinderte, daß sein Verhalten anfangs an mehreren Stellen des Saales Lachen hervorrief.

Dies Verhalten hatte nichts Dienstfertiges mehr; die Raschheit seiner Auftrittsschritte stellte sich als reine Energieäußerung heraus, an der Unterwürfigkeit keinen Teil gehabt hatte. An der Rampe stehend und sich mit lässigem Zupfen seiner Handschuhe entledigend, wobei er lange und gelbliche Hände entblößte, deren eine ein Siegelring mit hochragendem Lasurstein schmückte, ließ er seine kleinen strengen Augen, mit schlaffen Säcken darunter, musternd durch den Saal schweifen, nicht rasch, sondern indem er hie und da auf einem Gesicht in überlegener Prüfung verweilte – verkniffenen Mundes, ohne ein Wort zu sprechen. Die zusammengerollten Handschuhe warf er mit ebenso erstaunlicher wie beiläufiger Geschicklichkeit über eine bedeutende Entfernung hin genau in das Wasserglas auf dem Rundtischchen und holte dann, immer stumm umherblickend, aus irgendwelcher inneren Tasche ein Päckchen Zigaretten hervor, die billigste Sorte der Regie, wie man am Karton erkannte, zog mit spitzen Fingern eine aus dem Bündel und entzündete sie, ohne hinzusehen, mit einem prompt funktionierenden Benzinfeuerzeug. Den tief eingeatmeten Rauch stieß er, arrogant grimassierend, beide Lippen zurückgezogen, dabei mit einem Fuße leise aufklopfend, als grauen Sprudel zwischen seinen schadhaft abgenutzten, spitzigen Zähnen hervor.

Das Publikum beobachtete ihn so scharf, wie es sich von ihm durchmustert sah. Bei den jungen Leuten auf den Stehplätzen sah man zusammengezogene Brauen und bohrende, nach einer Blöße spähende Blicke, die dieser allzu Sichere sich geben würde. Er gab sich keine. Das Hervorholen und Wiederverwahren des Zigarettenpäckchens und des Feuerzeuges war umständlich dank seiner Kleidung; er raffte dabei den Abendmantel zurück, und man sah, daß ihm über dem linken Unterarm an einer Lederschlinge unpassenderweise eine Reitpeitsche mit klauenartiger silberner Krücke hing. Man bemerkte ferner, daß er keinen Frack, sondern einen Gehrock trug, und da er auch diesen aufhob, erblickte man eine mehrfarbige, halb von der Weste verdeckte Schärpe, die Cipolla um den Leib trug, und die hinter uns sitzende Zuschauer in halblautem Austausch für das Abzeichen des Cavaliere hielten. Ich lasse das dahingestellt, denn ich habe nie gehört, daß mit dem Cavalieretitel ein derartiges Abzeichen verbunden ist. Vielleicht war die Schärpe reiner Humbug, so gut wie das wortlose Dastehen des Gauklers, der immer noch nichts tat, als dem Publikum lässig und wichtig seine Zigarette vorzurauchen.

Man lachte, wie gesagt, und die Heiterkeit wurde fast allgemein, als eine Stimme im Stehparterre laut und trocken »Buona sera!« sagte.

Cipolla horchte hoch auf. »Wer war das?« fragte er gleichsam zugreifend. »Wer hat soeben gesprochen? Nun? Zuerst so keck und nun bange? Paura, eh?« Er sprach mit ziemlich hoher, etwas asthmatischer, aber metallischer Stimme. Er wartete.

»Ich war's«, sagte in die Stille hinein der junge Mann, der sich so herausgefordert und bei der Ehre genommen sah, – ein schöner Bursche gleich neben uns, im Baumwollhemd, die Jacke über eine Schulter gehängt. Er trug sein schwarzes, starres Kraushaar hoch und wild, die Modefrisur des erweckten Vaterlandes, die ihn etwas entstellte und afrikanisch anmutete. »Bè... Das war ich. Es wäre Ihre Sache gewesen, aber ich zeigte Entgegenkommen.«

Die Heiterkeit erneuerte sich. Der Junge war nicht auf den Mund gefallen. »Ha sciolto lo scilinguagnolo«, äußerte man neben uns. Die populäre Lektion war schließlich am Platze gewesen.

»Ah bravo!« antwortete Cipolla. »Du gefällst mir, Giovanotto. Willst du glauben, daß ich dich längst gesehen habe? Solche Leute, wie du, haben meine besondere Sympathie, ich kann sie brauchen. Offenbar bist du ein ganzer Kerl. Du tust, was du willst. Oder hast du schon einmal nicht getan, was du wolltest? Oder gar getan, was du nicht wolltest? Was nicht du wolltest? Höre, mein Freund, es müßte bequem und lustig sein, nicht immer so den ganzen Kerl spielen und für beides aufkommen zu müssen, das Wollen und das Tun. Arbeitsteilung müßte da einmal eintreten – sistema americano, sa'. Willst du zum Beispiel jetzt dieser gewählten und verehrungswürdigen Gesellschaft hier die Zunge zeigen, und zwar die ganze Zunge bis zur Wurzel?«

»Nein«, sagte der Bursche feindselig. »Das will ich nicht. Es würde von wenig Erziehung zeugen.«

»Es würde von gar nichts zeugen«, erwiderte Cipolla, »denn du *tätest* es ja nur. Deine Erziehung in Ehren, aber meiner Meinung nach wirst du jetzt, ehe ich bis drei zähle, eine Rechtswendung ausführen und der Gesellschaft die Zunge herausstrecken, länger, als du gewußt hattest, daß du sie herausstrecken könntest.«

Er sah ihn an, wobei seine stechenden Augen tiefer in die Höhlen zu sinken schienen. »Uno«, sagte er und ließ seine Reitpeitsche, deren Schlinge er vom Arme hatte gleiten lassen, einmal kurz durch die Luft pfeifen. Der Bursche machte Front gegen das Publikum und streckte die Zunge so angestrengt-überlang heraus, daß man sah, es war das Äußerste, was er an Zungenlänge nur irgend zu bieten hatte. Dann nahm er mit nichtssagendem Gesicht wieder seine frühere Stellung ein.

»Ich war's«, parodierte Cipolla, indem er zwinkernd mit dem Kopf auf den jungen deutete. »Bè... das war ich.« Damit wandte er sich, das Publikum seinen Eindrücken überlassend, zum Rundtischchen, goß sich aus dem Flakon, das offenbar Kognak enthielt, ein Gläschen ein und kippte es geübt.

Die Kinder lachten von Herzen. Von den gewechselten Worten hatten sie fast nichts verstanden; daß aber zwischen dem kuriosen Mann dort oben und jemandem aus dem Publikum gleich etwas so Drolliges vor sich gegangen war, amüsierte sie höchlichst, und da sie von den Darbietungen eines Abends, wie er verheißen war, keine bestimmte Vorstellung hatten, waren sie bereit, diesen Anfang köstlich zu finden. Was uns betraf, so tauschten wir einen Blick, und ich erinnere mich, daß ich unwillkürlich mit den Lippen leise das Geräusch nachahmte, mit dem Cipolla seine Reitpeitsche hatte durch die Luft fahren lassen. Übrigens war klar, daß die Leute nicht wußten, was sie aus einer so ungereimten Eröffnung einer Taschenspielersoiree machen sollten, und nicht recht begriffen, was den Giovanotto, der doch sozusagen ihre Sache geführt hatte, plötzlich hatte bestimmen können, seine Keckheit gegen sie, das Publikum, zu wenden. Man fand sein Benehmen läppisch, kümmerte sich nicht weiter um ihn und wandte seine Aufmerksamkeit dem Künstler zu, der, vom Stärkungstischchen zurückkehrend, folgendermaßen zu sprechen fortfuhr: »Meine Damen und Herren«, sagte er mit seiner asthmatisch-metallischen Stimme, »Sie sahen mich soeben etwas empfindlich gegen die Belehrung, die dieser hoffnungsvolle junge Linguist« (»questo linguista di belle speranze«, – man lachte über das Wortspiel) »mir erteilen zu sollen glaubte. Ich bin ein Mann von einiger Eigenliebe, nehmen Sie das in Kauf! Ich finde keinen Geschmack daran, mir anders als ernsthaften und höflichen Sinnes guten Abend wünschen zu lassen, – es in entgegengesetztem Sinne zu tun, besteht wenig Anlaß. Indem man mir einen guten Abend wünscht, wünscht man sich selber einen, denn das Publikum wird nur in dem Falle einen guten Abend haben, daß ich einen habe, und darum tat dieser Liebling der Mädchen von Torre di Venere« (er hörte nicht auf, gegen den Burschen zu sticheln) »sehr wohl daran, sogleich einen Beweis dafür zu geben, daß ich heute einen habe und also auf seine Wünsche verzichten kann. Ich darf mich rühmen, fast lauter gute Abende zu haben. Ein schlechterer läuft wohl einmal mit unter, doch ist das selten. Mein Beruf ist schwer und meine Gesundheit nicht die robusteste; ich habe einen kleinen Leibesschaden zu beklagen, der mich außerstand gesetzt hat, am Kriege für die Größe des Vaterlandes teilzunehmen. Allein mit den Kräften meiner Seele und meines Geistes meistere ich das Leben, was ja immer nur heißt: sich selbst bemeistern, und schmeichle mir, mit meiner Arbeit die achtungsvolle Anteilnahme der gebildeten Öffentlichkeit erregt zu haben. Die führende Presse hat diese Arbeit zu schätzen gewußt, der Corriere della Sera erwies mir soviel Gerechtigkeit, mich ein Phänomen zu nennen, und in Rom hatte ich die Ehre, den Bruder des Duce unter den Besuchern eines der Abende zu sehen, die ich dort veranstaltete. Kleiner Gewohnheiten, die man mir an so glänzender und erhabener Stelle nachzusehen die Gewogenheit hatte, glaubte ich mich an einem vergleichsweise immerhin weniger bedeutenden Platz wie Torre di Venere« (man lachte auf Kosten des armen kleinen Torre) »nicht eigens entschlagen und nicht dulden zu sollen, daß Personen, die durch die Gunst des weiblichen Geschlechtes etwas verwöhnt scheinen, sie mir verweisen.« Jetzt hatte wieder der Bursche die Zeche zu zahlen, den Cipolla nicht müde wurde in der Rolle des donnaiuolo und ländlichen Hahnes im Korbe vorzuführen, – wobei die zähe Empfindlichkeit und Animosität, mit der er auf ihn zurückkam, in auffälligem Mißverhältnis zu den Äußerungen seines Selbstgefühles und zu den mondänen Erfolgen stand, deren er sich rühmte. Gewiß mußte der Jüngling einfach als Belustigungsthema herhalten, wie Cipolla sich jeden Abend eines herauszugreifen und aufs Korn zu nehmen gewohnt sein mochte. Aber es sprach aus seinen Spitzen doch auch echte Gehässigkeit, über deren menschlichen Sinn ein Blick auf die Körperlichkeit beider belehrt haben würde, auch wenn der Verwachsene nicht beständig auf das ohne weiteres vorausgesetzte Glück des hübschen Jungen bei den Frauen angespielt hätte.

»Damit wir also unsere Unterhaltung beginnen«, setzte er hinzu, »erlauben Sie, daß ich es mir bequemer mache!«

Und er ging zum Kleiderständer, um abzulegen.

»Parla benissimo«, stellte man in unserer Nähe fest. Der Mann hatte noch nichts geleistet, aber sein Sprechen allein ward als Leistung gewürdigt, er hatte damit zu imponieren gewußt. Unter Südländern ist die Sprache ein Ingredienz der Lebensfreude, dem man weit lebhaftere gesellschaftliche Schätzung entgegenbringt, als der Norden sie kennt. Es sind vorbildliche Ehren, in denen das nationale Bindemittel der Muttersprache bei diesen Völkern steht, und etwas heiter Vorbildliches hat die genußreiche Ehrfurcht, mit der man ihre Formen und Lautgesetze betreut. Man spricht mit Vergnügen, man hört mit Vergnügen – und man hört mit Urteil. Denn es gilt als Maßstab für den persönlichen Rang, wie einer spricht; Nachlässigkeit, Stümperei erregen Verachtung, Eleganz und Meisterschaft verschaffen menschliches Ansehen, weshalb auch der kleine Mann, sobald es ihm um seine Wirkung zu tun ist, sich in gewählten Wendungen versucht und sie mit Sorgfalt gestaltet. In dieser Hinsicht also wenigstens hatte Cipolla sichtlich für sich eingenommen, obgleich er keineswegs dem Menschenschlag angehörte, den der Italiener, in eigentümlicher Mischung moralischen und ästhetischen Urteils, als »Simpatico« anspricht.

Nachdem er seinen Seidenhut, seinen Schal und Mantel abgetan, kam er, im Rock sich zurechtrückend, die mit großen Knöpfen verschlossenen Manschetten hervorziehend und an seiner Humbugschärpe ordnend, wieder nach vorn. Er hatte sehr häßliches Haar, das heißt: sein oberer Schädel war fast kahl, und nur eine schmale, schwarz gewichste Scheitelfrisur lief, wie angeklebt, vom Wirbel nach vorn, während das Schläfenhaar, ebenfalls geschwärzt, seitlich zu den Augenwinkeln hingestrichen war, – die Haartracht etwa eines altmodischen Zirkusdirektors, lächerlich, aber durchaus zum ausgefallenen Persönlichkeitsstil passend und mit so viel Selbstsicherheit getragen, daß die öffentliche Empfindlichkeit gegen ihre Komik verhalten und stumm blieb. Der »kleine Leibesschaden«, von dem er vorbeugend gesprochen hatte, war jetzt nur allzu deutlich sichtbar, wenn auch immer noch nicht ganz klar nach seiner Beschaffenheit: die Brust war zu hoch, wie gewohnt in solchen Fällen, aber der Verdruß im Rücken schien nicht an der gewohnten Stelle, zwischen den Schultern, zu sitzen, sondern tiefer, als eine Art Hüft- und Gesäßbukkel, der den Gang zwar nicht behinderte, aber ihn grotesk und bei jedem Schritt sonderbar ausladend gestaltete. Übrigens war der Unzuträglichkeit durch ihre Erwähnung gleichsam die Spitze abgebrochen worden, und zivilisiertes Feingefühl beherrschte angesichts ihrer spürbar den Saal.

»Zu Ihren Diensten!« sagte Cipolla. »Ihr Einverständnis vorausgesetzt, werden wir unser Programm mit einigen arithmetischen Übungen beginnen.«

Arithmetik? Das sah nicht nach Zauberkunststücken aus. Die Vermutung regte sich schon, daß der Mann unter falscher Flagge segelte; nur welches seine richtige war, blieb undeutlich. Die Kinder begannen mir leid zu tun; aber für den Augenblick waren sie einfach glücklich, dabei zu sein.

Das Zahlenspiel, das Cipolla nun anstellte, war ebenso einfach wie durch seine Pointe verblüffend. Er fing damit an, ein Blatt Papier mit einem Reißstift an der oberen rechten Ecke der Tafel zu befestigen und, indem er es hoch hob, mit Kreide etwas aufs Holz zu schreiben. Er redete unausgesetzt dabei, besorgt, seine Darbietungen durch immerwährende sprachliche Begleitung und Unterstützung vor Trokkenheit zu bewahren, wobei er sich selbst ein zungengewandter und keinen Augenblick um einen plauderhaften Einfall verlegener Conférencier war. Daß er sogleich damit fortfuhr, die Kluft zwischen Podium und Zuschauerraum aufzuheben, die schon durch das sonderbare Geplänkel mit dem Fischerburschen überbrückt worden war; daß er also Vertreter des Publikums auf die Bühne nötigte und seinerseits über die hölzernen Stufen, die dort hinaufführten, herunterkam, um persönliche Berührung mit seinen Gästen zu suchen, gehörte zu seinem Arbeitsstil und gefiel den Kindern sehr. Ich weiß nicht, wie weit die Tatsache, daß er dabei sofort wieder in Häkeleien mit Einzelpersonen geriet, in seinen Absichten und seinem System lag, obgleich er sehr ernst und verdrießlich dabei blieb, – das Publikum, wenigstens in seinen volkstümlichen Elementen, schien jedenfalls der Meinung zu sein, daß dergleichen zur Sache gehöre.

Nachdem er nämlich ausgeschrieben und das Geschriebene unter dem Blatt Papier verheimlicht hatte, drückte er den Wunsch aus, zwei Personen möchten aufs Podium kommen, um beim Ausführen der bevorstehenden Rechnung behilflich zu sein. Das biete keine Schwierigkeiten, auch rechnerisch weniger Begabte seien ohne weiteres geeignet dazu. Wie gewöhnlich meldete sich niemand, und Cipolla hütete sich, den vornehmen Teil seines Publikums zu belästigen. Er hielt sich ans Volk und wandte sich an zwei lümmelstarke Burschen auf Stehplätzen im Hintergrunde des Saales, forderte sie heraus, sprach ihnen Mut zu, fand es tadelnswert, daß sie nur müßig gaffen und der Gesellschaft sich nicht gefällig erweisen wollten, und setzte sie wirklich in Bewegung. Mit plumpen Tritten kamen sie durch den Mittelgang nach vorn, erstiegen die Stufen und stellten sich, linkisch grinsend, unter den Bravi-Rufen ihrer Kameradschaft vor der Tafel auf. Cipolla scherzte noch ein paar Augenblicke mit ihnen, lobte die heroische Festigkeit ihrer Gliedmaßen, die Größe ihrer Hände, die ganz geschaffen seien, der Versammlung den erbetenen Dienst zu leisten, und gab dann dem einen den Kreidegriffel in die Hand mit der Weisung, einfach die Zahlen nachzuschreiben, die ihm würden zugerufen werden. Aber der Mensch erklärte, nicht schreiben zu können. »Non so scrivere«, sagte er mit grober Stimme, und sein Genosse fügte hinzu: »Ich auch nicht.«

Gott weiß, ob sie die Wahrheit sprachen oder sich nur über Cipolla lustig machen wollten. Jedenfalls war dieser weit entfernt, die Heiterkeit zu teilen, die ihr Geständnis erregte. Er war beleidigt und angewidert. Er saß in diesem Augenblick mit übergeschlagenem Bein auf einem Strohstuhl in der Mitte der Bühne und rauchte wieder eine Zigarette aus dem billigen Bündel, die ihm sichtlich desto besser mundete, als er, während die Trottel zum Podium stapften, einen zweiten Kognak zu sich genommen hatte. Wieder ließ er den tief eingezogenen Rauch zwischen den entblößten Zähnen ausströmen und blickte dabei, mit dem Fuße wippend, in strenger Ablehnung, wie ein Mann, der sich vor einer durchaus verächtlichen Erscheinung auf sich selbst und seine Würde zurückzieht, an den beiden fröhlichen Ehrlosen vorbei und auch über das Publikum hinweg ins Leere.

»Skandalös«, sagte er kalt und verbissen. »Geht an eure Plätze! Jedermann kann schreiben in Italien, dessen Größe der Unwissenheit und Finsternis keinen Raum bietet. Es ist ein schlechter Scherz, vor den Ohren dieser internationalen Gesellschaft eine Bezichtigung laut werden zu lassen, mit der ihr nicht nur euch selbst erniedrigt, sondern auch die Regierung und das Land dem Gerede aussetzt. Wenn wirklich Torre di Venere der letzte Winkel des Vaterlandes sein sollte, in den die Unkenntnis der Elementarwissenschaften sich geflüchtet hat, so müßte ich bedauern, einen Ort aufgesucht zu haben, von dem mir allerdings bekannt sein mußte, daß er an Bedeutung hinter Rom in dieser und jener Beziehung zurücksteht ...«

Hier wurde er von dem Burschen mit der nubischen Haartracht und der Jacke über der Schulter unterbrochen, dessen Angriffslust, wie man nun sah, nur vorübergehend abgedankt hatte, und der sich erhobenen Hauptes zum Ritter seines Heimatstädtchens aufwarf.

»Genug!« sagte er laut. »Genug der Witze über Torre. Wir alle sind von hier und werden nicht dulden, daß man die Stadt vor den Fremden verhöhnt. Auch diese beiden Leute sind unsere Freunde. Wenn sie keine Gelehrten sind, so sind sie dafür rechtschaffenere Jungen als vielleicht mancher andere im Saal, der mit Rom prahlt, obgleich er es auch nicht gegründet hat.«

Das war ja ausgezeichnet. Der junge Mensch hatte wahrhaftig Haare auf den Zähnen. Man unterhielt sich bei dieser Art von Dramatik, obgleich sie den Eintritt ins eigentliche Programm mehr und mehr verzögerte. Einem Wortwechsel zuzuhören, ist immer fesselnd. Gewisse Menschen belustigt das einfach, und sie genießen aus einer Art von Schadenfreude ihr Nichtbeteiligtsein; andere empfinden Beklommenheit und Erregung, und ich verstehe sie sehr gut, wenn ich auch damals den Eindruck hatte, daß alles gewissermaßen auf Übereinkunft beruhte, und daß sowohl die beiden analphabetischen Dickhäuter wie auch der Giovanotto in der Jacke dem Künstler halb und halb zur Hand gingen, um Theater zu produzieren. Die Kinder lauschten mit vollem Genuß. Sie verstanden nichts, aber die Akzente hielten sie in Atem. Das war also ein Zauberabend, zum mindesten ein italienischer. Sie fanden es ausdrücklich sehr schön.

Cipolla war aufgestanden und mit zwei aus der Hüfte ladenden Schritten an die Rampe gekommen.

»Aber sieh ein bißchen!« sagte er mit grimmiger Herzlichkeit. »Ein alter Bekannter! Ein Jüngling, der das Herz auf der Zunge hat!« (Er sagte »sulla linguaccia«, was belegte Zunge heißt und große Heiterkeit hervorrief.) »Geht, meine Freunde!« wandte er sich an die beiden Tölpel. »Genug von euch, ich habe es jetzt mit diesem Ehrenmann zu tun, con questo torregiano di Venere, diesem Türmer der Venus, der sich zweifellos süßer Danksagungen versieht für seine Wachsamkeit ...«

»Ah, non scherzamo! Reden wir ernst!« rief der Bursche. Seine Augen blitzten, und er machte wahrhaftig eine Bewegung, als wollte er die Jacke abwerfen und zur direktesten Auseinandersetzung übergehen.

Cipolla nahm das nicht tragisch. Anders als wir, die einander bedenklich ansahen, hatte der Cavaliere es mit einem Landsmann zu tun, hatte den Boden der Heimat unter den Füßen. Er blieb kalt, zeigte vollkommene Überlegenheit. Eine lächelnde Kopfbewegung seitlich gegen den Kampfhahn, den Blick ins Publikum gerichtet, rief dieses zum mitlächelnden Zeugen seiner Rauflust auf, durch die der Gegner nur die Schlichtheit seiner Lebensform enthüllte. Und dann geschah abermals etwas Merkwürdiges, was jene Überlegenheit in ein unheimliches Licht setzte und die kriegerische Reizung, die von der Szene ausging, auf beschämende und unerklärliche Art ins Lächerliche zog.

Cipolla näherte sich dem Burschen noch mehr, wobei er ihm eigentümlich in die Augen sah. Er kam sogar die Stufen, die dort, links von uns, ins Auditorium führten, halbwegs herab, so daß er, etwas erhöht, dicht vor dem Streitbaren stand. Die Reitpeitsche hing an seinem Arm.

»Du bist nicht zu Scherzen aufgelegt, mein Sohn«, sagte er. »Das ist nur zu begreiflich, denn jedermann sieht, daß du nicht wohl bist. Schon deine Zunge, deren Reinheit zu wünschen übrigließ, deutete auf akute Unordnung des gastrischen Systems. Man sollte keine Abendunterhaltung besuchen, wenn man sich fühlt wie du, und du selbst, ich weiß es, hast geschwankt, ob du nicht besser tätest, ins Bett zu gehen und dir einen Leibwickel zu machen. Es war leichtsinnig, heute nachmittag so viel von diesem weißen Wein zu trinken, der schrecklich sauer war. Jetzt hast du die Kolik, daß du dich krümmen möchtest vor Schmerzen. Tu's nur ungescheut! Es ist eine gewisse Linderung verbunden mit dieser Nachgiebigkeit des Körpers gegen den Krampf der Eingeweide.«

Indem er dies Wort für Wort mit ruhiger Eindringlichkeit und einer Art strenger Teilnahme sprach, schienen seine Augen, in die des jungen Menschen getaucht, über ihren Tränensäcken zugleich welk und brennend zu werden, – es waren sehr sonderbare Augen, und man verstand, daß sein Partner nicht nur aus Mannesstolz die seinen nicht von ihnen lösen mochte. Auch war von solchem Hochmut alsbald in seinem bronzierten Gesicht nichts mehr zu bemerken. Er sah den Cavaliere mit offenem Munde an, und dieser Mund lächelte in seiner Offenheit verstört und kläglich.

»Krümme dich!« wiederholte Cipolla. »Was bleibt dir anderes übrig? Bei solcher Kolik muß man sich krümmen. Du wirst dich doch gegen die natürliche Reflexbewegung nicht sträuben, nur, weil man sie dir empfiehlt.«

Der junge Mann hob langsam die Unterarme, und während er sie anpressend über dem Leibe kreuzte, verbog sich sein Körper, wandte sich seitlich vornüber, tiefer und tiefer, ging bei verstellten Füßen und gegeneinandergekehrten Knien in die Beuge, so daß er endlich, ein Bild verrenkter Pein, beinahe am Boden hockte. So ließ Cipolla ihn einige Sekunden stehen, tat dann mit der Reitpeitsche einen kurzen Hieb durch die Luft und kehrte ausladend zum Rundtischchen zurück, wo er einen Kognak kippte.

»Il boît beaucoup«, stellte hinter uns eine Dame fest. War das alles, was ihr auffiel? Es wollte uns nicht deutlich werden, wie weit das Publikum schon im Bilde war. Der Bursche stand wieder aufrecht, etwas verlegen lächelnd, als wüßte er nicht so recht, wie ihm geschehen. Man hatte die Szene mit Spannung verfolgt und applaudierte ihr, als sie beendet war, indem man sowohl »Bravo, Cipolla!« wie »Bravo, Giovanotto!« rief. Offenbar faßte man den Ausgang des Streites nicht als persönliche Niederlage des jungen Menschen auf, sondern ermunterte ihn wie einen Schauspieler, der eine klägliche Rolle lobenswert durchgeführt hat. Wirklich war seine Art, sich vor Leibschmerzen zu krümmen, höchst ausdrucksvoll, in ihrer Anschaulichkeit gleichsam für die Galerie berechnet und sozusagen eine schauspielerische Leistung gewesen. Aber ich bin nicht sicher, wieweit das Verhalten des Saales nur dem menschlichen Taktgefühl zuzuschreiben war, in dem der Süden uns überlegen ist, und wieweit es auf eigentlicher Einsicht in das Wesen der Dinge beruhte.

Der Cavaliere, gestärkt, hatte sich eine frische Zigarette angezündet. Der arithmetische Versuch konnte wieder in Angriff genommen werden. Ohne Schwierigkeit fand sich ein junger Mann aus den hinteren Sitzreihen, der bereit war, diktierte Ziffern auf die Tafel zu schreiben. Wir kannten ihn auch; die ganze Unterhaltung gewann etwas Familiäres dadurch, daß man so viele Gesichter kannte. Er war der Angestellte des Kolonialwaren- und Obstladens in der Hauptstraße und hatte uns mehrmals in guter Form bedient. Er handhabte die Kreide mit kaufmännischer Gewandtheit, während Cipolla, zu unserer Ebene herabgestiegen, sich in seiner verwachsenen Gangart durch das Publikum bewegte und Zahlen einsammelte, zwei-, drei- und vierstellige nach freier Wahl, die er den Befragten von den Lippen nahm, um sie seinerseits dem jungen Krämer zuzurufen, der sie untereinander reihte. Dabei war alles, im wechselseitigen Einverständnis, auf Unterhaltung, Jux, rednerische Abschweifung berechnet. Es konnte nicht fehlen, daß der Künstler auf Fremde stieß, die mit der inländischen Zahlensprache nicht fertig wurden, und mit denen er sich lange auf hervorgekehrt ritterliche Art bemühte, unter der höflichen Heiterkeit der Landeskinder, die er dann wohl in Verlegenheit brachte, indem er sie nötigte, englisch und französisch vorgebrachte Ziffern zu verdolmetschen. Einige nannten Zahlen, die große Jahre aus der italienischen Geschichte bezeichneten. Cipolla erfaßte sie sofort und knüpfte im Weitergehen patriotische Betrachtungen daran. Jemand sagte »Zero!«, und der Cavaliere, streng beleidigt wie bei jedem Versuch, ihn zum Narren zu halten, erwiderte über die Schulter, das sei eine weniger als zweistellige Zahl, worauf ein anderer Spaßvogel »Null, null« rief und den Heiterkeitserfolg damit hatte, dessen die Anspielung auf natürliche Dinge unter Südländern gewiß sein kann. Der Cavaliere allein hielt sich würdig ablehnend, obgleich er die Anzüglichkeit geradezu herausgefordert hatte; doch gab er achselzuckend auch diesen Rechnungsposten dem Schreiber zu Protokoll.

Als etwa fünfzehn Zahlen in verschieden langen Gliedern auf der Tafel standen, verlangte Cipolla die gemeinsame Addition. Geübte Rechner möchten sie vor der Schrift im Kopfe vornehmen, aber es stand frei, Crayon und Taschenbuch zu Rate zu ziehen. Cipolla saß, während man arbeitete, auf seinem Stuhl neben der Tafel und rauchte grimassierend, mit dem selbstgefällig anspruchsvollen Gehaben des Krüppels. Die fünfstellige Summe war rasch bereit. Jemand teilte sie mit, ein anderer bestätigte sie, das Ergebnis eines Dritten wich etwas ab, das des Vierten stimmte wieder überein. Cipolla stand auf, klopfte sich etwas Asche vom Rock, lüftete das Blatt Papier an der oberen rechten Ecke der Tafel und ließ das dort von ihm Geschriebene sehen. Die richtige Summe, einer Million sich nähernd, stand schon da. Er hatte sie im voraus aufgezeichnet.

Staunen und großer Beifall. Die Kinder waren überwältigt. Wie er das gemacht habe, wollten sie wissen. Wir bedeuteten sie, das sei ein Trick, nicht ohne weiteres zu verstehen, der Mann sei eben ein Zauberkünstler. Nun wußten sie, was das war, die Soiree eines Taschenspielers. Wie erst der Fischer Leibschmerzen bekam und nun das fertige Resultat auf der Tafel stand, – es war herrlich, und wir sahen mit Besorgnis, daß es trotz ihrer heißen Augen und trotzdem die Uhr schon jetzt fast halb elf war, sehr schwer sein würde, sie wegzubringen. Es würde Tränen geben. Und doch war klar, daß dieser Bucklige nicht zauberte, wenigstens nicht im Sinne der Geschicklichkeit, und daß dies gar nichts für Kinder war. Wiederum weiß ich nicht, was eigentlich das Publikum sich dachte; aber um die »freie Wahl« bei Bestimmung der Summanden war es offenbar recht zweifelhaft bestellt gewesen; dieser und jener der Befragten mochte wohl aus sich selbst geantwortet haben, im ganzen aber war deutlich, daß Cipolla sich seine Leute ausgesucht, und daß der Prozeß, abzielend auf das vorgezeichnete Ergebnis, unter seinem Willen gestanden hatte, – wobei immer noch sein rechnerischer Scharfsinn zu bewundern blieb, wenn das andere sich der Bewunderung seltsam entzog. Dazu der Patriotismus und die reizbare Würde: – die Landsleute des Cavaliere mochten sich bei alldem harmlos in ihrem Elemente fühlen und zu Späßen aufgelegt bleiben; den von außen Kommenden mutete die Mischung beklemmend an.

Übrigens sorgte Cipolla selbst dafür, daß der Charakter seiner Künste jedem irgendwie Wissenden unzweifelhaft wurde, freilich ohne daß ein Name, ein Terminus fiel. Er sprach wohl davon, denn er sprach immerwährend, aber nur in unbestimmten, anmaßenden und reklamehaften Ausdrücken. Er ging noch eine Weile auf dem eingeschlagenen experimentellen Wege fort, machte die Rechnungen erst verwickelter, indem er zur Zusammenzählung Übungen aus den anderen Spezies fügte, und vereinfachte sie dann aufs äußerste, um zu zeigen, wie es zuging. Er ließ einfach Zahlen »raten«, die er vorher unter das Blatt Papier geschrieben hatte. Es gelang fast immer. Jemand gestand, daß er eigentlich einen anderen Betrag habe nennen wollen; da aber im selben Augenblick die Reitpeitsche des Cavaliere vor ihm durch die Luft gepfiffen sei, habe er sich die Zahl entschlüpfen lassen, die sich dann auf der Tafel vorgefunden. Cipolla lachte mit den Schultern. Er heuchelte Bewunderung für das Ingenium der Befragten; aber diese Komplimente hatten etwas Höhnisches und Entwürdigendes, ich glaube nicht, daß sie von den Versuchspersonen angenehm empfunden wurden, obgleich sie dazu lächelten und den Beifall teilweise zu ihren Gunsten buchen mochten. Auch hatte ich nicht den Eindruck, daß der Künstler bei seinem Publikum beliebt war. Eine gewisse Abneigung und Aufsässigkeit war durchzufühlen; aber von der Höflichkeit zu schweigen, die solche Regungen im Zaum hielt, verfehlten Cipollas Können, seine strenge Sicherheit nicht, Eindruck zu machen, und selbst die Reitpeitsche trug, meine ich, etwas dazu bei, daß die Revolte im Unterirdischen blieb.

Vom bloßen Zahlenversuch kam er zu dem mit Karten. Es waren zwei Spiele, die er aus der Tasche zog, und so viel weiß ich noch, daß das Grund- und Musterbeispiel der Experimente, die er damit anstellte, dies war, daß er aus dem einen, ungesehen, drei Karten wählte, die er in der Innentasche seines Gehrocks verbarg, und daß dann die Versuchsperson aus dem vorgehaltenen zweiten Spiel ebendiese drei Karten zog, – nicht immer vollkommen die richtigen; es kam vor, daß nur zweie stimmten, aber in der Mehrzahl der Fälle triumphierte Cipolla, wenn er seine drei Blätter veröffentlichte, und dankte leicht für den Beifall, mit dem man wohl oder übel die Kräfte anerkannte, die er bewährte. Ein junger Herr in vorderster Reihe, rechts von uns, mit stolz geschnittenem Gesicht, Italiener, meldete sich und erklärte, er sei entschlossen, nach klarem Eigenwillen zu wählen und sich jeder wie immer gearteten Beeinflussung bewußt entgegenzustemmen. Wie Cipolla sich unter diesen Umständen den Ausgang denke. – »Sie werden mir«, antwortete der Cavaliere, »damit meine Aufgabe etwas erschweren. An dem Ergebnis wird Ihr Widerstand nichts ändern. Die Freiheit existiert, und auch der Wille existiert; aber die Willensfreiheit existiert nicht, denn ein Wille, der sich auf seine Freiheit richtet, stößt ins Leere. Sie sind frei, zu ziehen oder nicht zu ziehen. Ziehen Sie aber, so werden Sie richtig ziehen, – desto sicherer, je eigensinniger Sie zu handeln versuchen.«

Man mußte zugeben, daß er seine Worte nicht besser hätte wählen können, um die Wasser zu trüben und seelische Verwirrung anzurichten. Der Widerspenstige zögerte nervös, bevor er zugriff. Er zog eine Karte und verlangte sofort zu sehen, ob sie unter den verborgenen sei. »Aber wie?« verwunderte sich Cipolla. »Warum halbe Arbeit tun?« Da jedoch der Trotzige auf dieser Vorprobe bestand: – »E servito«, sagte der Gaukler mit ungewohnt lakaienhafter Gebärde und zeigte, ohne selbst hinzusehen, sein Dreiblatt fächerförmig vor. Die links steckende Karte war die gezogene.

Der Freiheitskämpfer setzte sich zornig, unter dem Beifall des Saales. Wieweit Cipolla die mit ihm geborenen Gaben auch noch durch mechanische Tricks und Behendigkeitsmittelchen unterstützte, mochte der Teufel wissen. Eine solche Verquickung angenommen, vereinigte die ungebundene Neugier aller sich jedenfalls im Genuß einer phänomenalen Unterhaltung und in der Anerkennung einer Berufstüchtigkeit, die niemand leugnete. »Lavora bene!« Wir hörten die Feststellung da und dort in unserer Nähe, und sie bedeutete den Sieg sachlicher Gerechtigkeit über Antipathie und stille Empörung.

Vor allem, nach seinem letzten, fragmentarischen, doch eben dadurch nur desto eindrucksvolleren Erfolge, hatte Cipolla sich wieder mit einem Kognak gestärkt. In der Tat, er »trank viel«, und das war etwas schlimm zu sehen. Aber er brauchte Likör und Zigarette offenbar zur Erhaltung und Erneuerung seiner Spannkraft, an die, er hatte es selbst angedeutet, in mehrfacher Beziehung starke Ansprüche gestellt wurden. Wirklich sah er schlecht aus zwischenein, hohläugig und verfallen. Das Gläschen brachte das jeweils ins gleiche, und seine Rede lief danach, während der eingeatmete Rauch ihm grau aus der Lunge sprudelte, belebt und anmaßend. Ich weiß bestimmt, daß er von den Kartenkunststücken zu jener Art von Gesellschaftsspielen überging, die auf über- oder untervernünftigen Fähigkeiten der menschlichen Natur, auf Intuition und »magnetischer« Übertragung, kurzum auf einer niedrigen Form der Offenbarung beruhen. Nur die intimere Reihenfolge seiner Leistungen weiß ich nicht mehr. Auch langweile ich Sie nicht mit der Schilderung dieser Versuche; jeder kennt sie, jeder hat einmal daran teilgenommen, an diesem Auffinden versteckter Gegenstände, diesem blinden Ausführen zusammengesetzter Handlungen, zu dem die Anweisung auf unerforschtem

Wege, von Organismus zu Organismus ergeht. Jeder hat auch dabei seine kleinen, neugierig-verächtlichen und kopfschüttelnden Einblicke in den zweideutig-unsauberen und unentwirrbaren Charakter des Okkulten getan, das in der Menschlichkeit seiner Träger immer dazu neigt, sich mit Humbug und nachhelfender Mogelei vexatorisch zu vermischen, ohne daß dieser Einschlag etwas gegen die Echtheit anderer Bestandteile des bedenklichen Amalgams bewiese. Ich sage nur, daß alle Verhältnisse natürlich sich verstärken, der Eindruck nach jeder Seite an Tiefe gewinnt, wenn ein Cipolla Leiter und Hauptakteur des dunklen Spieles ist. Er saß, den Rücken gegen das Publikum gekehrt, im Hintergrunde des Podiums und rauchte, während irgendwo im Saale unter der Hand die Vereinbarungen getroffen wurden, denen er gehorchen, der Gegenstand von Hand zu Hand ging, den er aus seinem Versteck ziehen und mit dem er Vorbestimmtes ausführen sollte. Es war das typische bald getrieben zustoßende, bald lauschend stockende Vorwärtstasten, Fehltappen und sich mit jäh eingegebener Wendung Verbessern, das er zu beobachten gab, wenn er an der Hand eines wissenden Führers, der angewiesen war, sich körperlich rein folgsam zu verhalten, aber seine Gedanken auf das Verabredete zu richten, sich zurückgelegten Hauptes und mit vorgestreckter Hand im Zickzack durch den Saal bewegte. Die Rollen schienen vertauscht, der Strom ging in umgekehrter Richtung, und der Künstler wies in immer fließender Rede ausdrücklich darauf hin. Der leidende, empfangende, der ausführende Teil, dessen Wille ausgeschaltet war, und der einen stummen in der Luft liegenden Gemeinschaftswillen vollführte, war nun er, der solange gewollt und befohlen hatte; aber er betonte, daß es auf eins hinauslaufe. Die Fähigkeit, sagte er, sich seiner selbst zu entäußern, zum Werkzeug zu werden, im unbedingtesten und vollkommensten Sinne zu gehorchen, sei nur die Kehrseite jener anderen, zu wollen und zu befehlen; es sei ein und dieselbe Fähigkeit; Befehlen und Gehorchen, sie bildeten zusammen nur ein Prinzip, eine unauflösliche Einheit; wer zu gehorchen wisse, der wisse auch zu befehlen, und ebenso umgekehrt; der eine Gedanke sei in dem anderen einbegriffen, wie Volk und

Führer ineinander einbegriffen seien, aber die Leistung, die äußerst strenge und aufreibende Leistung, sei jedenfalls seine, des Führers und Veranstalters, in welchem der Wille Gehorsam, der Gehorsam Wille werde, dessen Person die Geburtsstätte beider sei, und der es also sehr schwer habe. Er betonte dies stark und oft, daß er es außerordentlich schwer habe, wahrscheinlich um seine Stärkungsbedürftigkeit und das häufige Greifen zum Gläschen zu erklären.

Er tappte seherisch umher, geleitet und getragen vom öffentlichen, geheimen Willen. Er zog eine steinbesetzte Nadel aus dem Schuh einer Engländerin, wo man sie verborgen hatte, trug sie stockend und getrieben zu einer anderen Dame – es war Signora Angiolieri – und überreichte sie ihr kniefällig mit vorbestimmten und, wenn auch naheliegenden, so doch nicht leicht zu treffenden Worten; denn sie waren auf Französisch verabredet worden. »Ich mache Ihnen ein Geschenk zum Zeichen meiner Verehrung!« hatte er zu sagen, und uns schien, als läge Bosheit in der Härte dieser Bedingung; ein Zwiespalt drückte sich darin aus zwischen dem Interesse am Gelingen des Wunderbaren und dem Wunsch, der anspruchsvolle Mann möchte eine Niederlage erleiden. Aber sehr merkwürdig war es, wie Cipolla, auf den Knien vor Mme. Angiolieri, unter versuchenden Reden um die Erkenntnis des ihm Aufgegebenen rang. »Ich muß etwas sagen«, äußerte er, »und ich fühle deutlich, was es zu sagen gilt. Dennoch fühle ich zugleich, daß es falsch würde, wenn ich es über die Lippen ließe. Hüten Sie sich, mir mit irgendeinem unwillkürlichen Zeichen zu Hilfe zu kommen!« rief er aus, obgleich oder weil zweifellos gerade dies es war, worauf er hoffte ... »Pensez très fort!« rief er auf einmal in schlechtem Französisch und sprudelte dann den befohlenen Satz zwar auf Italienisch hervor, aber so, daß er das Schluß- und Hauptwort plötzlich in die ihm wahrscheinlich ganz ungeläufige Schwestersprache fallen ließ und statt »venerazione« »vénération« mit einem unmöglichen Nasal am Ende sagte, – ein Teilerfolg, der nach den schon vollendeten Leistungen, dem Auffinden der Nadel, dem Gang zur Empfängerin und dem Kniefall, fast eindrucksvoller wirkte, als der restlose Sieg es getan hätte, und bewunderungsvollen Beifall hervorrief.

Cipolla trocknete sich aufstehend den Schweiß von der Stirn. Sie verstehen, daß ich nur ein Beispiel seiner Arbeit gab, indem ich von der Nadel erzählte, – es ist mir besonders im Gedächtnis geblieben. Aber er wandelte die Grundform mehrfach ab und durchflocht diese Versuche, so daß viel Zeit darüber verging, mit Improvisationen verwandter Art, zu denen die Berührung mit dem Publikum ihm auf Schritt und Tritt verhalf. Namentlich von der Person unserer Wirtin schien Eingebung auf ihn auszugehen; sie entlockte ihm verblüffende Wahrsagungen. »Es entgeht mir nicht, Signora«, sagte er zu ihr, »daß es mit Ihnen eine besondere und ehrenvolle Bewandtnis hat. Wer zu sehen weiß, der erblickt um Ihre reizende Stirn einen Schein, der, wenn mich nicht alles täuscht, einst stärker war als heute, einen langsam verbleichenden Schein ... Kein Wort! Helfen Sie mir nicht! An Ihrer Seite sitzt Ihr Gatte – nicht wahr«, wandte er sich an den stillen Herrn Angiolieri, »Sie sind der Gatte dieser Dame, und Ihr Glück ist vollkommen. Aber in dieses Glück hinein ragen Erinnerungen ... fürstliche Erinnerungen ... Das Vergangene, Signora, spielt in Ihrem gegenwärtigen Leben, wie mir scheint, eine bedeutende Rolle. Sie kannten einen König ... hat nicht ein König in vergangenen Tagen Ihren Lebensweg gekreuzt?«

»Doch nicht«, hauchte die Spenderin unserer Mittagssuppe, und ihre braungoldenen Augen schimmerten in der Edelblässe ihres Gesichtes.

»Doch nicht? Nein, kein König, ich sprach gleichsam nur im rohen und unreinen. Kein König, kein Fürst, – aber dennoch ein Fürst, ein König höherer Reiche. Ein großer Künstler war es, an dessen Seite Sie einst ... Sie wollen mir widersprechen, und doch können Sie es nicht mit voller Entschiedenheit, können es nur zur Hälfte tun. Nun denn! Es war eine große, eine weltberühmte *Künstlerin*, deren Freundschaft Sie in zarter Jugend genossen, und deren heiliges Gedächtnis Ihr ganzes Leben überschattet und verklärt ... Den Namen? Ist es nötig, Ihnen den Namen zu nennen, dessen Ruhm sich längst mit dem des Vaterlandes verbunden hat und mit ihm unsterblich ist? Eleonora Duse«, schloß er leise und feierlich.

Die kleine Frau nickte überwältigt in sich hinein. Der Applaus glich einer nationalen Kundgebung. Fast jedermann im Saale wußte von Frau Angiolieris bedeutender Vergangenheit und vermochte also die Intuition des Cavaliere zu würdigen, voran die anwesenden Gäste der Casa Eleonora. Es fragte sich nur, wieviel er selbst davon gewußt, beim ersten berufsmäßigen Umhorchen nach seiner Ankunft in Torre davon in Erfahrung gebracht haben mochte ... Aber ich habe gar keinen Grund, Fähigkeiten, die ihm vor unseren Augen zum Verhängnis wurden, rationalistisch zu verdächtigen ...

Vor allem gab es nun eine Pause, und unser Gebieter zog sich zurück. Ich gestehe, daß ich mich vor diesem Punkte meines Berichtes gefürchtet habe, fast seit ich zu erzählen begann. Die Gedanken der Menschen zu lesen, ist meistens nicht schwer, und hier ist es sehr leicht. Unfehlbar werden Sie mich fragen, warum wir nicht endlich weggegangen seien, – und ich muß Ihnen die Antwort schuldig bleiben. Ich verstehe es nicht und weiß mich tatsächlich nicht zu verantworten. Es muß damals bestimmt schon mehr als elf Uhr gewesen sein, wahrscheinlich noch später. Die Kinder schliefen. Die letzte Versuchsserie war für sie recht langweilig gewesen, und so hatte die Natur es leicht, ihr Recht zu erkämpfen. Sie schliefen auf unseren Knien, die Kleine auf den meinen, der Junge auf denen der Mutter. Das war einerseits tröstlich, dann aber doch auch wieder ein Grund zum Erbarmen und eine Mahnung, sie in ihre Betten zu bringen. Ich versichere, daß wir ihr gehorchen wollten, dieser rührenden Mahnung, es ernstlich wollten. Wir weckten die armen Dinger mit der Versicherung, nun sei es entschieden die höchste Zeit zur Heimkehr. Aber ihr flehentlicher Widerstand begann mit dem Augenblick ihrer Selbstbesinnung, und Sie wissen, daß der Abscheu von Kindern gegen das vorzeitige Verlassen einer Unterhaltung nur zu brechen, nicht zu überwinden ist. Es sei herrlich beim Zauberer, klagten sie, wir wüßten nicht, was noch kommen solle, man müsse wenigstens abwarten, womit er nach der Pause beginnen werde, sie schliefen gern zwischendurch ein bißchen, aber nur nicht nach Hause, nur nicht ins Bett, während der schöne Abend hier weitergehe!

Wir gaben nach, wenn auch, soviel wir wußten, nur für den Augenblick, für eine Weile noch, vorläufig. Zu entschuldigen ist es nicht, daß wir blieben, und es zu erklären fast ebenso schwer. Glaubten wir B sagen zu müssen, nachdem wir A gesagt und irrtümlicherweise die Kinder überhaupt hierher gebracht hatten? Ich finde das ungenügend. Unterhielten wir selbst uns denn? Ja und nein, unsere Gefühle für Cavaliere Cipolla waren höchst gemischter Natur, aber das waren, wenn ich nicht irre, die Gefühle des ganzen Saales, und dennoch ging niemand weg. Unterlagen wir einer Faszination, die von diesem auf so sonderbare Weise sein Brot verdienenden Manne auch neben dem Programm, auch zwischen den Kunststücken ausging und unsere Entschlüsse lähmte? Ebensogut mag die bloße Neugier in Rechnung zu stellen sein. Man möchte wissen, wie ein Abend sich fortsetzen wird, der so begonnen hat, und übrigens hatte Cipolla seinen Abgang mit Ankündigungen begleitet, die darauf schließen ließen, daß er seinen Sack keineswegs geleert habe und eine Steigerung der Effekte zu erwarten sei.

Aber das alles ist es nicht, oder es ist nicht alles. Das richtigste wäre die Frage, warum wir jetzt nicht gingen, mit der anderen zu beantworten, warum wir vorher Torre nicht verlassen hatten. Das ist meiner Meinung nach ein und dieselbe Frage, und um mich herauszuwinden, könnte ich einfach sagen, ich hätte sie schon beantwortet. Es ging hier geradeso merkwürdig und spannend, geradeso unbehaglich, kränkend und bedrückend zu wie in Torre überhaupt, ja, mehr als geradeso: dieser Saal bildete den Sammelpunkt aller Merkwürdigkeit, Nichtgeheuerlichkeit und Gespanntheit, womit uns die Atmosphäre des Aufenthaltes geladen schien; dieser Mann, dessen Rückkehr wir erwarteten, dünkte uns die Personifikation von alldem; und da wir im großen nicht »abgereist« waren, wäre es unlogisch gewesen, es sozusagen im kleinen zu tun. Nehmen Sie das als Erklärung unserer Seßhaftigkeit an oder nicht! Etwas Besseres weiß ich einfach nicht vorzubringen. –

Es gab also eine Pause von zehn Minuten, aus denen annähernd zwanzig wurden. Die Kinder, wach geblieben und entzückt von unserer Nachgiebigkeit, wußten sie vergnüglich auszufüllen. Sie nahmen ihre Beziehungen zur volkstümlichen Sphäre wieder auf, zu Antonio, zu Guiscardo, zu dem Manne der Paddelboote. Sie riefen den Fischern durch die hohlen Hände Wünsche zu, deren Wortlaut sie von uns eingeholt hatten: »Morgen viele Fischchen!« »Ganz voll die Netze!« Sie riefen zu Mario, dem Kellnerburschen vom »Esquisito«, hinüber: »Mario, una cioccolata e biscotti!« Und er gab acht diesmal und antwortete lächelnd: »Subito!« Wir bekamen Gründe, dies freundliche und etwas zerstreutmelancholische Lächeln im Gedächtnis zu bewahren.

So ging die Pause herum, der Gongschlag ertönte, das in Plauderei gelöste Publikum sammelte sich, die Kinder rückten sich begierig auf ihren Stühlen zurecht, die Hände im Schoß. Die Bühne war offengeblieben. Cipolla betrat sie ausladenden Schrittes und begann sofort, die zweite Folge seiner Darbietungen conférencemäßig einzuleiten.

Lassen Sie mich zusammenfassen: Dieser selbstbewußte Verwachsene war der stärkste Hypnotiseur, der mir in meinem Leben vorgekommen. Wenn er der Öffentlichkeit über die Natur seiner Vorführungen Sand in die Augen gestreut und sich als Geschicklichkeitskünstler angekündigt hatte, so hatten damit offenbar nur polizeiliche Bestimmungen umgangen werden sollen, die eine gewerbsmäßige Ausübung dieser Kräfte grundsätzlich verpönten. Vielleicht ist die formale Verschleierung in solchen Fällen landesüblich und amtlich geduldet oder halb geduldet. Jedenfalls hatte der Gaukler praktisch aus dem wahren Charakter seiner Wirkungen von Anfang an wenig Hehl gemacht, und die zweite Hälfte seines Programms nun war ganz offen und ausschließlich auf den Spezialversuch, die Demonstration der Willensentziehung und -aufnötigung, gestellt, wenn auch rein rednerisch immer noch die Umschreibung herrschte. In einer langwierigen Serie komischer, aufregender, erstaunlicher Versuche, die um Mitternacht noch in vollem Gange waren, bekam man vom Unscheinbaren bis zum Ungeheuerlichen alles zu sehen, was dies natürlich-unheimliche Feld an Phänomenen zu bieten hat, und den grotesken Einzelheiten folgte ein lachendes, kopfschüttelndes, sich aufs Knie schlagendes, applaudierendes Publikum, das deutlich im Bann einer Persönlichkeit von strenger Selbstsicherheit stand, obgleich es, wie mir wenigstens schien, nicht ohne widerspenstiges Gefühl für das eigentümlich Entehrende war, das für den einzelnen und für alle in Cipollas Triumphen lag.

Zwei Dinge spielten die Hauptrolle bei diesen Triumphen: das Stärkungsgläschen und die Reitpeitsche mit dem Klauengriff. Das eine mußte immer wieder dazu dienen, seiner Dämonie einzuheizen, da sonst, wie es schien, Erschöpfung gedroht hätte; und das hätte menschlich besorgt stimmen können um den Mann, wenn nicht das andere, dies beleidigende Symbol seiner Herrschaft, gewesen wäre, diese pfeifende Fuchtel, unter die seine Anmaßung uns alle stellte, und deren Mitwirkung weichere Empfindungen als die einer verwunderten und vertrotzten Unterwerfung nicht aufkommen ließ. Vermißte er sie? Beanspruchte er auch noch unser Mitgefühl? Wollte er alles haben? Eine Äußerung von ihm prägte sich mir ein, die auf solche Eifersucht schließen ließ. Er tat sie, als er, auf dem Höhepunkt seiner Experimente, einen jungen Menschen, der sich ihm zur Verfügung gestellt und sich längst als besonders empfängliches Objekt dieser Einflüsse erwiesen, durch Striche und Anhauch vollkommen kataleptisch gemacht hatte, dergestalt, daß er den in Tiefschlaf Gebannten nicht nur mit Nacken und Füßen auf die Lehnen zweier Stühle legen, sondern sich ihm auch auf den Leib setzen konnte, ohne daß der brettstarre Körper nachgab. Der Anblick des Unholds im Salonrock, hockend auf der verholzten Gestalt, war unglaubwürdig und scheußlich, und das Publikum, in der Vorstellung, daß das Opfer dieser wissenschaftlichen Kurzweil leiden müsse, äußerte Erbarmen. »Poveretto!« »Armer Kerl!« riefen gutmütige Stimmen. »Poveretto!« höhnte Cipolla erbittert. »Das ist falsch adressiert, meine Herrschaften! Sono io, il Poveretto! Ich bin es, der das alles duldet.« Man steckte die Lehre ein. Gut, er selbst mochte es sein, der die Kosten der Unterhaltung trug und der vorstellungsweise auch die Leibschmerzen auf sich genommen haben mochte, von denen der Giovanotto die erbärmliche Grimasse lieferte. Aber der Augenschein sprach dagegen, und man ist nicht aufgelegt, Poveretto zu jemandem zu sagen, der für die Entwürdigung der anderen leidet.

Ich habe vorgegriffen und die Reihenfolge ganz beiseite geworfen. Mein Kopf ist noch heute voll von Erinnerungen an des Cavaliere Duldertaten, nur weiß ich nicht mehr Ordnung darin zu halten, und es kommt auf sie auch nicht an. Soviel aber weiß ich, daß die großen und umständlichen, die am meisten Beifall fanden, mir weniger Eindruck machten als gewisse kleine und rasch vorübergehende. Das Phänomen des Jungen als Sitzbank kam mir soeben nur der daran geknüpften Zurechtweisung wegen gleich in den Sinn ... Daß aber eine ältere Dame, auf einem Strohstuhl schlafend, von Cipolla in die Illusion gewiegt wurde, sie mache eine Reise nach Indien, und aus der Trance sehr beweglich von ihren Abenteuern zu Wasser und zu Lande kündete, beschäftigte mich viel weniger, und ich fand es weniger toll, als daß, gleich nach der Pause, ein hoch und breit gebauter Herr militärischen Ansehens den Arm nicht mehr heben konnte, nur weil der Bucklige ihm ankündigte, er werde es nicht mehr tun können, und einmal seine Reitpeitsche dazu durch die Luft pfeifen ließ. Ich sehe noch immer das Gesicht dieses schnurrbärtig stattlichen Colonnello vor mir, dies lächelnde Zähnezusammenbeißen im Ringen nach einer eingebüßten Verfügungsfreiheit. Was für ein konfuser Vorgang! Er schien zu wollen und nicht zu können; aber er konnte wohl nur nicht wollen, und es waltete da jene die Freiheit lähmende Verstrickung des Willens in sich selbst, die unser Bändiger vorhin schon dem römischen Herrn höhnisch vorausgesagt hatte.

Noch weniger vergesse ich in ihrer rührenden und geisterhaften Komik die Szene mit Frau Angiolieri, deren ätherische Widerstandslosigkeit gegen seine Macht der Cavaliere gewiß schon bei seiner ersten dreisten Umschau im Saale erspäht hatte. Er zog sie durch pure Behexung buchstäblich von ihrem Stuhl empor, aus ihrer Reihe heraus mit sich fort, und dabei hatte er, um sein Licht besser leuchten zu lassen, Herrn Angiolieri aufgegeben, seine Frau mit Vornamen zu rufen, gleichsam um das Gewicht seines Daseins und seiner Rechte in die Waagschale zu werfen und mit der Stimme des Gatten alles in der

Seele der Gefährtin wachzurufen, was ihre Tugend gegen bösen Zauber zu schützen vermochte. Doch wie vergeblich geschah es! Cipolla, in einiger Entfernung von dem Ehepaar, ließ einmal seine Peitsche pfeifen, mit der Wirkung, daß unsere Wirtin heftig zusammenzuckte und ihm ihr Gesicht zuwandte. »Sofronia!« rief Herr Angiolieri schon hier (wir hatten gar nicht gewußt, daß Frau Angiolieri Sofronia mit Vornamen hieß), und mit Recht begann er zu rufen, denn jedermann sah, daß Gefahr im Verzuge war: seiner Gattin Antlitz blieb unverwandt gegen den verfluchten Cavaliere gerichtet. Dieser nun, die Peitsche ans Handgelenk gehängt, begann mit allen seinen zehn langen und gelben Fingern winkende und ziehende Bewegungen gegen sein Opfer zu vollführen und schrittweise rückwärts zu gehen. Da stieg Frau Angiolieri in schimmernder Blässe von ihrem Sitze auf, wandte sich ganz nach der Seite des Beschwörers und fing an, ihm nachzuschweben. Geisterhafter und fataler Anblick! Mondsüchtigen Ausdrucks, die Arme steif, die schönen Hände etwas aus dem Gelenk erhoben und wie mit geschlossenen Füßen schien sie langsam aus ihrer Bank herauszugleiten, dem ziehenden Verführer nach ... »Rufen Sie, mein Herr, rufen Sie doch!« mahnte der Schreckliche. Und Herr Angiolieri rief mit schwacher Stimme: »Sofronia!« Ach, mehrmals rief er es noch, hob sogar, da sein Weib sich mehr und mehr von ihm entfernte, eine hohle Hand zum Munde und winkte mit der andern beim Rufen. Aber ohnmächtig verhallte die arme Stimme der Liebe und Pflicht im Rücken einer Verlorenen, und in mondsüchtigem Gleiten, berückt und taub, schwebte Frau Angiolieri dahin, in den Mittelgang, ihn entlang, gegen den fingernden Buckligen, auf die Ausgangstür zu. Der Eindruck war zwingend und vollkommen, daß sie ihrem Meister, wenn dieser gewollt hätte, so bis ans Ende der Welt gefolgt wäre.

»Accidente!« rief Herr Angiolieri in wirklichem Schrecken und sprang auf, als die Saaltür erreicht war. Aber im selben Augenblick ließ der Cavaliere den Siegeskranz gleichsam fallen und brach ab. »Genug, Signora, ich danke Ihnen«, sagte er und bot der aus Wolken zu sich Kommenden mit komödiantischer Ritterlichkeit den Arm, um sie Herrn Angiolieri wieder zuzuführen. »Mein Herr«, begrüßte er diesen, »hier ist Ihre Gemahlin! Unversehrt, nebst meinen Komplimenten, liefere ich sie in Ihre Hände zurück. Hüten Sie mit allen Kräften Ihrer Männlichkeit einen Schatz, der so ganz der Ihre ist, und befeuern Sie Ihre Wachsamkeit durch die Einsicht, daß es Mächte gibt, die stärker als Vernunft und Tugend und nur ausnahmsweise mit der Hochherzigkeit der Entsagung gepaart sind!«

Der arme Herr Angiolieri, still und kahl! Er sah nicht aus, als ob er sein Glück auch nur gegen minder dämonische Mächte zu schützen gewußt hätte, als diejenigen waren, die hier zum Schrecken auch noch den Hohn fügten. Gravitätisch und gebläht kehrte der Cavaliere aufs Podium zurück unter einem Beifall, dem seine Beredsamkeit doppelte Fülle verliehen hatte. Namentlich durch diesen Sieg, wenn ich mich nicht irre, war seine Autorität auf einen Grad gestiegen, daß er sein Publikum tanzen lassen konnte, – ja, tanzen. Das ist ganz wörtlich zu verstehen, und es brachte eine gewisse Ausartung, ein gewisses spätnächtliches Drunter und Drüber der Gemüter, eine trunkene Auflösung der kritischen Widerstände mit sich, die so lange dem Wirken des unangenehmen Mannes entgegengestanden waren. Freilich hatte er um die Vollendung seiner Herrschaft hart zu kämpfen, und zwar gegen die Aufsässigkeit des jungen römischen Herrn, dessen moralische Versteifung ein dieser Herrschaft gefährliches öffentliches Beispiel abzugeben drohte. Gerade auf die Wichtigkeit des Beispiels aber verstand sich der Cavaliere, und klug genug, den Ort des geringsten Widerstandes zum Angriffspunkt zu wählen, ließ er die Tanzorgie durch jenen schwächlichen und zur Entgeisterung geneigten Jüngling einleiten, den er vorhin schon stocksteif gemacht hatte. Dieser hatte eine Art, sobald ihn der Meister nur mit dem Blikke anfuhr, wie vom Blitz getroffen den Oberkörper zurückzuwerfen und, Hände an der Hosennaht, in einen Zustand von militärischem Somnambulismus zu verfallen, daß seine Erbötigkeit zu jedem Unsinn, den man ihm auferlegen würde, von vornherein in die Augen sprang. Auch schien er in der Hörigkeit sich ganz zu behagen und seine armselige Selbstbestimmung gern los zu sein; denn immer wieder bot er sich als Versuchsobjekt an und setzte sichtlich seine Ehre darein, ein Musterbeispiel prompter Entseelung und Willenlosigkeit zu bieten. Auch jetzt stieg er aufs Podium, und nur eines Luftstreiches der Peitsche bedurfte es, um ihn nach der Weisung des Cavaliere dort oben »Step« tanzen zu lassen, das heißt in einer Art von wohlgefälliger Ekstase mit geschlossenen Augen und wiegendem Kopf seine dürftigen Glieder nach allen Seiten zu schleudern.

Offenbar war das vergnüglich, und es dauerte nicht lange, bis er Zuzug fand und zwei weitere Personen, ein schlicht und ein gut gekleideter Jüngling, zu seinen beiden Seiten den »Step« vollführten. Hier nun war es, daß der Herr aus Rom sich meldete und trotzig anfragte, ob der Cavaliere sich anheischig mache, ihn tanzen zu lehren, auch wenn er nicht wolle.

»Auch wenn Sie nicht wollen!« antwortete Cipolla in einem Ton, der mir unvergeßlich ist. Ich habe dies fürchterliche »Anche se non vuole!« noch immer im Ohr. Und dann also begann der Kampf. Cipolla, nachdem er ein Gläschen genommen und sich eine frische Zigarette angezündet, stellte den Römer irgendwo im Mittelgang auf, das Gesicht der Ausgangstür zugewandt, nahm selbst in einiger Entfernung hinter ihm Aufstellung und ließ seine Peitsche pfeifen, indem er befahl: »Balla!« Sein Gegner rührte sich nicht. »Balla!« wiederholte der Cavaliere mit Bestimmtheit und schnippte. Man sah, wie der junge Mann den Hals im Kragen rückte und wie gleichzeitig eine seiner Hände sich aus dem Gelenke hob, eine seiner Fersen sich auswärts kehrte. Bei solchen Anzeichen einer zuckenden Versuchung aber, Anzeichen, die jetzt sich verstärkten, jetzt wieder zur Ruhe gebracht wurden, blieb es lange Zeit. Niemand verkannte, daß hier ein vorgefaßter Entschluß zum entschiedenen Widerstande, eine heroische Hartnäckigkeit zu besiegen waren; dieser Brave wollte die Ehre des Menschengeschlechtes heraushauen, er zuckte, aber er tanzte nicht, und der Versuch zog sich so sehr in die Länge, daß der Cavaliere genötigt war, seine Aufmerksamkeit zu teilen; hier und da wandte er sich nach der Bühne und den dort Zappelnden um und ließ seine Peitsche gegen sie pfeifen, um sie in Zucht zu halten, nicht ohne, seitwärts sprechend, das Publikum darüber zu belehren, daß jene Ausgelassenen nachher keinerlei Ermüdung empfinden würden, so lange sie auch tanzten, denn nicht sie seien es eigentlich, die es täten, sondern er. Dann bohrte er wieder den Blick in den Nacken des Römers, die Willensfeste zu berennen, die sich seiner Herrschaft entgegenstellte.

Man sah sie unter seinen immer wiederholten Hieben und unentwegten Anrufen wanken, diese Feste, – sah es mit einer sachlichen Anteilnahme, die von affekthaften Einschlägen, von Bedauern und grausamer Genugtuung nicht frei war. Verstand ich den Vorgang recht, so unterlag dieser Herr der Negativität seiner Kampfposition. Wahrscheinlich kann man vom Nichtwollen seelisch nicht leben; eine Sache nicht tun wollen, das ist auf die Dauer kein Lebensinhalt; etwas nicht wollen und überhaupt nicht mehr wollen, also das Geforderte dennoch tun, das liegt vielleicht zu benachbart, als daß nicht die Freiheitsidee dazwischen ins Gedränge geraten müßte, und in dieser Richtung bewegten sich denn auch die Zureden, die der Cavaliere zwischen Peitschenhiebe und Befehle einflocht, indem er Einwirkungen, die sein Geheimnis waren, mit verwirrend psychologischen mischte. »Balla!« sagte er. »Wer wird sich so quälen? Nennst du es Freiheit – diese Vergewaltigung deiner selbst? Una ballatina! Es reißt dir ja an allen Gliedern. Wie gut wird es sein, ihnen endlich den Willen zu lassen! Da, du tanzest ja schon! Das ist kein Kampf mehr, das ist bereits das Vergnügen!« – So war es, das Zucken und Zerren im Körper des Widerspenstigen nahm überhand, er hob die Arme, die Knie, auf einmal lösten sich alle seine Gelenke, er warf die Glieder, er tanzte, und so führte der Cavaliere ihn, während die Leute klatschten, aufs Podium, um ihn den anderen Hampelmännern anzureihen. Man sah nun das Gesicht des Unterworfenen, es war dort oben veröffentlicht. Er lächelte breit, mit halb geschlossenen Augen, während er sich »vergnügte«. Es war eine Art von Trost, zu sehen, daß ihm offenbar wohler war jetzt als zur Zeit seines Stolzes ...

Man kann sagen, daß sein »Fall« Epoche machte. Mit ihm war das Eis gebrochen, Cipollas Triumph auf seiner Höhe; der Stab der

Kirke, diese pfeifende Ledergerte mit Klauengriff, herrschte unumschränkt. Zu dem Zeitpunkt, den ich im Sinne habe, und der ziemlich weit nach Mitternacht gelegen gewesen sein muß, tanzten auf der kleinen Bühne acht oder zehn Personen, aber auch im Saale selbst gab es allerlei Beweglichkeit, und eine Angelsächsin mit Zwicker und langen Zähnen war, ohne daß der Meister sich auch nur um sie gekümmert hätte, aus ihrer Reihe hervorgekommen, um im Mittelgang eine Tarantella aufzuführen. Cipolla unterdessen saß in lässiger Haltung auf einem Strohstuhl links auf dem Podium, verschlang den Rauch einer Zigarette und ließ ihn durch seine häßlichen Zähne arrogant wieder ausströmen. Fußwippend und zuweilen mit den Schultern lachend blickte er in die Gelöstheit des Saales und ließ von Zeit zu Zeit, halb rückwärts, die Peitsche gegen einen Zappler pfeifen, der im Vergnügen nachlassen wollte. Die Kinder waren wach um diese Zeit. Ich erwähne sie mit Beschämung. Hier war nicht gut sein, für sie am wenigsten, und daß wir sie immer noch nicht fortgeschafft hatten, kann ich mir nur mit einer gewissen Ansteckung durch die allgemeine Fahrlässigkeit erklären, von der zu dieser Nachtstunde auch wir ergriffen waren. Es war nun schon alles einerlei. Übrigens und gottlob fehlte ihnen der Sinn für das Anrüchige dieser Abendunterhaltung. Ihre Unschuld entzückte sich immer aufs neue an der außerordentlichen Erlaubnis, einem solchen Spektakel, der Soiree des Zauberkünstlers, beizuwohnen. Immer wieder hatten sie viertelstundenweise auf unseren Knien geschlafen und lachten nun mit roten Backen und trunkenen Augen von Herzen über die Sprünge, die der Herr des Abends die Leute machen ließ. Sie hatten es sich so lustig nicht gedacht, sie beteiligten sich mit ungeschickten Händchen freudig an jedem Applaus. Aber vor Lust hüpften sie nach ihrer Art von den Stühlen empor, als Cipolla ihrem Freunde Mario, Mario vom »Esquisito«, winkte, – ihm winkte, recht wie es im Buche steht, indem er die Hand vor die Nase hielt und abwechselnd den Zeigefinger lang aufrichtete und zum Haken krümmte.

Mario gehorchte. Ich sehe ihn noch die Stufen hinauf zum Cavaliere steigen, der dabei immer fortfuhr, in jener grotesk-musterhaften

Art mit dem Zeigefinger zu winken. Einen Augenblick hatte der junge Mensch gezögert, auch daran erinnere ich mich genau. Er hatte während des Abends mit verschränkten Armen oder die Hände in den Taschen seiner Jacke im Seitengange an einem Holzpfeiler gelehnt, links von uns, dort, wo auch der Giovanotto mit der kriegerischen Haartracht stand, und war den Darbietungen, soviel wir gesehen hatten, aufmerksam, aber ohne viel Heiterkeit und Gott weiß mit wieviel Verständnis gefolgt. Zu guter Letzt noch zur Mittätigkeit angehalten zu werden war ihm sichtlich nicht angenehm. Dennoch war es nur zu begreiflich, daß er dem Winken folgte. Das lag schon in seinem Beruf; und außerdem war es wohl eine seelische Unmöglichkeit, daß ein schlichter Bursche wie er dem Zeichen eines so im Erfolg thronenden Mannes, wie Cipolla es zu dieser Stunde war, hätte den Gehorsam verweigern sollen. Gern oder ungern, er löste sich also von seinem Pfeiler, dankte denen, die, vor ihm stehend und sich umschauend, ihm den Weg zum Podium freigaben, und stieg hinauf, ein zweifelndes Lächeln um seine aufgeworfenen Lippen.

Stellen Sie ihn sich vor als einen untersetzt gebauten Jungen von zwanzig Jahren mit kurzgeschorenem Haar, niedriger Stirn und zu schweren Lidern über Augen, deren Farbe ein unbestimmtes Grau mit grünen und gelben Einschlägen war. Das weiß ich genau, denn wir hatten oft mit ihm gesprochen. Das Obergesicht mit der eingedrückten Nase, die einen Sattel von Sommersprossen trug, trat zurück gegen das untere, von den dicken Lippen beherrschte, zwischen denen beim Sprechen die feuchten Zähne sichtbar wurden, und diese Wulstlippen verliehen zusammen mit der Verhülltheit der Augen seiner Physiognomie eine primitive Schwermut, die gerade der Grund gewesen war, weshalb wir von jeher etwas übriggehabt hatten für Mario. Von Brutalität des Ausdrucks konnte keine Rede sein; dem hätte schon die ungewöhnliche Schmalheit und Feinheit seiner Hände widersprochen, die selbst unter Südländern als nobel auffielen, und von denen man sich gern bedienen ließ.

Wir kannten ihn menschlich, ohne ihn persönlich zu kennen, wenn Sie mir die Unterscheidung erlauben wollen. Wir sahen ihn fast täglich und hatten eine gewisse Teilnahme gefaßt für seine träumerische, leicht in Geistesabwesenheit sich verlierende Art, die er in hastigem Übergang durch eine besondere Dienstfertigkeit korrigierte; sie war ernst, höchstens durch die Kinder zum Lächeln zu bringen, nicht mürrisch, aber unschmeichlerisch, ohne gewollte Liebenswürdigkeit, oder vielmehr: sie verzichtete auf Liebenswürdigkeit, sie machte sich offenbar keine Hoffnung, zu gefallen. Seine Figur wäre uns auf jeden Fall im Gedächtnis geblieben, eine der unscheinbaren Reiseerinnerungen, die man besser behält als manche erheblichere. Von seinen Umständen aber wußten wir nichts weiter, als daß sein Vater ein kleiner Schreiber im Municipio und seine Mutter Wäscherin war.

Die weiße Jacke, in der er servierte, kleidete ihn besser als der verschossene Complet aus dünnem, gestreiftem Stoff, in dem er jetzt da hinaufstieg, keinen Kragen um den Hals, sondern ein geflammtes Seidentuch, über dessen Enden die Jacke geschlossen war. Er trat an den Cavaliere heran, aber dieser hörte nicht auf, seinen Fingerhaken vor der Nase zu bewegen, so daß Mario noch näher treten mußte, neben die Beine des Gewaltigen, unmittelbar an den Stuhlsitz heran, worauf Cipolla ihn mit gespreizten Ellbogen anfaßte und ihm eine Stellung gab, daß wir sein Gesicht sehen konnten. Er musterte ihn lässig, herrscherlich und heiter von oben bis unten.

»Was ist das, ragazzo mio?« sagte er. »So spät machen wir Bekanntschaft? Dennoch kannst du mir glauben, daß ich die deine längst gemacht habe ... Aber ja, ich habe dich längst ins Auge gefaßt und mich deiner vortrefflichen Eigenschaften versichert. Wie konnte ich dich wieder vergessen? So viele Geschäfte, weißt du ... Sag mir doch, wie nennst du dich? Nur den Vornamen will ich wissen.«

»Mario heiße ich«, antwortete der junge Mensch leise.

»Ah, Mario, sehr gut. Doch, der Name kommt vor. Ein verbreiteter Name. Ein antiker Name, einer von denen, die die heroischen Überlieferungen des Vaterlandes wach erhalten. Bravo. Salve!« Und er streckte Arm und flache Hand aus seiner schiefen Schulter zum römischen Gruß schräg aufwärts. Wenn er etwas betrunken war, so konnte das nicht wundernehmen; aber er sprach nach wie vor sehr klar akzentuiert und geläufig, wenn auch um diese Zeit in sein ganzes Gehaben und auch in den Tonfall seiner Worte etwas Sattes und Paschahaftes, etwas von Räkelei und Übermut eingetreten war.

»Also denn, mein Mario«, fuhr er fort, »es ist schön, daß du heute abend gekommen bist und noch dazu ein so schmuckes Halstuch angelegt hast, das dir exzellent zu Gesichte steht und dir bei den Mädchen nicht wenig zustatten kommen wird, den reizenden Mädchen von Torre di Venere ...«

Von den Stehplätzen her, ungefähr von dort, wo auch Mario gestanden hatte, ertönte ein Lachen, – es war der Giovanotto mit der Kriegsfrisur, der es ausstieß, er stand dort mit seiner geschulterten Jacke und lachte »Haha!« recht roh und höhnisch.

Mario zuckte, glaube ich, die Achseln. Jedenfalls zuckte er. Vielleicht war es eigentlich ein Zusammenzucken und die Bewegung der Achseln nur eine halb nachträgliche Verkleidung dafür, mit der er bekunden wollte, daß das Halstuch sowohl wie das schöne Geschlecht ihm gleichgültig seien.

Der Cavaliere blickte flüchtig hinunter.

»Um den da kümmern wir uns nicht«, sagte er, »er ist eifersüchtig, wahrscheinlich auf die Erfolge deines Tuches bei den Mädchen, vielleicht auch, weil wir uns hier oben so freundschaftlich unterhalten, du und ich ... Wenn er will, erinnere ich ihn an seine Kolik. Das kostet mich gar nichts. Sage ein bißchen, Mario: Du zerstreust dich heute abend ... Und am Tage bedienst du also in einem Kurzwarengeschäft?«

»In einem Café«, verbesserte der Junge.

»Vielmehr in einem Café! Da hat der Cipolla einmal danebengehauen. Ein Cameriere bist du, ein Schenke, ein Ganymed, – das lasse ich mir gefallen, noch eine antike Erinnerung, – salvietta!« Und dazu streckte der Cavaliere zum Gaudium des Publikums aufs neue grüßend den Arm aus.

Auch Mario lächelte. »Früher aber«, flocht er dann rechtlicherweise ein, »habe ich einige Zeit in Portoclemente in einem Laden bedient.« Es war in seiner Bemerkung etwas von dem menschlichen Wunsch, einer Wahrsagung nachzuhelfen, ihr Zutreffendes abzugewinnen.

»Also, also! In einem Laden für Kurzwaren!«

»Es gab dort Kämme und Bürsten«, erwiderte Mario ausweichend.

»Sagte ich's nicht, daß du nicht immer ein Ganymed warst, nicht immer mit der Serviette bedient hast? Noch wenn der Cipolla danebenhaut, tut er's auf vertrauenerweckende Weise. Sage, hast du Vertrauen zu mir?«

Unbestimmte Bewegung.

»Eine halbe Antwort«, stellte der Cavaliere fest. »Man gewinnt zweifellos schwer dein Vertrauen. Selbst mir, ich sehe es wohl, gelingt das nicht leicht. Ich bemerke in deinem Gesicht einen Zug von Verschlossenheit, von Traurigkeit, un tratto di malinconia ... Sage mir doch«, und er ergriff zuredend Marios Hand, »hast du Kummer?«

»Nossignore!« antwortete dieser rasch und bestimmt.

»Du hast Kummer«, beharrte der Gaukler, diese Bestimmtheit autoritär überbietend. »Das sollte ich nicht sehen? Mach du dem Cipolla etwas weis! Selbstverständlich sind es die Mädchen, ein Mädchen ist es. Du hast Liebeskummer.«

Mario schüttelte lebhaft den Kopf. Gleichzeitig erklang neben uns wieder das brutale Lachen des Giovanotto. Der Cavaliere horchte hin. Seine Augen gingen irgendwo in der Luft umher, aber er hielt dem Lachen das Ohr hin und ließ dann, wie schon ein- oder zweimal während seiner Unterhaltung mit Mario, die Reitpeitsche halb rückwärts gegen sein Zappelkorps pfeifen, damit keiner im Eifer erlahme. Dabei aber wäre sein Partner ihm fast entschlüpft, denn in plötzlichem Aufzucken wandte dieser sich von ihm ab und den Stufen zu. Er war rot um die Augen. Cipolla hielt ihn gerade noch fest.

»Halt da!« sagte er. »Das wäre. Du willst ausreißen, Ganymed, im besten Augenblick oder dicht vor dem besten? Hier geblieben, ich verspreche dir schöne Dinge. Ich verspreche dir, dich von der Grundlosigkeit deines Kummers zu überzeugen. Dieses Mädchen, das du kennst und das auch andere kennen, diese – wie heißt sie gleich? Warte! Ich lese den Namen in deinen Augen, er schwebt mir auf der Zunge, und auch du bist, sehe ich, im Begriffe, ihn auszusprechen ...«

»Silvestra!« rief der Giovanotto von unten.

Der Cavaliere verzog keine Miene.

»Gibt es nicht vorlaute Leute?« fragte er, ohne hinunterzublicken, vielmehr wie in ungestörter Zwiesprache mit Mario. »Gibt es nicht überaus vorlaute Hähne, die zur Zeit und Unzeit krähen? Da nimmt er uns den Namen von den Lippen, dir und mir, und glaubt wohl noch, der Eitle, ein besonderes Anrecht auf ihn zu besitzen. Lassen wir ihn! Die Silvestra aber, deine Silvestra, ja, sage einmal, das ist ein Mädchen, was?! Ein wahrer Schatz! Das Herz steht einem still, wenn man sie gehen, atmen, lachen sieht, so reizend ist sie. Und ihre runden Arme, wenn sie wäscht und dabei den Kopf in den Nakken wirft und das Haar aus der Stirn schüttelt! Ein Engel des Paradieses!«

Mario starrte ihn mit vorgeschobenem Kopfe an. Er schien seine Lage und das Publikum vergessen zu haben. Die roten Flecken um seine Augen hatten sich vergrößert und wirkten wie aufgemalt. Ich habe das selten gesehen. Seine dicken Lippen standen getrennt.

»Und er macht dir Kummer, dieser Engel«, fuhr Cipolla fort, »oder vielmehr, du machst dir Kummer um ihn ... Das ist ein Unterschied, mein Lieber, ein schwerwiegender Unterschied, glaube mir! In der Liebe gibt es Mißverständnisse, – man kann sagen, daß das Mißverständnis nirgends so sehr zu Hause ist wie hier. Du wirst meinen, was versteht der Cipolla von der Liebe, er mit seinem kleinen Leibesschaden? Irrtum, er versteht gar viel davon, er versteht sich auf eine umfassende und eindringliche Weise auf sie, es empfiehlt sich, ihm in ihren Angelegenheiten Gehör zu schenken! Aber lassen wir den Cipolla, lassen wir ihn ganz aus dem Spiel, und denken wir nur an Silvestra, deine reizende Silvestra! Wie? Sie sollte irgendeinem krähenden Hahn vor dir den Vorzug geben, so daß er lachen kann und du weinen mußt? Den Vorzug vor dir, einem so gefühlvollen und sympathischen Burschen? Das ist wenig wahrscheinlich, das ist unmöglich, wir wissen es besser, der Cipolla und sie. Wenn ich mich an ihre Stelle versetze, siehst du, und die Wahl habe zwischen so einem geteerten Lümmel, so einem Salzfisch und Meeresobst – und einem Mario, einem Ritter der Serviette, der sich unter den Herrschaften bewegt, der den Fremden gewandt Erfrischungen reicht und mich liebt mit wahrem, heißem Gefühl, – meiner Treu, so ist die Entscheidung meinem Herzen nicht schwer gemacht, so weiß ich wohl, wem ich es schenken soll, wem ganz allein ich es längst schon errötend geschenkt habe. Es ist Zeit, daß er's sieht und begreift, mein Erwählter! Es ist Zeit, daß du mich siehst und erkennst, Mario, mein Liebster ... Sage, wer bin ich?«

Es war greulich, wie der Betrüger sich lieblich machte, die schiefen Schultern kokett verdrehte, die Beutelaugen schmachten ließ und in süßlichem Lächeln seine splittrigen Zähne zeigte. Ach, aber was war während seiner verblendenden Worte aus unserem Mario geworden? Es wird mir schwer, es zu sagen, wie es mir schwer wurde, es zu sehen, denn das war eine Preisgabe des Innigsten, die öffentliche Ausstellung verzagter und wahnhaft beseligter Leidenschaft. Er hielt die Hände vorm Munde gefaltet, seine Schultern hoben und senkten sich in gewaltsamen Atemzügen. Gewiß traute er vor Glück seinen Augen und Ohren nicht und vergaß eben nur das eine dabei, daß er ihnen wirklich nicht trauen durfte. »Silvestra!« hauchte er überwältigt, aus tiefster Brust.

»Küsse mich!« sagte der Bucklige. »Glaube, daß du es darfst! Ich liebe dich. Küsse mich hierher«, und er wies mit der Spitze des Zeigefingers, Hand, Arm und kleinen Finger wegspreizend, an seine Wange, nahe dem Mund. Und Mario neigte sich und küßte ihn.

Es war recht still im Saale geworden. Der Augenblick war grotesk, ungeheuerlich und spannend, – der Augenblick von Marios Seligkeit. Was hörbar wurde in dieser argen Zeitspanne, in der alle Beziehungen von Glück und Illusion sich dem Gefühle aufdrängten, war, nicht gleich am Anfang, aber sogleich nach der traurigen und skurrilen Vereinigung von Marios Lippen mit dem abscheulichen Fleisch, das sich seiner Zärtlichkeit unterschob, das Lachen des Giovanotto zu unserer Linken, das sich einzeln aus der Erwartung löste, brutal, schadenfroh und dennoch, ich hätte mich sehr täuschen müssen, nicht ohne einen Unterton und Einschlag von Erbarmen mit so viel verträumtem Nachteil, nicht ganz ohne das Mitklingen jenes Rufes »Poveretto!«, den der Zauberer vorhin für falsch gerichtet erklärt und für sich selbst in Anspruch genommen hatte.

Zugleich aber auch schon, während noch dies Lachen erklang, ließ der oben Geliebkoste unten, neben dem Stuhlbein, die Reitpeitsche pfeifen, und Mario, geweckt, fuhr auf und zurück. Er stand und starrte, hintübergebogenen Leibes, drückte die Hände an seine mißbrauchten Lippen, eine über der anderen, schlug sich dann mit den Knöcheln beider mehrmals gegen die Schläfen, machte kehrt und stürzte, während der Saal applaudierte und Cipolla, die Hände im Schoß gefaltet, mit den Schultern lachte, die Stufen hinunter. Unten, in voller Fahrt, warf er sich mit auseinandergerissenen Beinen herum, schleuderte den Arm empor, und zwei flach schmetternde Detonationen durchschlugen Beifall und Gelächter.

Alsbald trat Lautlosigkeit ein. Selbst die Zappler kamen zur Ruhe und glotzten verblüfft. Cipolla war mit einem Satz vom Stuhle aufgesprungen. Er stand da mit abwehrend seitwärtsgestreckten Armen, als wollte er rufen: »Halt! Still! Alles weg von mir! Was ist das?!«, sackte im nächsten Augenblick mit auf die Brust kugelndem Kopf auf den Sitz zurück und fiel im übernächsten seitlich davon herunter, zu Boden, wo er liegen blieb, reglos, ein durcheinandergeworfenes Bündel Kleider und schiefer Knochen.

Der Tumult war grenzenlos. Damen verbargen in Zuckungen das Gesicht an der Brust ihrer Begleiter. Man rief nach einem Arzt, nach der Polizei. Man stürmte das Podium. Man warf sich im Gedränge auf Mario, um ihn zu entwaffnen, ihm die kleine, stumpfmetallne, kaum pistolenförmige Maschinerie zu entwinden, die ihm in der Hand hing, und deren fast nicht vorhandenen Lauf das Schicksal in so unvorhergesehene und fremde Richtung gelenkt hatte.

Wir nahmen – nun also doch – die Kinder und zogen sie an dem einschreitenden Karabinierepaar vorüber gegen den Ausgang. »War das auch das Ende?« wollten sie wissen, um sicherzugehen ... »Ja, das war das Ende«, bestätigten wir ihnen. Ein Ende mit Schrecken, ein höchst fatales Ende. Und ein befreiendes Ende dennoch, – ich konnte und kann nicht umhin, es so zu empfinden!

Aus den Romanen

Buddenbrooks

[Revolution]

Konsul Buddenbrook durchschritt eilig sein weitläufiges Grundstück. Als er in die Bäckergrube hinaustrat, vernahm er hinter sich Schritte und erblickte den Makler Gosch, welcher malerisch in seinen langen Mantel gehüllt, gleichfalls die schräge Straße hinauf zur Sitzung strebte. Während er mit der einen seiner langen und mageren Hände den Jesuitenhut lüftete, und mit der anderen eine glatte und höfische Gebärde der Demut vollführte, sprach er mit gepreßter und verbissener Stimme:

»Herr Konsul ... ich grüße Sie!«

Dieser Makler Sigismund Gosch, ein Junggeselle von etwa vierzig Jahren, war trotz seines Gebarens der ehrlichste und gutmütigste Mensch von der Welt; nur war er ein Schöngeist, ein origineller Kopf. Sein glattrasiertes Gesicht zeichnete sich aus durch eine gebogene Nase, ein spitz hervorspringendes Kinn, scharfe Züge und einen breiten, abwärts gezogenen Mund, dessen schmale Lippen er in verschlossener und bösartiger Weise zusammenpreßte. Es war sein Bestreben – und es gelang ihm nicht übel – ein wildes, schönes und teuflisches Intrigantenhaupt zur Schau zu stellen, eine böse, hämische, interessante und furchtgebietende Charakterfigur zwischen Mephistopheles und Napoleon ... Sein ergrautes Haar war tief und düster in die Stirn gestrichen. Er bedauerte aufrichtig, nicht bucklig zu sein. – Er war eine fremdartige und liebenswürdige Erscheinung unter den Bewohnern der alten Handelsstadt. Er gehörte zu ihnen, weil er in aller Bürgerlichkeit ein kleines, solides und in seiner Bescheidenheit geachtetes Vermittlungsgeschäft betrieb; in seinem engen, dunklen Comptoir aber stand ein großer Bücherschrank, der mit Dichtwerken in allen Sprachen gefüllt war, und es ging das Gerücht, daß er seit seinem zwanzigsten Jahre an einer Übersetzung von Lope de Vega's sämtlichen Dramen arbeite ... Einmal jedoch hatte er bei einer Liebhaberaufführung von Schillers Don Carlos den Domingo gespielt. Dies war der Höhepunkt seines Lebens. – Niemals war ein unedles Wort über seine Lippen gekommen, und selbst in geschäftlichen Gesprächen brachte er die üblichen Redewendungen nur zwischen den Zähnen und mit einem Mienenspiele hervor, als wollte er sagen: »Schurke, ha! Im Grab verfluch' ich deine Ahnen!« Er war, in mancher Beziehung, der Erbe und Nachfolger des seligen Jean Jacques Hoffstede; nur daß sein Wesen düsterer und pathetischer war und daß ihm nichts von der scherzhaften Heiterkeit eignete, die der Freund des älteren Johann Buddenbrook aus dem vorigen Jahrhundert herübergerettet hatte. – Eines Tages verlor er an der Börse mit einem Schlage sechs und einen halben Courant-Taler an zwei oder drei Papieren, die er spekulativer Weise gekauft hatte. Da riß sein dramatisches Empfinden ihn mit sich fort, und er gab eine Vorstellung. Er ließ sich auf einer Bank nieder in einer Haltung, als habe er die Schlacht bei Waterloo verloren, preßte eine geballte Faust gegen die Stirn und wiederholte mehrere Male mit einem gotteslästerlichen Augenaufschlag: »Ha, verflucht!« Da die kleinen, ruhigen, sicheren Gewinste, die er beim Verkaufe dieses oder jenes Grundstückes einstrich, ihn im Grunde langweilten, so war dieser Verlust, dieser tragische Schlag, mit dem der Himmel ihn, den Intriganten, getroffen, ein Genuß, ein Glück für ihn, an dem er wochenlang zehrte. Auf die Anrede: »Ich höre, Sie haben Unglück gehabt, Herr Gosch? Das tut mir leid ...«, pflegte er zu antworten: »Oh, mein werter Freund! Uomo non educato dal dolore riman sempre bambino!« Begreiflicher Weise verstand das Niemand. War es von Lope de Vega? Fest stand, daß dieser Sigismund Gosch ein gelehrter und merkwürdiger Mensch war.

»Welche Zeiten, in denen wir leben!« sagte er zu Konsul Buddenbrook, während er, in gebückter Haltung auf seinen Stock gestützt, neben ihm die Straße hinaufschritt. »Zeiten des Sturmes und der Bewegung!«

»Da haben Sie recht«, erwiderte der Konsul. Die Zeiten seien bewegt. Man dürfe auf die heutige Sitzung gespannt sein. Das ständische Prinzip ...

»Nein, hören Sie!« fuhr Herr Gosch zu sprechen fort. »Ich bin den ganzen Tag unterwegs gewesen, ich habe den Pöbel beobachtet. Es waren herrliche Bursche darunter, das Auge flammend von Haß und Begeisterung ...«

Johann Buddenbrook fing an zu lachen. »Sie sind mir der Rechte, mein Freund! Sie scheinen Gefallen daran zu finden? Nein, erlauben Sie mir ... eine Kinderei, das alles! Was wollen diese Menschen? Eine Anzahl ungezogener junger Leute, die die Gelegenheit benützen, ein bißchen Spektakel zu machen ...«

»Gewiß! Allein man kann nicht leugnen ... Ich war dabei; als Schlachtergeselle Berkemeyer Herrn Benthiens Fensterscheibe zerwarf ... Er war wie ein Panther!« Das letzte Wort sprach Herr Gosch mit besonders fest zusammengebissenen Zähnen und fuhr dann fort: »O, man kann nicht leugnen, daß die Sache ihre erhabene Seite besitzt! Es ist endlich einmal etwas Anderes, wissen Sie, etwas Unalltägliches, Gewalttätiges, Sturm, Wildheit ... ein Gewitter ... Ach, das Volk ist unwissend, ich weiß es! Jedoch mein Herz, dieses mein Herz, es ist mit ihm ...« Sie waren schon vor das einfache, mit gelber Ölfarbe gestrichene Haus gelangt, in dessen Erdgeschoß sich der Sitzungssaal der Bürgerschaft befand.

Dieser Saal gehörte zu der Bier- und Tanzwirtschaft einer Witwe namens Suerkringel, stand aber an gewissen Tagen den Herren von der Bürgerschaft zur Verfügung. Von einem schmalen, gepflasterten Korridor aus, an dessen rechter Seite sich Restaurationslokalitäten befanden, und auf dem es nach Bier und Speisen roch, betrat man ihn linker Hand durch eine aus grüngestrichenen Brettern gefertigte Tür, die weder Griff noch Schloß besaß und so schmal und niedrig war, daß niemand hinter ihr einen so großen Raum vermutet hätte. Der Saal war kalt, kahl, scheunenartig, mit geweißter Decke, an der die Balken hervortraten, und geweißten Wänden; seine drei ziemlich hohen Fenster hatten grüngemalte Kreuze und waren ohne Gardinen. Ihnen gegenüber erhoben sich amphitheatralisch aufsteigend die Sitzreihen, an deren Fuß ein grün gedeckter, mit einer großen Glocke, Aktenstücken und Schreibutensilien geschmückter Tisch für den Wortführer, den Protokollführer und die anwesenden Senatskommissare bestimmt war. An der Wand, die den Türen gegenüberlag, waren mehrere hohe Garderobehalter mit Mänteln und Hüten bedeckt.

Stimmengewirr schlug dem Konsul und seinem Begleiter entgegen, als sie hintereinander durch die schmale Tür den Saal betraten. Sie waren ersichtlich die Letzten, die ankamen. Der Raum war gefüllt mit Bürgern, welche, die Hände in den Hosentaschen, auf dem Rükken, in der Luft, in Gruppen bei einander standen und disputierten. Von den 120 Mitgliedern der Körperschaft waren sicherlich 100 versammelt. Eine Anzahl von Abgeordneten der Landbezirke hatte es unter den obwaltenden Umständen vorgezogen, zu Hause zu bleiben.

Dem Eingang zunächst stand eine Gruppe, die aus kleineren Leuten, aus zwei oder drei unbedeutenden Geschäftsinhabern, einem Gymnasiallehrer, dem »Waisenvater« Herrn Mindermann und Herrn Wenzel, dem beliebten Barbier, bestand. Herr Wenzel, ein kleiner, kräftiger Mann mit schwarzem Schnurrbart, intelligentem Gesicht und roten Händen, hatte den Konsul noch heute Morgen rasiert; hier jedoch war er ihm gleichgestellt. Er rasierte nur in den ersten Kreisen, er rasierte fast ausschließlich die Möllendorpfs, Langhals', Buddenbrooks und Oeverdiecks, und seiner Allwissenheit in städtischen Dingen, seiner Umgänglichkeit und Gewandtheit, seinem bei aller Unterordnung merklichen Selbstbewußtsein verdankte er seine Wahl in die Bürgerschaft.

»Wissen Herr Konsul das Neueste?« rief er eifrig und mit ernsten Augen seinem Gönner entgegen ...

»Was soll ich wissen, mein lieber Wenzel?«

»Man konnte es heute Morgen noch nicht erfahren haben ... Herr Konsul entschuldigen, es ist das Neueste! Das Volk zieht nicht vor das Rathaus oder auf den Markt! Es kommt hierher und will die Bürgerschaft bedrohen! Redakteur Rübsam hat es aufgewiegelt ...«

»Ei, nicht möglich!« sagte der Konsul. Er drängte sich zwischen den vorderen Gruppen hindurch nach der Mitte des Saales, wo er seinen Schwiegervater zusammen mit den anwesenden Senatoren Doktor Langhals und James Möllendorpf erblickte. »Ist es denn wahr, meine Herren?« fragte er, indem er ihnen die Hände schüttelte ...

In der Tat, die ganze Versammlung war voll davon; die Tumultuanten zogen hierher, sie waren schon zu hören ...

»Die Canaille!« sagte Lebrecht Kröger kalt und verächtlich. Er war in seiner Equipage hierher gekommen. Die hohe, distinguierte Gestalt des ehemaligen »à la mode-Kavaliers« begann, unter gewöhnlichen Umständen von der Last seiner achtzig Jahre gebeugt zu werden; heute aber stand er ganz aufrecht, mit halb geschlossenen Augen, die Mundwinkel, über denen die kurzen Spitzen seines weißen Schnurrbartes senkrecht emporstarrten, vornehm und geringschätzig gesenkt. An seiner schwarzen Sammetweste blitzten zwei Reihen von Edelsteinknöpfen...

Unweit dieser Gruppe gewahrte man Hinrich Hagenström, einen untersetzten, beleibten Herrn mit rötlichem, ergrautem Backenbart, einer dicken Uhrkette auf der blau karierten Weste und offenem Leibrock. Er stand zusammen mit seinem Kompagnon, Herrn Strunck, und grüßte den Konsul durchaus nicht.

Weiterhin hatte der Tuchhändler Benthien, ein wohlhabend aussehender Mann, eine große Anzahl anderer Herren um sich versammelt, denen er haarklein erzählte, wie es sich mit seiner Fensterscheibe begeben habe ... »Ein Ziegelstein, ein halber Ziegelstein, meine Herren! Krach ... hindurch und dann auf eine Rolle grünen Rips ... Das Pack! ... Nun, es ist Sache des Staates ...«

In irgend einem Winkel vernahm man unaufhörlich die Stimme des Herrn Stuht aus der Glockengießerstraße, welcher, einen schwarzen Rock über dem wollenen Hemd, sich an der Auseinandersetzung beteiligte, indem er mit entrüsteter Betonung beständig wiederholte:

»Unerhörte Infamie!« – Übrigens sagte er »Infamje«.

Johann Buddenbrook ging umher, um hier seinen alten Freund C. F. Köppen, dort den Konkurrenten desselben, Konsul Kistenmaker zu begrüßen. Er drückte dem Doktor Grabow die Hand und wechselte ein paar Worte mit dem Branddirektor Gieseke, dem Baumeister Voigt, dem Wortführer Doktor Langhals, einem Bruder des Senators, mit Kaufleuten, Lehrern und Advokaten ...

Die Sitzung war nicht eröffnet, aber die Debatte war äußerst rege. Alle Herren verfluchten diesen Skribifax, diesen Redakteur, diesen Rübsam, von dem man wußte, daß er die Menge aufgewiegelt habe ... und zwar wozu? Man war hier, um festzustellen, ob das ständische Prinzip in der Volksvertretung beizubehalten oder das allgemeine und gleiche Wahlrecht einzuführen sei. Der Senat hatte bereits das letztere beantragt. Was aber wollte das Volk? Es wollte den Herren an den Kragen, das war Alles. Es war, zum Teufel, die faulste Lage, in der sich die Herren jemals befunden hatten! Man umringte die Senatskommissare, um ihre Meinung zu erfahren. Man umringte auch Konsul Buddenbrook, der wissen mußte, wie Bürgermeister Oeverdieck sich zu der Sache verhielt; denn seitdem im vorigen Jahre Senator Doktor Oeverdieck, ein Schwager Konsul Justus Krögers, Senatspräsident geworden war, waren Buddenbrooks mit dem Bürgermeister verwandt, was sie in der öffentlichen Achtung beträchtlich hatte steigen lassen ...

Plötzlich schwoll draußen das Getöse an ... Die Revolution war unter den Fenstern des Sitzungssaales angelangt! Mit einem Schlage verstummten die erregten Meinungsäußerungen hier drinnen. Man faltete, stumm vor Entsetzen, die Hände auf dem Bauch und sah einander ins Gesicht oder auf die Fenster, hinter denen sich Fäuste erhoben und ein ausgelassenes, unsinniges und betäubendes Hoh- und Höh-Geheul die Luft erfüllte. Dann jedoch, ganz überraschend, als ob die Aufständischen selbst über ihr Betragen erschrocken gewesen wären, ward es draußen ebenso still wie im Saale, und in der tiefen Lautlosigkeit, die sich über das Ganze legte, ward lediglich in der Gegend der untersten Sitzreihen, wo Lebrecht Kröger sich niedergelassen hatte, ein Wort vernehmbar, das kalt, langsam und nachdrücklich sich dem Schweigen entrang:

»*Die Canaille.*«

Gleich darauf tat in irgend einem Winkel ein dumpfes und entrüstetes Organ den Ausspruch:

»Unerhörte Infamje!«

Und dann flatterte plötzlich die eilige, zitternde und geheimnisvolle Stimme des Tuchhändlers Benthien über die Versammlung hin ...

»Meine Herren ... meine Herren ... hören Sie auf mich ... Ich kenne das Haus ... Wenn man auf den Boden steigt, so gibt es da eine Dachluke ... Ich habe schon als Junge Katzen dadurch geschossen ... Man kann ganz gut aufs Nachbardach klettern und sich in Sicherheit bringen ...«

»Nichtswürdige Feigheit!« zischte der Makler Gosch zwischen den Zähnen. Er lehnte mit verschränkten Armen am Wortführertische und starrte, gesenkten Hauptes, mit einem grauenerregenden Blick zu den Fenstern hinüber.

»Feigheit, Herr? Wieso? Gottesdunner ... Die Leute werfen mit Ziegelsteinen! Ick heww da nu 'naug von ...«

In diesem Augenblick wuchs draußen der Lärm von Neuem an, aber ohne sich wieder zu der anfänglichen stürmischen Höhe zu erheben, tönte er nun ruhig und ununterbrochen fort, ein geduldiges, singendes und beinahe vergnügt klingendes Gesumme, in welchem man hie und da Pfiffe sowie einzelne Ausrufe wie »Prinzip!« und »Bürgerrecht!« unterschied ... Die Bürgerschaft lauschte mit Andacht.

»Meine Herren«, sprach nach einer Weile der Wortführer Herr Doktor Langhals mit gedämpfter Stimme über die Versammlung hin. »Ich hoffe, mich mit Ihnen im Einverständnis zu befinden, wenn ich nunmehr die Sitzung eröffne ...?«

Das war ein unmaßgeblicher Vorschlag, dem aber weit und breit nicht die geringste Unterstützung zuteil wurde.

»Da bün ick nich für tau haben«, sagte jemand mit einer biederen Entschlossenheit, die keinen Einwand gestattete. Es war ein bäuerlicher Mann Namens Pfahl, aus dem Ritzerauer Landbezirk, der Deputierte für das Dorf Klein-Schretstaken. Niemand erinnerte sich, seine Stimme schon einmal in den Verhandlungen vernommen zu haben; allein in der gegenwärtigen Lage fiel die Meinung auch des schlichtesten Kopfes schwer ins Gewicht ... Unerschrocken und mit sicherem politischen Instinkt hatte Herr Pfahl der Anschauung der gesamten Bürgerschaft Ausdruck verliehen.

»Gott soll uns bewahren!« sagte Herr Benthien entrüstet. »Da oben auf den Sitzen kann man von der Straße aus gesehen werden! Die Leute werfen mit Ziegelsteinen! Nee, Gottesdunner, ick heww da nu 'naug von ...«

»Daß auch die verfluchte Tür so eng ist!« stieß der Weinhändler Köppen verzweifelt hervor. »Wenn wir hinaus wollen, drücken wir ja wol dot ... drücken wir uns ja wol!«

»Unerhörte Infamje«, sprach dumpf Herr Stuht.

»Meine Herren!« begann der Wortführer eindringlich aufs Neue. »Ich bitte Sie, doch zu erwägen ... Ich habe binnen drei Tagen eine Ausfertigung des heute zu führenden Protokolles dem regierenden Bürgermeister zuzustellen ... Überdies erwartet die Stadt die Veröffentlichung durch den Druck ... Ich möchte jedenfalls zur Abstimmung darüber schreiten, ob die Sitzung eröffnet werden soll ...«

Aber abgesehen von einigen wenigen Bürgern, die den Wortführer unterstützten, fand sich Niemand, der bereit gewesen wäre, zur Tagesordnung überzugehen. Eine Abstimmung hätte sich als zwecklos erwiesen. Man durfte das Volk nicht reizen. Niemand wußte, was es wollte. Man durfte es nicht durch einen Beschluß nach irgend einer Richtung hin vor den Kopf stoßen. Man mußte abwarten und sich nicht regen. Von der Marienkirche schlug es halb fünf ...

Man bestärkte einander in dem Entschlusse, geduldig auszuharren. Man begann, sich an das Geräusch zu gewöhnen, das dort draußen anschwoll, abnahm, pausierte und wieder einsetzte. Man fing an, ruhiger zu werden, sich's bequemer zu machen, sich auf den unteren Sitzreihen und den Stühlen niederzulassen ... Die Betriebsamkeit all dieser tüchtigen Bürger begann sich zu regen ... Man wagte hie und da, über Geschäfte zu sprechen, hie und da sogar ein Geschäft zu machen ... Die Makler näherten sich den Großkaufleuten ... Die eingeschlossenen Herren plauderten mit einander wie Leute, die während eines heftigen Gewitters beisammen sitzen, von anderen Dingen reden und manchmal mit ernsten und respektvollen Gesichtern auf den

Donner horchen. Es wurde fünf Uhr, halb sechs Uhr, und die Dämmerung sank. Dann und wann seufzte jemand darüber, daß seine Frau mit dem Kaffee warte, worauf Herr Benthien sich erlaubte, die Dachluke in Erinnerung zu bringen. Aber die Meisten dachten darüber wie Herr Stuht, der mit einem fatalistischen Kopfschütteln erklärte: »Ich bin ja doch zu dick dazu!«

Johann Buddenbrook hatte sich, eingedenk der Mahnung der Konsulin, neben seinem Schwiegervater gehalten, und er betrachtete ihn etwas besorgt, als er ihn fragte:

»Dies kleine Abenteuer geht Ihnen hoffentlich nicht nahe, Vater?«

Unter dem schneeweißen Toupé waren auf Lebrecht Krögers Stirn zwei bläuliche Adern in besorgniserregender Weise geschwollen, und während die eine seiner aristokratischen Greisenhände mit den opalisierenden Knöpfen an seiner Weste spielte, zitterte die andere, mit einem großen Brillanten geschmückt, auf seinen Knieen.

»Papperlapapp, Buddenbrook!« sagte er mit sonderbarer Müdigkeit. »Ich bin ennuyiert, das ist das Ganze.« Aber er strafte sich selber Lügen, indem er plötzlich hervorzischte: »Parbleu, Jean! man müßte diesen infamen Schmierfinken den Respekt mit Pulver und Blei in den Leib knallen ... Das Pack ...! Die Canaille ...!«

Der Konsul summte begütigend. »So ... so ... Sie haben ja recht, es ist eine ziemlich unwürdige Komödie ... Aber was soll man tun? Man muß gute Miene machen. Es wird Abend. Die Leute werden schon abziehen ...«

»Wo ist mein Wagen? ... Ich befehle meinen Wagen!« kommandierte Lebrecht Kröger gänzlich außer sich. Seine Wut explodierte, er bebte am ganzen Leibe. »Ich habe ihn auf fünf Uhr bestellt! ... Wo ist er? ... Die Sitzung wird nicht abgehalten ... Was soll ich hier? ... Ich bin nicht gesonnen, mich narren zu lassen! ... Ich will meinen Wagen! ... Insultiert man meinen Kutscher? Sehen Sie nach, Buddenbrook!«

»Lieber Schwiegervater, um Gotteswillen, beruhigen Sie sich. Sie alterieren sich ... das bekommt Ihnen nicht! Selbstverständlich ... ich gehe nun, mich nach Ihrem Wagen umzusehen. Ich selbst bin dieser

Lage überdrüssig. Ich werde mit den Leuten sprechen, sie auffordern, nach Hause zu gehen ...«

Und obgleich Lebrecht Kröger protestierte, obgleich er mit plötzlich ganz kalter und verächtlicher Betonung befahl: »Halt, hiergeblieben! Sie vergeben sich nichts, Buddenbrook!« schritt der Konsul schnell durch den Saal.

Dicht bei der kleinen grünen Tür wurde er von Sigismund Gosch eingeholt, der ihn mit knochiger Hand am Arm ergriff und mit gräßlicher Flüsterstimme fragte: »Wohin, Herr Konsul? ...«

Das Gesicht des Maklers war in tausend tiefe Falten gelegt. Mit dem Ausdruck wilder Entschlossenheit schob sich sein spitzes Kinn fast bis zur Nase empor, sein graues Haar fiel düster in Schläfen und Stirn, und er hielt seinen Kopf so tief zwischen den Schultern, daß es ihm wahrhaftig gelang, das Aussehen eines Verwachsenen zu bieten, als er hervorstieß:

»Sie sehen mich gewillt, zum Volke zu reden.«

Der Konsul sagte:

»Nein, lassen Sie mich das lieber tun, Gosch ... Ich habe wahrscheinlich mehr Bekannte unter den Leuten ...«

»Es sei!« antwortete der Makler tonlos. »Sie sind ein größerer Mensch als ich.« Und indem er seine Stimme erhob, fuhr er fort: »Aber ich werde Sie begleiten, ich werde an Ihrer Seite stehen, Konsul Buddenbrook! Mag die Wut der entfesselten Sklaven mich zerreißen ...«

»Ach, welch ein Tag! Welch ein Abend!« sagte er, als sie hinausgingen ... Sicherlich hatte er sich noch niemals so glücklich gefühlt. »Ha, Herr Konsul! Da ist das Volk!«

Die Beiden hatten den Korridor überschritten und traten vor die Haustür hinaus, indem sie auf der oberen der drei schmalen Stufen stehen blieben, die auf das Trottoir führten. Die Straße bot einen befremdenden Anblick. Sie war ausgestorben, und an den offenen, schon erleuchteten Fenstern der umliegenden Häuser gewahrte man Neugierige, die auf die schwärzliche, sich vorm Bürgerschaftshause drängende Menge der Aufrührer hinabblickten. Diese Menge war an

Zahl nicht viel stärker, als die Versammlung im Saale und bestand aus jugendlichen Hafen- und Lagerarbeitern, Dienstmännern, Volksschülern, einigen Matrosen von Kauffahrteischiffen und anderen Leuten, die in den geringen Stadtgegenden, in den »Twieten«, »Gängen«, »Wischen« und »Höfen« zu Hause waren. Auch drei oder vier Frauen waren dabei, die sich von diesem Unternehmen wohl ähnliche Erfolge versprachen, wie die Buddenbrooksche Köchin. Einige Empörer, des Stehens müde, hatten sich, die Füße im Rinnstein, auf den Bürgersteig gesetzt und aßen Butterbrot.

Es war bald sechs Uhr, und obgleich die Dämmerung weit vorgeschritten war, hingen die Öllampen unangezündet an ihren Ketten über der Straße. Diese Tatsache, diese offenbare und unerhörte Unterbrechung der Ordnung, war das Erste, was den Konsul Buddenbrook aufrichtig erzürnte, und sie war schuld daran, daß er in ziemlich kurzem und ärgerlichem Tone zu sprechen begann:

»Lüd, wat is dat nu bloß für dumm Tüg, wat Ji da anstellt!«

Die Vespernden waren vom Trottoir emporgesprungen. Die Hinteren, jenseits des Fahrdammes, stellten sich auf die Zehenspitzen. Einige Hafenarbeiter, die im Dienste des Konsuls standen, nahmen ihre Mützen ab. Man machte sich aufmerksam, stieß sich in die Seiten und sagte gedämpft:

»Dat's Kunsel Buddenbrook! Kunsel Buddenbrook will 'ne Red' hollen! Holl din Mul, Krischan, hei kann höllschen fuchtig warn! ... Dat's Makler Gosch ... kiek! Dat's son Aap! ... Is hei 'n beeten öwerspönig?«

»Corl Smolt!« fing der Konsul wieder an, indem er seine kleinen, tiefliegenden Augen auf einen etwa 22jährigen Lagerarbeiter mit krummen Beinen richtete, der, die Mütze in der Hand und den Mund voll Brot, unmittelbar vor den Stufen stand. »Nu red' mal, Corl Smolt! Nu is' Tiet! Ji heww hier den leewen langen Namiddag bröllt ...«

»Je, Herr Kunsel ...« brachte Corl Smolt kauend hervor. »Dat's nu so 'n Saak ... öäwer ... Dat is nu so wied ... Wi maaken nu Revolutschon.«

»Wat's dat för Undög, Smolt!«

»Je, Herr Kunsel, dat seggen Sei woll, öäwer dat is nu so wied ... wi sünd nu nich mihr taufreeden mit de Saak ... Wie verlangen nu ne anner Ordnung, un dat is ja ook gor nich mihr, daß dat *wat* is ...«

»Hür mal, Smolt, un ihr annern Lüd! Wer nu 'n verstännigen Kierl is, der geht naa Hus un scheert sich nich mihr um Revolution und stört hier nich de Ordnung ...«

»Die heilige Ordnung!« unterbrach Herr Gosch ihn zischend ...

»De Ordnung, seg ick!« beschloß Konsul Buddenbrook. »Nicht mal die Lampen sind angezündet ... Dar geiht denn doch tau wied mit de Revolution!«

Corl Smolt aber hatte nun seinen Bissen verschluckt und, die Menge im Rücken, stand er breitbeinig da und hatte seine Einwände ...

»Je, Herr Kunsel, dat seggen Sei woll! Öäwer dat is man bloß wegen das allgemeine Prinzip von dat Wahlrecht ...«

»Großer Gott, du Tropf!« rief der Konsul und vergaß, platt zu sprechen vor Indignation ... »Du redest ja lauter Unsinn ...«

»Je, Herr Kunsel«, sagte Corl Smolt ein bißchen eingeschüchtert; »dat is nu Allens so as dat is. Öäwer Revolutschon mütt sien, dat is tau gewiß. Revolutschon is öwerall, in Berlin und in Poris ...«

»Smolt, wat wull Ji nu eentlich! Nu seggen Sei dat mal!«

»Je, Herr Kunsel, ick seg man bloß: wie wull nu 'ne Republike, seg ick man bloß ...«

»Öwer du Döskopp ... Ji *heww* ja schon een!«

»Je, Herr Kunsel, denn wull wi noch een.«

Einige der Umstehenden, die es besser wußten, begannen schwerfällig und herzlich zu lachen, und obgleich die Wenigsten die Antwort Corl Smolts verstanden hatten, pflanzte diese Heiterkeit sich fort, bis die ganze Menge der Republikaner in breitem und gutmütigem Gelächter stand. An den Fenstern des Bürgerschaftssaales erschienen mit neugierigen Gesichtern einige Herren, mit Bierseideln in den Händen ... Der Einzige, den diese Wendung der Dinge enttäuschte und schmerzte, war Sigismund Gosch.

»Na Lüd«, sagte schließlich Konsul Buddenbrook, »ick glöw, dat is nu dat Beste, wenn ihr Alle naa Hus gaht!«

Corl Smolt, gänzlich verdutzt über die Wirkung, die er hervorgebracht, antwortete:

»Je, Herr Kunsel, dat is nu so, un denn möht man de Saak je woll up sick beruhn laten, un ick bün je ook man froh, dat Herr Kunsel mi dat nich öwelnehmen daut, un adjüs denn ook, Herr Kunsel ...«

Die Menge fing an, sich in der allerbesten Laune zu zerstreuen.

»Smolt, töf mal 'n Oogenblick!« rief der Konsul. »Seg mal, hast du den Krögerschen Wagen nich seihn, de Kalesch' von Krögers vorm Burgtor?«

»Jewoll, Herr Kunsel! De is kamen. De is doar unnerwarts upp Herr Kunsel sin Hoff ruppfoahrn ...«

»Schön; denn loop mal fixing hin, Smolt, un seg tau Jochen, hei sall mal 'n beeten rannerkommen; sin Herr will naa Hus.«

»Jewoll, Herr Kunsel!« ... Und indem er seine Mütze auf den Kopf warf und den Lederschirm ganz tief in die Augen zog, lief Corl Smolt mit breitspurigen, wiegenden Schritten die Straße hinunter.

Analyse

Ein freier Eckplatz winkte glücklicherweise in der Nähe der Tür. Er stahl sich seitlich darauf und nahm eine Miene an, als hätte er hier schon immer gesessen. Das Publikum, mit ernster Aufmerksamkeit an Dr. Krokowski's Lippen hängend, beachtete ihn kaum; und das war gut, denn er sah schrecklich aus. Sein Gesicht war bleich wie Leinen und sein Anzug mit Blut befleckt, so daß er einem von frischer Tat kommenden Mörder glich. Die Dame vor ihm freilich wandte den Kopf, als er sich setzte, und musterte ihn mit schmalen Augen. Es war Madame Chauchat, er erkannte sie mit einer Art von Erbitterung. Aber das war doch des Teufels! Sollte er denn nicht zur Ruhe kommen? Er hatte gedacht, hier still am Ziele sitzen und sich ein wenig erholen zu können, und da mußte er sie nun gerade vor der Nase haben, – ein Zufall, über den er sich unter anderen Umständen ja möglicherweise gefreut hätte, aber müde und abgehetzt, wie er war, was sollte es ihm da? Es stellte nur neue Anforderungen an sein Herz und würde ihn während des ganzen Vortrags in Atem halten. Genau mit Přibislavs Augen hatte sie ihn angesehen, in sein Gesicht und auf die Blutflecke seines Anzugs geblickt, – ziemlich rücksichtslos und zudringlich übrigens, wie es zu den Manieren einer Frau paßte, die mit den Türen warf. Wie schlecht sie sich hielt! Nicht wie die Frauen in Hans Castorps heimischer Sphäre, die aufrechten Rückens den Kopf ihrem Tischherrn zuwandten, indes sie mit den Spitzen der Lippen sprachen. Frau Chauchat saß zusammengesunken und schlaff, ihr Rücken war rund, sie ließ die Schultern nach vorne hängen, und außerdem hielt sie auch noch den Kopf vorgeschoben, so daß der Wirbelknochen im Nackenausschnitt ihrer weißen Bluse hervortrat. Auch Přibislav hatte den Kopf so ähnlich gehalten; er jedoch war ein Musterschüler gewesen, der in Ehren gelebt hatte (obgleich nicht dies der Grund gewesen war, weshalb Hans Castorp sich den Bleistift von ihm geliehen hatte), – während es klar und deutlich war, daß Frau Chauchats nachlässige Haltung, ihr Türenwerfen, die Rücksichtslosigkeit ihres Blickes mit ihrem Kranksein zusammenhingen, ja, es drückten sich darin die Ungebundenheit, jene nicht ehrenvollen, aber geradezu grenzenlosen Vorteile aus, deren der junge Herr Albin sich gerühmt hatte ...

Hans Castorps Gedanken verwirrten sich, während er auf Frau Chauchats schlaffen Rücken blickte, sie hörten auf, Gedanken zu sein, und wurden zur Träumerei, in welche Dr. Krokowski's schleppender Bariton, sein weich anschlagendes r wie aus weiter Ferne hereintönte. Aber die Stille im Saal, die tiefe Aufmerksamkeit, die ringsumher alles in Bann hielt, wirkte auf ihn, sie weckte ihn förmlich aus seinem Dämmern. Er blickte um sich ... Neben ihm saß der dünnhaarige Pianist, den Kopf im Nacken, und lauschte mit offenem Munde und gekreuzten Armen. Die Lehrerin, Fräulein Engelhart, weiter drüben, hatte gierige Augen und rotflaumige Flecke auf beiden Wangen, – eine Hitze, die sich auf den Gesichtern anderer Damen wiederfand, die Hans Castorp ins Auge faßte, auch auf dem der Frau Salomon dort, neben Herrn Albin, und der Bierbrauersgattin Frau Magnus, derselben, die Eiweiß verlor. Auf Frau Stöhrs Gesicht, etwas weiter zurück, malte sich eine so ungebildete Schwärmerei, daß es ein Jammer war, während die elfenbeinfarbene Levi, mit halbgeschlossenen Augen und die flachen Hände im Schoß an der Stuhllehne ruhend, vollständig einer Toten geglichen hätte, wenn nicht ihre Brust sich so stark und taktmäßig gehoben und gesenkt hätte, wodurch sie Hans Castorp vielmehr an eine weibliche Wachsfigur erinnerte, die er einst im Panoptikum gesehen und die ein mechanisches Triebwerk im Busen gehabt hatte. Mehrere Gäste hielten die hohle Hand an die Ohrmuschel oder deuteten dies wenigstens an, indem sie die Hand bis halbwegs zum Ohre erhoben hielten, als seien sie mitten in der Bewegung vor Aufmerksamkeit erstarrt. Staatsanwalt Paravant, ein brauner, scheinbar urkräftiger Mann, schüttelte sogar sein eines Ohr mit dem Zeigefinger, um es hellhöriger zu machen, und hielt es dann wieder Dr. Krokowski's Redeflusse hin.

Was redete denn Dr. Krokowski? In welchem Gedankengange bewegte er sich? Hans Castorp nahm seinen Verstand zusammen, um aufs laufende zu kommen, was ihm nicht gleich gelang, da er den Anfang nicht gehört und beim Nachdenken über Frau Chauchats schlaffen Rücken Weiteres versäumt hatte. Es handelte sich um eine Macht ... jene Macht ... kurzum, es war die Macht der Liebe, um die es sich handelte. Selbstverständlich! Das Thema lag ja im Generaltitel des Vortragszyklus, und wovon sollte Dr. Krokowski denn auch sonst wohl sprechen, da dies nun einmal sein Gebiet war. Etwas wunderlich war es ja, auf einmal ein Kolleg über die Liebe zu hören, während sonst immer nur von Dingen wie dem Übersetzungsgetriebe im Schiffbau die Rede gewesen war. Wie fing man es an, einen Gegenstand von so spröder und verschwiegener Beschaffenheit am hellen Vormittag vor Damen und Herren zu erörtern? Dr. Krokowski erörterte ihn in einer gemischten Ausdrucksweise, in zugleich poetischem und gelehrtem Stile, rücksichtslos wissenschaftlich, dabei aber gesanghaft schwingenden Tones, was den jungen Hans Castorp etwas unordentlich anmutete, obgleich gerade dies der Grund sein mochte, weshalb die Damen so hitzige Wangen hatten und die Herren ihre Ohren schüttelten. Insonderheit gebrauchte der Redner das Wort »Liebe« beständig in einem leise schwankenden Sinn, so daß man niemals recht wußte, woran man damit war und ob es Frommes oder Leidenschaftlich-Fleischliches bedeute, – was ein leichtes Gefühl von Seekrankheit erzeugte. Nie in seinem Leben hatte Hans Castorp dieses Wort so oft hintereinander aussprechen hören, wie hier und heute, ja, wenn er nachdachte, so schien ihm, daß er selbst es noch niemals ausgesprochen oder aus fremdem Munde vernommen habe. Das mochte ein Irrtum sein, – jedenfalls fand er nicht, daß so häufige Wiederholung dem Worte zustatten käme. Im Gegenteil, diese schlüpfrigen anderthalb Silben mit dem Zungen-, dem Lippenlaut und dem dünnen Vokal in der Mitte wurden ihm auf die Dauer recht widerwärtig, eine Vorstellung verband sich für ihn damit wie von gewässerter Milch, – etwas Weißbläulichem, Labberigem, zumal im Vergleich mit all dem Kräftigen, was Dr. Krokowski genaugenommen darüber zum besten gab. Denn soviel ward deutlich, daß man starke Stücke sagen konnte, ohne die Leute aus dem Saale zu treiben, wenn man es anfing wie er. Keineswegs begnügte er sich damit, allgemein bekannte, doch gemeinhin in Schweigen gehüllte Dinge mit einer Art von berauschendem Takt zur Sprache zu bringen; er zerstörte Illusionen, er gab unerbittlich der Erkenntnis die Ehre, er ließ keinen Raum für empfindsamen Glauben an die Würde des Silberhaares und die Engelsreinheit des zarten Kindes. Übrigens trug er auch zum Gehrock seinen weichen Fallkragen und seine Sandalen über den grauen Socken, was einen grundsätzlichen und idealistischen Eindruck machte, wenn auch Hans Castorp etwas darüber erschrak. Indem er an Hand von Büchern und losen Blättern, die vor ihm auf dem Tische lagen, seine Aufstellungen durch allerlei Beispiele und Anekdoten stützte und mehrmals sogar Verse rezitierte, handelte Dr. Krokowski von erschreckenden Formen der Liebe, wunderlichen, leidvollen und unheimlichen Abwandlungen ihrer Erscheinung und Allgewalt. Unter allen Naturtrieben, sagte er, sei sie der schwankendste und gefährdetste, von Grund aus zur Verirrung und heillosen Verkehrtheit geneigt, und das dürfe nicht wundernehmen. Denn dieser mächtige Impuls sei nichts Einfaches, er sei seiner Natur nach vielfach zusammengesetzt, und zwar, so rechtmäßig wie er als Ganzes auch immer sei, – zusammengesetzt sei er aus lauter Verkehrtheiten. Da man nun aber, und zwar mit Recht, so fuhr Dr. Krokowski fort, da man es nun aber richtigerweise ablehne, aus der Verkehrtheit der Bestandteile auf die Verkehrtheit des Ganzen zu schließen, so sei man unweigerlich genötigt, einen Teil der Rechtmäßigkeit des Ganzen, wenn nicht seine ganze Rechtmäßigkeit, auch für die einzelne Verkehrtheit in Anspruch zu nehmen. Das sei eine Forderung der Logik, und daran bitte er seine Zuhörer festzuhalten. Seelische Widerstände und Korrektive seien es, anständige und ordnende Instinkte von – fast hätte er sagen mögen bürgerlicher Art, unter deren ausgleichender und einschränkender Wirkung die verkehrten Bestandteile zum regelrechten und nützlichen Ganzen verschmölzen, – ein immerhin häufiger und begrüßenswerter Prozeß, dessen Ergebnis jedoch (wie Dr. Krokowski etwas wegwerfend hinzufügte) den Arzt und Denker weiter nichts angehe. In einem anderen Falle dagegen gelinge er nicht, dieser Prozeß, wolle und solle er nicht gelingen, und wer, so fragte Dr. Krokowski, vermöge zu sagen, ob dies nicht vielleicht den edleren, seelisch kostbareren Fall bedeute? In diesem Falle nämlich eigne beiden Kräftegruppen, dem Liebesdrange sowohl wie jenen gegnerischen Impulsen, unter denen Scham und Ekel besonders zu nennen seien, eine außerordentliche, das bürgerlich-übliche Maß überschreitende Anspannung und Leidenschaft, und, in den Untergründen der Seele geführt, verhindere der Kampf zwischen ihnen jene Einfriedung, Sicherung und Sittigung der irrenden Triebe, die zur üblichen Harmonie, zum vorschriftsmäßigen Liebesleben führe. Dieser Widerstreit zwischen den Mächten der Keuschheit und der Liebe – denn um einen solchen handle es sich –, wie gehe er aus? Er endige scheinbar mit dem Siege der Keuschheit. Furcht, Wohlanstand, züchtiger Abscheu, zitterndes Reinheitsbedürfnis, sie unterdrückten die Liebe, hielten sie in Dunkelheiten gefesselt, ließen ihre wirren Forderungen höchstens teilweise, aber bei weitem nicht nach ihrer ganzen Vielfalt und Kraft ins Bewußtsein und zur Betätigung zu. Allein dieser Sieg der Keuschheit sei nur ein Schein- und Pyrrhussieg, denn der Liebesbefehl lasse sich nicht knebeln, nicht vergewaltigen, die unterdrückte Liebe sei nicht tot, sie lebe, sie trachte im Dunklen und Tiefgeheimen auch ferner sich zu erfüllen, sie durchbreche den Keuschheitsbann und erscheine wieder, wenn auch in verwandelter, unkenntlicher Gestalt ... Und welches sei denn nun die Gestalt und Maske, worin die nicht zugelassene und unterdrückte Liebe wiedererscheine? So fragte Dr. Krokowski und blickte die Reihen entlang, als erwarte er die Antwort ernstlich von seinen Zuhörern. Ja, das mußte er nun auch noch selber sagen, nachdem er schon so manches gesagt hatte. Niemand außer ihm wußte es, aber er würde bestimmt auch dies noch wissen, das sah man ihm an. Mit seinen glühenden Augen, seiner Wachsblässe und seinem schwarzen Bart, dazu den Mönchssandalen über grauwollenen Socken, schien er selbst in seiner Person den Kampf zwischen Keuschheit und Leidenschaft zu versinnbildlichen, von dem er gesprochen hatte. Wenigstens war dies Hans Castorps Eindruck, während er wie alle Welt mit größter Spannung die Antwort darauf erwartete, in welcher Gestalt die unzugelassene Liebe wiederkehre. Die Frauen atmeten kaum. Staatsanwalt Paravant schüttelte rasch noch einmal sein Ohr, damit es im entscheidenden Augenblick offen und aufnahmefähig wäre. Da sagte Dr. Krokowski: In Gestalt der Krankheit! Das Krankheitssymptom sei verkappte Liebesbetätigung und alle Krankheit verwandelte Liebe.

Nun wußte man es, wenn auch wohl nicht alle es ganz zu würdigen vermochten. Ein Seufzer ging durch den Saal, und Staatsanwalt Paravant nickte bedeutsamen Beifall, während Dr. Krokowski fortfuhr, seine These zu entwickeln. Hans Castorp seinerseits senkte den Kopf, um zu bedenken, was er gehört hatte, und sich zu erforschen, ob er es verstünde. Aber ungeübt, wie er war in solchen Gedankengängen, und außerdem wenig geisteskräftig infolge seines unbekömmlichen Spazierganges, war er leicht abzulenken und wurde denn auch sogleich abgelenkt durch den Rücken vor ihm und den zugehörigen Arm, der sich hob und rückwärts bog, um mit der Hand, dicht vor Hans Castorps Augen, von unten das geflochtene Haar zu stützen.

Es war beklemmend, die Hand so nahe vor Augen zu haben, – man mußte sie betrachten, ob man wollte oder nicht, sie studieren in allen Makeln und Menschlichkeiten, die ihr anhafteten, als habe man sie unter dem Vergrößerungsglas. Nein, sie hatte durchaus nichts Aristokratisches, diese zu gedrungene Schulmädchenhand mit den schlecht und recht beschnittenen Nägeln, – man war nicht einmal sicher, ob sie an den äußeren Fingergelenken ganz sauber war, und die Haut neben den Nägeln war zerbissen, das konnte gar keinem Zweifel unterliegen. Hans Castorps Mund verzog sich, aber seine Augen blieben haften an Madame Chauchats Hand, und eine halbe und unbestimmte Erinnerung ging ihm durch den Sinn an das, was Dr. Krokowski über die bürgerlichen Widerstände, die sich der Liebe entgegenstellten, gesagt hatte ... Der Arm war schöner, dieser weich hinter den Kopf gebogene

Arm, der kaum bekleidet war, denn der Stoff der Ärmel war dünner als der der Bluse, – die leichteste Gaze, so daß der Arm nur eine gewisse duftige Verklärung dadurch erfuhr und ganz ohne Umhüllung wahrscheinlich weniger anmutig gewesen wäre. Er war zugleich zart und voll – und kühl, aller Mutmaßung nach. Es konnte hinsichtlich seiner von keinerlei bürgerlichen Widerständen die Rede sein.

Hans Castorp träumte, den Blick auf Frau Chauchats Arm gerichtet. Wie die Frauen sich kleideten! Sie zeigten dies und jenes von ihrem Nacken und ihrer Brust, sie verklärten ihre Arme mit durchsichtiger Gaze ... Das taten sie in der ganzen Welt, um unser sehnsüchtiges Verlangen zu erregen. Mein Gott, das Leben war schön! Es war schön gerade durch solche Selbstverständlichkeit; wie daß die Frauen sich verlockend kleideten, – denn selbstverständlich war es ja und so allgemein üblich und anerkannt, daß man kaum daran dachte und es sich unbewußt und ohne Aufhebens gefallen ließ. Man sollte aber daran denken, meinte Hans Castorp innerlich, um sich des Lebens recht zu freuen, und sich vergegenwärtigen, daß es eine beglükkende und im Grunde fast märchenhafte Einrichtung war. Versteht sich, es war um eines gewissen Zweckes willen, daß die Frauen sich märchenhaft und beglückend kleiden durften, ohne dadurch gegen die Schicklichkeit zu verstoßen; es handelte sich um die nächste Generation, um die Fortpflanzung des Menschengeschlechts, jawohl. Aber wie, wenn die Frau nun innerlich krank war, so daß sie gar nicht zur Mutterschaft taugte, – was dann? Hatte es dann einen Sinn, daß sie Gazeärmel trug, um die Männer neugierig auf ihren Körper zu machen, – ihren innerlich kranken Körper? Das hatte offenbar keinen Sinn und hätte eigentlich für unschicklich gelten und untersagt werden müssen. Denn daß ein Mann sich für eine kranke Frau interessierte, dabei war doch entschieden nicht mehr Vernunft, als ... nun, als seinerzeit bei Hans Castorps stillem Interesse für Přibislav Hippe gewesen war. Ein dummer Vergleich, eine etwas peinliche Erinnerung. Aber sie hatte sich ungerufen und ohne sein Zutun eingestellt. Übrigens brach seine träumerische Betrachtung an diesem Punkte ab, hauptsächlich weil seine Aufmerksamkeit wieder auf Dr. Krokowski hingelenkt wurde, dessen Stimme sich auffallend erhoben hatte. Wahrhaftig, er stand da mit ausgebreiteten Armen und schräg geneigtem Kopf hinter seinem Tischchen und sah trotz seines Gehrockes beinahe aus wie der Herr Jesus am Kreuz!

Es stellte sich heraus, daß Dr. Krokowski am Schlusse seines Vortrages große Propaganda für die Seelenzergliederung machte und mit offenen Armen alle aufforderte, zu ihm zu kommen. Kommet her zu mir, sagte er mit anderen Worten, die ihr mühselig und beladen seid! Und er ließ keinen Zweifel an seiner Überzeugung, daß alle ohne Ausnahme mühselig und beladen waren. Er sprach von verborgenem Leide, von Scham und Gram, von der erlösenden Wirkung der Analyse; er pries die Durchleuchtung des Unbewußten, lehrte die Wiederverwandlung der Krankheit in den bewußt gemachten Affekt, mahnte zum Vertrauen, verhieß Genesung. Dann ließ er die Arme sinken, stellte seinen Kopf wieder gerade, raffte die Druckschriften zusammen, die ihm bei seinem Vortrage gedient hatten, und indem er das Päckchen, ganz wie ein Lehrer, mit der linken Hand gegen die Schulter lehnte, entfernte er sich erhobenen Hauptes durch den Wandelgang.

Alle standen auf, rückten die Stühle und begannen, sich langsam gegen denselben Ausgang zu bewegen, durch den der Doktor den Saal verlassen hatte. Es sah aus, als drängten sie ihm konzentrisch nach, von allen Seiten, zögernd, doch willenlos und in benommener Einhelligkeit, wie das Gewimmel hinter dem Rattenfänger. Hans Castorp blieb stehen im Strom, seine Stuhllehne in der Hand. Ich bin nur zu Besuch hier, dachte er; ich bin gesund und komme gottlob überhaupt nicht in Betracht, und den nächsten Vortrag erlebe ich gar nicht mehr hier. Er sah Frau Chauchat hinausgehen, schleichend, mit vorgeschobenem Kopfe. Ob auch sie sich zergliedern läßt? dachte er, und sein Herz begann zu pochen ... Dabei bemerkte er nicht, daß Joachim zwischen den Stühlen auf ihn zu kam, und zuckte nervös zusammen, als der Vetter das Wort an ihn richtete.

»Du kamst aber im letzten Augenblick«, sagte Joachim. »Bist du weit gewesen? Wie war es denn?«

»Oh, nett«, erwiderte Hans Castorp. »Doch, ich war ziemlich weit. Aber ich muß gestehen, es hat mir weniger gutgetan, als ich erwartete. Es war wohl verfrüht oder überhaupt verfehlt. Ich werde es vorläufig nicht wieder tun.«

Ob ihm der Vortrag gefallen, fragte Joachim nicht, und Hans Castorp äußerte sich nicht dazu. Wie nach schweigender Übereinkunft erwähnten sie des Vortrages auch nachher mit keinem Worte.

Die Damengesellschaft

Ach, sie schien wohl großartig, unsere Mut, wenn sie vor ihm stand und ihn mit Glockenstimme bedrohte. Und dabei war sie schwach und hilflos wie ein Kind, ganz ohne Mitleid mit ihrer Würde und Sage, und hatte nachgerade begonnen, alle Welt in ihre Leidenschaft einzuweihen und in die Not, die sie mit ihrem Jüngling hatte. Es war nun an dem: nicht nur Tabubu, die Gummiesserin, und Meh-en-wesecht, die Kebse, waren eingeweiht nunmehr in ihre Liebe und ihren Jammer, sondern auch Renenutet, die Frau des Oberrindervorstehers des Amun, sowie Neit-em-hêt, die Gattin von Pharao's Oberwäscher, und Achwêre, Gemahlin Kakabu's, des Schreibers der Silberhäuser, vom Silberhause des Königs, kurz, alle Freundinnen, der ganze Hof, die halbe Stadt. Das war ein starkes Zeichen von Ausartung, daß sie es, als das dritte Jahr ihrer Liebe zu Ende ging, ohne Scham und Hemmung allen erzählte und alle Welt rücksichtslos damit befaßte, was sie anfangs so stolz und scheu in ihrem Busen verwahrt hatte, daß sie lieber gestorben wäre, als es dem Geliebten selbst oder sonst irgend jemandem einzugestehen. Ja, nicht nur Dûdu, der würdige Zwerg, artete aus in dieser Geschichte, sondern auch Mut, die Herrin, tat es, und zwar bis zur völligen Auflösung ihrer Fassung, ja, ihrer Gesittung. Sie war eine Heimgesuchte und tief Berührte, gänzlich aus sich herausgetreten, der Welt der Gesittung nicht mehr gehörig und ihren Maßstäben entfremdet, eine starrblickende Bergläuferin, bereit, ihre Brüste wilden Tieren zu bieten, eine wild bekränzte, keuchend jauchzende Thyrsusschwingerin. Wohin kam es nicht schließlich mit ihr? Unter uns und im voraus gesagt sogar dahin, daß sie sich herbeiließ, mit der schwarzen Tabubu zu zaubern. Aber dafür ist dies noch der Ort nicht. Hier sei nur mitleidig staunend ins Auge gefaßt, wie sie ihre Liebe und ihr ungetröstetes Begehren nach allen Seiten ausschwatzte und es nicht bei sich behalten konnte, weder vor Hoch noch vor Niedrig, so daß binnen kurzem ihr Leidwesen das Tagesgespräch allen Hausgesindes war und die Köche beim Rühren und Rupfen, die Torhüter auf der Ziegelbank zueinander sagten:

»Die Herrin ist scharf auf den Jungmeier, er aber weigert sich ihrer. Ist das eine Hetz'!«

Denn solche Gestalt nimmt eine solche Sache in den Köpfen und im Munde der Leute an nach dem kläglichen Widerspruch, der besteht zwischen dem heilig-ernsten und schmerzensschönen Bewußtsein blinder Leidenschaft von sich selbst – und ihrem Eindruck auf Nüchterne, denen ihr Unvermögen und mangelnder Wille sich zu verhehlen ein Skandal und Gespött ist wie der Betrunkene auf der Gasse. –

Sämtliche Nacherzählungen unserer Geschichte, mit Ausnahme freilich der uns würdigsten, aber auch kargsten: der Koran sowohl wie die siebzehn persischen Lieder, die von ihr künden, Firdusi's, des Enttäuschten, Gedicht, woran er sein Alter wandte, und Dschami's spät-verfeinerte Fassung, – sie alle und ungezählte Schildereien des Pinsels und Stiftes wissen von der Damengesellschaft, die Potiphars Erste und Rechte um diese Zeit gab, um ihren Freundinnen, den Frauen der hohen Gesellschaft No-Amuns, ihr Leiden bekannt und begreiflich zu machen, das Mitgefühl ihrer Schwestern dafür zu gewinnen und auch ihren Neid. Denn Liebe, so ungetröstet sie sei, ist nicht nur Fluch und Geißel, sondern zugleich auch ein großer Schatz, den man ungern verhehlt. Die Lieder gleiten in manchen Irrtum und lassen sich manche abwegige Variante und Ausschmückung zuschulden kommen, worin die süße Schönheit, welcher sie nachhängen, zu Lasten der strengen Wahrheit geht. Den Zwischenfall der Damengesellschaft aber angehend, sind sie im Recht; und weichen sie auch hier wieder um süßen Effektes willen ab von der Form, in der die Geschichte ursprünglich sich selber erzählte, ja, strafen sie sich durch ihre Abweichungen voneinander wechselseitig Lügen, so sind doch nicht ihre Sänger die Erfinder dieses Begebnisses, sondern die Geschichte selbst ist es oder persönlich Potiphars Weib, die arme Eni, die es mit einer Schläue erfand und ins Werk setzte, welche zu ihrer benommenen Verfassung in dem sonderbarsten, aber lebensgerechtesten Widerspruch steht.

Uns, denen der augenöffnende Traum bekannt ist, den Mut-em-enet zu Beginn der drei Liebesjahre träumte, sind die Zusammenhänge zwischen ihm und ihrer Erfindung, ist der Gedankengang, der sie auf das traurig-witzige Mittel brachte, den Freundinnen die Augen zu öffnen, vollkommen deutlich; und die Wirklichkeit des Traumes (dessen Echtheitsmerkmale denn doch wohl in die Augen springen) ist uns der beste Beweis für die Geschichtlichkeit der Damengesellschaft sowie dafür, daß die uns nächste und würdigste Überlieferung einzig aus lapidarer Kargheit darüber schweigt. –

Das Vorspiel zur Damengesellschaft war, daß Mut-em-enet krank wurde. Es war die nach ihrem Bilde wenig genau umrissene Krankheit, in welche die Prinzen und Königstöchter aller Geschichten verfallen, wenn sie trostlos lieben, und die regelmäßig »der Kunst der berühmtesten Ärzte spottet«. Mut verfiel in sie, weil es so im Buche steht, weil es gehörig und fällig war und man dem Gehörigen und Fälligen schwer widersteht; zweitens aber, weil ihr alles daran lag (und auch bei den Prinzen und Königstöchtern sonstiger Geschichten scheint dies durchweg ein Hauptmotiv ihres Siechtums zu sein), Aufsehen zu erregen, die Welt in Aufregung zu versetzen und *befragt* zu werden, – recht dringend, um Lebens und Sterbens willen und allgemein befragt zu werden, denn zu vereinzelten, mehr oder weniger aufrichtig besorgten Fragen hatten die Veränderungen, von denen seit Jahr und Tag ihr Äußeres betroffen worden, schon vorher Anlaß gegeben. Sie wurde krank aus dem dringenden Wunsch, die Welt mit ihrer Heimsuchung, dem Glück und der Qual ihrer Liebe zu Joseph zu beschäftigen, – denn daß es weiter, im Sinne der strengen Wissenschaft, nicht gar viel auf sich hatte mit dieser Krankheit, geht schon daraus hervor, daß, als es dann galt, die Damengesellschaft zu geben, Mut sich sehr wohl von ihrem Lager erheben und die Wirtin machen konnte: kein Wunder übrigens, da diese Veranstaltung gewiß von vornherein mit im Plane der Krankheit gelegen hatte.

Mut also wurde ernstlich, wenn auch unbestimmt krank und bettlägerig. Zwei elegante Ärzte, der Doktor vom Bücherhause des Amun, der schon zum Altmeier Mont-kaw berufen worden, und noch ein anderer Tempelweiser, behandelten sie, ihre Schwestern vom Hause der Abgeschlossenen, Petepré's Kebsweiber, pflegten sie, und ihre Freundinnen vom Hohen Hathorenorden und von Amuns Südlichem Frauenhause besuchten sie. Es sprachen vor die Damen Renenutet, Neit-em-hêt, Achwêre und viele andere. Es kam auch in ihrer Sänfte Nes-ba-met, die Ordensoberin, Gemahlin des großen Beknechons, »Vorstehers der Priester aller Götter von Ober- und Unterägypten«. Und alle, einzeln oder zu zweien und dreien am Bett der Berührten sitzend, beklagten und befragten sie in reichlich fließenden Worten, teils aus dem Herzen, teils kaltsinnig, aus bloßer Konvenienz oder sogar schadenfroh.

»Eni mit beliebter Stimme wenn du singst!« sprachen sie. »Um des Verborgenen willen, was ist das mit dir, und was machst du uns, Böse, für Not? So wahr der König lebt, schon seit längerem bist du nicht mehr, die du warst, sondern wir alle, die dich im Herzen tragen, beobachten Zeichen von Ermüdung an dir und Veränderungen, die zwar selbstverständlich nicht vermögend waren, deiner Schönheit Abtrag zu tun, uns alle aber trotzdem in zärtliche Sorge versetzen. Nicht möge ein böser Blick des Auges bei dir sein! Wir alle haben gesehen und es einander unter heißen Tränen mitgeteilt, daß die Ermüdung in Gestalt einer Abmagerung über dich kam, die zwar nicht alle Teile deines Körpers ergriff, – vielmehr sind einige davon voller erblüht, aber andere dafür in der Tat zu mager geworden: deine Wangen zum Beispiel, sie sind gemagert; auch fingen deine Augen an, starr zu blicken, und um deinen berühmten Schlängelmund ließ eine Qual sich nieder. Dies alles sahen wir, deine Herzchen, und besprachen es weinend. Nun aber ist deine Ermüdung auf den Punkt gekommen, daß du dich niederlegst, ohne zu essen und zu trinken, und die Krankheit spottet der Kunst der Ärzte. Wahrhaftig, als wir davon hörten, wußten wir nicht mehr den Ort der Erde, wo wir uns befanden, so groß war unser Schrecken! Wir haben die Weisen vom Bücherhause, Te-Hor und Pete-Bastet, deine Ärzte, mit Fragen bestürmt, und sie antworteten, sie seien mit ihrer Kunst schon fast am Rande und näherten sich der Ratlosigkeit. Nur noch wenige Mittel wüßten sie, die etwa noch Wirkung versprächen, denn aller schon angewandten habe deine Ermüdung gespottet. Es müsse ein großer Kummer sein, der an dir nage und zehre, wie die Maus, die an der Wurzel des Baumes nagt, so daß er kränkelt. In Amuns Namen, Schatz, ist das wahr, und hast du einen nagenden Kummer? Nenne ihn uns, deinen Herzchen, ehe dir der verfluchte ans süße Leben geht!«

»Gesetzt«, antwortete Eni mit schwacher Stimme, »ich hätte einen, – was frommte es mir, ihn euch zu nennen? Ihr Guten und Mitleidigen könntet mich nicht davon erlösen, und wahrscheinlich bleibt gar nichts übrig, als daß ich daran sterbe.«

»So ist es also wahr«, riefen sie, »und es ist wirklich ein solcher Kummer, der dich ermüdet?« Und in den höchsten Tönen verwunderten sich die Damen, wie es möglich sei. Eine Frau wie sie! Zur Creme der Länder gehörig, reich, zauberhaft schön und beneidet unter des Reiches Frauen! Was konnte ihr abgehen? Welchen Wunsch brauchte sie sich zu versagen? Muts Freundinnen verstanden das nicht. Inständig befragten sie sie, teils herzlicherweise, teils nur aus Neugier, Schadenfreude und Liebe zur Aufregung, und lange wich die Ermüdete ihnen aus, verweigerte matt und hoffnungslos jede Auskunft, weil sie ihr doch nicht helfen könnten. Endlich aber – nun gut – erklärte sie, ihnen die Antwort allen zusammen, gemeinsam, geben zu wollen, im Rahmen eines Plauderkränzchens und einer weiblichen Gasterei, zu der sie sie nächstens vollzählig wolle zusammenladen. Denn wenn sie, sei es auch ohne Appetit, ein wenig zu sich nähme, eine Vogelleber und etwas Gemüse, werde sie hoffentlich die Kraft finden, sich vom Lager aufzurichten, zu dem Ziel eben, den Freundinnen die Ursache ihrer Veränderung und Ermüdung zu enthüllen.

Gesagt, getan. Schon im nächsten Mondviertel – man war nur noch eine kurze Spanne vom Neujahrstage und vom großen Opetfeste entfernt, bei welchem im Hause Potiphars so Entscheidendes sich ereignen sollte – lud Eni tatsächlich zu diesem Kränzchen, der viel, aber nicht immer richtig besungenen Damengesellschaft in den Räumen von Petepré's Frauenhaus ein: einer Nachmittagsveranstaltung in größerem Kreise, die durch die Anwesenheit Nes-ba-mets, der Gemahlin Beknechons' und Ersten der Haremsfrauen, erhöhten Glanz gewann, und bei der es an nichts fehlte, weder an Blumen und Salben, noch an kühlen, zum Teil berauschenden, zum anderen Teil nur erfrischenden Getränken, noch an vielerlei Kuchen, eingelegten Früchten und fadenziehenden Süßigkeiten, ausgespendet von jungen Dienerinnen in lieblich knapper Tracht, mit schwarzen Hängeflechten im Nacken und Schleiern um die Wangen, – einer Nüance, die man noch nicht gesehen, und die viel Beifall fand. Ein reizendes Orchester von Harfenistinnen, Lautespielerinnen und Bläserinnen der Doppelflöte in weiten Hauchgehängen von Kleidern, durch welche man die gewirkten Gürtel ihrer Lenden sah, musizierten im Brunnenhof, wo die große Mehrzahl der Damen in zwanglosen Gruppen, teils zwischen den hochbeladenen Anrichten auf Stühlen und Hokkern sitzend, teils auf bunten Matten kniend sich niedergelassen hatte. Doch war auch der bekannte Pfeilersalon, aus welchem übrigens das Bild Atum-Rê's wieder entfernt war, von ihnen besetzt.

Muts Freundinnen waren hold und kunstreich zu sehen: Duftfett schmolz salbend von ihren Scheiteln in ihr breit gelöstes, zu Fransen gedrehtes Haar, durch welches die goldenen Scheiben ihres Ohrschmucks schnitten, von lieblicher Bräune waren ihre Glieder, ihre glänzenden Augen reichten bis zu den Schläfen, ihre Näschen deuteten auf nichts als Hoch- und Übermut, und die Fayence- und Steinmuster ihrer Krägen und Armringe, die Gespinste, die ihre süßen Brüste umspannten, aus Sonnengold, wie es schien, oder Mondschein gewoben, waren von letzter Kultur. Sie rochen an Lotusblüten, reichten einander Näschereien zum Kosten und plauderten mit zwitschernd hohen und tiefer-rauheren Stimmen, wie sie ebenfalls weiblich vorkommen in diesen Breiten, – Nes-ba-met zum Beispiel, des Beknechons Gattin, hatte eine solche Stimme. Vom nahen Opetfest plauderten sie, vom großen Umzuge der heiligen Dreiheit in ihren Barken und ihren Kapellen, zu Land und zu Wasser, von der Gottesbewirtung im Südlichen Frauenhaus, wo sie, die Damen, zu tanzen, zu klappern und zu singen haben würden vor Amun als seine Nebenfrauen mit beliebten Stimmen. Das Thema war wichtig und schön; und dennoch war es nur vorgewendet in dieser Stunde und mußte herhalten zum Zungenspiel, um die Zeit der Erwartung zu füllen, bis Mut-em-enet, die Gastgeberin, ihnen die Antwort erteilen und ihnen aufregenderweise die Ursache ihrer Ermüdung zu wissen geben würde.

Sie saß unter ihnen am Wasserbecken in ihrer Leidensgestalt, lächelte schwach mit dem gequälten Schlängelmunde und wartete ihres Augenblicks. Traumhaft und nach Traumesmuster hatte sie ihre Anstalten getroffen, die Freundinnen zu belehren, und traumhaft war ihre Gewißheit, daß die Veranstaltung werde gelingen müssen. Sie fiel zusammen mit dem Höhepunkt der Bewirtung. Herrliche Früchte standen in blumengeschmückten Körben bereit: duftende Goldkugeln, die erquickenden Saft in Menge unter der filzigen Schale bargen, indische Blutzitronen, Chinaäpfel, höchst selten gereicht; und reizende Messerchen zum Schälen waren nebenher vorbereitet, mit eingelegten Blausteingriffen und hochpolierten Bronzeschneiden, denen die Hausfrau ihre besondere Aufmerksamkeit zugewandt hatte. Denn überaus scharf hatte sie sie wetzen und abziehen lassen – so scharf in der Tat, daß wohl noch nie in der Welt irgendwelche Messerchen es zu solcher Schärfe gebracht hatten. So dünn geschliffen und haarscharf waren die Dinger, daß leicht ein Mann sich den noch so drähtigen Bart hätte damit scheren mögen, – nur gegenwärtigste Achtsamkeit war ihm dabei zu empfehlen, denn vergaß er sich träumend nur einen Augenblick oder erzitterte, so war ihm der lästigste Schaden gewiß. Das war ein Schliff, der diesen Messerchen zuteil geworden, – gefährlich geradezu; man hatte das Gefühl, daß man nur in die Nähe der Schneide zu kommen brauchte mit der Fingerkuppe, und schon sprang das Blut hervor. – War das alles Vorbereitete? Durchaus nicht. Da war noch ein kostbarer Wein aus dem Hafen, kyprisch, von süßem Feuer, zum Nachtisch geeignet, der zu den Apfelsinen gereicht werden sollte; und die schönen Kelche aus gehämmertem Gold und aus zinnglasiertem, bemaltem Ton, die ihn umschließen würden, waren sogar das erste, was auf der Gastgeberin Wink von niedlichen Dienerinnen, welche nichts anhatten als bunte Gürtel um ihre Hüften, im Brunnenhof und im Pfeilersalon ausgeteilt wurde. Wer aber sollte den Inselwein in die Kelche schenken? Auch wieder die Niedlichen? Nein, damit, hatte die Wirtin geurteilt, würde weder solcher Bewirtung, noch den Bewirteten Ehre genug geschehen – anders hatte es Mut verfügt.

Sie winkte wieder, und die goldenen Apfel, die allerliebsten Messerchen wurden verteilt. Beides erregte entzücktes Gezwitscher: Man pries die Früchte, pries auch das zierliche Handgerät, nämlich seine Zierlichkeit eben, denn seiner Haupteigenschaft war man nicht kundig. Alle begannen sogleich mit dem Schälen, um zu dem süßen Fleisch zu gelangen; doch wurden ihre Augen gar bald vom Geschäfte abgelenkt und emporgezogen.

Abermals hatte Mut-em-enet gewinkt, und wer auf dem Schauplatz erschien, war der Schenke des Weins; es war Joseph. Ja, ihn hatte die Liebende zu diesem Dienst bestellt und es ihm angesonnen als Herrin, selbst den Zypernwein unter den Freundinnen auszuschenken, ohne ihn in die Vorkehrungen einzuweihen, die sie sonst noch dazu getroffen, so daß er nicht wußte, zu welcher Belehrung er dienen sollte. Es hatte sie geschmerzt, das wissen wir wohl, ihn hinters Licht zu führen durch die Verhehlung und zweckhaft sein Bild zu mißbrauchen; aber gar zu sehr war es ihr darum zu tun, die Freundinnen zu belehren und ihnen ihr Herz zu erklären. Darum hatte sie es ihm angesonnen und, da er sich wieder einmal mit aller Rücksicht geweigert, ihr nahe beizuwohnen, zu ihm gesagt:

»Willst du mir dann wenigstens, Osarsiph, den Gefallen tun und übermorgen bei meinem Damenfest selbst den Neunmalguten von Alaschia ausschenken, zum Zeichen seiner Güte, zum Zeichen ferner, daß du mich doch ein wenig liebst und auch zum Zeichen, daß ich etwas gelte in diesem Haus, da Der an seiner Spitze mir aufwartet und meinen Gästen?«

»Selbstverständlich, Herrin«, hatte er geantwortet. »Das tue ich gern und will einschenken mit größtem Vergnügen, wenn es dir so gefällt. Denn mit Leib und Seele bin ich dir zu Diensten und zur Verfügung in jedem Betracht, ausgenommen in dem der Sünde.«

So erschien denn nun Rahels Sohn, des Petepré Jungmeier, unvermutet unter den schälenden Damen im Hof, in einem Feierkleide, weiß und fein, einen bunten mykenischen Weinkrug in seinem Arm, grüßte, spendete und begann, umherwandelnd die Kelche zu füllen. Alle Damen aber, sowohl die, welche ihn bei Gelegenheit schon gesehen, wie auch die, welche ihn noch nicht kannten, vergaßen bei seinem Anblick nicht nur ihre Hantierung, sondern auch sozusagen sich selbst, indem sie nichts anderes mehr wußten, als auf den Schenken zu schauen, worüber denn die tückischen Messerchen ihr Werk verrichteten und die Damen sich samt und sonders fürchterlich in die Finger schnitten – und zwar ohne des verunreinigenden Malheurs auch nur gleich gewahr zu werden, denn einen Schnitt von so extrem überschärfter Klinge spürt man kaum, zumal in so gründlich abgelenktem Zustande, wie der, worin Eni's Freundinnen sich eben befanden.

Von einigen ist die oft geschilderte Szene als apokryph und der geschehenen Geschichte nicht zugehörig hingestellt worden. Mit Unrecht; denn sie ist wahr, und jede Wahrscheinlichkeit spricht für sie. Bedenkt man, daß es sich einerseits um den schönsten Jüngling seiner Sphäre, andererseits aber um die schärfsten Messerchen handelte, welche wahrscheinlich die Welt je gesehen, so ist klar, daß der Vorgang gar nicht anders, nämlich nicht unblutiger verlaufen konnte, als er wirklich verlief, und daß die Traumsicherheit, mit der Mut diesen Verlauf berechnet und vorhergesehen hatte, vollauf berechtigt gewesen war. Mit ihrer Leidensmiene, dieser Maske aus Finsternis und Geschlängel, blickte sie auf das angerichtete Unheil, das still sich entwickelnde Blutbad, das vorerst sie ganz allein wahrnahm, da die in lüsterner Hingerissenheit gaffenden Gesichter der Damen dem Jüngling folgten, der sich allmählich gegen den Pfeilersalon entfernte, wo, wie Mut sich mit vollem Recht überzeugt hielt, ganz dasselbe sich abspielen würde. Erst als der Geliebte den Augen entschwunden war, fragte sie boshaft besorgten Tones in die Stille hinein:

»Meine Herzchen, was habt und tut ihr? Ihr vergießt euer Blut!«

Es war ein schreckhafter Anblick. Da die behenden Messerchen bei vielen zolltief geflitzt waren, sickerte das Blut nicht nur, es quoll und strömte; die Händchen mitsamt den goldenen Äpfeln waren ganz überschwemmt und verschmiert von dem roten Naß, es durchtränkte färbend die blütenhaften Stoffe der Kleider im Schoße der Frauen, bildete Lachen darin und troff auf die Füßchen, den Estrich hinab. Welch Jemine, welch Lamentieren, Gekreisch und Augenverdrehen entstand, als sie's durch Mutem-enets falsch erstaunten Hinweis gewahr wurden! Einige, die kein Blut sehen konnten, besonders ihr eigenes nicht, drohten in Ohnmacht zu fallen und mußten mit Zitweröl und scharfen Fläschchen, womit die Niedlichen zwischen ihnen herumsprangen, zur Not bei Bewußtsein gehalten werden. Überhaupt geschah nun das Notwendigste, und auch mit Wasserbekken, Wischtüchern, Essig, Scharpie und in Streifen gerissenem Leinenzeug sprangen die Niedlichen alsbald herum, so daß denn das Kränzchen zu dieser Frist den Anblick eines Lazaretts und Verbandsplatzes bot, hier sowohl wie im Pfeilergemach, wohin Mut-em-enet sich einen Augenblick begab, um festzustellen, daß dort ebenfalls alles im Blute schwamm. Renenutet, die Gattin des Rindervorstehers, gehörte zu den Tiefstverletzten, und vorübergehend mußte man ihr das Händchen geradezu töten, indem man das gelblich erblassende vom allgemeinen Lebensbetriebe gewaltsam abschnürte, um die Blutung zum Stillstand zu bringen. Auch Nes-ba-met, des Beknechons tiefstimmige Gemahlin, hatte sich übel zugerichtet. Ihre Robe war hin, und sie wetterte laut, ungewiß auf wen, während zwei Gürtelmädchen, ein schwarzes und ein weißes, sie tröstend verarzteten.

»Teuerste Oberin und ihr meine Herzchen alle«, sprach Mut-em-enet heuchlerisch, als leidliche Ruhe und Ordnung wieder eingekehrt waren, »wie konnte das zugehen und wie sich ereignen, daß ihr euch solches antatet bei mir und dieser rote Zwischenfall mein Damenfest verunehrt? Fast unerträglich peinlich ist es der Wirtin, daß dies euch in meinem Hause zustoßen mußte, – wie aber war's möglich? Es kommt wohl vor, daß eine oder die andere sich schneidet beim Schälen, – aber alle zugleich und einige bis auf den Knochen? Das ist noch nicht vorgekommen, so weit ich die Welt kenne, und wird wohl ein Einzelfall bleiben in der Gesellschaftsgeschichte der Länder, – man muß es wenigstens hoffen. Aber tröstet mich, meine Süßen, und sagt mir, wie in aller Welt es geschehen konnte!«

»Laß gut sein«, antwortete für die übrigen Frauen Nes-ba-met mit ihrem Baß. »Laß gut sein, Eni, denn gut ist es ja nun so ziemlich, wenn auch der rote Set die Nachmittagskleider verdorben hat und einige unter uns noch verfärbt sind vom Aderlaß. Gräme dich nicht! Du hast es gut gemeint, wie wir annehmen, und dein Empfang ist fashionabel in jeder Einzelheit. Aber ein starkes Stück von Unüberlegtheit war es schon, meine Gute, das du dir mitten darin geleistet hast, – ich rede geradeheraus und für alle. Versetze dich doch an unsere Stelle! Du hast uns eingeladen, um uns die Ursache deiner Ermüdung zu enthüllen, welche der Kunst der Ärzte spottet, und läßt uns warten auf die Enthüllung, so daß wir ohnedies schon nervös sind und unsere Neugier verbergen hinter künstlichem Geplausch. Du siehst, ich stelle alles offen der natürlichen Wahrheit gemäß und ohne Zimperlichkeit dar in unser aller Namen. Du läßt uns goldene Äpfel servieren, – sehr gut, sehr rühmlich, auch Pharao hat sie nicht jeden Tag. Aber gerade, da wir sie schälen wollen, verordnest du es, daß in unsern empfindlichen Kreis dieser Schenke tritt – er sei nun, wer er sei, ich nehme an, daß es euer Jungmeier war, den sie ›Nefernefru‹ nennen auf den Land- und Wasserwegen, und beschämend genug ist es ja, daß man als Dame genötigt ist, übereinzustimmen mit den Leuten der Dämme und Kanäle im Urteil und Geschmack, aber hier ist die Rede nicht von Geschmack und Strittigkeit, denn das ist ja ein Himmelsbild von einem Jungen an Haupt und Gliedern, und wo es an und für sich schon einer Chocwirkung gleichkommt, wenn unter so viele bereits nervöse Frauen plötzlich ein Jüngling tritt, und sei er auch weniger reizend, – wie willst du, daß es einem nicht in die Glieder fährt und einem die Augen nicht übergehen, wenn ein solcher

Gottesfratz auf der Bildfläche erscheint und neigt seinen Krug über deinen Kelch? Du kannst nicht verlangen, daß man da noch seiner Hantierung gedenkt und seine Finger hütet vor drohendem Ungemach! Wir haben dir Ungelegenheit und viel Schererei verursacht mit unserem Geblute, aber den Vorwurf, Eni mit beliebter Stimme, kann ich dir nicht ersparen, daß du selber schuld bist an dem Ennui durch deine chochaften Verordnungen.«

»So ist es!« rief Renenutet, die Rindervorsteherin. »Du mußt dir, Liebste, den Vorwurf gefallen lassen, denn einen Possen hast du uns gespielt mit deiner Regie, dessen wir alle gedenken werden, – wenn nicht mit Zorn, so nur darum nicht, weil deine Unberührtheit sich wohl nichts dabei dachte. Aber das ist es eben, Schatz, daß du's an schonender Überlegung gänzlich hast fehlen lassen und dir die Peinlichkeit dieses roten Zwischenfalls selber zuschreiben mußt, wenn du gerecht bist. Ist es nicht klar, daß die aufgesummte Weiblichkeit einer so zahlreichen Damengesellschaft auch wieder auf die weibliche Einzelnatur zurückwirkt und sie zu empfindlichster Höhe emporstimmt? In einen solchen Kreis läßt du unversehens was Männliches treten und in welchem Augenblick? Im Augenblick des Schälens! Meine Gute, wie sollte das wohl unblutig ablaufen, – urteile selbst! Nun aber mußte es auch noch dieser Schenke sein, euer Jungmeier, ein wahrer Gottesfratz! Mir wurde völlig anders bei seinem Anblick – ich sage es, wie es ist und nehme kein Blatt vor den Mund, denn dies ist die Stunde und sind Umstände, wo Herz und Mund einem übergehen und man die Erlaubnis spürt, einmal alles gerade herauszusagen. Ich bin eine Frau, die viel Sinn hat fürs Männliche, und da ihr's ohnedies wißt, so will ich nur einfach erwähnen, daß ich außer meinem Gemahl, dem Rinderdirektor, der in den besten Jahren steht, auch noch jenen Leiboffizier kenne sowie den jungen Betreter von Chonsu's Haus, der auch mein Haus betritt – ihr wißt es ja sowieso. Aber das alles hindert nicht, daß ich mich gegen das Männliche hin allezeit sozusagen auf dem Qui vive befinde und mich leicht davon göttlich anmuten lasse, – besonders aber habe ich eine Schwäche für Schenken. Ein Schenke hat immer was Göttliches oder vom Götterliebling etwas – ich weiß nicht, warum mir so ist – es liegt in seinem Amt und in seiner Gebärde. Nun aber gar dieser Refertem und blaue Lotos, der Zuckerjunge mit seinem Kruge – ihr Guten, mit mir wars aus! Mit aller Bestimmtheit glaubte ich einen Gott zu sehen und wußte vor frommem Vergnügen nicht mehr den Ort der Erde, an dem ich mich befand. Ganz Auge war ich, und während ich äugte, säbelte ich mir mit dem Schälmesserchen in Fleisch und Bein und vergoß mein Blut in Strömen, ohne es auch nur zu spüren, so anders war mir geworden. Aber das ist das ganze Unheil noch nicht, denn ich bin sicher: Sobald ich Früchte schälen werde in Zukunft, wird sich vor meiner Seele das Bild deines Schenkenfratzen erneuen, des verwetterten, und wieder werde ich mir ins Gebein säbeln vor Versunkenheit, so daß ich mir überhaupt kein Schalobst mehr werde vorsetzen lassen dürfen, obgleich ich's mit Leidenschaft esse, das hast du angerichtet, Schätzin, mit deiner unbedachten Regie!«

»Ja, ja!« riefen alle Damen, sowohl die des Brunnenhofes als auch die des Pfeilersalons, welche bei Nes-ba-mets und Renenutets Ansprachen herübergekommen waren. »Ja, ja!« riefen sie durcheinander mit hoch- und tiefgetönten Stimmen. »So ist es, so war es, die Rednerinnen haben es recht gesagt, fast blutig umgebracht hätten wir alle uns vor jäher Verwirrung durch das Bild dieses Schenken, und statt uns den Grund deiner Ermüdung zu nennen, wozu du uns eingeladen, hast du uns, Eni, diesen Possen gespielt!«

Da aber erhob Mut-em-enet ihre Stimme zu voller Sangeskraft und rief:

»Törinnen!« rief sie. »Nicht nur genannt, – gezeigt habe ich ihn euch, den Grund meiner tödlichen Ermüdung und all meines Elends! So habt doch auch Augen für mich, da ihr ganz Auge waret für ihn! Ihr habt ihn nur einige Pulsschläge lang gesehen und euch ein Leids getan in der Versunkenheit, so daß ihr alle noch blaß seht von der roten Not, in die euch sein Anblick gestürzt. Ich aber muß oder darf ihn sehen täglich und stündlich – was fang' ich an in dieser immerwährenden Not? Ich frage euch: Wo soll ich hin? Denn dieser Knabe, ihr Blinden, die ich sehend machte vergebens, meines Gatten Hausvorsteher und Mundschenk, – er ist meine Not und mein Tod, er hat es mir angetan zum Sterben mit Aug' und Mund, so daß ich, ihr Schwestern, um ihn nur mein rotes Blut verströme in Jammer und sterbe, wenn er mir's nicht stillt. Denn ihr schnittet euch in die Finger nur bei seinem Bilde, mir aber hat die Liebe zu seiner Schönheit das Herz zerschnitten, so daß ich verblute!« – Also sang Mut mit brechender Stimme und fiel krankhaft schluchzend in ihren Sessel.

Man kann sich die frauenfestliche Aufregung denken, in die diese Enthüllung den Chor der Freundinnen versetzte! Ganz ähnlich wie vordem schon Tabubu und Meh-en-wesecht verhielten sie sich zu der großen Neuigkeit, daß Mut sich in Liebesumständen befinde, und trieben es in großem Maßstabe mit der Heimgesuchten, wie jene beiden getan: umringten sie, streichelten sie und redeten in vielstimmigem Rührungsgeplapper zugleich beglückwünschend und bemitleidend auf sie ein. Die Blicke aber, die sie heimlich dabei tauschten, sowie die Worte, die sie einander zuraunten, bekundeten, ganz anderes noch als zärtliche Teilnahme: nämlich boshafte Enttäuschung darüber, daß es weiter nichts sei und dieser ganze anspruchsvolle Kummer auf gewöhnliche Verliebtheit hinauslaufe in einen Knecht; stille Mißgunst dazu und allgemeine Eifersucht aufs Männliche, vor allem aber schadenfrohe Genugtuung, daß es Mut, die Stolze und Reine, die mondkeusche Amunsbraut, auf ihre älteren Tage noch so getroffen hatte und hatte sie heimgesucht auf gewöhnlichste Art, daß sie nach einem hübschen Diener schmachten mußte und es nicht einmal für sich zu behalten verstand, sondern hilflos ihre Herabsetzung aufs gewöhnliche Damenmaß allen preisgab und jammerte: »Wo soll ich hin?« Das schmeichelte den Freundinnen, wenn es ihnen auch nicht entging, daß aus der Preisgabe und der öffentlichen Verkündigung immer noch der alte Dünkel sprach, welcher das ganz Gewöhnliche, da es nun auch Muts Fall geworden, als ein Vorkommnis sondergleichen und als welterschütternde Affäre betrachtet wissen wollte, – was die Freundinnen auch wieder ärgerte.

Aber drückte auch alles dieses sich nebenher aus in den Wechselblicken der Damen, so war ihre Festesfreude an der Sensation und dem schönen Gesellschaftsskandal doch groß genug, sie zu wahrer Herzensteilnahme an der Heimsuchung der Schwester zu befähigen und zum weiblichen Mitgefühl, so daß sie sich um sie drängten, sie mit den Armen umfingen, sie tröstend feierten in plapperndem Wortschwall und den Jüngling glücklich priesen, dem es vergönnt gewesen, solche Gefühle im Busen seiner Herrin zu erwecken.

»Ja, süße Eni«, riefen sie, »du hast uns belehrt, und wir verstehen vollkommen, daß es keine Kleinigkeit ist für ein Frauenherz, jeden Tag einen solchen Gottesfratzen müssen sehen zu dürfen, – kein Wunder, daß endlich einmal auch du in Herzensumstände kamst! Der Glückspilz! Was keinem Manne gelungen durch so viele Jahre, das hat er ausgerichtet mit seiner Jugend und hat dir Heiligen den Sinn bewegt! Es ist ihm nicht an der Wiege gesungen worden, aber da zeigt sich des Herzens Vorurteilslosigkeit, es fragt nicht nach Rang und Stand. Er ist keines Gaufürsten Sohn und weder Offizier noch Geheimrat, sondern nur deines Mannes Hausverwalter, aber dir hat er den Sinn erweicht, das ist sein Rang und Titel, und daß er ein Ausländer ist, ein Jüngling von Asien, ein sogenannter Ebräer, das fügt der Sache noch eine pikante Note hinzu, es verleiht ihr Cachet. Wie wohl ist uns, Teuerste, und wie in tiefster Seele sind wir erleichtert, daß es weiter nichts auf sich hat mit deinem Kummer und deiner Ermüdung, als daß dir der Sinn steht nach diesem Schönen! Verzeih, wenn wir aufhören, für dich zu fürchten und anfangen, es für ihn zu tun; denn daß er möchte überschnappen vor Geehrtheit, das ist doch hier wohl der einzige Sorgengrund – sonst scheint die Sache uns einfach.

»Ach«, schluchzte Mut, »wenn ihr wüßtet! Aber ihr wißt nicht, und ich habe gewußt, daß ihr noch lange nichts wissen und nichts verstehen würdet, auch da ich euch die Augen geöffnet. Denn keine Ahnung habt ihr, wie es mit diesem ist und was es auf sich hat mit dem Eifer des Gottes, dem er gehört und dessen Kranz er trägt, so daß er sich viel zu gut ist, mir, dem ägyptischen Weibe, das Blut zu stillen und seine Seele kein Ohr hat für all mein Rufen! Ach, wieviel besser, ihr Schwestern, doch tätet ihr, euch nicht um ihn zu sorgen von wegen übergroßer Geehrtheit, sondern all eure Sorge auf mich zu versammeln, die ich des Todes bin durch seine Gottessprödigkeit.«

Da bestürmten die Freundinnen sie denn um Näheres und Weiteres in Sachen dieser Sprödigkeit und wollten ihren Ohren nicht trauen, daß der Diener nicht vor Geehrtheit platze, sondern sich der Herrin verweigere. Die Blicke, die sie tauschten, zeigten wohl auch einige Bosheit an im Sinn der Vermutung, daß ihre Eni dem Schönen am Ende zu alt sei und er fromme Flausen mache, weil er keine Lust zu ihr habe; und manche schmeichelte sich, daß er zu ihr wohl mehr Lust haben würde; aber die aufrichtige Entrüstung über des Fremdknechtes Widerspenstigkeit herrschte vor in ihrer Stellungnahme, und Nes-ba-met besonders, die Oberin, griff hier mit Baßstimme ein und erklärte den Fall, von dieser Seite gesehen, für skandalös und unleidlich.

»Als Weib schon«, sagte sie, »Teuerste, bin ich auf deiner Seite und mache deinen Kummer zu meinem. Zudem aber ist nach meiner Ansicht die Sache politisch, eine Tempel- und Reichsangelegenheit, denn in der Weigerung dieses Rotzbuben (verzeih', du liebst ihn, aber ich nenne ihn so aus ehrlichem Zorn, nicht, um dich in deinen Gefühlen zu kränken) – in seiner Sperrigkeit, dir den Tribut seiner Jugend zu zahlen, liegt ohne Zweifel eine geradezu reichsgefährdende Unbotmäßigkeit, die auf dasselbe hinausläuft, als wollte irgendein Stadt-Baal von Retenu oder Fenechierland sich wider Amun setzen und ihm die schuldige Abgabe verweigern, wogegen selbstverständlich sofort ein Strafzug müßte ausgerüstet werden, selbst wenn seine Kosten den Wert des Tributs überträfen, zur Wahrung von Amuns Ehre. In diesem Licht, meine Liebe, sehe ich deinen Kummer, und kaum nach Hause zurückgekehrt, werde ich mit meinem Gemahl, dem Vorsteher der Priester sämtlicher Götter von Ober- und Unterägypten, den krassen Fall dieses kenanitischen Aufruhrs besprechen und ihn befragen, welche Maßnahmen er für geeignet hält, der Unordnung zu steuern.«

Mit diesem Ergebnis löste, unter stärkstem Geplapper, die so berühmt gewordene und hier endlich nach ihrem wahren und wirklichen Verlauf erzählte Damengesellschaft sich auf, durch welche es Mut-em-enet hauptsächlich fertig brachte, ihre unselige Leidenschaft zum Stadtgespräch zu machen: ein Gelingen, über das sie sich zwischendurch, in lichteren Augenblicken, wohl plötzlich entsetzte, worin sie aber auch wieder, vermöge zunehmender Ausartung, ein trunkenes Genüge fand; denn die meisten Verliebten würden nicht glauben, daß ihrem Gefühl genügend Ehre geschähe, wenn nicht alle Welt, sei es auch selbst unter Spott und Hohn, sich damit beschäftigte: es muß an die große Glocke gehängt sein. Auch machten die Freundinnen ihr nun öfters Krankenvisiten, einzeln oder zu wenigen, um sich nach dem Stand ihres Kummers zu erkundigen, sie zu trösten und ihr Ratschläge zu geben, welche aber an den tatsächlichen, so ganz besonderen Umständen töricht vorbeigingen, so daß die Leidende nur die Achseln zu zucken und zu entgegnen vermochte: »Ach, Kinder, ihr plappert und ratet und versteht überhaupt nichts von diesem Sonderfall«, – worüber Wêse's Damen sich nun wieder erbosten und untereinander sprachen: »Wenn sie meint, die Sache sei uns zu hoch, und sei etwas ganz Besonderes damit, das sich unserm Rate entzieht, so soll sie den Mund halten und uns nicht befassen mit ihrer Affäre!«

Wer aber sonst noch persönlich kam und sich zwischen Vorhut und Nachhut herantragen ließ nach Potiphars Frauenhaus, das war der große Beknechons, Amuns Erster, den seine Frau von dieser Geschichte in Kenntnis gesetzt, und der nicht gewillt war, sie auf die leichte Achsel zu nehmen, vielmehr entschlossen, sie im Lichte der größeren Interessen zu sehen. Der gewaltige Blankschädel und Gottesstaatsmann in seinem angemaßten Leopardenfell erklärte der Mut, indem er aus den Rippen emporgereckt und mit erhobenem Kinn mit langen Schritten vor ihrem Löwenstuhl hin und her stapfte: Jeder persönliche und bloß moralische Gesichtspunkt habe auszuscheiden bei der Beurteilung dieses Vorkommnisses, welches im Sinne der Sittenregel und der gesellschaftlichen Ordnung freilich zu beklagen sei, aber, einmal eingetreten, nach bedeutenderer Maßgabe zu Ende geführt werden müsse. Als Priester, Seelsorger und Wächter frommer

Zucht, nicht zuletzt auch als Freund und höfischer Standesgenosse des guten Petepré müsse er das Augenmerk tadeln, das Mut diesem Jüngling widme, und den Wünschen entgegen sein, die er ihr errege. Die Widerspenstigkeit aber im Verhalten des Ausländers dazu, seine Weigerung, den Tribut zu entrichten, seien für den Tempel untragbar, welcher darauf dringen müsse, daß die Sache schnellstens zu Amuns Ehre bereinigt werde. Darum müsse er, Beknechons, ganz ohne Rücksicht auf das persönlich Wünschbare oder Verdammenswerte, Mut, seine Tochter, ermahnen und es ihr gebieterisch abverlangen, daß sie alles, auch das Äußerste, aufbiete, den Störrigen zur Unterwerfung zu bringen, – nicht um ihrer Genugtuung willen, wenn auch eine solche – ohne seine Billigung – für sie dabei abfalle, sondern zu der des Tempels; und nötigenfalls sei der Säumige auf dem Wege zwanglicher Vorführung zur Willfährigkeit anzuhalten.

Daß der Mut diese geistliche Weisung und höhere Ermächtigung zum Fehltritt in der Seele wohltat, daß sie eine Stärkung ihrer Stellung gegenüber dem Geliebten darin zu erblicken vermochte, zeigt mit betrübender Deutlichkeit an, wohin es mit ihr gekommen war, – mit eben der Frau, die noch vor kurzem, in Übereinstimmung mit ihrer Gesittungsstufe, ihr Glück und Wehe abhängig gemacht hatte von der Freiheit seiner lebendigen Seele, und deren Gefühl vor Ratlosigkeit nun schon so tief gesunken war, daß sie an dem Gedanken tempelpolizeilicher Vorführung des heiß Begehrten ein gewisses verzweifeltes und verzerrtes Gefallen fand. Ja, sie war reif, mit Tabubu zu zaubern.

Aber auch dem Joseph blieb die Stellungnahme des Amuntempels in dieser Sache nicht unbekannt; denn keine Falte und Spalte war seinem getreuen Bes-em-hebchen zu schmal gewesen, daß es nicht darin hätte unterkommen mögen, um heimlich dem Besuch des großen Beknechons bei Mut-em-enet anzuwohnen und abzuhören mit zwergenfeinem Ohre, was er ihr vorschrieb, damit er es dem Schützling brühwarm hinterbrächte. Der hörte es und fand sich außerordentlich dadurch in seiner Ansicht bestärkt, daß dies eine Sache und Kraftprobe sei zwischen Amuns Großmacht und Gott dem Herrn, und daß auf keinen Fall und um keinen Preis, wie wenig auch immer diese Notwendigkeit übereinstimmen mochte mit Adams Begehren, der Herr, sein Gott, den Kürzeren dabei ziehen dürfe.

[Beethoven]

Wendell Kretzschmar, damals noch jung, höchstens zweite Hälfte Zwanzig, war von deutsch-amerikanischen Eltern im Staate Pennsylvania gebürtig und hatte seine musikalische Ausbildung im Lande seiner Herkunft empfangen. Aber zeitig schon hatte es ihn in die alte Welt, von wo seine Großeltern einst ausgewandert, und wo, wie seine eigenen, so auch die Wurzeln seiner Kunst lagen, zurückgezogen, und er war im Zuge eines Wanderlebens, dessen Stationen und Aufenthalte selten länger als ein bis zwei Jahre dauerten, als Organist zu uns nach Kaisersaschern gekommen, – es war nur eine Episode, denen andere vorangegangen waren (denn er hatte vorher an kleinen Stadttheatern des Reiches und der Schweiz als Kapellmeister gewirkt), und denen weitere nachfolgen sollten. Auch trat er als Komponist von Orchesterstücken hervor und brachte eine Oper, »Das Marmorbild«, zur Aufführung, die über mehrere Bühnen ging und freundliche Aufnahme fand.

Von unscheinbarem Äußeren, ein untersetzter Mann mit Rundschädel, einem gestutzten Schnurrbärtchen und gern lachenden braunen Augen von bald sinnendem, bald springendem Blick, hätte er für das geistige, kulturelle Leben von Kaisersaschern einen wahren Gewinn bedeuten können, wenn eben ein solches Leben überhaupt vorhanden gewesen wäre. Sein Orgelspiel war gelehrt und prächtig, aber an den Fingern einer Hand waren diejenigen herzuzählen, die es in der Gemeinde zu würdigen wußten. Immerhin zogen die frei zugänglichen nachmittäglichen Kirchenkonzerte, bei denen er Orgelmusik von Michael Praetorius, Froberger, Buxtehude, und natürlich Sebastian Bach, auch allerlei kuriose und genrehafte Kompositionen aus der Epoche zwischen Händels und Haydns Blütezeiten zum Besten gab, eine ziemliche Menge an, und Adrian und ich wohnten ihnen regelmäßig bei. Ein völliger Fehlschlag dagegen, wenigstens äußerlich gesehen, waren die Vorträge, die er im Saal der »Gesellschaft für gemeinnützige Thätigkeit« eine Saison hindurch unverdrossen abhielt, und die er mit Erläuterungen am Klavier, dazu mit Kreide-Demonstrationen auf der Staffelei-Tafel begleitete. Ein Mißerfolg waren sie erstens, weil unsere Bevölkerung für Vorträge grundsätzlich nichts übrig hatte, zweitens weil seine Themen auch noch wenig populär, vielmehr kapriziös und ausgefallen waren, und drittens, weil sein Stotterleiden das Zuhören zu einer aufregenden und klippenvollen Fahrt machte, beängstigend teils, teils zum Lachen reizend und geeignet, die Aufmerksamkeit von dem geistig Gebotenen völlig abzulenken und sie in ein ängstlich gespanntes Warten auf das nächste konvulsivische Festsitzen zu verwandeln.

Es war ein besonders schwer und exemplarisch ausgebildetes Stottern, dem er unterlag, – tragisch, weil er ein Mann von großem, drängendem Gedankenreichtum war, der mitteilenden Rede leidenschaftlich zugetan. Auch glitt sein Schifflein streckenweise geschwind und tänzelnd, mit der unheimlichen Leichtigkeit, die das Leiden verleugnen und in Vergessenheit bringen möchte, auf den Wassern dahin; aber unfehlbar von Zeit zu Zeit, mit Recht von jedermann fortwährend gewärtigt, kam der Augenblick des Auffahrens, und auf die Folter gespannt, mit rot anschwellendem Gesicht, stand er da: sei es, daß ein Zischlaut ihn hemmte, den er mit in die Breite gezerrtem Munde, das Geräusch einer dampflassenden Lokomotive nachahmend, aushielt, oder daß im Ringen mit einem Labiallaut seine Wangen sich aufblähten, seine Lippen sich im platzenden Schnellfeuer kurzer, lautloser Explosionen ergingen; oder endlich auch einfach, daß plötzlich seine Atmung in heillos hapernde Unordnung geriet und er trichterförmigen Mundes nach Luft schnappte wie ein Fisch auf dem Trockenen – mit den gefeuchteten Augen dazu lachend, das ist wahr, er selbst schien die Sache heiter zu nehmen, aber nicht für jedermann war das ein Trost, und im Grunde war es dem Publikum nicht zu verargen, daß es diese Vorlesungen mied: mit dem Grade von Einmütigkeit, daß tatsächlich mehrmals nur etwa ein halbes Dutzend Zuhörer das Parterre belebte, nämlich außer meinen Eltern,

Adrians Onkel, dem jungen Cimabue und uns beiden nur noch ein paar Elevinnen der höheren Töchterschule, die es an Gekicher während der Hemmungszustände des Sprechers nicht fehlen ließen.

Dieser wäre bereit gewesen, die Unkosten für Saal und Beleuchtung, die durch die Eintrittsgelder keineswegs gedeckt wurden, aus eigener Tasche zu bestreiten, aber mein Vater und Nikolaus Leverkühn hatten es im Vorstande durchgesetzt, daß die Gesellschaft für das Defizit aufkam, oder vielmehr auf die Miete verzichtete, mit der Begründung, daß die Vorträge bildungswichtig und dem Gemeinnutzen dienlich seien. Das war eine freundschaftliche Begünstigung, denn über den Gemeinnutz ließ sich streiten, schon weil die Gemeinde ausblieb, was aber, wie gesagt, zum Teil auch auf das allzu Spezielle der behandelten Gegenstände zurückzuführen war. Wendell Kretzschmar huldigte dem Grundsatz, den wir wiederholt aus seinem zuerst von der englischen Sprache geformten Munde vernahmen, daß es nicht auf das Interesse der anderen, sondern auf das eigene ankomme, also darauf, Interesse zu *erregen*, was nur geschehen könne, dann aber auch mit Sicherheit geschehe, wenn man sich selbst für eine Sache von Grund aus interessiere und also, indem man davon spreche, schwerlich umhinkönne, andere in dies Interesse hineinzuziehen, sie damit anzustecken und so ein gar nicht vorhanden gewesenes, ein ungeahntes Interesse zu *creieren*, was viel besser lohne, als einem schon bestehenden gefällig zu sein.

Es war sehr zu bedauern, daß unser Publikum ihm fast keine Gelegenheit gewährte, seine Theorie zu erproben. Bei uns Wenigen, die wir in der gähnenden Leere des alten Saales mit den numerierten Stühlen zu seinen Füßen saßen, bewährte sie sich vollkommen, denn er fesselte uns mit Dingen, von denen wir nie gedacht hätten, daß sie so unsere Aufmerksamkeit hinnehmen könnten, und selbst sein furchtbares Stottern wirkte am Ende dabei nur als erregend bannender Ausdruck seines Eifers. Öfters nickten wir alle zusammen ihm tröstlich zu, wenn die Kalamität sich ereignete, und einer oder der andere der Herren ließ wohl auch ein beruhigend zusprechendes »So, so«, »Schon gut«, oder »Macht nichts!« vernehmen. Dann löste sich unter einem heiter entschuldigenden Lächeln die Lähmung, und in auch wieder nicht geheurer Flottheit ging es eine Weile dahin.

Worüber er sprach? Nun, der Mann war imstande, eine ganze Stunde der Frage zu widmen, »warum Beethoven zu der Klaviersonate Opus 111 keinen dritten Satz geschrieben habe«, – ein besprechenswerter Gegenstand, ohne Zweifel. Aber man denke sich die Anzeige angeschlagen am Hause der »Gemeinnützigen Thätigkeit«, eingerückt in die Kaisersascherner »Eisenbahnzeitung«, und frage sich dann nach dem Maß von öffentlicher Neugier, die sie erregen konnte. Man wollte schlechterdings nicht wissen, warum Opus 111 nur zwei Sätze habe. Wir, die wir uns zu der Erörterung einfanden, hatten freilich einen ungemein bereichernden Abend, und dies, obgleich uns die in Rede stehende Sonate bis dato ganz unbekannt gewesen war. Jedoch lernten wir sie durch diese Veranstaltung eben kennen, und zwar sehr genau, da Kretzschmar sie auf dem recht minderen Pianino, das ihm zur Verfügung stand (ein Flügel war nicht bewilligt worden) vortrefflich, wenn auch mit schollerndem Klange, zu Gehör brachte, zwischendurch aber ihren seelischen Inhalt, mit Beschreibung der Lebensumstände, unter denen sie – nebst zwei anderen – verfaßt worden, mit großer Eindringlichkeit analysierte und sich mit kaustischem Witz über des Meisters eigene Erklärung erging, warum er auf einen dritten, mit dem ersten korrespondierenden Satz hier verzichtet habe. Er hatte nämlich dem Famulus auf seine Frage geantwortet, daß er *keine Zeit* gehabt und darum lieber den zweiten etwas länger ausgedehnt habe. Keine Zeit! Und mit »Gelassenheit« hatte er es auch noch geäußert. Die in solcher Antwort liegende Geringschätzung des Fragers war offenbar nicht bemerkt worden, aber sie war gerechtfertigt durch die Frage. Und nun schilderte der Redner Beethovens Zustand um das Jahr 1820, als sein Gehör, von einer unhemmbaren Auszehrung befallen, schon in fortschreitender Verödung begriffen gewesen war und bereits sich herausgestellt hatte, daß er Aufführungen der eigenen Werke zu leiten fortan nicht mehr imstande sei. Er erzählte uns, wie damals das Gerücht, der berühmte Autor sei völlig ausgeschrieben, seine Produktionskraft erschöpft, er beschäftige sich, zu größeren Arbeiten unfähig, wie der alte Haydn nur noch damit, schottische Lieder aufzuschreiben, immer mehr an Boden gewonnen habe, weil nämlich seit einigen Jahren schon kein Werk von Bedeutung, das seinen Namen trug, mehr auf den Markt gekommen war. Allein im Spätherbst von Mödling, wo er den Sommer verbracht, nach Wien zurückgekehrt, habe der Meister sich niedergesetzt und jene drei Kompositionen für das Pianoforte, sozusagen ohne nur einmal vom Notenpapier aufzusehen, in einem Zuge niedergeschrieben, auch seinem Gönner, dem Grafen Brunswick, davon Meldung gemacht, um ihn über seinen Geisteszustand zu beruhigen. Und dann sprach Kretzschmar über die Sonate in c-moll, die als in sich gerundetes und seelisch geordnetes Werk zu verstehen, freilich nicht leicht sei und der zeitgenössischen Kritik wie auch den Freunden eine harte ästhetische Nuß zu knacken gegeben habe: wie denn, so sagte er, diese Freunde und Bewunderer dem Verehrten über den Gipfel hinaus, auf den er zur Zeit seiner Reife die Symphonie, die Klaviersonate, das Streichquartett der Klassik geführt, schlechthin nicht hätten folgen können und bei den Werken der letzten Periode schweren Herzens vor einem Prozeß der Auflösung, der Entfremdung, des Entsteigens ins nicht mehr Heimatliche und Geheure, vor einem plus ultra eben, gestanden hätten, worin sie nichts anderes mehr als eine Ausartung immer vorhanden gewesener Neigungen, einen Exzeß an Grübelei und Spekulation, ein Übermaß an Minutiosität und musikalischer Wissenschaftlichkeit zu erblikken vermocht hätten, – angewandt bisweilen auf einen so einfachen Stoff wie das Arietta-Thema des ungeheuren Variationensatzes, der den zweiten Teil dieser Sonate bilde. Ja, ebenso, wie das durch hundert Schicksale, hundert Welten rhythmischer Kontraste gehende Thema dieses Satzes sich selbst überwachse und endlich in schwindelnden Höhen, die man jenseitig nennen mochte oder abstrakt, sich verliere, – ebenso habe Beethovens Künstlertum sich selbst überwachsen: aus wohnlichen Regionen der Überlieferung sei es vor erschrocken nachblickenden Menschenaugen in Sphären des ganz und gar nur noch Persönlichen aufgestiegen, – ein in Absolutheit schmerzlich isoliertes, durch die Ausgestorbenheit seines Gehörs auch noch vom Sinnlichen isoliertes Ich, der einsame Fürst eines Geisterreichs, von dem nur noch fremde Schauer selbst auf die willigsten Zeitgenossen ausgegangen seien, und in dessen erschreckende Botschaften sie nur noch augenblicks-, nur ausnahmsweise sich zu finden gewußt hätten.

So weit, so richtig, sagte Kretzschmar. Und richtig doch auch wieder nur bedingungsweis und auf ungenügende Art. Denn mit der Idee des nur Persönlichen verbinde man diejenige der schrankenlosen Subjektivität und des radikalen harmonischen Ausdruckswillens im Gegensatz zur polyphonischen Objektivität (er wünschte, wir möchten uns den Unterschied einprägen: harmonische Subjektivität, polyphonische Sachlichkeit), – und diese Gleichung, dieser Gegensatz wollten hier, wie beim meisterlichen Spätwerk überhaupt, nicht stimmen. Tatsächlich sei Beethoven in seiner Mittelzeit weit subjektivistischer, um nicht zu sagen: weit »persönlicher« gewesen, als zuletzt; weit mehr sei er damals bedacht gewesen, alles Konventionelle, Formel- und Floskelhafte, wovon die Musik ja voll sei, vom persönlichen Ausdruck verzehren zu lassen, es in die subjektive Dynamik einzuschmelzen. Das Verhältnis des späten Beethoven, etwa in den fünf letzten Klaviersonaten, zum Konventionellen sei bei aller Einmaligkeit und selbst Ungeheuerlichkeit der Formensprache ein ganz anderes, viel läßlicheres und geneigteres. Unberührt, unverwandelt vom Subjektiven trete die Konvention im Spätwerk öfters hervor, in einer Kahlheit oder, man möge sagen, Ausgeblasenheit, Ich-Verlassenheit, welche nun wieder schaurig-majestätischer wirke, als jedes persönliche Wagnis. In diesen Gebilden, sagte der Redner, gingen das Subjektive und die Konvention ein neues Verhältnis ein, ein Verhältnis, bestimmt vom Tode.

Bei diesem Wort stotterte Kretzschmar heftig; festhängend am Anfangslaut, vollführte seine Zunge am Gaumen eine Art von Maschinengewehrfeuer, wobei Kiefer und Kinn mitwirbelten, ehe sie Ruhestand fanden in dem Vokal, der das Gemeinte erraten ließ. Als aber das Wort erkannt war, schien es nicht recht danach angetan, daß man es ihm abnähme, es ihm, wie man sonst zuweilen tat, jovial und hilfreich zuriefe. Er mußte es selbst zustande bringen, und er tat es. Wo Größe und Tod zusammenträten, erklärte er, da entstehe eine der Konvention geneigte Sachlichkeit, die an Souveränität den herrischsten Subjektivismus hinter sich lasse, weil darin das Nur-Persönliche, das doch schon die Überhöhung einer zum Gipfel geführten Tradition gewesen sei, sich noch einmal selbst überwachse, indem es ins Mythische, Kollektive groß und geisterhaft eintrete.

Er fragte nicht, ob wir das verstünden, und auch wir fragten uns nicht danach. Wenn er meinte, die Hauptsache sei, daß wir es hörten, so teilten wir vollkommen diese Ansicht. Im Lichte des Gesagten, fuhr er fort, habe man das Werk, von dem er im besonderen spreche, die Sonate Opus 111, zu betrachten. Und dann setzte er sich an das Pianino und spielte uns aus dem Kopf die ganze Komposition, den ersten und den ungeheueren zweiten Satz in der Weise vor, daß er seine Kommentare beständig in das eigene Spiel hineinrief und, um uns auf die Führung recht aufmerksam zu machen, zwischendurch begeisterungsvoll-demonstrativ mitsang, was alles zusammen einen teilweise hinreißenden, teilweise komischen und von dem kleinen Auditorium wiederholt auch mit Heiterkeit aufgenommenen Spektakel ergab. Denn da er einen sehr starken Anschlag hatte und im Forte gewaltig auftrug, mußte er überlaut schreien, um seine Zwischenreden halbwegs verständlich zu machen und mit höchstem Stimmaufwand singen, um das Vorgeführte noch vokal zu unterstreichen. Mit dem Munde ahmte er nach, was die Hände spielten. Bum, bum – Wum, wum – Schrum, schrum, machte er bei den grimmig auffahrenden Anfangsakzenten des ersten Satzes und sang in der hohen Fistel die Passagen melodischer Lieblichkeit mit, von denen der zerwühlte Sturmhimmel des Stückes zuweilen wie von zarten Lichtblicken erhellt ist. Schließlich legte er die Hände in den Schoß, ruhte einen Augenblick aus und sagte: »Jetzt kommt's.« Er begann den Variationen-Satz, das »Adagio molto, semplice e cantabile«.

Das Arietta-Thema, zu Abenteuern und Schicksalen bestimmt, für die es in seiner idyllischen Unschuld keineswegs geboren scheint, ist ja sogleich auf dem Plan und spricht sich in sechzehn Takten aus, auf ein Motiv reduzierbar, das am Schluß seiner ersten Hälfte, einem kurzen, seelenvollen Rufe gleich, hervortritt, – drei Töne nur, eine Achtel-, eine Sechzehntel- und eine punktierte Viertelnote, nicht anders skandiert als etwa: »Him-melsblau« oder: »Lie-besleid« oder: »Leb'-mir wohl« oder: »Der-maleinst« oder: »Wie-sengrund«, – und das ist alles. Was sich mit dieser sanften Aussage, dieser schwermütig stillen Formung nun in der Folge rhythmisch-harmonisch-kontrapunktisch begibt, womit ihr Meister sie segnet und wozu er sie verdammt, in welche Nächte und Überhelligkeiten, Kristallsphären worin Kälte und Hitze, Ruhe und Ekstase ein und dasselbe sind, er sie stürzt und erhebt, das mag man wohl weitläufig, wohl wundersam, fremd und exzessiv großartig nennen, ohne es doch damit namhaft zu machen, weil es recht eigentlich namenlos ist; und Kretzschmar spielte uns mit arbeitenden Händen all diese ungeheueren Wandlungen, indem er aufs heftigste mitsang: »Dimdada«, und laut hineinredete: »Die Trillerketten!« schrie er. »Die Fiorituren und Kadenzen! Hören Sie die stehengelassene Konvention? Da – wird – die – Sprache – nicht mehr von der Floskel – gereinigt, sondern die Floskel – vom Schein – ihrer subjektiven – Beherrschtheit – der Schein – der Kunst wird abgeworfen – zuletzt – wirft immer die Kunst – den Schein der Kunst ab. Dim – dada! Bitte zu hören, wie hier – die Melodie vom Fugengewicht – der Akkorde überwogen wird! Sie wird statisch, sie wird monoton – zweimal d, dreimal d hintereinander – die Akkorde machen es – Dim – dada! Bitte nun achtzugeben, was hier passiert –«

Es war außerordentlich schwer, zugleich auf sein Geschrei und auf die hochverwickelte Musik zu hören, in die er es mischte. Wir versuchten es alle angestrengt, vorgebeugt, die Hände zwischen den Knien, indem wir abwechselnd auf seine Hände und seinen Mund blickten. Das Charakteristikum des Satzes ist ja das weite Auseinander von Baß und Diskant, von rechter und linker Hand, und ein Augenblick kommt, eine extremste Situation, wo das arme Motiv einsam und verlassen über einem schwindelnd klaffenden Abgrund zu schweben scheint – ein Vorgang bleicher Erhabenheit, dem alsbald ein ängstlich Sich klein Machen, ein banges Erschrecken auf dem Fuße folgt, darüber gleichsam, daß so etwas geschehen konnte. Aber noch viel geschieht, bevor es zu Ende geht. Wenn es aber zu Ende geht und indem es zu Ende geht, begibt sich etwas nach so viel Ingrimm, Persistenz, Versessenheit und Verstiegenheit in seiner Milde und Güte völlig Unerwartetes und Ergreifendes. Mit dem vielerfahrenen Motiv, das Abschied nimmt und dabei selbst ganz und gar Abschied, zu einem Ruf und Winken des Abschieds wird, mit diesem d-g-g geht eine leichte Veränderung vor, es erfährt eine kleine melodische Erweiterung. Nach einem anlautenden c nimmt es vor dem d ein cis auf, so daß es nun nicht mehr »Him-melsblau« oder »Wie-sengrund«, sondern »O – du Himmelsblau«, »Grü-ner Wiesengrund«, »Leb' – mir ewig wohl« skandiert; und dieses hinzukommende cis ist die rührendste, tröstlichste, wehmütig versöhnlichste Handlung von der Welt. Es ist wie ein schmerzlich liebevolles Streichen über das Haar, über die Wange, ein stiller, tiefer Blick ins Auge zum letzten Mal. Es segnet das Objekt, die furchtbar umgetriebene Formung mit überwältigender Vermenschlichung, legt sie dem Hörer zum Abschied, zum ewigen Abschied so sanft ans Herz, daß ihm die Augen übergehen. »Nun ver-giß der Qual!« heißt es. »Groß war – Gott in uns.« »Alles – war nur Traum.« »Bleib – mir hold gesinnt.« Dann bricht es ab. Schnelle, harte Triolen eilen zu einer beliebigen Schlußwendung, mit der auch manch anderes Stück sich endigen könnte.

Kretzschmar kehrte danach gar nicht mehr vom Pianino zum Rednerpult zurück. Er blieb, uns zugewandt, auf seinem Drehsessel sitzen, in der gleichen Haltung wie wir, vorgebeugt, die Hände zwischen den Knien, und führte so mit wenigen Worten seinen Vortrag über die Frage zu Ende, warum Beethoven zu Opus 111 keinen dritten Satz geschrieben. Wir hätten, sägte er, das Stück nur zu hören brauchen, um uns die Frage selbst beantworten zu können. Ein dritter Satz? Ein neues Anheben – nach diesem Abschied? Ein Wiederkommen – nach dieser Trennung? Unmöglich! Es sei geschehen, daß die Sonate im zweiten Satz, diesem enormen, sich zu Ende geführt habe, zu Ende auf Nimmerwiederkehr. Und wenn er sage: »Die Sonate«, so meine er nicht diese nur, in c-moll, sondern er meine die Sonate überhaupt, als Gattung, als überlieferte Kunstform: sie selber sei hier zu Ende, ans Ende geführt, sie habe ihr Schicksal erfüllt, ihr Ziel erreicht, über das hinaus es nicht gehe, sie hebe und löse sich auf, sie nehme Abschied, – das Abschiedswinken des vom cis melodisch getrösteten d-g-g-Motivs, es sei ein Abschied auch dieses Sinnes, ein Abschied, groß wie das Stück, der Abschied von der Sonate.

Damit ging Kretzschmar, von dünnem, aber anhaltendem Beifall begleitet, und wir gingen auch, nicht wenig nachdenklich, von Neuigkeiten beschwert. Die meisten, wie das zu sein pflegt, sangen beim Aufnehmen der Mäntel und Hüte und beim Verlassen des Hauses die Einprägung des Abends, das themabildende Motiv des zweiten Satzes, in seiner ursprünglichen und in seiner Abschied nehmenden Gestalt, benommen vor sich hin, und noch längere Zeit hörte man aus entfernteren Gassen, in die die Zuhörer sich zerstreuten, nächtlich stillen und widerhallenden Gassen der Kleinstadt, das »Leb' – mir wohl«, »Leb' mir – ewig wohl«, »Groß – war Gott in uns« echohaft herüberschallen. –

Es war nicht das letzte Mal, daß wir den Stotterer über Beethoven gehört hatten. Bald schon sprach er wieder über ihn, diesmal unter dem Titel *»Beethoven und die Fuge«*. Auch dieses Themas erinnere ich mich genau und sehe es noch als Annonce vor mir, wohl begreifend, daß es so wenig wie das andere danach angetan war, im Saal der »Gemeinnützigen« ein lebensgefährliches Gedränge zu erzeugen. Unser Grüppchen aber hatte auch von diesem Abend den entschiedensten Genuß und Gewinn. Immer nämlich, so hörten wir, hatten die Neider und Gegner des verwegenen Neuerers behauptet, Beethoven könne keine Fuge schreiben. »Das kann er nun einmal nicht«, hatten sie gesagt und wohl gewußt, was sie damit aussprachen, da diese ehrwürdige Kunstform damals noch in hohen Ehren gestanden und kein Komponist vor dem musikalischen Gerichtshof Gnade gefunden noch den auftraggebenden Potentaten und großen Herren der Zeit genuggetan habe, wenn er nicht auch in der Fuge perfekt seinen

Mann gestanden. So sei der Fürst Esterhazy ein ausnehmender Freund dieser Meisterkunst gewesen, aber in der Messe in C, die Beethoven für ihn geschrieben, sei der Compositeur über erfolglose Anläufe zu einer Fuge nicht hinausgekommen, was schon rein gesellschaftlich eine Unhöflichkeit, künstlerisch aber ein unverzeihliches Manko gewesen sei; und das Oratorium »Christus am Ölberg« habe überhaupt jeder fugierten Arbeit ermangelt, obgleich sie auch darin aufs höchste am Platze gewesen wäre. Ein so schwacher Versuch wie die Fuge im dritten Quartett aus Opus 59 war nicht danach beschaffen, die Behauptung zu widerlegen, daß der große Mann ein schlechter Kontrapunktiker sei, – in welcher die maßgebend musikalische Welt durch die fugierten Stellen im Trauermarsch der Eroica und im Allegretto der A-dur-Symphonie nur hatte bestärkt werden können. Und nun der Schlußsatz der Cello-Sonate in D, Opus 102, »Allegro fugato« genannt! Das Geschrei und Fäusteschütteln, erzählte Kretzschmar, sei groß gewesen. Unklar bis zur Ungenießbarkeit habe man das Ganze gescholten, aber mindestens zwanzig Takte lang, habe es geheißen, herrsche eine so skandalöse Verwirrung – hauptsächlich infolge überstark gefärbter Modulationen –, daß man danach die Akten über die Unfähigkeit des Mannes zum strengen Stil beruhigt schließen könne.

Ich unterbreche mich in meiner Wiedergabe, nur, um aufmerksam zu machen, daß der Vortragende da von Dingen, Angelegenheiten, Kunstverhältnissen sprach, die noch gar nicht in unseren Gesichtskreis fielen und nur am Rande desselben erst durch sein immerfort gefährdetes Sprechen schattenhaft für uns auftauchten; daß wir ihn nicht zu kontrollieren vermochten außer durch seine eigenen erläuterten Vorführungen am Pianoforte, und dem allen mit der dunkel erregten Phantasie von Kindern zuhörten, die Märchen lauschen, welche sie nicht verstehen, während ihr zarter Geist sich doch auf eine eigentümlich traumhaft ahnungsvolle Weise dadurch bereichert und gefördert sieht. »Fuge«, »Kontrapunkt«, »Eroica«, »Verwirrung durch überfärbte Modulationen«, »strenger Stil«, – das war im Grunde alles noch Märchengeraun für uns, aber wir hörten es so gern und mit so großen Augen, wie Kinder das Unverständliche, eigentlich noch ganz Unzukömmliche hören – und zwar mit viel mehr Vergnügen, als das Nächste, Wohlentsprechende, Angemessene ihnen gewährt. Will man glauben, daß dies die intensivste und stolzeste, vielleicht förderlichste Art des Lernens ist – das antizipierende Lernen, das Lernen über weite Strecken von Unwissenheit hinweg? Als Pädagoge sollte ich ihm wohl nicht das Wort reden, aber ich weiß nun einmal, daß die Jugend es außerordentlich bevorzugt, und ich meine, der übersprungene Raum füllt sich auch mit der Zeit wohl von selber aus.

Beethoven also, so hörten wir, hatte in dem Ruf gestanden, keine Fuge schreiben zu können, und nun fragte es sich, wie weit diese boshafte Nachrede die Wahrheit traf. Offenbar war er bemüht gewesen, sie zu entkräften. Mehrmals hatte er in seine nachfolgende Klaviermusik Fugen eingelegt, und zwar dreistimmige: in die Hammerklaviersonate sowohl wie in die, die aus As-dur geht. Das eine Mal hatte er hinzugefügt: »Mit einigen Freiheiten«, zum Zeichen, daß ihm die Regeln, gegen die er verstoßen hatte, sehr wohl bekannt waren. Warum er sie vernachlässigt hatte, ob aus Absolutismus oder weil er mit ihnen nicht fertiggeworden war, blieb eine Streitfrage, – und eine Streitfrage blieb, ob diese Gefüge den Namen von Fugen im strengen Sinn verdienten: Allzu sonatenhaft, auf Ausdruck zu sehr bedacht, auch allzu stark harmonisch-akkordischen Charakters erschienen sie dafür und wenig danach angetan, ihren Urheber vom Vorwurf kontrapunktischen Unvermögens zu reinigen. Doch freilich, dann sei die große Fugen-Ouvertüre Opus 124, es seien die majestätischen Fugen im Gloria und Credo der Missa Solemnis gekommen: zum Beweise endlich denn doch, daß auch im Kampfe mit diesem Engel der große Ringer Sieger geblieben, mochte er gleich aus der Hüfte lahmend daraus hervorgegangen sein.

Kretzschmar erzählte uns eine schauerliche Geschichte, die uns von der heiligen Schwere dieses Kampfes und von der Person des heimgesuchten Schöpfers ein ungeheuerlich-unauslöschliches Bild einprägte. Es war im Hochsommer 1819 gewesen, zu der Zeit, als

Beethoven im Hafnerhause zu Mödling an der Missa arbeitete, verzweifelt darüber, daß jeder Satz viel länger ausfiel, als vorauszusehen gewesen, so daß der Termin der Fertigstellung, d. h. der Märztag nächsten Jahres, auf den die Installation des Erzherzogs Rudolf als Erzbischof von Olmütz angesetzt war, unmöglich würde eingehalten werden können, – es war damals, daß zwei Freunde und Adepten ihn eines Nachmittags dort aufgesucht und schon beim Eintritt ins Haus Erschreckendes erfahren hatten. Am selben Morgen nämlich waren die beiden Mägde des Meisters auf und davon gegangen, da es die Nacht zuvor, gegen 1 Uhr, einen wilden, das ganze Haus aus dem Schlummer reißenden Auftritt gegeben hatte. Der Herr hatte gewerkt, den Abend bis tief in die Nacht, am Credo, am Credo mit der Fuge, und nicht des Abendessens gedenken wollen, das auf dem Herde stand, bei welchem die immer vergebens wartenden Dienerinnen, von der Natur überwältigt, endlich eingeschlafen waren. Als nun der Meister zwischen der zwölften und ersten Stunde zu essen verlangt, hatte er die Mägde denn also schlafend, die Speisen aber verdorrt und verkohlt gefunden und war darüber in den allerheftigsten, das nächtliche Haus um so weniger schonenden Zorn ausgebrochen, als er selbst seine Lautheit nicht hörte. »Könnt ihr denn nicht eine Stunde mit mir wachen?« hatte er immer wieder gedonnert. Es waren aber der Stunden fünf, sechs gewesen, und die gekränkten Mädchen hatten bei Tagesgrauen das Weite gesucht, einen so ungebärdigen Herrn sich selbst überlassend, der denn also heute kein Mittagessen gehabt, seit vorigen Mittag überhaupt nichts genossen hatte. Statt dessen arbeitete er drinnen in seinem Zimmer, am Credo, am Credo mit der Fuge, – die Jünger hörten es durch die verschlossene Tür, wie er arbeitete. Der Taube sang, heulte und stampfte über dem Credo – es war so schaurig ergreifend zu hören, daß den an der Tür Lauschenden das Blut in den Adern gefror. Da sie sich aber eben in tiefer Scheu hatten entfernen wollen, war jäh die Tür aufgegangen, und Beethoven hatte in ihrem Rahmen gestanden, – welchen Ansehens! Des schrecklichsten! In verwahrloster Kleidung, die Gesichtszüge so verstört, daß es Angst einflößte, die lauschenden Augen voll wirrer Abwesenheit, hatte er sie angestarrt und den Eindruck gemacht, als komme er aus einem Kampf auf Leben und Tod mit allen feindlichen Geistern des Kontrapunkts. Er hatte Ungereimtes gestammelt zunächst und war dann in klagendes Schelten ausgebrochen über die saubere Wirtschaft bei ihm, daß alles davongelaufen, daß man ihn hungern lasse. Sie hatten ihn zu besänftigen gesucht, der Eine war ihm bei der Toilette behilflich gewesen, der Andere gelaufen, im Wirtshaus eine restaurierende Mahlzeit bereitzustellen ... Erst drei Jahre später war die Messe fertig geworden.

Wir kannten sie nicht, wir hörten eben nur von ihr. Aber wer wollte leugnen, daß es bildend sein kann, von unbekannter Größe auch nur zu hören? Allerdings hängt vieles ab von der Art, wie davon gesprochen wird. Aus Wendell Kretzschmars Vorlesung nach Hause gehend, hatten wir das Gefühl, die Missa gehört zu haben, zu welcher Illusion nicht wenig das Bild des übernächtigen und ausgehungerten Meisters im Türrahmen beitrug, das er uns eingeprägt hatte.

Auch das »Monstrum aller Quartett-Musik«, auf das er danach zu sprechen kam, von den fünf letzten eines, in sechs Sätzen, das vier Jahre nach Vollendung der Missa zuerst aufgeführt worden war, kannten wir nicht, da es viel zu schwer war, als daß man sich bei Nikolaus Leverkühn hätte daran wagen können; und doch hörten wir Kretzschmar unter Herzklopfen darüber sprechen, – mit vager Ergriffenheit nämlich von dem Gegensatz zwischen den hohen Ehren, in denen, wie wir wußten, heutzutage auch dieses Werk stand, und der Pein, der trauernden oder erbitterten Ratlosigkeit, in die es die Zeitgenossen, auch die Getreuesten, Liebend-Gläubigsten, gestürzt hatte. Daß die Verzweiflung in erster Linie, wenn auch keineswegs ausschließlich, der Final-Fuge gegolten hatte, war der Grund, weshalb Kretzschmar im Zusammenhang dieses Vortrags darauf zu sprechen kam. Es war ein furchtbares Stück gewesen für das gesunde Gehörorgan der Zeit, das sich sträubte, zu hören, was der Autor nicht hören mußte, sondern nur im Lautlosen auszusinnen sich erkühnt hatte: nämlich ein wildes Handgemenge ins Höchste und Tiefste verirrter, völlig verschieden figurierter, einander durch irregulären

Übergang unter teuflischen Dissonanzen durchkreuzender Instrumentalstimmen, bei dem die Ausübenden, ihrer selbst und der ganzen Sache nicht sicher, auch wohl nicht ganz rein gegriffen und so die babylonische Verwirrung vollendet hatten. Erschütternd nannte es der Redner, wie hier das sinnliche Gebrechen die geistige Kühnheit gesteigert und der Zukunft den Schönheitssinn vorgeschrieben habe. Aber nicht ohne Byzantinismus, meinte er, gehe es denn doch wohl ab, wenn wir Heutigen in diesem Stück, das dann übrigens auf Dringen des Verlegers vom Werk separiert und durch einen Finalsatz *im freien Stil* ersetzt worden sei, – wenn wir nichts als klarste, wohlgefälligste Form darin zu erblicken vorgäben. Er wollte *auch* kühn sein, erklärte er, und sich den Mund verbrennen, indem er behaupte, daß etwas wie Haß und Vergewaltigung in dieser Art, die Fuge zu traktieren, erkennbar sei, ein durch und durch schwieriges und problematisches Verhältnis zu dieser Kunstform, das sich denn auch in dem Verhältnis oder Unverhältnis des großen Mannes zu einem nach der Meinung mancher noch viel größeren, zu Johann Sebastian Bach, widergespiegelt habe. Bach sei dem Gedächtnis der Zeit überhaupt fast abhanden gekommen gewesen, und in Wien habe man von der protestantischen Musik noch besonders nichts wissen wollen. Für Beethoven sei Händel der König der Könige gewesen, und außerdem habe er eine große Vorliebe für Cherubini gehabt, dessen Medea-Ouvertüre er, als er noch hörte, nicht oft genug habe hören können. Was er von Bach besessen, sei sehr wenig gewesen: ein paar Motetten, das Wohltemperierte Klavier, eine Toccata und noch dies und das, in einem Bande zusammengefaßt. In diesem Bande nun habe ein von fremder Hand geschriebener Zettel gelegen mit dem Diktum: »Man kann die Stärke eines Musikkenners nicht besser prüfen, als wenn man zu erfahren sucht, wie weit er in der Schätzung der Bach'schen Werke gekommen.« Zu beiden Seiten dieses Textes aber habe der Besitzer mit der dicksten Notenfeder je ein emphatisches, ein grimmiges Fragezeichen hingemalt.

Dies alles sei sehr interessant und auch paradox, da man wohl sagen könne, daß, wenn Bach jener Zeit vertrauter gewesen wäre, die Beethoven'sche Muse einen leichteren Weg zum Verständnis der Mitwelt gehabt hätte. Es verhalte aber die Sache sich folgendermaßen. Die Fuge gehöre ihrem Geiste nach einem liturgischen Zeitalter der Musik an, dem Beethoven schon fern gestanden habe; er sei der Großmeister einer Profan-Epoche der Musik gewesen, in der diese Kunst sich vom Kultischen ins Kulturelle emanzipiert habe. Das sei aber eine wahrscheinlich immer nur zeitweilige und niemals restlose Emanzipation. Die für den Konzertsaal geschriebenen Messen des 19. Jahrhunderts, die Symphonien Bruckners, die geistliche Musik von Brahms und von Wagner zum mindesten der »Parsifal« ließen die alte, niemals völlig gelöste Bindung an das Kultische klar erkennen, und was Beethoven betreffe, so habe er in dem Wunsch, die Missa solemnis möchte von einem Berliner Chorverein aufgeführt werden, an dessen Leiter geschrieben, das Werk könne sehr wohl durchweg a capella gegeben werden; ohnedies komme ein Stück ganz ohne Instrumentalbegleitung, das Kyrie nämlich, darin vor, und er für sein Teil (so hatte er hinzugefügt) sei der Meinung, daß gerade dieser Stil als *der einzig wahre Kirchenstil* zu betrachten sei. Ob er dabei an Palestrina oder an den kontrapunktisch-polyphonen Vokalstil der Niederländer gedacht habe, in dem noch Luther das musikalische Ideal gesehen, etwa an Josquin des Prés oder an Adrian Willaert, den Begründer der venezianischen Schule, das stehe dahin. Auf jeden Fall habe aus seinen Worten das nie erlöschende Heimverlangen der befreiten Musik nach ihren kultisch gebundenen Ursprüngen gesprochen, und seine gewaltige Bemühung um die Fuge sei das Ringen eines großen Dynamikers und Emotionalisten um die kunstreich-kühle Satzform gewesen, welche in einem strengen und hochabstrakten, von der Zahl, dem klingenden Zeitverhältnis beherrschten jenseits der Leidenschaften auf den Knien Gott, den Ordner des bahnenreichen Kosmos, gepriesen habe. –

Das war Kretzschmar über »Beethoven und die Fuge«, und wahrlich, es gab uns Stoff für einiges Gespräch auf dem Heimweg – Stoff auch zum Miteinanderschweigen und stillen, vagen Nachsinnen über das Neue, Ferne, Große, das als manchmal flink dahinlaufende, manchmal schrecklich hängenbleibende Rede in unsere Seelen gedrungen war. Ich sage: in unsere; aber natürlich ist es nur diejenige Adrians, die ich dabei im Sinne habe. Wovon ich hörte, was ich aufnahm, ist gänzlich irrelevant. Daß aber meinen Freund diese Dinge und Verhältnisse damals berührten, beeindruckten, dieses zu wissen und zu merken ist von Wichtigkeit für den Leser, und es ist darum, daß ich von Wendell Kretzschmars Kursus so eingehend berichte.

Unbedingt, bei aller Eigenwilligkeit, vielleicht Gewaltsamkeit seiner Darstellungsweise, war er ein geistreicher Mann, das zeigte sich in der erregenden, gedankenzeugenden Wirkung seiner Worte auf ein hochbegabtes Jünglingsgemüt, wie das Adrian Leverkühns. Was ihn, wie sich beim Nachhausegehen und am nächsten Tag auf dem Schulhof zeigte, hauptsächlich impressioniert hatte, war Kretzschmars Unterscheidung zwischen kultischen und kulturellen Epochen und seine Äußerung gewesen, daß die Säkularisierung der Kunst, ihre Trennung vom Gottesdienst, einen nur oberflächlichen und episodischen Charakter trage. Der Ober-Sekundaner zeigte sich ergriffen von dem Gedanken, den der Vortragende garnicht ausgesprochen, aber in ihm entzündet hatte, daß die Trennung der Kunst vom liturgischen Ganzen, ihre Befreiung und Erhöhung ins Einsam-Persönliche und Kulturell-Selbstzweckhafte sie mit einer bezuglosen Feierlichkeit, einem absoluten Ernst, einem Leidenspathos belastet habe, das in Beethovens schreckhafter Erscheinung im Türrahmen zum Bilde werde, und das nicht ihr bleibendes Schicksal, ihre immerwährende Seelenverfassung zu sein brauche. Man höre den jungen Menschen! Noch fast ohne praktisch-reale Erfahrung auf dem Gebiete der Kunst, phantasierte er im Leeren und mit altklugen Worten von der wahrscheinlich bevorstehenden Wiederzurückführung ihrer heutigen Rolle auf eine bescheidenere, glücklichere im Dienst eines höheren Verbandes, der nicht gerade, wie einst, die Kirche zu sein brauche. Was er denn sein sollte, wußte er nicht zu sagen. Aber daß die Kultur-Idee eine geschichtlich transitorische Erscheinung sei; daß sie sich auch wieder in anderem verlieren könne; daß ihr nicht notwendig die Zukunft gehöre, diesen Gedanken hatte er entschieden aus Kretzschmars Vortrag ausgesondert.

Bekenntnisse des Hochstaplers Felix Krull

[Musterung]

Allein ich gewahre in des Lesers Miene die Sorge, daß ich über so vielfältigem Anteil der heiklen Frage meines militärischen Verhältnisses leichtsinnigerweise völlig vergessen haben möchte, und so eile ich zu versichern, daß dies ganz und gar nicht der Fall war, sondern daß ich vielmehr unablässig und nicht ohne Beklemmung mein Augenmerk auf diesen fatalen Punkt gerichtet hielt. In dem Maße freilich, wie ich mit mir selbst über die Lösung des widrigen Knotens einig wurde, wandelte sich diese Beklemmung in die freudige Beklommenheit, die wir empfinden, wenn wir im Begriffe sind, unsere Fähigkeiten an einer großen, ja übergroßen Aufgabe zu messen, und – hier muß ich meiner Feder Zügel anlegen und der Versuchung, gleich alles vorauszusagen, aus Berechnung noch etwas widerstehen. Denn da sich nun doch je mehr und mehr das Vorhaben in mir befestigt, dieses Schriftchen, sollte ich überhaupt damit zu Rande kommen, dereinst der Presse zu übergeben und vor die Öffentlichkeit zu bringen, so täte ich Unrecht, wenn ich mich nicht den hauptsächlichsten Regeln und Maximen unterwürfe, von denen die Kunstverfasser, um Neugier und Spannung zu erzeugen, sich leiten lassen und gegen die ich gröblich verstoßen würde, indem ich meiner Neigung nachgäbe, sofort das Beste auszuschwatzen und gleichsam mein Pulver vorzeitig zu verpuffen.

Nur soviel sei gesagt, daß ich mit großer Genauigkeit, ja streng wissenschaftlich zu Werke ging und mich wohl hütete, die sich bietenden Schwierigkeiten für gering zu achten. Denn Dreinstolpern war nie meine Art, eine ernste Sache in Angriff zu nehmen; vielmehr habe ich stets dafür gehalten, daß sich gerade mit dem äußersten, der gemeinen Menge unglaubhaftesten Wagemut kühlste Besonnenheit und zarteste Vorsicht zu verbinden habe, damit das Ende nicht Niederlage, Schande und Gelächter sei, und bin gut damit gefahren.

Nicht genug, daß ich mich über Gang und Handhabung des Musterungsgeschäftes und die ihm zugrunde liegenden Anforderungen genau unterrichtete (was ich teils in einem Gespräch mit unserem Pensionär, dem Maschinisten, der gedient hatte, teils auch mit Hilfe eines mehrbändigen allgemeinen Nachschlagewerkes tat, welches dieser mit seinem Bildungsgrade unzufriedene Mann in seiner Stube aufgestellt hatte), sondern, nachdem mein Plan erst einmal im großen entworfen war, sparte ich aus jenen kleinen, durch das Herbeirufen von Wagen mir zugezogenen Geldgeschenken anderthalb Reichsmark zusammen, um eine gewisse in dem Fenster einer Buchhandlung ausfindig gemachte Druckschrift klinischen Charakters zu erwerben, in deren Lektüre ich mich mit ebensoviel Eifer als Nutzen vertiefte.

Gleichwie das Schiff der Sandlast, so bedarf das Talent notwendig der Kenntnisse, aber ebenso gewiß ist, daß wir uns nur solche Kenntnisse wahrhaft einverleiben, ja, daß wir nur auf solche eigentlich ein Anrecht haben, nach denen unser Talent im brennenden Einzelfalle verlangt und die es hungrig an sich rafft, um sich die nötige Erdenschwere und solide Wirklichkeit daraus zu schaffen. Was den Lehrstoff jenes Büchleins betrifft, so verschlang ich ihn mit der größten Freudigkeit und übertrug das Gewonnene in der nächtlichen Einsamkeit meiner Küche bei Kerze und Spiegel auf bestimmte praktische Übungen, die einen geheimen Beobachter wohl närrisch hätten anmuten müssen, mit denen ich aber einen klaren, vernünftigen Zweck verfolgte. Hier kein Wort weiter! Der Leser wird für die augenblickliche Entbehrung baldigst entschädigt werden.

Schon Ende Januar hatte ich mich, der herrschenden Vorschrift genügend, unter Vorlage meines Geburtsscheines, der sich ja in bester Ordnung befand, sowie eines vom Polizeibureau eingeholten Leumundszeugnisses, dessen zurückhaltend verneinende Form (daß nämlich über meine Führung dem Amte nichts Nachteiliges bekannt geworden sei) kindischerweise mich ein wenig verdroß und beunruhigte, bei der kriegerischen Behörde handschriftlich gemeldet. Im März, als eben mit Vogelgezwitscher und süßeren Lüften der Frühling sich lieblich ankündigte, verlangte die Satzung, daß ich meine

Person im Aushebungsbezirke zur ersten Besichtigung vorstellte, und, nach Wiesbaden zuständig, begab ich mich vierter Wagenklasse und übrigens ziemlich gelassenen Geistes dorthin; denn ich war mir bewußt, daß heute der Würfel kaum fallen werde und daß jeder Mann noch vor jene Instanz gelange, die unter dem Namen der Oberersatzkommission über Tauglichkeit und Einreihung des Nachwuchses endgültig befindet. Meine Erwartungen bestätigten sich. Die Handlung war kurz, flüchtig, unbedeutend, und meine Erinnerungen daran sind verblaßt. Man maß mich in die Breite und Länge, man behorchte und befragte mich obenhin und enthielt sich jeder Rückäußerung. Vorläufig entlassen und frei, gleichsam an einem langen Seil, promenierte ich in den herrlichen Parkanlagen, welche den quellenreichen Badeort schmücken, vergnügte mich und bildete mein Auge an den prächtigen Kaufläden der Kurhauskolonnaden und kehrte noch selbigen Tages in das heimische Frankfurt zurück.

Allein als weitere zwei Monate ins Land gezogen waren (die Hälfte des Mai war vorüber und eine vorzeitige Hochsommerhitze brütete damals über jenen Gauen), erschien der Tag, da meine Frist abgelaufen, das lange Seil, von dem ich im Bilde sprach, aufgespult war und ich mich unweigerlich zur Aushebung zu stellen hatte. Nicht wenig schlug mir das Herz, als ich, wiederum zusammen mit allerlei Gestalten aus dem niederen Volk, auf der schmalen Bank eines Abteils vierter Klasse im Zuge nach Wiesbaden saß und mich auf Dampfesschwingen der Entscheidung entgegengetragen fühlte. Die herrschende Schwüle, die meine Gefährten in ein nickendes Dösen lullte, durfte mich nicht erschlaffen; wach und bereit saß ich da und vermied es unwillkürlich, mich anzulehnen, indem ich mir die Umstände einzubilden suchte, unter denen ich mich zu bewähren haben würde, und die denn doch, einer alten Erfahrung gemäß, ganz anders sich darstellen würden, als ich sie mir im voraus nur immer auszudenken vermochte. Wenn übrigens meine Empfindungen ebensowohl furchtsamer als freudiger Art waren, so war es nicht, weil ich um den Ausgang ernstlich besorgt gewesen wäre. Dieser stand bei mir fest, und vollkommen entschlossen, bis zum Äußersten zu gehen, ja, wenn es nötig sein sollte, alle Grundkräfte des Leibes und der Seele daranzusetzen (ohne welche Bereitschaft es meiner Ansicht nach läppisch wäre, sich auf irgendeine außerordentliche Unternehmung einzulassen), zweifelte ich keinen Augenblick an meinem notwendigen Erfolge. Was mir Bangigkeit einflößte, war eben nur die Ungewißheit, wieviel ich hinzugeben, welche Opfer an Erregung und Begeisterung ich zu bringen haben würde, um zum Ziele zu gelangen, eine Art Zärtlichkeit also gegen mich selbst, die meinem Charakter von jeher anhaftete und ganz leicht zur Weichlichkeit und Feigheit hätte entarten können, wenn nicht männlichere Eigenschaften ihr berichtigend die Waage gehalten hätten.

Noch sehe ich den niedrigen, doch weitläufigen Balkensaal vor Augen, in welchen soldatische Rauhigkeit mich wies, und den ich bei meinem bescheidenen Eintritt von einer großen Menge männlicher Jugend bevölkert vorfand. Im ersten Stockwerk einer baufälligen und verlassenen Kaserne gelegen, am Außenrande der Stadt, bot der freudlose Raum durch seine vier kahlen Fenster den Blick auf lehmige und von allerlei Wegwurf, Blechbüchsen, Schutt und Abfällen verunzierte Vorstadtwiesen. Hinter einem gemeinen Küchentisch saß, Akten und Schreibzeug vor sich, ein schnauzbärtiger Unteroffizier oder Feldwebel und rief die Namen derjenigen auf, welche, um sich in natürlichen Zustand zu versetzen, durch eine flügellose Tür einen Verschlag betreten mußten, der von dem anstoßenden Zimmer, dem eigentlichen Schauplatz der Untersuchung, abgegliedert war. Das Gebaren jenes Chargierten war brutal und auf Einschüchterung berechnet. Öfters streckte er, tierisch gähnend, Fäuste und Beine von sich oder machte sich über den edleren Bildungsgrad derer lustig, die er an Hand der Stammrolle zum entscheidenden Gang aufforderte. »Doktor der Philosophie!« rief er und lachte höhnisch, als wollte er sagen: »Dir werden wir's austreiben, Freundchen!« Dies alles erregte Furcht und Abneigung in meinem Herzen.

Das Aushebungsgeschäft war in vollem Gange, doch schritt es langsam vor, und da es alphabetisch betrieben wurde, hatten die, deren Namen mit späteren Buchstaben begannen, sich auf ein langes

Warten gefaßt zu machen. Eine bedrückte Stille herrschte in der Versammlung, die sich aus Jünglingen der verschiedensten Stände zusammensetzte. Man sah hilflose Bauerntölpel und aufsässig gestimmte junge Vertreter des städtischen Proletariats; halbfeine Kaufmannsgehilfen und schlichte Söhne des Handwerks; einen Angehörigen des Schauspielerstandes sogar, welcher durch fette und dunkle Erscheinung viel verstohlene Heiterkeit erregte; hohläugige Burschen unbestimmbaren Berufes, ohne Halskragen und mit zersprungenen Lackstiefeln; Muttersöhnchen, eben der Lateinschule entwachsen, und an Jahren vorgeschrittene Herren, schon mit Spitzbärten, bleich und von der zarten Haltung des Gelehrten, welche im Gefühl ihrer unwürdigen Lage unruhig und peinlich gespannt den Saal durchmaßen. Drei oder vier der Gestellungspflichtigen, deren Namen sogleich an der Reihe sein würden, standen, schon bis aufs Hemd entblößt, ihre Kleider über dem Arm, Stiefel und Hut in der Hand, barfüßig in der Nähe der Tür. Wieder andere saßen auf den schmalen Bänken, welche den Raum umliefen, oder mit einem Schenkel auch wohl auf den Fensterbrettern, hatten Bekanntschaft gemacht und tauschten halblaut Bemerkungen über ihre Körperbeschaffenheit und die Wechselfälle der Aushebung. Manchmal, niemand wußte auf welchem Wege, drangen Gerüchte aus dem Sitzungssaal herein, daß die Zahl der als tauglich Ausgehobenen schon sehr groß und die Glücksaussicht der noch nicht Untersuchten also im Wachsen sei, Botschaften, die nachzuprüfen niemand imstande war. Scherze, derbe Spöttereien über die einzelnen schon Aufgerufenen, die sich fast ganz entkleidet den Blicken darstellen mußten, taten sich da und dort aus der Menge hervor und wurden mit zunehmender Freiheit belacht, bis die beißende Stimme des Uniformierten am Tisch eine botmäßige Stille wiederherstellte.

Ich nun für meine Person hielt mich einsam nach meiner Art, nahm am müßigen Geschwätz, an den grobkörnigen Späßen keinerlei Anteil und antwortete fremd und ausweichend, wenn eine Anrede an mich erging. An einem offenen Fenster stehend (denn der Menschengeruch war peinlich geworden im Saale) überblickte ich bald die wüste Landschaft dort draußen, bald auch die gemischte Versammlung im Raum und ließ die Stunden verrinnen. Gern hätte ich in das anstoßende Zimmer, dasjenige, wo die Kommission zu Gerichte saß, einen Blick getan, um von dem amtierenden Stabsarzt ein Bild zu erhaschen; doch war dies unmöglich, und eindringlich hielt ich mir vor, daß an der Person dieses Mannes ja auch wenig gelegen und nicht in seine Hand, sondern einzig in meine eigene mein Schicksal gegeben sei. Schwer drückte die Langeweile um mich her auf die Häupter und die Gemüter, ich aber litt nicht unter ihr, denn erstens war ich von je geduldigen Wesens, kann lange ohne Beschäftigung wohl bestehen und liebe die freie Zeit, die von betäubender Tätigkeit nicht vergessen gemacht, verzehrt und verscheucht wird; außerdem aber hatte ich's keineswegs eilig, mich der kühnen und schwierigen Aufgabe zu unterziehen, die meiner wartete, sondern war froh, mich in langer Muße sammeln, gewöhnen und vorbereiten zu können.

Der Tag war schon gegen seine Mitte emporgestiegen, als Namen mein Ohr trafen, die mit dem Buchstaben K begannen. Aber, als wollte das Schicksal mich freundschaftlich necken, gab es solcher heute sehr viele, und die Reihe der Kammacher, Kellermänner und Kiliane, auch noch der Knolls und Krolls wollte kein Ende nehmen, so daß ich schließlich, als vom Tisch mein Name gefallen war, ziemlich entnervt und erschöpft die vorgeschriebene Toilette zu machen begann. Übrigens darf ich sagen, daß der Überdruß meiner Entschlossenheit nicht nur nicht Abbruch tat, sondern sie eher sogar noch verstärkte.

Ich hatte zum heutigen Tage eines jener weißen Stärkhemden angelegt, die mein Pate mir auf den Lebensweg mitgegeben und die ich sonst gewissenhaft schonte; aber ich hatte im voraus bedacht, daß es hier auf den unteren Anzug vornehmlich ankomme, und so stand ich nun in dem Bewußtsein, mich sehen lassen zu können, zwischen zwei Burschen in karierten, verwaschenen Baumwollhemden am Eingang zum Kabinett. Meines Wissens richtete sich kein Spottwort im Saal gegen meine Person, und selbst der Sergeant am Tisch maß mich mit jener Achtung, welche dies an Unterordnung gewöhnte Handwerk höherer Feinheit und Schmuckheit niemals versagt. Ich bemerkte recht wohl, daß er die Angaben seiner Liste forschend mit meiner Erscheinung verglich; ja so sehr beschäftigte ihn dies Studium, daß er meinen Namen neuerdings aufzurufen im gegebenen Augenblick ganz verabsäumte, so daß ich ihn fragen mußte, ob ich nicht eintreten solle, was er bejahte. So überschritt ich denn auf bloßen Sohlen die Schwelle, legte, allein im Verschlag, meine Kleider neben die meines Vorgängers auf die daselbst befindliche Bank, stellte meine Schuhe darunter und entledigte mich auch meines Stärkhemdes, das ich, reinlich gefaltet, der übrigen Garderobe hinzufügte. Dann erwartete ich lauschend weitere Verfügungen.

Meine Spannung war schmerzhaft, mein Herz hämmerte ohne Takt, und ich glaube wohl, daß das Blut mir aus dem Antlitz gewichen war. Aber in eine solche Bewegung mischte sich noch ein anderes Gefühl, von freudiger Art, zu dessen Mitteilung die Worte nicht gleich zur Hand sind. Sei es in Form eines Mottos oder Gedankensplitters bei der Lektüre im Zuchthaus oder bei dem Durchfliegen eines Zeitungsblattes – irgend einmal ist mir die Anschauung oder Sentenz entgegengetreten: daß der Zustand, in dem die Natur uns hervorgebracht, daß die Nacktheit gleichmacherisch sei und zwischen der bloßen Kreatur keinerlei Rangordnung oder Ungerechtigkeit mehr obwalten könne. Diese Behauptung, die sofort meinen Ärger und Widerstand weckte, mag dem Pöbel wohl schmeichelhaft einleuchten, allein wahr ist sie im geringsten nicht, und beinahe könnte man richtigstellend erwidern, daß die wahre und wirkliche Rangordnung erst im ursprünglichen Zustand sich herstelle und daß die Nacktheit nur insofern gerecht zu nennen sei, als sie die natürlich-ungerechte und adelsfreundliche Verfassung des Menschengeschlechtes bedeute. Früher hatte ich dies empfunden, nämlich schon als mein Pate Schimmelpreester meine Gestalt zu höherer Bedeutung auf die Leinwand zauberte, oder wann sonst immer in Fällen, wo der Mensch, aus seinen Zufallsbedingungen gelöst, an und für sich hervortritt, wie im öffentlichen Bade. Und so wandelte auch nunmehr

Freude und lebhafter Stolz mich an, daß ich nicht im irreführenden Bettlerkleid, sondern in freier und eigentlicher Gestalt mich einem hohen Kollegium vorstellen sollte.

Der Verschlag war an seiner Schmalseite offen gegen das Sitzungszimmer, und wenn seine Bretterwand mir den Blick auf den Schauplatz der Untersuchung verwehrte, so vermochte ich mit dem Ohr doch aufs genaueste ihren Verlauf zu verfolgen. Ich hörte die Befehlsworte, mit denen der Stabsarzt den Rekruten sich hin und her zu wenden und sich von allen Seiten zu zeigen aufforderte, hörte die knappen Fragen, die er ihm vorlegte, und die Antworten, die jener erteilte, linkische Redereien von einer Lungenentzündung, die jedoch ihren deutlich genug durchschimmernden Zweck verfehlten, da sie ihm durch das Zeugnis seiner unbedingten Tauglichkeit trokken abgeschnitten wurden. Das Verdikt ward von anderer Stimme wiederholt, weitere Verfügungen folgten, der Befehl zum Abtreten fiel, platschende Schritte näherten sich, und alsbald trat der Konskribierte bei mir ein: geringes Fleisch, wie ich sah, ein Bursche mit einem braunen Strich um den Hals, plumpen Schultern, gelben Flekken am Ansatz der Oberarme, groben Knien und großen roten Füßen. Ich vermied es, in der Enge mit ihm in Berührung zu kommen, und da im selben Augenblick von einer zugleich nasalen und scharfen Stimme mein Name genannt wurde, auch ein assistierender Unteroffizier winkend vor dem Kabinett erschien, so trat ich denn also hinter der Bretterwand hervor, wandte mich linker Hand und schritt in anständiger, doch anspruchsloser Haltung dorthin, wo Arzt und Kommission mich erwarteten.

Man ist blind in einem solchen Augenblick, und nur in verschwommenen Umrissen trat die Szene vor mir in mein zugleich erregtes und betäubtes Bewußtsein: Ein längerer Tisch schnitt schräg zur Rechten einen Winkel des Zimmers ab, und Herren, teils vorgebeugt, teils zurückgelehnt, in Uniform und Zivil, saßen in einer Reihe daran. An ihrem linken Flügel stand aufrecht der Arzt, sehr schattenhaft für meine Augen auch er, besonders da er das Fenster im Rücken hatte. Ich aber, innerlich zurückgeschlagen von so vielen auf mich eindringenden Blicken, benommen vom Traumgefühl eines höchst bloßgestellten und preisgegebenen Zustandes, ich schien mir einzeln und jedem Verhältnis enthoben, namenlos, alterslos, frei und rein im leeren Raume zu schweben, eine Empfindung, die ich nicht nur als nicht unliebsam, sondern sogar als köstlich in meinem Gedächtnis bewahre. Mochten immerhin meine Fibern noch beben, meine Pulse bewegt und unregelmäßig schlagen, so war mein Geist nunmehr, wenn auch nicht nüchtern, so doch vollkommen ruhig, und was ich in der Folge sagte und tat, stellte sich gleichsam ohne mein Zutun und auf die natürlichste Weise, ja zu meiner eigenen augenblicklichen Überraschung ein: wie es ja denn der Nutzen langer Vorübungen und einer gewissenhaften Vertiefung ins Zukünftige ist, daß in der Stunde der Anwendung etwas Nachtwandlerisch-Mittleres zwischen Tun und Geschehen, Handeln und Leiden sich herstellt, welches unsere Aufmerksamkeit kaum in Anspruch nimmt, und zwar um so weniger, da die Wirklichkeit meistens geringere Anforderungen stellt, als wir ihr allenfalls zutrauen zu müssen glaubten, und wir uns dann wohl in der Lage eines Mannes befinden, der bis an die Zähne gerüstet in einen Kampf geht, worin er, um zu siegen, nur ein einziges Waffenstück leichthin zu handhaben braucht. Denn wer auf sich hält, übt das Schwerste, um sich im Leichteren desto fertiger zu bewähren, und ist froh, wenn er, um zu triumphieren, nur die zartesten, leisesten Mittel spielen zu lassen braucht, da er den groben und wilden ohnehin abhold ist und sich nur notfalls zu ihnen versteht.

»Das ist ein Einjähriger«, hörte ich vom Kommissionstisch her eine tiefe und wohlwollende Stimme gleichsam erklärend sagen und vernahm gleich darauf mit leichtem Verdruß, wie eine andere, jene scharf näselnde nämlich, berichtigend feststellte, daß ich nur ein Rekrut sei.

»Treten Sie näher heran!« sagte der Stabsarzt. Seine Stimme war meckernd und etwas schwach. Ich gehorchte ihm willig, und dicht vor ihm stehend tat ich mit einer gewissen törichten, doch nicht ungefälligen Bestimmtheit den Ausspruch:

»Ich bin vollkommen diensttauglich.«

»Das entzieht sich Ihrer Beurteilung!« versetzte ärgerlich jener, indem er den Kopf vorstreckte und lebhaft schüttelte. »Antworten Sie auf das, was ich Sie frage, und enthalten Sie sich eigener Bemerkungen!«

»Gewiß, Herr Generalarzt«, sprach ich leise, obgleich ich wohl wußte, daß er nichts weiter als Oberstabsarzt war, und blickte ihn mit erschrockenen Augen an. Ich erkannte ihn jetzt ein wenig besser. Er war mager von Gestalt, und der Uniformrock saß ihm faltig und schlotterig am Leibe. Die Ärmel, mit Aufschlägen, die fast bis zum Ellenbogen reichten, waren zu lang, so daß sie die Hälfte der Hände mit bedeckten und nur die dürren Finger daraus hervorragten. Ein schmaler und spärlicher Vollbart, farblos dunkel wie das aufrechtstehende Haupthaar, verlängerte sein Gesicht, und zwar um so mehr, als er den Unterkiefer, bei halboffenem Munde und hohlen Wangen, hängen zu lassen liebte. Vor seinen geröteten Augenritzen saß ein Zwicker in Silberfassung, der verbogen war, dergestalt, daß sein eines Glas dem Lide behinderlich auflag, während das andere weit vom Auge abstand.

Dies war das Äußere meines Partners, und er lächelte hölzern ob meiner Anrede, indem er einen Blick aus dem Augenwinkel zum Kommissionstische gleiten ließ.

»Heben Sie die Arme! Nennen Sie Ihr Zivilverhältnis!« sagte er und legte mir gleichzeitig, wie der Schneider tut, ein grünes, weißbeziffertes Meterband um Brust und Rücken.

»Ich beabsichtige«, antwortete ich, »die Hotelkarriere einzuschlagen.«

»Die Hotelkarriere? So, Sie beabsichtigen. Nämlich zu welchem Zeitpunkt?«

»Ich und die Meinen sind übereingekommen, daß ich diese Laufbahn antreten werde, nachdem ich meiner militärischen Dienstpflicht genügt habe.«

»Hm. Ich habe nicht nach den Ihren gefragt. Wer sind die Ihren?«

»Professor Schimmelpreester, mein Pate, und meine Mutter, Witwe eines Champagnerfabrikanten.«

»So, so, eines Champagnerfabrikanten. Und was treiben Sie denn zur Zeit? Sind Sie nervös? Warum rucken und zucken Sie so mit den Schultern?«

Wirklich hatte ich, seit ich hier stand, halb unbewußt und ganz aus dem Stegreif ein keineswegs aufdringliches, aber häufig wiederkehrendes und in der Ausführung eigentümliches Schulterzucken angenommen, das mir aus irgendeinem Grunde am Platze schien. Ich erwiderte nachdenklich:

»Nein, daß ich nervös sein könnte, ist mir noch nie in den Sinn gekommen.«

»Dann unterlassen Sie das Zucken!«

»Ja, Herr Generalarzt«, sagte ich beschämt, zuckte jedoch in demselben Augenblick aufs neue, was er zu übersehen schien.

»Ich bin nicht Generalarzt«, fuhr er mich scharf meckernd an und schüttelte den vorgestreckten Kopf so heftig, daß der Nasenzwicker ihm zu entfallen drohte und er genötigt war, ihn mit allen fünf Fingern seiner Rechten wieder festzusetzen, ohne jedoch dem Grundübel des Verbogenseins dadurch abhelfen zu können.

»Dann bitte ich um Verzeihung«, entgegnete ich sehr leise und beschämt.

»Beantworten Sie also meine Frage!«

Ratlos, verständnislos sah ich mich um, blickte auch, gleichsam bittend, die Reihe der Kommissionsherren entlang, in deren Haltung ich eine gewisse Teilnahme und Neugier zu bemerken glaubte. Endlich seufzte ich schweigend.

»Nach Ihrer derzeitigen Beschäftigung habe ich Sie gefragt.«

»Ich unterstütze«, antwortete ich sofort mit verhaltener Freudigkeit, »meine Mutter bei dem Betrieb eines größeren Fremdenheimes oder Boardinghauses zu Frankfurt am Main.«

»Allen Respekt«, sagte er ironisch. »Husten Sie!« befahl er unmittelbar darauf, denn er hatte mir nun sein schwarzes Hörrohr angesetzt und horchte gebückt auf die Schläge meines Herzens.

Öfter mußte ich künstlichen Husten ausstoßen, während er mit seinem Gerät auf meinem Körper umherrückte. Hierauf vertauschte er das Rohr mit einem kleinen Hammer, den er von einem nebenstehenden Tischchen nahm, und ging zum Klopfen über.

»Haben Sie schwerere Krankheiten überstanden?« fragte er zwischendurch.

Ich antwortete:

»Nein, Herr Militärarzt! Schwerere niemals! Meines Wissens bin ich ganz gesund, war es auch jederzeit, wenn ich von unbedeutenden Schwankungen meines Befindens absehen darf, und fühle mich für alle Waffengattungen bestens geeignet.«

»Schweigen Sie!« sagte er, plötzlich die Auskultation unterbrechend und aus seiner gebückten Stellung zornig in mein Gesicht emporblickend. »Lassen Sie Ihre Tauglichkeit meine Sache sein und reden Sie nichts Überflüssiges! – Sie reden fortgesetzt Überflüssiges!« wiederholte er, indem er, gleichsam abgelenkt, die Untersuchung fahrenließ, sich aufrichtete und etwas von mir zurücktrat. »Ihre Redeweise ist von einer gewissen Hemmungslosigkeit, die mir schon längst geradezu aufgefallen ist. Was ist eigentlich mit Ihnen? Welche Schulen haben Sie besucht?«

»Ich durchlief sechs Klassen der Oberrealschule«, versetzte ich leise und anscheinend bekümmert darüber, daß ich ihn befremdet und bei ihm angestoßen hatte.

»Und warum nicht die siebente?«

Ich senkte das Haupt; und von unten herauf warf ich ihm einen Blick zu, der wohl sprechend gewesen sein und seinen Empfänger ins Innere getroffen haben mag. »Warum quälst du mich?« fragte ich mit diesem Blick. »Warum zwingst du mich zu reden? Siehest du, hörst und fühlst du denn nicht; daß ich ein feiner und besonderer Jüngling bin, der unter freundlich gesittetem Außenwesen tiefe Wunden verbirgt, welche das feindliche Leben ihm schlug? Ist es wohl zartfühlend von dir, daß du mich nötigst, vor so vielen und ansehnlichen Herren meine Scham zu entblößen?« So mein Blick; und, urteilender Leser, ich log keineswegs damit, wenn auch seine schmerzliche Klage in dieser Sekunde ein Werk der Absicht und bewußten Zielstrebigkeit war. Denn auf Lüge und Heuchelei muß freilich erkannt werden, wo eine Empfindung zu Unrecht nachgeahmt wird, weil ihren Anzeichen keinerlei Wahrheit und wirkliches Wissen entspricht, was denn Fratzenhaftigkeit und Stümperei notwendig zur kläglichen Folge haben wird. Sollten wir aber über den Ausdruck unserer teuren Erfahrung nicht zu beliebigem Zeitpunkt zweckmäßig verfügen dürfen? Rasch, traurig und vorwurfsvoll sprach mein Blick von früher Vertrautheit mit des Lebens Unbilden und Mißlichkeiten. Dann seufzte ich tief.

»Antworten Sie!« sagte der Oberstabsarzt in milderem Ton.

Ich kämpfte mit mir selbst, indem ich zögernd erwiderte:

»Ich blieb in der Schule zurück und gedieh nicht zur Beendigung ihres Kurses, weil ein wiederkehrendes Unwohlsein mich öfter bettlägerig machte und damals häufig den Unterricht zu versäumen zwang. Auch glaubten die Herren Lehrer, mir Mangel an Aufmerksamkeit und Fleiß zum Vorwurf machen zu müssen, was mich sehr herabstimmte und entmutigte, da ich mir keiner Schuld und Nachlässigkeit in dieser Hinsicht bewußt war. Aber so oft geschah es, daß mir manches entgangen war und ich es nicht gehört oder vernommen hatte, sei es nun, daß es sich um besprochenen Lehrstoff oder um häusliche Aufgaben handelte, die man uns vorgeschrieben und deren Anfertigung ich versäumt hatte, weil ich nichts davon wußte, und zwar nicht, weil ich anderen und unstatthaften Gedanken nachgehangen hatte, sondern es war ganz, als sei ich überhaupt nicht zugegen gewesen, in der Klasse nicht gegenwärtig, als diese Weisungen ergangen waren, was auf seiten der Vorgesetzten Anlaß zu Tadel und strengen Maßregeln, auf meiner eigenen aber zu großen ...«

Hier fand ich kein Wort mehr, verwirrte mich, schwieg und zuckte sonderbar mit den Schultern.

»Halt!« sagte er. »Sind Sie denn schwerhörig? Gehen Sie dorthin weiter zurück! Wiederholen Sie, was ich sage!« Und nun begann er unter überaus lächerlichen Verrenkungen seines mageren Mundes und dünnen Bartes »Neunzehn, Siebenundzwanzig« und andere Zahlen sorgfältig zu flüstern, welche pünktlich und exakt zurückzugeben ich mich nicht verdrießen ließ; denn wie alle meine Sinne war auch mein Gehör nicht allein durchschnittsmäßig beschaffen, sondern sogar von besonderer Schärfe und Feinheit, und ich sah keinerlei Anlaß, ein Hehl daraus zu machen. So verstand und wiederholte ich denn die zusammengesetztesten Ziffern, die er nur hauchweise vorbrachte, und meine schöne Gabe schien ihn zu fesseln, denn er trieb den Versuch immer weiter, sandte mich in den entlegensten Winkel des Raumes, um mir über einen Abstand von sechs oder sieben Metern hinweg vierstellige Zahlen mehr zu verhehlen als mitzuteilen, und richtete gekniffenen Mundes nach dem Kommissionstisch bedeutende Blicke, wenn ich halb ratend alles erfaßte und wiedergab, was er kaum über die Lippen zu lassen geglaubt hatte.

»Nun«, sagte er endlich mit gespielter Gleichgültigkeit, »Sie hören recht gut. Treten Sie wieder heran und sagen Sie uns einmal ganz genau, wie sich das Unwohlsein äußerte, das Sie zuweilen vom Schulbesuch abhielt.«

Gefällig kam ich herbei.

»Unser Hausarzt«, antwortete ich, »Sanitätsrat Düsing, pflegte es für eine Art Migräne zu erklären.«

»So, Sie hatten einen Hausarzt. Sanitätsrat war er? Und für Migräne erklärte er es! Nun, wie trat sie denn also auf, diese Migräne? Beschreiben Sie uns den Anfall! Stellten sich Kopfschmerzen ein?«

»Kopfschmerzen auch!« erwiderte ich überrascht, indem ich ihn achtungsvoll anblickte, »sowie ein Sausen in beiden Ohren und hauptsächlich eine große Not und Furcht oder vielmehr Verzagtheit des ganzen Körpers, welche endlich in heftige Würgekrämpfe übergeht, so daß es mich fast aus dem Bette schleudert ...«

»Würgekrämpfe?« sagte er. »Andere Krämpfe nicht?«

»Nein, andere gewiß nicht«, versicherte ich mit größter Bestimmtheit.

»Aber Ohrensausen.«

»Ohrensausen war allerdings vielfach dabei.«

»Und wann hat der Anfall sich eingestellt? Etwa wenn eine Erregung vorangegangen war? Bei besonderem Anlaß?«

»Wenn mir recht ist«, antwortete ich zögernd und mit suchendem

Blick, »so erfolgte er in meiner Schulzeit manches Mal gerade dann, wenn ich in der Klasse einen solchen Anstand gehabt, nämlich ein Ärgernis von jener Art, wie ich sagte ...«

»Daß Sie gewisse Dinge nicht gehört hatten, so, als ob Sie nicht anwesend gewesen wären?«

»Ja, Herr Chefarzt.«

»Hm«, sagte er. »Und nun denken Sie einmal nach und sagen Sie uns gewissenhaft, ob Ihnen nicht irgendwelche Anzeichen aufgefallen sind, die einem solchen Zufall, daß Sie scheinbar nicht anwesend gewesen waren, vorhergingen und ihn regelmäßig ankündigten. Haben Sie keine Scheu! Überwinden Sie eine begreifliche Befangenheit und reden Sie frei, ob Sie dergleichen wohl gegebenen Falles beobachtet haben!«

Ich blickte ihn an, blickte ihm eine geraume Zeit unverwandt in die Augen, indem ich schwer, langsam und sozusagen in bitterer Nachdenklichkeit mit dem Kopfe nickte.

»Ja, mir ist oft sonderbar; sonderbar war und ist mir leider zeitweilig zu Sinn«, sprach ich endlich, leise und grüblerisch. »Manches Mal kommt es mir vor, als ob ich plötzlich in die Nähe eines Ofens und Feuers gerückt wäre, ganz so warm berührt es alsdann meine Glieder, anfangs die Beine, hierauf die höheren Teile, und eine Art von Kribbeln und Prickeln ist darin, worüber ich mich wundern muß, und um so mehr, als ich gleichzeitig Farbenspiele vor Augen habe, die sogar hübsch sind, aber mich dennoch erschrecken; und wenn ich nochmals auf das Prickeln zurückkommen darf, so könnte man es auch als Ameisenlaufen bezeichnen.«

»Hm. Und hierauf haben Sie dann Verschiedenes nicht gehört.«

»Ja, so ist es, Herr Lazarettkommandant! Manches verstehe ich nicht an meiner Natur, und auch zu Hause bereitet sie mir Ungelegenheiten, denn zuweilen merke ich wohl, daß ich bei Tische unversehens meinen Löffel habe fallen lassen und das Tischtuch mit Suppe befleckt habe, und meine Mutter schilt mich hernach, daß ich herangewachsener Mensch in Gegenwart unserer Gäste – Bühnenkünstler und Gelehrte sind es hauptsächlich – mich so tölpelhaft aufführe.«

»So, den Löffel lassen Sie fallen! Und bemerken es erst ein bißchen später! Sagen Sie mal, haben Sie Ihrem Hausarzt, diesem Herrn Sanitätsrat oder welchen bürgerlichen Titel er nun führt, niemals etwas von diesen kleinen Unregelmäßigkeiten erzählt?«

Leise und niedergeschlagen verneinte ich seine Frage.

»Und warum nicht?« beharrte jener.

»Weil ich mich schämte«, antwortete ich stockend, »und es niemandem sagen mochte; denn mir war, als müsse es ein Geheimnis bleiben. Und dann hoffte ich auch im stillen, daß es sich mit der Zeit verlieren werde. Und nie hätte ich gedacht, daß ich zu jemandem so viel Vertrauen fassen könnte, um ihm einzubekennen, wie sehr sonderbar es mir oftmals ergeht.«

»Hm«, sagte er, und es zuckte spöttisch in seinem schütteren Bart. »Denn Sie dachten wohl, daß man das alles schlechtweg für Migräne erklären würde. Sagten Sie nicht«, fuhr er fort, »daß Ihr Vater Schnapsbrenner war?«

»Ja, das heißt, er besaß eine Schaumweinfabrik am Rheine«, sagte ich höflich, indem ich seine Worte zugleich bestätigte und verbesserte.

»Richtig, eine Schaumweinfabrik! Und da war er denn also wohl ein vorzüglicher Weinkenner, Ihr Vater?«

»Das will ich meinen, Herr Stabsphysikus!« sprach ich fröhlich, während am Kommissionstisch eine Bewegung der Heiterheit sich bemerkbar machte. »Ja, das war er.«

»Und auch kein Duckmäuser für seine Person, sondern Liebhaber eines guten Tropfens, nicht wahr, und, wie man sagt, ein rechter Zecher vor dem Herrn?«

»Mein Vater«, versetzte ich ausweichend, indem ich meine Munterkeit gleichsam zurücknahm, »war die Lebenslust selbst. Soviel kann ich bejahen.«

»So, so, die Lebenslust. Und woran starb er?«

Ich verstummte. Ich blickte ihn an, ich schlug mein Gesicht zu, Boden. Und mit veränderter Stimme erwiderte ich:

»Wenn ich den Herrn Bataillonsmedikus höflichst bitten dürfte, auf diese Frage gütigst nicht weiter bestehen zu wollen ...«

»Sie haben hier keinerlei Auskunft zu verweigern!« antwortete er mit strengem Meckern. »Was ich Sie frage, frage ich mit Bedacht, und Ihre Angaben sind von Wichtigkeit. In Ihrem eigenen Interesse ermahne ich Sie, uns die Todesart Ihres Vaters wahrheitsgemäß zu nennen.«

»Er empfing ein kirchliches Begräbnis«, sagte ich mit ringender Brust, und meine Erregung war zu groß, als daß ich die Dinge der Ordnung nach hätte vortragen können. »Dafür kann ich Beweis und Papiere beibringen, daß er kirchlich bestattet wurde, und Erkundigungen werden ergeben, daß mehrere Offiziere und Professor Schimmelpreester hinter dem Sarg schritten. Geistlicher Rat Chateau erwähnte selbst in seiner Gedächtnisrede«, fuhr ich immer heftiger fort, »daß das Schießzeug unversehens losgegangen sei, als mein Vater prüfungsweise damit hantiert habe, und wenn seine Hand gezittert hat und er nicht völlig Herr seiner selbst war, so geschah es, weil groß Ungemach uns heimgesucht hatte ...« Ich sagte »groß Ungemach« und gebrauchte auch sonst einige ausschweifende und träumerische Ausdrücke. »Der Ruin hatte mit hartem Knöchel an unsere Tür geklopft«, sagte ich außer mir, indem ich sogar zur Erläuterung mit dem gekrümmten Zeigefinger in die Luft pochte, »denn mein Vater war in die Netze böser Menschen gefallen, Blutsauger, die ihm den Hals abschnitten, und es wurde alles verkauft und verschleudert ... die Glas ... harfe«, stotterte ich unsinnig und verfärbte mich fühlbar, denn nun sollte das ganz und gar Abenteuerliche mit mir geschehen, »das Aols ... rad ...« Und in diesem Augenblick geschah folgendes mit mir.

Mein Gesicht verzerrte sich – aber damit ist wenig gesagt. Es verzerrte sich auf eine meiner Meinung nach völlig neue und schreckenerregende Art, so, wie keine menschliche Leidenschaft, sondern nur teuflischer Einfluß und Antrieb ein Menschenantlitz verzerren kann. Meine Züge wurden buchstäblich nach allen vier Seiten, nach oben und unten, rechts und links auseinandergesprengt, um gleich darauf wieder gegen die Mitte gewaltsam zusammenzuschrumpfen; ein abscheulich einseitiges Grinsen zerriß danach meine linke, dann meine rechte Wange, während es das zugehörige Auge mit furchtbarer Kraft verkniff, das entgegengesetzte aber so unmäßig erweiterte, daß mich das deutliche und fürchterliche Gefühl ankam, der Apfel müsse herausspringen, und das hätte er immerhin tun mögen – mochte er doch! Es kam nicht darauf an, ob er aussprang, und für zärtliche Sorge um ihn war dies jedenfalls nicht der Augenblick. Wenn aber ein so widernatürliches Mienenspiel nach außen hin wohl jenes äußerste Befremden erregen mochte, das als Entsetzen bezeichnet wird, so bildete es doch nur Einleitung und Anbeginn eines wahren Hexensabbats von Fratzenschneiderei, einer ganzen Grimassenschlacht, die sich während der nächsten Sekunden auf meinem jugendlichen Antlitz abspielte. Die Abenteuer meiner Züge im einzelnen durchzunehmen, die greulichen Stellungen eingehend abzuschildern, in welche mein Mund, meine Nase, meine Brauen und meine Wangen, kurz alle meine Gesichtsmuskeln gerieten – und zwar unter steter Abwechslung und ohne daß eines der Mißgesichter sich wiederholt hätte –, eine solche Beschreibung wäre ein allzu weitläufiges Unternehmen. Nur soviel sei gesagt, daß gemütliche Vorgänge, die diesen physiognomischen Phänomenen etwa entsprochen hätten, daß Empfindungen so blödseliger Heiterkeit, krassen Erstaunens, irrer Wollust, entmenschter Qual und zähnefletschender Tollwut schlechterdings nicht von dieser Welt gewesen wären, sondern einem infernalischen Reich hätten angehören müssen, wo unsere irdischen Leidenschaften in ungeheuere Verhältnisse ausgeweitet sich schauderhaft wiederfinden. Ist es aber nicht so, daß Affekte, wovon wir die Miene annehmen, sich ahnungsweise und schattenhaft wahrhaftig in unserer Seele herstellen? Mein übriger Körper verhielt sich inzwischen nicht ruhend, obgleich ich aufrecht an meiner Stelle blieb. Mein Kopf rollte umher und drehte sich mehrmals fast ins Genick, nicht anders, als sei der Leibhaftige im Begriff, mir den Hals zu brechen; meine Schultern und Arme schienen aus den Gelenken gewunden zu werden, meine Hüften verbogen sich, meine Knie kehrten sich gegeneinander, mein Bauch höhlte sich aus, indes meine Rippen die Haut zersprengen zu wollen schienen; meine Zehen verkrampften sich, kein Fingerglied, das nicht phantastisch und klauenhaft verbogen gewesen wäre, und so, gleichsam auf eine höllische Folter gespannt, verharrte ich etwa zwei Dritteile einer Minute.

Ich war ohne Besinnung während dieses unter so harten Bedingungen überaus langwierigen Zeitraumes, zum wenigsten ohne Erinnerung an meine Umgebung und Zuschauerschaft, welche mir gegenwärtig zu halten die Strenge meines Zustandes mich völlig hinderte. Rauhe Zurufe drangen wie aus weiter Ferne an mein Ohr, ohne daß ich in der Lage gewesen wäre, ihnen Gehör zu schenken. Auf einem Stuhle mich wiederfindend, welchen der Oberstabsarzt unter mich zu schieben sich beeilt hatte, verschluckte ich mich heftig mit einigem wärmlich abgestandenen Leitungswasser, das dieser uniformierte Gelehrte mir einzuflößen bemüht war. Mehrere Kommissionsherren waren aufgesprungen und standen mit verstörten, empörten, auch angewiderten Gesichtern über den grünen Tisch gebeugt. Andere legten auf sanftere Art ihre Bestürzung über die gehabten Eindrücke an den Tag. Ich sah einen, der beide geschlossenen Hände an die Ohren gepreßt hielt und, wahrscheinlich vermöge einer Art von Ansteckung, sein eigenes Gesicht zur Grimasse verzogen hatte; einen anderen, der zwei Finger seiner Rechten gegen die Lippen drückte und außerordentlich geschwind mit den Lidern blinzelte. Was aber mich selbst betrifft, so hatte ich nicht so bald mit wiederhergestellter, wenn auch in natürlichem Grade erschrockener Miene um mich geblickt, als ich mich beeilte, eine Szene zu beendigen, die mir nicht ziemlich scheinen konnte, mich rasch und verwirrt vom Stuhle erhob und neben ihm militärische Haltung annahm, die freilich mit meiner rein menschlichen Verfassung wenig übereinstimmen wollte.

Der Oberstabsarzt war zurückgetreten, noch immer das Wasserglas in der Hand.

»Sind Sie bei Sinnen?« fragte er mit einer Mischung von Ärgerlichkeit und Teilnahme in der Stimme ...

»Zu Befehl, Herr Kriegsarzt«, erwiderte ich in dienstfertigem Tone.

»Und bewahren Sie eine Erinnerung an das eben Durchlebte?«

»Ich bitte«, war meine Erwiderung, »gehorsamst um Vergebung. Ich war einen Augenblick etwas zerstreut.«

Kurzes, gewissermaßen bitteres Lachen antwortete mir vom Sitzungstische her. Man wiederholte murmelnd das Wort »zerstreut«.

»Sie schienen allerdings nicht ganz bei der Sache zu sein«, sagte der Oberstabsarzt trocken. »Hatten Sie sich in erregtem Zustande hier eingefunden? Erwarteten Sie die Entscheidung über Ihre Dienstfähigkeit mit besonderer Spannung?«

»Ich gebe zu«, antwortete ich hierauf, »daß es mir eine große Enttäuschung gewesen wäre, abgewiesen zu werden, und ich wüßte nicht, wie ich meiner Mutter mit einem solchen Bescheid unter die Augen treten sollte. Sie sah früher zahlreiche Angehörige des Offizierskorps in ihrem Hause und bringt der Heeresorganisation die wärmste Bewunderung entgegen. Deswegen liegt es ihr besonders am Herzen, daß ich zum Dienste herangezogen werde, und sie verspricht sich davon nicht nur bedeutende Vorteile für meine Bildung, sondern namentlich auch eine wünschenswerte Kräftigung meiner zuweilen schwankenden Gesundheit.«

Er schien meine Worte zu verachten und keines Eingehens für würdig zu halten.

»Ausgemustert«, sagte er, indem er das Wasserglas auf das Tischchen stellte, dorthin, wo auch sein Handwerkszeug, Meterband, Hörrohr und Hämmerchen, lagen. »Die Kaserne ist keine Heilanstalt«, warf er noch über die Schulter gegen mich hin und wandte sich dann zu den Herren am Kommissionstisch.

»Der Gestellungspflichtige«, erklärte er mit dünnem Meckern, »leidet an epileptoiden Zufällen, sogenannten Äquivalenten, die hinreichen, seine Diensttauglichkeit unbedingt auszuschließen. Meiner Exploration zufolge liegt erbliche Belastung von seiten eines trunksüchtigen Vaters vor, der nach seinem wirtschaftlichen Zusammenbruch durch Selbstmord endete. Die Erscheinungen der sogenannten Aura waren in den freilich unbeholfenen Schilderungen des Patienten unverkennbar. Ferner stellen sich jene schweren Unlustgefühle, die ihn, wie wir hörten, zuweilen bettlägerig machen und welche der

Herr Kollege vom Zivil« (hier zeigte sich wieder ein hölzerner Spott um seine mageren Lippen) »im Sinne der sogenannten Migräne auslegen zu sollen glaubte, wissenschaftlich als Depressionszustände nach vorausgegangenem Anfall dar. Außerordentlich bezeichnend für die Natur des Leidens ist die Verschwiegenheit, die der Patient über seine Erfahrungen beobachtete; denn bei offenbar mitteilsamem Charakter hielt er sie geheim gegen jedermann, wie wir hörten. Es ist bemerkenswert, daß noch heute im Bewußtsein vieler Epileptiker etwas von der mystisch-religiösen Auffassung lebendig scheint, die das Altertum von dieser Nervenkrankheit hegte. Hierher kam der Gestellungspflichtige in aufgeregter und gespannter Verfassung. Schon seine exaltierte Redeweise machte mich stutzig. Auf nervöse Konstitution deutete sodann die äußerst unregelmäßige, wenn auch organisch tadellose Herztätigkeit und das habituelle Schulterzucken, das, wie es scheint, unbeherrschbar ist. Als besonders fesselndes Symptom möchte ich die geradezu erstaunliche Überfeinerung des Gehörsinnes ansprechen, die der Patient bei weiterer Untersuchung an den Tag legte. Ich stehe nicht an, diese übernormale Sinnesverschärfung mit dem beobachteten, ziemlich schweren Anfall in Zusammenhang zu bringen, der sich vielleicht seit Stunden vorbereitete und durch die Erregung, in welche den Patienten meine ihm unliebsamen Fragen versetzten, unmittelbar ausgelöst wurde. Ich empfehle Ihnen« – schloß er seine klare und gelehrte Übersicht, indem er sich lässig und von oben herab wieder zu mir wandte –, »sich in die Behandlung eines verständigen Arztes zu begeben. Sie sind ausgemustert.«

»Ausgemustert«, wiederholte die scharf näselnde Stimme, die ich kannte.

Entgeistert stand ich und regte mich nicht vom Fleck.

»Sie sind militärfrei und können gehen«, ließ sich nicht ohne Beimischung von Teilnahme und Wohlwollen jene Baßstimme hören, deren Besitzer mich feinsinnigerweise für einen Einjährigen gehalten hatte.

Da erhob ich mich auf die Zehenspitzen und sagte mit flehend emporgezogenen Brauen:

»Könnte denn nicht ein Versuch gemacht werden? Wäre es nicht möglich, daß das Soldatenleben meine Gesundheit kräftigte?«

Einige Herren am Kommissionstische lachten mit den Schultern, und der Oberstabsarzt blieb hart und unerbittlich.

»Ich wiederhole Ihnen«, warf er mir unhöflich vor die Füße hin, »daß die Kaserne keine Heilanstalt ist. Weggetreten!« meckerte er.

»Weggetreten!« wiederholte die scharf näselnde Stimme, und ein neuer Name ward aufgerufen. »Latte« lautete er, wie ich mich erinnere, denn nun war der Buchstabe L an der Reihe, und ein Strolch mit struppiger Brust erschien auf dem Plan. Ich aber verbeugte mich, ich zog mich in den Verschlag zurück, und während ich meine Kleider anlegte, leistete der assistierende Unteroffizier mir Gesellschaft.

Froh zwar, doch ernst gestimmt und ermattet durch so extreme und kaum noch im Bereiche des Menschlichen liegende Erfahrungen, denen ich mich leistend und leidend hingegeben; nachdenklich noch besonders über die bedeutenden Äußerungen, welche der Oberstabsarzt über das frühere Ansehen jener geheimnisvollen Krankheit getan hatte, als deren Träger er mich betrachten durfte, achtete ich kaum auf das vertrauliche Geschwätz, das der billig betreßte Unterbefehlshaber mit dem gewässerten Haar und dem aufgezwirbelten Schnurrbärtchen an mich richtete, und erst später erinnerte ich mich an seine einfachen Worte.

»Schade«, sagte er, indem er mir zusah; »schade um Sie, Krull, oder wie Sie sich schreiben! Sie sind ein properer Kerl, Sie hätten es zu was bringen können beim Militär. Das sieht man jedem gleich an, ob er es zu was bringen kann bei uns. Schade um Sie; Sie haben das Zeug auf den ersten Blick, Sie gäben gewiß einen feinen Soldaten ab. Und wer weiß, ob Sie nicht Feldwebel hätten werden können, wenn Sie kapituliert hätten!«

Nachträglich erst, wie gesagt, gelangte diese vertrauliche Ansprache in mein Bewußtsein, und während eilende Räder mich heimwärts trugen, dachte ich bei mir selbst, daß der Mensch wohl damit recht gehabt haben mochte; ja, wenn ich mir einbildete, wie vortrefflich, natürlich und überzeugend der Waffenrock mir angestanden haben würde, wie befriedigend, solange ich ihn getragen hätte, meine Person darin aufgegangen wäre: so wollte fast Bedauern mich anwandeln, daß ich den Zugang zu einer so kleidsamen Daseinsform, einer Welt, in welcher der Sinn für natürlichen Rang offenbar fein entwikkelt ist, vorsätzlich links hatte liegen lassen.

Reiferes Nachdenken freilich mußte mich zu der Einsicht führen, daß mein Eintritt in diese Welt dennoch einen groben Fehler und Irrtum bedeutet haben würde. War ich doch nicht im Zeichen des Mars geboren, – wenigstens nicht im besondern und wirklichen Sinn! Denn wenn freilich kriegerische Strenge, Selbstbeherrschung und Gefahr die hervorstechendsten Merkmale meines seltsamen Lebens bildeten, so beruhte es doch in erster Linie auf der Vor- und Grundbedingung der Freiheit, – einer Bedingung also, welche mit irgendwelcher Einspannung in ein plump tatsächliches Verhältnis schlechterdings unvereinbar gewesen wäre. Lebte ich folglich soldatisch, so wäre es doch ein tölpelhaftes Mißverständnis gewesen, wenn ich darum als Soldat leben zu sollen geglaubt hätte; ja, wenn es gälte, ein so erhabenes Gefühlsgut wie dasjenige der Freiheit für die Vernunft zu bestimmen und zuzurichten, so ließe sich sagen, daß dies eben: soldatisch, aber nicht als Soldat, figürlich, aber nicht wörtlich, daß im Gleichnis leben zu dürfen eigentlich Freiheit bedeute.

Vermischtes

Im Spiegel

Was ich, geehrte Redaktion, in Ihrem Spiegel erblicke, ist überraschend und anstößig, – ich gebe zu, daß es mir subjektiv nicht wenig behagt, bemerke aber ausdrücklich, daß ich es in einem höheren Sinne nicht zu billigen vermöchte.

Ich habe eine dunkle und schimpfliche Vergangenheit, so daß es mir außerordentlich peinlich ist, vor Ihrem Publikum davon zu sprechen. Erstens bin ich ein verkommener Gymnasiast. Nicht daß ich durchs Abiturientenexamen gefallen wäre, – es wäre Aufschneiderei, wollte ich das behaupten. Sondern ich bin überhaupt nicht bis Prima gelangt; ich war schon in Sekunda so alt wie der Westerwald. Faul, verstockt und voll liederlichen Hohns über das Ganze, verhaßt bei den Lehrern der altehrwürdigen Anstalt, ausgezeichneten Männern, die mir – mit vollem Recht, in voller Übereinstimmung mit aller Erfahrung, aller Wahrscheinlichkeit – den sicheren Untergang prophezeiten, und höchstens bei einigen Mitschülern auf Grund irgendeiner schwer bestimmbaren Überlegenheit in ungewissem Ansehen: so saß ich die Jahre ab, bis man mir endlich – ich war fast neunzehn – einzig um mich loszuwerden, den Berechtigungsschein zum einjährigen Militärdienst ausstellte.

Ich entwich damit nach München, wohin nach dem Tode meines Vaters, der Inhaber einer Getreidefirma und Senator in Lübeck gewesen war, meine Mutter ihren Wohnsitz verlegt hatte; und da ich immerhin Anstand nahm, mich sofort und offenkundig dem Müßiggang zu überlassen, so trat ich, das Wort »vorläufig« im Herzen, als Volontär in die Bureaus einer Feuerversicherungsgesellschaft ein. Statt aber bestrebt zu sein, mich in die Geschäfte einzuarbeiten, hielt ich es für gut, auf meinem Drehsessel verstohlenerweise an einer erdichteten Erzählung zu schreiben, einer mit Versen untermischten Liebesgeschichte, die ich dann in einer umstürzlerisch gesinnten Monatsschrift zum Abdruck gelangen ließ, und auf die ich mir wohl gar noch etwas zugute tat.

Ich verließ das Bureau, bevor man mich hinauswarf, gab an, Journalist werden zu wollen und hörte ein paar Semester lang an den münchener Hochschulen in buntem und unersprießlichem Durcheinander historische, volkswirtschaftliche und schönwissenschaftliche Vorlesungen. Plötzlich jedoch, wie ein rechter Vagabund, ließ ich alles liegen und ging ins Ausland, nach Rom, woselbst ich mich ein Jahr lang plan- und beschäftigungslos umhertrieb. Ich verbrachte meine Tage mit Schreiben und der Vertilgung jenes Lesestoffes, den man den belletristischen nennt und dem ein anständiger Mensch höchstens zur Zerstreuung in seinen Mußestunden sich zuwendet, – und meine Abende bei Punsch und Dominospiel. Ich besaß genau die Mittel, zu leben und unmäßig viele jener süßen Soldo-Zigaretten zu rauchen, die der italienische Staat verschleißt und denen ich damals bis zur Völlerei ergeben war.

Gebräunt, mager und in ziemlich abgerissenem Zustande nach München zurückgekehrt, sah ich mich endlich genötigt, von meinem Berechtigungsschein zum freiwilligen Dienst Gebrauch zu machen. Wenn man aber zu vernehmen hofft, daß ich mich auf militärischem Gebiet irgend tauglicher erwiesen hätte als auf anderen, so wird man enttäuscht werden. Schon nach einem Vierteljahr, noch vor Weihnachten, wurde ich mit schlichtem Abschied entlassen, da meine Füße sich nicht an jene ideale und männliche Gangart, die Parademarsch heißt, gewöhnen wollten und ich beständig mit Sehnenscheideentzündung daniederlag. Aber der Körper ist dem Geiste bis zu einem gewissen Grade unterworfen, und wenn die geringste Liebe zur Sache in mir gelebt hätte, so wäre das Leiden wohl zu bezwingen gewesen.

Genug, ich quittierte den Dienst und setzte in Zivilkleidern mein fahrlässiges Leben fort. Eine Zeitlang war ich Mitredakteur des »Simplizissimus«, – man sieht, ich sank von Stufe zu Stufe. Ich ging in das vierte Jahrzehnt meines Lebens.

Und nun? Und heute? Ich hocke verglasten Blicks und einen wollenen Schal um den Hals mit anderen verlorenen Gesellen in einer Anarchistenkneipe? Ich liege in der Gosse, wie mir's gebührte?

Nein. Glanz umgibt mich. Nichts gleicht meinem Glücke. Ich bin vermählt, ich habe eine außerordentlich schöne junge Frau, – eine Prinzessin von einer Frau, wenn man mir glauben will, deren Vater königlicher Universitätsprofessor ist und die ihrerseits das Abiturientenexamen gemacht hat, ohne deshalb auf mich herabzusehen, – sowie zwei blühende, zu den höchsten Hoffnungen berechtigende Kinder. Ich bin Herr einer großen Wohnung in feinster Lage mit elektrischem Licht und allem Komfort der Neuzeit, – ausgestattet mit den herrlichsten Möbeln, Teppichen und Kunstgemälden. Mein Hausstand ist reich bestellt, ich befehle drei stattlichen Dienstmädchen und einen schottischen Schäferhund, ich speise schon zum Morgentee Zuckerbrötchen und trage fast ausschließlich Lackstiefel. Was weiter? Ich unternehme Triumphreisen. Ich fahre in die Städte, eingeladen von schöngeistigen Gesellschaften, ich erscheine im Frack, und die Leute klatschen in die Hände, wenn ich nur auftrete. Ich war auch in meiner Vaterstadt. Der große Kasino-Saal war vollständig ausverkauft, man überreichte mir einen Lorbeerkranz, und meine Mitbürger applaudierten. Überall zieht man die Brauen empor, wenn mein Name genannt wird, Leutnants und junge Damen bitten mich in den ehrerbietigsten Worten um mein Autogramm, und wenn ich morgen einen Orden erhalte, so werde ich keine Miene verziehen.

Und wieso das alles? Wodurch? Wofür? Ich habe mich nicht geändert, nicht gebessert. Ich habe nur immer fortgefahren, zu treiben, was ich schon als Ultimus trieb, nämlich zu träumen, Dichterbücher zu lesen und selbst dergleichen herzustellen. Dafür sitze ich nun in der Herrlichkeit. Aber ist das der folgerichtige Lohn meines Wandels? Sähen die Wächter meiner Jugend mich in meiner Pracht, sie müßten irre werden an allem, woran sie geglaubt.

Diejenigen, die meine Schriften durchblättert haben, werden sich erinnern, daß ich der Lebensform des Künstlers, des Dichters stets mit dem äußersten Mißtrauen gegenüberstand. In der Tat wird mein Erstaunen über die Ehren, welche die Gesellschaft dieser Spezies erweist, niemals enden. Ich weiß, was ein Dichter ist, denn bestätigtermaßen bin ich selber einer. Ein Dichter ist, kurz gesagt, ein auf allen Gebieten ernsthafter Tätigkeit unbedingt unbrauchbarer, einzig auf Allotria bedachter, dem Staate nicht nur nicht nützlicher, sondern sogar aufsässig gesinnter Kumpan, der nicht einmal sonderliche Verstandesgaben zu besitzen braucht, sondern so langsamen und unscharfen Geistes sein mag, wie ich es immer gewesen bin, – übrigens ein innerlich kindischer, zur Ausschweifung geneigter und in jedem Betrachte anrüchiger Charlatan, der von der Gesellschaft nichts anderes sollte zu gewärtigen haben – und im Grunde auch nichts anderes gewärtigt – als stille Verachtung. Tatsache aber ist, daß die Gesellschaft diesem Menschenschlage die Möglichkeit gewährt, es in ihrer Mitte zu Ansehn und höchstem Wohlleben zu bringen.

Mir kann es recht sein; ich habe den Nutzen davon. Aber es ist nicht in der Ordnung. Es muß das Laster ermutigen und der Tugend ein Ärger sein.

München *Thomas Mann*

[Meine Arbeitsweise]

Ich habe niemals ein größeres Manuskript abgeschrieben oder abschreiben lassen, sondern immer die Urhandschrift in die Druckerei gehen lassen. Die Setzer sind gut damit fertig geworden, ohne Ausnahme.

Das Diktieren widerstrebt mir. Ich habe eine Zeitlang versucht, wenigstens meine Korrespondenz auf diese Weise zu erledigen, bin aber bald wieder davon abgekommen. Ich kann kein menschliches Medium brauchen.

Meine Arbeitszeit ist vormittags, morgens. Ich liebe das Wort Goethes: »Tag vor dem Tage, göttlich werde du verehrt! Denn aller Fleiß, der männlich-schätzenswerte, ist morgendlich.« Dennoch geschah es nicht ohne Bedauern, daß ich der Nachtarbeit, die ich als junger Mensch wohl übte, notgedrungen absagte.

Ich bin gewohnt, im Zimmer zu arbeiten. Offener Himmel, meine ich, zerstreut die Gedanken. Im Sommer brauche ich wenigstens die Decke einer Veranda, eines Gartenhauses über dem Kopf, ein Gehäuse, das, sozusagen, die Atmosphäre des Werkes schützt.

Sie fragen nach der Entstehungsart meiner Arbeiten. Ich täusche mich bei der Konzeption vor allen Dingen über den Umfang. »Buddenbrooks« war als Roman von 250 Seiten gedacht, »Der Tod in Venedig« als Simplizissimus-Novellchen, »Der Zauberberg«, der zwei dicke Bände bekommen hat, als kleines Satyrspiel dazu. Das Anschwellen der Komposition beruht auf einem doppelten Vorgang, einem Bohrungsprozeß und einem Ankristallisieren und Einbezogenwerden von außen. Der tiefste Grund mag das Begehren sein, mich jedesmal *ganz* zu geben. Ich empfinde mein Werk als fragmentarisch und unzulänglich. Die Verse Platens:

»Nie kann der Mensch, wieviel er auch vollende,
Wie kühn er sei, sich zeigen als ein Ganzes,
Und was er ausführt, gleicht es nicht am Ende
Zerstreuten Blumen eines großen Kranzes?«

haben mir immer sehr ans Herz gegriffen. Dieser Kampf um Vollständigkeit ist wahrscheinlich nichts anderes als Todesangst.

Zur jüdischen Frage

Sehr geehrter Herr Frisch!

Über den Gegenstand, zu dem Sie mir das Wort erteilen, ohne daß ich, geben Sie mir das zu, mich eigentlich gemeldet hätte, ist in Ihrem Augustheft schon so Kluges, Tiefdringendes, ja Entscheidendes gesagt worden, daß es mir sehr gewagt scheinen muß, mich auch meinerseits noch dazu vernehmen zu lassen. Eine rein persönliche Haltung wird das sicherste Mittel sein, mich vor Blamage zu schützen, – wie denn das Persönliche die Zuflucht derer ist, die die Unerschöpfbarkeit der Dinge recht lebhaft empfinden; dazu die natürlich gegebene Äußerungsform für eine gewisse abenteuernde Weltkindlichkeit, zu der ich mich wohl möchte bekennen dürfen und deren Sache es eher ist, zwischen den Fragen und mit ihnen zu leben, als druckfähige Antworten darauf bereit zu haben. Selbst zu dem Geständnis bin ich unter Freunden fähig, daß es mir von jeher näher lag, zu fragen: »Wie komme wohl ich durch die Welt?« als: »Welche Meinungen bilde ich mir über dieselbe?« Da aber ist nun sogleich die Sache die, daß eben die Schwierigkeit des Durch die Welt kommens einem Menschen wie mir durch das Judentum aufs höchste erleichtert wird, – dies in dem Grade, daß ein Aufgreifen und Vorweisen antisemitischer Meinungen (die ja, wie die Annonce sagt, »überall erhältlich« sind) meinerseits einer grotesken Undankbarkeit gleichzuachten wäre, einer Undankbarkeit kolossalischen Styles, wie sie allenfalls Richard Wagner zukam, aber doch mir nicht.

Es scheint mir also anständig, mich, zur Rede gestellt über das jüdische Problem, durch keinerlei »große Gesichtspunkte«, weder durch geistige Umwälzungen wie den Untergang des Liberalismus, noch durch verantwortungsvolle Erwägungen philosophisch-politischer, rassenbiologischer oder ähnlicher Art verwirren zu lassen, sondern mich an die Tatsachen meines Lebens zu halten, die judenfreundlich sind, wie es die Lebenstatsachen jedes Menschen, der auf nicht ganz gang und gäbe Art durch die Welt zu kommen geboren ist, nach redlicher Aussage immer sein werden.

Ich denke zurück, – schon meine frühesten Erinnerungen in Richtung auf das Phänomen des jüdischen Mitmenschen sind freundlich. Es waren da Schulkameraden ... ich kam vortrefflich mit ihnen aus, bevorzugte wohl gar ihren Umgang, instinktweise und ohne es mir bemerklich zu machen. In Quarta saß neben mir eine Weile ein Knäbchen Carlebach, Rabbinerssöhnchen, quick, wenn auch eben sehr reinlich nicht, dessen große, kluge, schwarze Augen mich freuten, und bei dem ich den Haar-Anwuchs hübscher fand, als bei uns anderen, die wir nicht nach der Biblischen Geschichtsstunde in die Klasse kamen. Auch hieß er Ephraim, ein Name, erfüllt von der Wüstenpoesie eben jener Stunde, von der seine Besonderheit ausgeschlossen war oder sich ausschloß, markanter und farbiger, wie mir schien, als Hans und Jürgen. Was ich aber dem kleinen Ephraim namentlich nicht vergesse, war die unglaubliche Geschicklichkeit, mit der er mir beim Verhör einzublasen verstand, seinerseits aus dem Buche lesend, das er hinter dem Rücken seines Vordermannes aufgeschlagen hielt.

Ein andermal in der Kindheit hielt ich es angelegentlich mit einem Knaben namens Fehér, Ungar von Geburt, einem Typus, prononciert bis zur Häßlichkeit, mit platter Nase und früh dunkelndem Schnurrbartschatten. Sein Vater betrieb ein kleines Schneidergeschäft in der Hafengegend; und da mein Elternhaus nur etwas oberhalb dieser Gegend stand, so legte ich oft den Heimweg gemeinsam mit Franz Fehér zurück, wobei er mir in seinem fremdartig schleppenden Dialekt, der mir interessanter ins Ohr lauten mochte, als unser gewöhnliches Wasserkantisch, von ungarischen Zirkusunternehmungen erzählte: nicht solchen, wie Schumann, der neulich im Reuterkruge gastiert hatte, sondern ganz kleinen, zigeunernden, deren sämtliche Mitglieder, Tier und Mensch, sich am Schlusse der Vorstellung, das Publikum salutierend, zur Pyramide aufbauen konnten. Es war amüsant, ich kann es versichern. Zudem zeigte Fehér sich erbötig, mir kleine Besorgungen und Geschäfte abzunehmen, die ich nicht auszuführen gewußt hätte, und für nur dreißig ihm eingehändigte Pfennige verschaffte er mir aus einem kleinen Kaufladen für Matrosen ein richtiges, wenn auch schlichtes und einklingiges Taschenmesser, das erste, das ich besaß. Das Anziehendste aber war, daß bei Fehérs Theater gespielt wurde, – wahrhaftig, Eltern, Kinder und Freunde der Kinder, wahrscheinlich ebenfalls »Israeliten«, waren mit Proben zum »Freischütz« beschäftigt, den sie als Schauspiel aufzuführen gedachten; und da ich die Oper gesehen, so brannte ich darauf, mich an dieser außerordentlichen Lustbarkeit als Jägerbursche zu beteiligen: als solcher erstens, weil die bedeutenden Rollen bereits vergeben waren, zweitens aber, weil es mich aufs äußerste verlangte, nach Art der Choristen des Stadttheaters mit einer Flinte dazustehen, die Hand bei gestrecktem Arme am oberen Lauf und den Kolben am Boden. Freilich würde die Jäger-Komparserie im gewöhnlichen Anzug erscheinen, denn nur für die Hauptpersonen konnte der alte Fehér Kostüme schneidern. Aber das nahm ich in Kauf, falls ich nur eine Flinte bekam, um mich gestreckten Armes darauf zu stützen, – weiß jedoch heute nicht mehr zu sagen oder erfuhr nicht, ob die Aufführung zustande kann. Teil an ihr hatte ich jedenfalls nicht, wahrscheinlich, weil bei aller Begierde Scheu des Herrensöhnchens, soziales Vorurteil mich hinderte, das Haus des jüdischen Schneiders am Fluß zu besuchen ...

Später dann, in Tertia, war Einer, mit dem der Schulhof mich ebenfalls oftmals kordial verbunden sah, – eines koscheren Schlächters Sohn und der lustigste Bursche von der Welt, ohne jegliche Spur des melancholischen Zuges, der diesem Volk durch seine Geschichte eingeprägt worden und der auch bei Carlebach und Fehér deutlich genug hervorgetreten war, mich auch wohl unbewußt angezogen hatte, – der lustigste Junge, sage ich, zutunlich, menschenfreundlich und ohne Arg, schlank übrigens, mager, so daß die Lippen das einzige Volle in seiner Erscheinung waren, und mit strahlenden Lächelfältchen an den äußeren Winkeln der mandelförmigen Augen. Sein Bild ist mir geblieben, weil in ihm mir zuerst der Typus des durchaus vergnügten Juden entgegentrat, der mir später noch öfter begegnet ist.

Sogar bin ich geneigt, zu glauben, daß heutzutage Vergnügtheit als Grundverfassung unter Juden häufiger ist, als unter Ur-Europäern, – Angelegenheit dies der Rassenfrische und einer neiderregenden Fähigkeit zum Lebensgenuß, die diese Menschen für manche etwa fortwirkende äußere Benachteiligung wohl entschädigen mag. – Der schon etwas taprige Rechenlehrer bezeichnete meinen heiteren Freund unverbrüchlich als »den Schüler Lissauer, obgleich er durchaus anders hieß, nämlich Goßlar; und nie vergesse ich das strahlend-nachsichtige Lächeln, mit dem Goßlar die Schwäche des Christengreises gelten und es sich behagen ließ, zweimal wöchentlich Lissauer zu heißen. »Wenn der Schüler Lissauer das Fazit hat«, krächzte der Alte, »so möge er es uns doch sagen.« Und mit unglaublicher, für meine lahmen Begriffe wirklich unfaßlicher Geschwindigkeit war Goßlar mit dem Fazit bei der Hand – ein Rechner ersten Ranges, der schnellste und sicherste, den ich je kannte. Mit dieser Disposition des Kopfes aber, die zur allgemeinen Helligkeit und Lustigkeit seines Wesens stimmte, entbehrte er keineswegs des Sinnes für minder scharfe Geistesbethätigungen, eine vielmehr so träumerische und dazu so irreguläre, wie das Versemachen, dem ich oblag. Denn für den linkischen Pomp der Balladen, die ich ihm mit wohlbegründetem Vertrauen insgeheim unterbreitete und von denen eine, mit der Zeile beginnend: »Tief in Romas finsterstem Gefängnis«, die Geschichte des Pätus und der Arna behandelte, zeigte er eine intelligente und vorurteilslose, wenn auch mit einiger Ironie gemischte Teilnahme, deren ich mich sonst auf dem weiten Klinkerhof nirgends, weder bei Mitgefangenen, noch gar bei den Oberen zu versehen hatte.

Aber beinahe so ist es fortgegangen! Kann ich dafür? Riemer, Goethes Verhältnis zum Judentum streifend, erklärt: »Auch waren die Gebildeten unter ihnen meist zuvorkommender und nachhaltiger in der Verehrung sowohl seiner Person wie seiner Schriften als viele seiner Glaubensgenossen. Sie zeigen überhaupt in der Regel mehr gefällige Aufmerksamkeit und schmeichelnde Teilnahme als ein Nationaldeutscher, und ihre schnelle Fassungsgabe, ihr penetranter Verstand, ihr eigentümlicher Witz machen sie zu einem sensibelern Publikum, als leider unter den zuweilen etwas langsam und schwer begreifenden Echt- und Ur-Deutschen angetroffen wird.« – Ich bitte tausendmal um Entschuldigung, aber das ist genauestens meine Erfahrung; und wo ist der irgend etwas bedeutende Künstler und Schriftsteller, der sie nicht mit mir teilte? Ich vergesse nicht, daß dem allerlei entgegensteht. Es ist im Laufe der Jahre zwischen meiner Natur und der jüdischen zu schlimmen Konflikten gekommen und mußte wohl dazu kommen. Wir haben einander böses Blut gemacht. Die boshaftesten Stilisierungen meines Wesens gingen von Juden aus; die giftig-witzigste Negation meiner Existenz kam mir von dort. Aber ein Jude war es ja auch, der gesagt hat, der Todestag Goethes sei der Geburtstag der deutschen Freiheit, und doch bleibt bestehen, was Riemer schrieb, es hat in großen wie kleinen Fällen und auch in meinem nicht aufgehört, sich zu bewähren. Juden haben mich »entdeckt«, Juden mich verlegt und propagiert, Juden haben mein unmögliches Theaterstück aufgeführt; ein Jude, der arme S. Lublinski, war es, der meinen »Buddenbrooks«, die anfangs doch nur mit saurer Miene begrüßt wurden, in einem linksliberalen Blatte prompt die Verheißung gab: »Dieses Buch wird wachsen mit der Zeit und noch von Generationen gelesen werden.« Und wenn ich in die Welt gehe, Städte bereise, so sind es, nicht nur in Wien und Berlin, fast ohne Ausnahme Juden, die mich empfangen, herbergen, speisen und hätscheln.

Kann ich es ändern? – Ich frage aber weiter: Muß ihre »gefällige Aufmerksamkeit und schmeichelnde Teilnahme« mir nicht mehr als belanglose Nerven-Wohltat bedeuten? Hat sie nicht sachliches Gewicht, und bietet sie mir nicht irgendwie eine wirkliche Gewähr meines Wertes? Denn es ist ja nun einmal so und kann nicht geleugnet werden, daß, was in Deutschland nur den Echt- und Urdeutschen behagt, von den Juden aber verschmäht wird, kulturell nicht recht in Betracht kommen will, – während es doch durchaus nicht so liegt, daß etwa die Juden ausschließlich oder auch nur vorzugsweise das ihnen Verwandte stützten und förderten. Kerr wird niemals Carl Sternheim lieben und feiern, wie er Hauptmann liebt und feiert, und das nationale Piedestal, auf dem dieser heute steht, ist von Juden errichtet worden. Darum ist denn kein Irrtum törichter, als der, zu meinen, was den Juden gefalle, müsse jüdisch sein, wie es der völkische Professor Bartels beharrlich meint. Tatsache scheint vielmehr, daß nur das Deutsche, das auch den Juden gefällt, als höheres Deutschtum in Betracht kommt, während umgekehrt die echtstämmigen Bourgeoisien Europas schlechtes jüdisches Wesen, als da war: Meyerbeer, Offenbach und Blumenthal, sich öfters nur zu gut haben gefallen lassen.

Da ich Adolf Bartels nannte ... Die Hypothese, mein Bruder und ich seien Juden, hat dieser Forscher, soviel ich sehe, fallen lassen. Immerhin erklärt er in seinem neuesten literarischen Handbuche, ich hätte mich während des Krieges zwar, in den »Betrachtungen eines Unpolitischen«, zum Deutschtum bekannt, offen gestanden aber glaube er, Bartels, mir mein Deutschtum nicht recht. Ich weiß, warum, und werde mich dran gewöhnen müssen. Bleibt es aber dabei, daß man völkische Professoren auch durch ein deutsches Bekenntnis nicht versöhnt, falls es Geist hat, während man es mit den Juden selbst durch die äußerste Störrigkeit in Sachen der radikalen Demokratie nicht verdirbt, falls diese Störrigkeit eben nur Geist hat, – dann möge man doch ein Einsehen haben und keine antisemitischen Meinungen von mir verlangen!

Mit Vorstehendem ist auf die schwierige Mittelstellung zwischen Deutschtum und europäischem Intellektualismus angespielt, die ich während des Krieges mir als mein Schicksal bewußt zu machen hatte, und an der sich mein Abenteurertum bewährt. Denn man ist Abenteurer damit, daß jedes Schicksal einem recht ist, wenn es nur überhaupt eines ist; und so steht es mit mir. Auch mein Verhältnis zum Judentum war von jeher abenteurerhaft weltkindlich: ich sah darin eine pittoreske Tatsache, geeignet, die Farbigkeit der Welt zu erhöhen. Klingt das allein unverantwortlich ästhetizistisch, so darf ich hinzufügen, daß ich auch ein ethisches Symbol darin sah, eines jener Symbole der Ausnahme und der hohen Erschwerung, nach denen man mich als Dichter des öfteren auf der Suche fand. Ein Arzt mit dem »unsympathischen« Namen Sammet sagt irgendwo bei mir: »Kein gleichstellendes Prinzip, wenn ich mir diese Bemerkung erlauben darf, wird je verhindern können, daß sich inmitten des gemeinsamen Lebens Ausnahmen und Sonderformen erhalten, die in einem erhabenen oder anrüchigen Sinn vor der bürgerlichen Norm ausgezeichnet sind. Der Einzelne wird gut tun, nicht nach der Art seiner Sonderstellung zu fragen, sondern in der Auszeichnung das Wesentliche zu sehen und jedenfalls eine außerordentliche Verpflichtung daraus abzuleiten. Man ist gegen die regelrechte und darum bequeme Mehrzahl nicht im Nachteil, sondern im Vorteil, wenn man eine Veranlassung mehr, als sie, zu ungewöhnlichen Leistungen hat.« Das ist Romantik, ich gebe es zu. Aber die Auffassung des Judentums als einer aristokratisch-romantischen Tatsache, *ähnlich dem Deutschtum*, war nun einmal früh schon nach meinem Sinn, und am wenigsten angenehm waren mir immer jene Dissimulanten und Verdrängungskünstler unter den Juden, die bereits in der Tatsache, daß jemand ein so markantes Phänomen wie das jüdische nicht geradezu übersieht und aus der Welt leugnet, Antisemitismus erblicken.

Einmal habe ich eine ganze Judengeschichte geschrieben, desselben Sinnes, – die Novelle eines wild verzweifelten Zwillingspaares und seiner Gefühlsverwirrung aus Üppigkeit, Einsamkeit und Haß ... Wälsungenblut! Es kommt darin die anspielungsreiche Beschreibung einer Aufführung von Wagners »Walküre« vor, und wenn gelegentlich von dem »verhaßten, respektlosen und gotterwählten Geschlecht« die Rede ist, das im Schoß des geretteten Weibes »zähe fortkeimt«, und aus welchem ein Zwillingspaar, den plump-regelrechten Gatten betrügend, »seine Not und sein Leid zu so freier Wonne vereint«, so ist auch das Verwirrung: des Lesers nämlich, der nicht mehr weiß, von welchem Geschlechte denn eigentlich die Rede ist. Thomas Theodor Heine hat das Buch illustriert, – eine Verbindung, die man in Weimar als bedeutungsvoll notiert haben wird. Aber, du großer Gott, was kommen denn auch in meinem Leben nicht alles für Verbindungen vor!

Denn ein andermal wieder bin ich anläßlich des jüdischen Motivs ja sogar in Verse verfallen.

»Wie in Venedig zuerst, in Traumgenügen und Wonne,
So noch einmal wallte das Herz mir, zehn Jahre später – – –
– –
Märchenosten! Traum von Morgenland! Damals, mein Schützling,
Als ich, jugendlich willig zum Rausch, auf der süßen Gestalt liess
Ruhen mein Auge, da fiel Dir das Loos, es rief Dich die Stimme
In die Zeit ...«

Die Hexameter schickte ich Ihnen schon einmal. Sie sind anerkannt schlecht, aber schön sind sie doch, – wenn auch außerdem zynisch in ihrer abenteurerhaft unverantwortlichen Verleugnung aller großen Gesichtspunkte, wie zum Beispiel des rassenpolitischen. Allein was verlangt man! Des gemischtesten Volkes Sohn, bin ich selber Mischling noch einmal, lateinischen Geblütes zu einem Vierteil; Mittelalterlich-Deutsch-Bürgerliches, das entzückt erwachte, als ich jetzt eben die Türme meiner Totentanz-Heimat festlicher Weise wiedersah, kreuzt sich in mir mit minder Würdigem, Modern-Demokratischem, den Instinkten des psychologisierenden Allerwelts-Romanciers. Was verschlägt es, daß meine Kinder nun auch noch einen goldnen Kuppel-Traum von Märchen-Osten und Morgenland im Blute hegen? Mögen sie als unvollkommene Versuchsexemplare jener »eurasisch-negroiden Zukunftsrasse«, von der die Literaten träumen, auf dem Wege des Fortschritts wandeln ...

Dieser Weg ist nicht völlig der meine, wie ich auf sechshundert Seiten auseinanderzusetzen suchte: doch wäre es unwahrhaftig, nähme ich die Gelegenheit nicht wahr, zu erklären, daß die kulturelle Reaktion, in der wir stehen, und von der der Hakenkreuz-Unfug ein plump populärer Ausdruck ist, meinen Bedürfnissen wenig entgegenkommt. Einer solchen Reaktion haben unsere ententegläubigen Kriegssaboteurs sich von einem deutschen Waffensiege versehen, aber nach dem triumphalsten noch hätte Roheit nicht ärger ins Kraut schießen können, als sie es unter gegenteiligen Umständen getan, und wenn es jedenfalls so kommen mußte, so hätten wir doch lieber gleich siegen sollen! Niemand hat unter dem moralischen Zusammenbruch von 1918, dem schaurig-radikalen Irrewerden des Deutschtums an sich selbst, der allgemeinen Waffenstreckung vor der Lügenideologie des westlichen Rhetor-Bourgeois qualvoller gelitten, als ich. Mein ganzes Herz gehört der Jugend, die heute, entschlossen, weder »Rom« noch »Moskau« als ihre Wahrheit und Wirklichkeit anzuerkennen, zwischen Ost und West das Deutsche sucht. Wenn es aber wahr ist, daß Münchner Studenten Gastvorlesungen eines großen Gelehrten, des »neuen Newton«, wie englische Liberalität ihn genannt hat, hintertrieben haben, weil dieser Mann erstens ein Jude ist und weil er zweitens, beheimatet in Sphären höchster und reinster Abstraktion, den pazifistischen Ausgleich der Völker befürwortet hat, – so ist das eine entsetzliche Schande, und ich begehre, wie es beim alten Claudius heißt, »nicht schuld daran zu sein«.

Ein Volk, das Unrecht leidet, sollte in seinem Innern mit der Gerechtigkeit auf besonders guten Fuß zu kommen suchen. Aber in dem antisemitischen Treiben und Beschuldigen ist keine Spur von Gerechtigkeit. Wer hat im Kriege und nachher bräver gewuchert und gescheffelt als der stämmige Bauersmann? Waren etwa und sind die Greuel der Konjunktur-Ausbeutung, der volksverräterischen Schieberei und Bereicherungswut ein Vorrecht der Artfremdheit? Man sollte sich schämen! Wer will den Ursprung des Weltelends datieren, wer sagen, wo die Sackgasse begann, an deren dunklem Ende wir tasten und wimmern? Die religiöse Spaltung Europas, Revolution, Demokratie, Nationalismus, Internationalismus, Militarismus, Dampfmaschine, Industrie, Fortschritt, Kapitalismus, Sozialismus, Materialismus, Imperialismus, – die Juden waren nur Weggenossen, Mitschuldige, Mitopfer ... Nein, sie waren des öfteren Führer, dank ihren Geistesgaben, dank aber namentlich dem Umstande, daß sie das Neue immer und unbedingt für gut halten mußten, da ein Neues, die Revolution, ihnen Freiheit gebracht hatte. Die Geschichte vom Sündenbock ist eine alte, tiefsinnige Geschichte, auf welche die Deutschen sich verstehen sollten. Trägt man der Welt Sünde, so zeugt es von wenig Stolz, partout wieder einen anderen in eine weitere Wüste schicken zu wollen.

Die Juden haben, wie Goethe sagt, als Volk »nie viel getaugt«, was schon die liebe Not beweist, die ihre Propheten beständig mit ihnen hatten. Ihr typischer Charakter hat seine Unannehmlichkeiten, er hat sogar seine Gefährlichkeit, – welcher Volkscharakter wiese übrigens nicht dergleichen auf? Jedes einzelne der europäischen Völker ist auf seine besondere Art dem Erdteil zum Verhängnis geworden. Die Juden aber zeichnet eines aus, was sie, man muß es sagen, unter Deutschen »artfremder« erscheinen läßt, als ihre Nase: Es ist ihre eingeborene Liebe zum Geist, – diese Liebe, die sie gewiss nicht selten zu Führern auf dem Sündenwege der Menschheit gemacht hat, die ihnen aber die nicht Gang und gäben, die Leidend-Hochbedürftigen, die Künstler, die Dichter und Schriftsteller, immer zu Schuldnern und Freunden machen wird. Von Dostojewski sagt Strachow, sein Biograph: »Denn er liebte die Literatur, und diese Liebe war der wichtigste Grund, weshalb er nicht sogleich zu den Slawophilen überging. Er empfand doch lebhaft die Feindseligkeit, mit der sich dieselben von jeher ihren Prinzipien gemäß zur zeitgenössischen Literatur verhielten.« Muß Konservativismus immer die Sache der Höhlenmenschen, der geistfeindlichen Roheit sein? Oft denkt man, es wäre nicht nötig. In mir ist vieles, was mich zum erhaltenden Deutschtum zieht ... Ihre Liebe zum Geist, ihre habituelle Freundwilligkeit für alles Zarte, Kühne, Feine und Freie wird mich den Juden immer verbinden.

Da habe ich wieder einmal »Rede und Antwort« gestanden. Darf ich mich setzen?

Ihr sehr ergebener
Thomas Mann

Zu Wagners Verteidigung

Sir:
Ich bin Ihnen sehr dankbar für die freundliche Zusendung der November-Ausgabe Ihrer Zeitschrift, die den Artikel von Peter Viereck, ›Hitler und Richard Wagner‹, enthält. Sie nehmen an, daß ich als eingestandener Bewunderer der Kunst Richard Wagners gegen diesen Aufsatz viel einzuwenden haben und gestimmt sein müsse, gegen ihn zu protestieren. Ich muß Sie enttäuschen. Das ist nicht der Fall. Ich habe Herrn Vierecks Arbeit mit fast unausgesetzter Zustimmung gelesen und halte sie für außerordentlich verdienstvoll. Zum ersten Mal, soviel ich sehe, in Amerika, erfahren hier diese verzwickten und peinlichen Verhältnisse, die Beziehungen, welche unbestreitbar zwischen der Wagner'schen Sphäre und dem nationalsozialistischen Unheil bestehen, eine scharfe und unerbittliche Analyse, die vieler sentimentalen Ahnungslosigkeit den Garaus machen wird. Die Bestürzung, Verwirrung und Desillusionierung, die sie in manchen gutgläubigen Köpfen und Herzen anrichten mag, ist keine andere, als die, welche die Erkenntnis überhaupt zunächst erregt, und muß in den Kauf genommen werden um des Dienstes willen, der der Wahrheit damit erwiesen wird.

Ich kann das bittere Gelächter nur zu wohl verstehen, das Ihren Mitarbeiter ankam, als er bei jenem fashionablen Wagner-Konzert den Sprecher festlich unterscheiden hörte zwischen dem Deutschland Hitlers und dem Deutschland Wagners, welches nämlich ein Deutschland der freien Kunst, der rassischen Duldsamkeit und der Demokratie sei. Freie Kunst – das lasse ich mir noch gefallen. Sie waren in der Tat sehr freie Kunst, diese gefühlvoll-intellektuellen Meisterwerke eines musikalisch-dramatischen Histrionengenies, die da in einer noch klassisch-humanistisch gestimmten Welt ihren von empörtem Widerspruch und Hohngelächter umbrandeten Siegeszug antraten, und es ist ganz gewiß, daß man Wagner zu seiner Zeit, hätte es das Wort schon gegeben, einen Kultur-Bolschewisten genannt haben würde. Aber rassische Duldsamkeit? Demokratie? Da sieht es böse aus. Nietzsche hatte mit Wagner noch nicht öffentlich gebrochen, und er hielt sich wohl selbst noch für seinen Anhänger, als er sich schon notierte: »›Meistersinger‹ – *gegen die Civilisation.* Das Deutsche gegen das Französische.« Das ist noch nicht Polemik, nur Feststellung. Aber eine Art von Übergang von rein kritischer Erkenntnis zur Absage an Wagners Deutschtum ist es bereits, und es läßt die Tatsache sinnvoll erscheinen, daß es den ›Meistersingern‹ bestimmt war, zur Lieblingsoper unseres armen Herrn Hitler zu werden.

Wenn zweien dasselbe gefällt und einer davon ist minderwertig ist es dann auch der Gegenstand? Man lese das unvergleichliche Stück Prosa, das Nietzsche dem ›Meistersinger‹-Vorspiel gewidmet hat. Man lese wieder die berühmte Seite im ›Ecce homo‹ über den ›Tristan‹. Einer der frühesten Wagnerianer war Baudelaire. Wen er, neben dem Autor des ›Lohengrin‹, besonders liebte, war Edgar Allan Poe. Die Zusammenstellung, befremdlich bis zur Unfaßbarkeit für deutsche Ohren (wenn »deutsch« denn ein Synonym für kompletten Psychologiemangel ist), zeigt, wer und was Wagner eigentlich war – abgesehen davon, daß er ein »deutscher Meister« und »gegen die Civilisation« war: nämlich ein europäischer Künstler von ausgepichtestem Raffinement, ein mit allen Wassern romantischer Verführung gewaschener Tröster, Beglücker, Bezauberer leidender und vielerfahrener Seelen, dessen Produktion nicht zufällig eine Weltwirkung geübt hat, wie sie keinem Deutschen hohen Ranges sonst je beschieden gewesen ist: der Schöpfer der überwältigendsten dramatischen Vision und Schaustellung, die das moderne Abendland zu bieten hat, ein genau so kluger wie seelenvoll-sinniger Regisseur des Mythos, dessen unbändiger Begeisterungsdrang alle emotionellen Elemente seines Jahrhunderts, das revolutionär-demokratische sowohl wie das nationalistische, in sein Wirkungssystem einbezog, wie das später d'Annunzio in viel kleinerem Maßstabe nachgeahmt hat.

Nietzsche hat von der »doppelten Optik« gesprochen, von der

Wagners Riesentalent bestimmt sei, seinem Ehrgeiz, zugleich die Gröbsten und die Feinsten zu gewinnen. Es ist ihm gelungen, und die Folge ist ein gewisses Unbehagen, das ein Teil seiner Bewunderer in Gesellschaft des anderen Teiles empfindet. Eine weitere Folge der ambitiösen Zweideutigkeit dieser Kunst ist eine ebensolche Zweideutigkeit aller höheren Kritik, deren Gegenstand sie ist: einer solchen wird immer etwas Zwiespältiges und leidenschaftlich Ironisches anhaften, sie wird sich aus Hingerissenheit und Mißtrauen eigentümlich zusammensetzen und an jene Liebe der Philosophie zum »Leben« erinnern, von der Nietzsche sagt, daß sie die Liebe zu einem Weibe sei, das »uns Zweifel macht«.

Wagner ist eines der schwierigsten, das psychologische Gewissen am tiefsten herausfordernden, darum aber auch eines der faszinierendsten Vorkommnisse der Kunst- und Geistesgeschichte, – und was mich etwas betroffen macht, ist, daß Herr Viereck, in seinem vorzüglichen Artikel, den Anschein erweckt, als hätte ich mich recht stumpf erwiesen vor der Bedenklichkeit des Phänomens und zu der simplistischen Auffassung beigetragen, Wagner sei ein eindeutiger Vertreter des »guten Deutschland« im Gegensatz zu dem bösen des Herrn Hitler. Er führt an, was ich in einem Vortrage über Wagners kunstphilosophische Elaborate gesagt habe – führt es nicht ganz richtig, oder doch nicht vollständig an. Ich habe gesagt, Wagners Aufsätze seien Künstlerschriften von erstaunlichem Scharfsinn, die aber den Charakter der Propaganda pro domo trügen und mit eigentlicher großer Essayistik nichts zu tun hätten. Über das Deutsch, in dem diese »Künstlerschriften« abgefaßt sind, und das, rein als Prosa genommen und von allem Inhalt ganz abgesehen, zweifellos etwas stark Nationalsozialistisches hat, habe ich damals aus Zartgefühl geschwiegen. Schließlich handelte es ich um eine Festrede, die ausländische Gesellschaften, Amsterdam, Paris, zum 50. Todestage Richard Wagners von mir gefordert hatten. Aber Herr Viereck vergißt oder weiß nicht, daß es genau diese Festrede vom Jahre 33 war, die den Ausschlag für meine Emigration oder, richtiger gesagt, meine Nicht-Rückkehr nach Deutschland gab, da ihre Begeisterung von einer Gebrochenheit war, welche die Nazis in blinde Wut versetzt hatte. Diesem Getier ist die Nuance, was dem Stiere das rote Tuch. Aber die Nuance ist es nun gerade, was bei jeder Unterhaltung über Wagner das Allerunentbehrlichste bleibt.

Darf ich sagen, daß ich in Herrn Vierecks einsichtsreicher Wagner-Charakteristik die Nuance ein wenig vermisse? Ich meine die Nuance der Liebe, der leidenschaftlichen persönlichen Erfahrenheit in dieser schließlich doch über alle Maßen begabten und bewundernswerten Kunst? Wagner hat in naivem Staunen von seinen Werken als von »Wunderwerken« gesprochen. Schließlich – es ist das richtige Wort. Keine Bezeichnung paßt besser auf diese beispiellosen Manifestationen, und auf nichts sonst in der Geschichte künstlerischer Hervorbringung paßt sie besser, – möge auch, von uns aus, nicht einmal etwas unbedingt Höchstes damit gesagt und gemeint sein. Wir wären garnicht so sehr versucht, anderes teure und unentbehrliche Kultur- und Seelengut, den ›Hamlet‹ etwa, die ›Iphigenie‹ oder auch die IX. Symphonie, als »Wunderwerke« zu bezeichnen. Aber die ›Tristan‹-Partitur – namentlich in ihrer seelisch kaum faßbaren und fast vexatorischen Nachbarschaft mit den ›Meistersingern‹ – und dies beides wieder als bloße Erholung von dem minutiösen Riesengedankenbau des ›Ringes‹ genommen – das ist Wunderwerk. Es ist das Werk einer wahren Eruption von Talent und Genie, das zugleich tief ernste und berückende Werk eines ebenso seelenvollen wie vor Klugheit trunkenen Zauberers.

Es ist ein vollkommen einmaliger und – man muß das immer wieder einräumen – geistig höchst kritisierbarer Fall, diese Kombination von Dichter- und Musikertum, bei der notwendig beide Qualitäten etwas von der Reinheit ihres Charakters einbüßen und zu etwas anderem werden, als was sie gewöhnlich, in großen und kleinen Fällen, sind. Wagner war Musiker als Dichter und Dichter als Musiker; sein Verhältnis zur Dichtung war das des Musikers, sodaß seine Sprache durch die Musik in einen Primitiv-Zustand zurückgezwungen wurde und seine Dramen ohne Musik nur halbe Dichtungen waren; und sein Verhältnis zur Musik war nicht rein musikalisch, sondern dichterisch auf die Weise, daß das Geistige, die Symbolik der Musik, ihr Bedeutungsreiz und Beziehungszauber dies Verhältnis entscheidend bestimmt. Aus dieser ins absolut Großartige gesteigerten Zwitterbegabung erwuchs der ›Ring des Nibelungen‹ ein Produkt sui generis, ein scheinbar aus aller Modernität tretendes und doch nach der Verfeinerung, Bewußtheit und entwickelten Spätheit seiner Mittel extrem modernes Werk, primitiv nach seinem Pathos und seinem romantisch-revolutionären Willen: ein mit Musik und weissagender Natur verwachsenes Weltgedicht, worin die Ur-Elemente des Daseins agieren, Tag und Nacht Zwiesprache halten, mythische Grundtypen der Menschheit, die Lichten und Goldhaarig-Frohgemuten und die im Haß, Gram und Aufruhr Brütenden sich in tiefsinniger Märchenhandlung begegnen. Das Ungeheuere daran ist ein epischer Radikalismus, für den ich die Begeisterung nie verlernen werde: dieser Radikalismus des *Anfangens*, dieses Zurückgehen zum Ursprung und Erzbeginn aller Dinge, der Urzelle, dem ersten Contra-Es des Vorspieles vom Vorspiel, diese Besessenheit, eine musikalische Kosmogonie; ja einen musikalischen Kosmos selbst zu erbauen und mit tiefsinnig organischem *Bios* zu begaben, – das tönende Schaugedicht von der Welt Anfang und Ende. Man nenne die Mischung aus Dichter- und Musikertum charlatanesk und unrein – sie ist es, ich gebe es zu. Es gibt Fälle, bei denen man alles mögliche zugeben mag, und es bleibt immer etwas Überwältigendes zurück. Parallelismus von dichterischer Dingwelt und Musik macht den epischen Anfang der Welt zugleich zum Anfang der Musik: ihr Mythos ist verwoben mit demjenigen der Welt, und vor unseren Sinnen erwächst eine mythische Philosophie und ein Schöpfungspoem der Musik, vollzieht sich ihre Entfaltung zu einer reichgefügten Symbolwelt aus dem Es-dur-Dreiklang der strömenden Rheinestiefe.

Es handelt sich um ein ungeheuer und exemplarisch deutsches Werk – eine beunruhigende Feststellung, wenn man der von Herrn Viereck aufgedeckten Beziehungen gedenkt. Sie führt zu Identifikationen, an deren Ableugnung uns heute alles gelegen sein müßte. Aber die Wahrheit ist: nur aus deutschem Geist konnte dies Werk kommen. Vielleicht – nicht sicher – hat jüdisches Blut Anteil daran: gewisse Eigenschaften dieser Kunst, ihre Sinnlichkeit und ihre Intellektualität sprechen dafür. Aber deutsch ist sie vor allem und im höchsten Grade. Sie ist der deutsche Beitrag zur Monumental-Kunst des 19. Jahrhunderts, die bei anderen Nationen vorzüglich in der Gestalt der großen sozialen Romandichtung erscheint. Dickens, Thackeray, Tolstoi, Dostojewsky, Balzac, Zola – ihre mit demselben Hang zur moralistischen Größe getürmten Werke sind *europäisches* Neunzehntes Jahrhundert, literarisch-gesellschaftskritische, soziale Welt. Der deutsche Beitrag, die deutsche Erscheinungsform dieser Größe weiß vom Gesellschaftlichen nichts und will nichts davon wissen; denn das Gesellschaftliche ist nicht musikalisch und überhaupt nicht kunstfähig. Kunstfähig ist allein das Mythisch-Rein-Menschliche, die unhistorisch-zeitlose Urpoesie der Natur und des Herzens: so will es der deutsche Geist; es ist sein Instinkt, lange vor jeder bewußten Entscheidung. Mit dem symbolischen Naturalismus der Rougon-Macquart-Serie etwa hat der ›Ring des Nibelungen‹ alles mögliche Zeitpsychologische gemeinsam. Aber der wesentliche und typische nationale Unterschied ist der Gesellschaftsgeist des französischen, der mythisch-urpoetische Geist des deutschen Werkes. Die alte, verwickelte Frage »Was ist deutsch?« findet vielleicht mit der Feststellung dieses Unterschieds ihre bündigste Beantwortung. Der deutsche Geist ist sozial und politisch wesentlich uninteressiert; im Tiefsten ist diese Sphäre ihm fremd. Seine Leistungen erlauben nicht, diese Tatsache rein negativ zu werten. Und doch kann man hier von einem Vakuum, einem Manko und Ausfall sprechen, und es ist wahr, daß in ausgesprochen sozialer und politischer Zeit, wie der unsrigen, dieser oft so fruchtbare Ausfall einen verhängnisvollen, ja katastrophalen Charakter annimmt: angesichts zeitlicher Probleme führt er zu Lösungsversuchen, die arge Ausweichungen sind und das Gepräge mythischer Surrogate für das wirklich Soziale tragen. Aber damit sind wir beim National-Sozialismus.

National-Sozialismus heißt: »Ich will überhaupt das Soziale nicht, ich will das Volksmärchen.« Er ist damit, versteht sich, auf seine allermildeste, allergeistigste Formel gebracht. Daß er außerdem, realiter, eine schmutzige Barbarei ist, kommt daher, daß im politischen Bereich das Märchen zur *Lüge* wird.

National-Sozialismus, in all seiner unsäglichen empirischen Gemeinheit, ist die tragische Konsequenz der mythischen Politikfremdheit des deutschen Geistes. – Sie sehen, ich gehe ein wenig weiter als Herr Viereck. Ich finde das nazistische Element nicht nur in Wagners fragwürdiger »Literatur«, ich finde es auch in seiner »Musik«, in seinem ebenso, wenn auch in einem erhabeneren Sinne, fragwürdigen Werk, – ob ich es gleich so geliebt habe, daß ich noch heute, wenn irgend ein abgerissener Klang aus dieser Beziehungswelt mein Ohr trifft, erschüttert aufhorche. Die Begeisterung, die es erzeugt, das Gefühl von Herrlichkeit, das uns so oft davor erfaßt und das nur mit Gefühlen zu vergleichen ist, die die größte Natur, Hochgebirgsgipfel im Abendschein, das brandende Meer in uns erregt, darf nicht vergessen machen, daß dieses Werk, welches »gegen die Civilisation«, gegen die ganze Kultur und Bildung gerichtet und gedichtet ist, wie sie seit der Renaissance herrschend gewesen war, aus der bürgerlich-humanistischen Epoche auf dieselbe Art und Weise heraustritt wie der Hitlerismus; daß es mit seinem Wagalaweia und seiner Stabreimerei, seiner Mischung aus Urtümlichkeit und Zukünftigkeit, seinem Appell an eine klassenlose Volklichkeit, seinem mythisch-reaktionären Revolutionarismus die genaue geistige Vorform der »metapolitischen« Bewegung ist, die heute den Schrecken der Welt bildet, und die geschlagen werden muß, wenn es zu einer wirklichen gesellschaftlichen Neuordnung in Europa kommen soll.

Machen wir uns nichts vor. Der National-Sozialismus muß geschlagen werden, das heißt praktisch heute leider: Deutschland muß geschlagen werden. Es meint das aber, in einem sehr bestimmten Sinn, auch geistig. Denn es gibt nur *ein* Deutschland, nicht zwei, nicht ein böses und ein gutes, und Hitler, in all seiner Elendigkeit, ist kein Zufall: nie wäre er möglich geworden ohne psychologische Vorbedingungen, die tiefer zu suchen sind, als in Inflation, Arbeitslosigkeit, kapitalistischer Spekulation und politischer Intrige. Aber wahr ist, daß Völker nicht immer dasselbe Gesicht bieten, und daß es auf Zeit und Umstände ankommt, wie ihre konstanten Eigenschaften sich ausnehmen. Deutschland nimmt sich heute fürchterlich aus. Es ist die Qual der Welt, – nicht weil es »böse«, sondern gerade weil es zugleich auch »gut« ist, eine Tatsache, auf die der angelsächsische Humor sich sehr wohl versteht, wenn er durch den Mund des vortrefflichen Harold Nicolson feststellt: »The German character is one of the finest but most inconvenient developments of human nature!«

Deutschland muß geschlagen werden, das heißt: es muß genötigt werden, alles, was auch sein eigener Traditionsfundus aus früheren Jahrhunderten an gesellschaftsfreundlichen Elementen birgt, zu reaktivieren, um fähig zu sein, sich in die europäische Konföderation, die Staatengesellschaft einzufügen, für die Europa reif ist, und die von jedem Volke Opfer an staatlicher Souveränität und nationalem Egoismus verlangen wird. Dieser Krieg wird zu Deutschlands Gunsten geführt – im Augenblick wäre es wohl zuviel verlangt, daß Deutschland das einsähe. Er wird geführt zur Herstellung eines Zustandes, welcher Deutschland vom Fluche der Machtpolitik befreit, unter dem es verdirbt wie kein anderes Volk; für ein befriedetes, ein entpolitisiertes Europa, in dessen Atmosphäre allein Deutschland groß und glücklich sein kann, weil sie seinen Werken die politische Unschuld und der Bewunderung dafür das gute Gewissen zurückgibt, sodaß sie nicht länger seufzen muß: Es ist groß, es ist herrlich, aber es ist »gegen die Civilisation«.

Ihr sehr ergebener
Thomas Mann

Bruder Hitler

Ohne die entsetzlichen Opfer, welche unausgesetzt dem fatalen Seelenleben dieses Menschen fallen, ohne die umfassenden moralischen Verwüstungen, die davon ausgehen, fiele es leichter, zu gestehen, daß man sein Lebensphänomen fesselnd findet. Man kann nicht umhin, das zu tun: niemand ist der Beschäftigung mit seiner trüben Figur überhoben – das liegt in der grob effektvollen und verstärkenden (amplifizierenden) Natur der Politik, des Handwerks also, das er nun einmal gewählt hat – man weiß, wie sehr nur eben in Ermanglung der Fähigkeit zu irgendeinem anderen. Desto schlimmer für uns, desto beschämender für das hilflose Europa von heute, das er fasziniert, worin er den Mann des Schicksals, den Allbezwinger spielen darf und dank einer Verkettung phantastisch glücklicher – das heißt unglückseliger – Umstände, da zufällig kein Wasser fließt, das nicht seine Mühlen triebe, von einem Siege über das Nichts, über die vollendete Widerstandslosigkeit, zum anderen getragen wird.

Dies auch nur zuzugeben, die bloßen leidigen Tatsachen anzuerkennen, kommt schon moralischer Kasteiung nahe. Es gehört Selbstbezwingung dazu, die noch obendrein fürchten muß, unmoralisch zu sein, da sie den Haß zu kurz kommen läßt, der hier von jedem gefordert ist, dem das Schicksal der Gesittung auf irgendeine Weise auf das Gewissen gelegt ist. Haß – ich darf mir sagen, daß ich es daran nicht fehlen lasse. Redlich wünsche ich diesem öffentlichen Vorkommnis einen Untergang in Schanden – einen so baldigen, wie er bei seiner erprobten Vorsicht kaum zu erhoffen ist. Dennoch fühle ich, daß es nicht meine besten Stunden sind, in denen ich das arme, wenn auch verhängnisvolle Geschöpf hasse. Glücklicher, angemessener wollen jene mir scheinen, in denen das Bedürfnis nach Freiheit, nach ungebundener Anschauung, mit einem Wort nach Ironie, die ich seit so langem schon als das Heimat-Element aller geistigen Kunst und Produktivität zu verstehen gelernt habe, über den Haß den Sieg davonträgt. Liebe und Haß sind große Affekte, aber eben als Affekt unterschätzt man gewöhnlich jenes Verhalten, in dem beide sich aufs eigentümlichste vereinen, nämlich das Interesse. Man unterschätzt damit zugleich seine Moralität. Es ist mit dem Interesse ein selbstdisziplinärer Trieb, es sind humoristisch-asketische Ansätze zum Wiedererkennen, zur Identifikation, zum Solidaritätsbekenntnis verbunden, die ich dem Haß als moralisch überlegen empfinde.

Der Bursche ist eine Katastrophe; das ist kein Grund, ihn als Charakter und Schicksal nicht interessant zu finden. Wie die Umstände es fügen, daß das unergründliche Ressentiment, die tief schwärende Rachsucht des Untauglichen, Unmöglichen, zehnfach Gescheiterten, des extrem faulen, zu keiner Arbeit fähigen Dauer-Asylisten und abgewiesenen Viertelskünstlers, des ganz und gar Schlechtweggekommenen sich mit den (viel weniger berechtigten) Minderwertigkeitsgefühlen eines geschlagenen Volkes verbindet, welches mit seiner Niederlage das Rechte nicht anzufangen weiß und nur auf die Wiederherstellung seiner »Ehre« sinnt; wie er, der nichts gelernt hat, aus vagem und störrischem Hochmut nie etwas hat lernen wollen, der auch rein technisch und physisch nichts kann, was Männer können, kein Pferd reiten, kein Automobil oder Flugzeug lenken, nicht einmal ein Kind zeugen, das Eine ausbildet, was nottut, um jene Verbindung herzustellen: eine unsäglich inferiore, aber massenwirksame Beredsamkeit, dies platt hysterisch und komödiantisch geartete Werkzeug, womit er in der Wunde des Volkes wühlt, es durch die Verkündigung seiner beleidigten Größe rührt, es mit Verheißungen betäubt und aus dem nationalen Gemütsleiden das Vehikel seiner Größe, seines Aufstiegs zu traumhaften Höhen, zu unumschränkter Macht, zu ungeheueren Genugtuungen und Über-Genugtuungen macht, – zu solcher Glorie und schrecklichen Heiligkeit, daß jeder, der sich früher einmal an dem Geringen, dem Unscheinbaren, dem Unerkannten versündigt, ein Kind des Todes und zwar eines möglichst scheußlichen, erniedrigenden Todes, ein Kind der Hölle ist ... Wie er aus dem nationalen Maß ins europäische wächst, dieselben

Fiktionen, hysterischen Lügen und lähmenden Seelengriffe, die ihm zur internen Größe verhalfen, im weiteren Rahmen zu üben lernt; wie er im Ausbeuten der Mattigkeiten und kritischen Ängste des Erdteils, im Erpressen seiner Kriegsfurcht sich als Meister erweist, über die Köpfe der Regierungen hinweg die Völker zu agacieren und große Teile davon zu gewinnen, zu sich hinüberzuziehen weiß; wie das Glück sich ihm fügt, Mauern lautlos vor ihm niedersinken und der trübselige Nichtsnutz von einst, weil er – aus Vaterlandsliebe, soviel er weiß – die Politik erlernte, nun im Begriffe scheint, sich Europa, Gott weiß es, vielleicht die Welt zu unterwerfen: das alles ist durchaus einmalig, dem Maßstabe nach neu und eindrucksvoll; man kann unmöglich umhin, der Erscheinung eine gewisse angewiderte Bewunderung entgegenzubringen.

Märchenzüge sind darin erkenntlich, wenn auch verhunzt (das Motiv der Verhunzung und der Heruntergekommenheit spielt eine große Rolle im gegenwärtigen europäischen Leben): das Thema vom Träumerhans, der die Prinzessin und das ganze Reich gewinnt, vom »häßlichen jungen Entlein«, das sich als Schwan entpuppt, vom Dornröschen, um dessen Schlaf die Brünhilden-Lohe zu Rosenhekken geworden ist, und das unter dem weckenden Kusse des Siegfriedhelden lächelt. »Deutschland erwache!« Es ist abscheulich, aber es stimmt. Dazu der »Jude im Dorn« – und was nicht noch alles an Volksgemüt, vermischt mit schändlicher Pathologie. Wagnerisch, auf der Stufe der Verhunzung, ist das Ganze, man hat es längst bemerkt und kennt die gut begründete, wenn auch wieder ein bißchen unerlaubte Verehrung, die der politische Wundermann dem künstlerischen Bezauberer Europas widmet, welchen noch Gottfried Keller »Friseur und Charlatan« nannte.

Künstlertum ... Ich sprach von moralischer Kasteiung, aber muß man nicht, ob man will oder nicht, in dem Phänomen eine Erscheinungsform des Künstlertums wiedererkennen? Es ist, auf eine gewisse beschämende Weise, alles da: die »Schwierigkeit«, Faulheit und klägliche Undefinierbarkeit der Frühe, das »Nicht-unterzubringen-Sein«, das »Was-willst-du-nun-eigentlich?«, das halb blöde Hinvegetieren in tiefster sozialer und seelischer Boheme, das im Grunde hochmütige, im Grunde sich für zu gut haltende Abweisen jeder vernünftigen und ehrenwerten Tätigkeit – auf Grund wovon? Auf Grund einer dumpfen Ahnung, vorbehalten zu sein für etwas ganz Unbestimmbares, bei dessen Nennung, wenn es zu nennen wäre, die Menschen in Gelächter ausbrechen würden. Dazu das schlechte Gewissen, das Schuldgefühl, die Wut auf die Welt, der revolutionäre Instinkt, die unterbewußte Ansammlung explosiver Kompensationswünsche, das zäh arbeitende Bedürfnis, sich zu rechtfertigen, zu beweisen, der Drang zur Überwältigung, Unterwerfung, der Traum, eine in Angst, Liebe, Bewunderung, Scham vergehende Welt zu den Füßen des einst Verschmähten zu sehen ... Es ist unratsam, aus der Vehemenz der Erfüllung Schlüsse zu ziehen auf das Maß, die Tiefe der latenten und heimlichen Würde, die unter der Ehrlosigkeit des Puppenstandes zu leiden hatte, auf die außerordentliche Spannungsgewalt eines Unterbewußtseins, das »Schöpfungen« solchen ausladenden und aufdringlichen Stils zeitigt. Das Al Fresco, der große historische Stil ist ja nicht Sache der Person, sondern des Mediums und Wirkungsgebietes: der Politik oder Demagogie, die es auf eine lärmende und opferreiche Weise mit Völkern und vielumfassenden Massenschicksalen zu tun hat, und deren äußere Großartigkeit gar nichts für die Außerordentlichkeit des seelischen Falles beweist, für das eigene Format dieses effektreichen Hysterikers. – Aber auch die Unersättlichkeit des Kompensations- und Selbstverherrlichungstriebes ist da, die Ruhelosigkeit, das Nie-sich-Genüge-Tun, das Vergessen der Erfolge, ihr rasches Sichabnutzen für das Selbstbewußtsein, die Leere und Langeweile, das Nichtigkeitsgefühl, sobald nichts anzustellen und die Welt nicht in Atem zu halten ist, der schlaflose Zwang zum Immer-wieder-sich-neu-beweisen-Müssen ...

Ein Bruder ... Ein etwas unangenehmer und beschämender Bruder; er geht einem auf die Nerven, es ist eine reichlich peinliche Verwandtschaft. Ich will trotzdem die Augen nicht davor schließen, denn nochmals: besser, aufrichtiger, heiterer und produktiver als der Haß, ist das Sich-wieder-Erkennen, die Bereitschaft zur Selbstvereinigung mit dem Hassenswerten, möge sie auch die moralische Gefahr mit sich bringen, das Nein-Sagen zu verlernen. Mir ist nicht bange deswegen – und übrigens ist Moral, sofern sie die Spontaneität und Unschuld des Lebens beeinträchtigt, nicht unbedingt Sache des Künstlers. Es ist nicht ausschließlich ärgerlich, es ist auch eine beruhigende Erfahrung, daß trotz aller Erkenntnis, Aufklärung, Analyse, allen Fortschritten des Wissens vom Menschen – an Wirkung, Geschehen, eindrucksvollster Projektion des Unbewußten in die Realität jederzeit alles möglich bleibt auf Erden – zumal bei dem Primitivisierungsprozeß, dem das Europa von heute sich wissentlich, willentlich überläßt, – wobei denn freilich das Wissen und Wollen, der dolose Affront gegen den Geist und die von ihm eigentlich erreichte Stufe einen schweren Einwand gegen die Primitivität bildet. Unstreitig, Primitivismus in seiner frechen Selbstverherrlichung gegen Zeit und Gesittungsstufe, Primitivität als »Weltanschauung« – und sei diese Weltanschauung noch so sehr als Korrektur und Gegengewicht eines dörrenden »Intellektualismus« gemeint – ist eine Schamlosigkeit, sie ist genau, was das Alte Testament einen »Greuel« und eine »Narrheit« nennt, und auch der Künstler als ironischer Parteigänger des Lebens kann sich von einem so dreisten und lügenhaften Rückfall nur angewidert abwenden. Neulich sah ich im Film einen Sakraltanz von Bali-Insulanern, der in vollkommener Trance und schrecklichen Zukkungen der erschöpften Jünglinge endete. Wo ist der Unterschied zwischen diesen Bräuchen und den Vorgängen in einer politischen Massenversammlung Europas? Es gibt keinen – oder vielmehr, es gibt immerhin einen: den Unterschied zwischen Exotik und Unappetitlichkeit.

Ich war sehr jung, als ich in »Fiorenza« die Herrschaft von Schönheit und Bildung über den Haufen werfen ließ von dem sozial-religiösen Fanatismus des Mönches, der »das Wunder der wiedergeborenen Unbefangenheit« verkündete. Der »Tod in Venedig« weiß manches von Absage an den Psychologismus der Zeit, von einer neuen Entschlossenheit und Vereinfachung der Seele, mit der ich es freilich ein tragisches Ende nehmen ließ. Ich war nicht ohne Kontakt mit den

Hängen und Ambitionen der Zeit, mit dem, was kommen wollte und sollte, mit Strebungen, die zwanzig Jahre später zum Geschrei der Gasse wurden. Wer wundert sich, daß ich nichts mehr von ihnen wissen wollte, als sie auf den politischen Hund gekommen waren und sich auf einem Niveau austobten, vor dem nur primitivitätsverliebte Professoren und literarische Lakaien der Geistfeindlichkeit nicht zurückschrecken? Es ist ein Treiben, das einem die Ehrfurcht vor den Quellen des Lebens verleiden könnte. Man muß es hassen. Aber was ist dieser Haß gegen denjenigen, den der Exzedent des Unbewußten dem Geist und der Erkenntnis entgegenbringt! Wie muß ein Mensch wie dieser die Analyse hassen! Ich habe den stillen Verdacht, daß die Wut, mit der er den Marsch auf eine gewisse Hauptstadt betrieb, im Grunde dem alten Analytiker galt, der dort seinen Sitz hatte, seinem wahren und eigentlichen Feinde – dem Philosophen und Entlarver der Neurose, dem großen Ernüchterer, dem Bescheidwisser und Bescheidgeber selbst über das »Genie«.

Ich frage mich, ob die abergläubischen Vorstellungen, die sonst den Begriff des »Genie« umgaben, noch stark genug sind, daß sie uns hindern sollten, unsern Freund ein Genie zu nennen. Warum denn nicht, wenn's ihm Freude macht? Der geistige Mensch ist beinahe ebensosehr auf Wahrheiten aus, die ihm wehe tun, wie die Esel nach Wahrheiten lechzen, die ihnen schmeicheln. Wenn Verrücktheit zusammen mit Besonnenheit Genie ist (und das *ist* eine Definition!), so ist der Mann ein Genie: um so freimütiger versteht man sich zu dem Anerkenntnis, weil Genie eine Kategorie, aber keine Klasse, keinen Rang bezeichnet, weil es sich auf den allerverschiedensten geistigen und menschlichen Rangstufen manifestiert, aber auch auf den tiefsten noch Merkmale aufweist und Wirkungen zeitigt, welche die allgemeine Bezeichnung rechtfertigen. Ich will es dahin gestellt sein lassen, ob die Geschichte der Menschheit einen ähnlichen Fall von moralischem und geistigem Tiefstand, verbunden mit dem Magnetismus, den man »Genie« nennt, schon gesehen hat, wie den, dessen betroffene Zeugen wir sind. Auf jeden Fall bin ich dagegen, daß man sich durch ein solches Vorkommnis das Genie überhaupt, das Phänomen des großen Mannes, verleiden läßt, daß zwar vorwiegend immer ein ästhetisches Phänomen, nur selten auch ein moralisches war, aber, indem es die Grenzen der Menschheit zu überschreiten schien, die Menschheit einen Schauder lehrte, der trotz allem, was sie von ihm auszustehen hatte, ein Schauder des Glückes war. Man soll die Unterschiede wahren – sie sind unermeßlich. Ich finde es ärgerlich, heute rufen zu hören: »Wir wissen es nun, Napoleon war auch nur ein Kaffer!« Das heißt wahrhaftig, das Kind mit dem Bade ausschütten. Es ist als absurd abzulehnen, daß man sie in einem Atem nennt: den großen Krieger zusammen mit dem großen Feigling und Erpressungspazifisten, dessen Rolle am ersten Tage eines wirklichen Krieges ausgespielt wäre; das Wesen, das Hegel den »Weltgeist zu Pferde« nannte, das alles beherrschende Riesengehirn, die ungeheuerste Arbeitskapazität, die Verkörperung der Revolution, den tyrannischen Freiheitsbringer, dessen Gestalt der Menschheit als Erzbild mittelmeerländischer Klassik für immer ins Gedächtnis geprägt ist, – zusammen mit dem tristen Faulpelz, tatsächlichen Nichtskönner und »Träumer« fünften Ranges, dem blöden Hasser der sozialen Revolution, dem duckmäuserischen Sadisten und ehrlosen Rachsüchtigen mit »Gemüt« ... Ich sprach von europäischer Verhunzung: – und wirklich, unserer Zeit gelang es, so vieles zu verhunzen: das Nationale, den Sozialismus, den Mythos, die Lebensphilosophie, das Irrationale, den Glauben, die Jugend, die Revolution und was nicht noch alles. Nun denn, sie brachte uns auch die Verhunzung des großen Mannes. Wir müssen uns mit dem historischen Lose abfinden, das Genie auf dieser Stufe seiner Offenbarungsmöglichkeit zu erleben.

Ein Künstler, ein Bruder. Aber die Solidarität, das Wiedererkennen sind Ausdruck einer Selbstverachtung der Kunst, welche denn doch zuletzt nicht ganz beim Worte genommen sein möchte. Ich glaube gern, ja ich bin dessen sicher, daß eine Zukunft im Kommen ist, die geistig unkontrollierte Kunst, Kunst als schwarze Magie und hirnlos unverantwortliche Instinktgeburt ebensosehr verachten wird, wie menschlich schwache Zeiten, gleich der unsrigen, in Bewunderung davor ersterben. Kunst ist freilich nicht nur Licht und Geist, aber sie ist auch nicht nur Dunkelgebräu und blinde Ausgeburt der tellurischen Unterwelt, nicht nur »Leben«. Deutlicher und glücklicher als bisher wird Künstlertum sich in Zukunft als einen helleren Zauber erkennen und manifestieren: als ein beflügelt-hermetisch-mondverwandtes Mittlertum zwischen Geist und Leben. Aber Mittlertum selbst ist Geist.

[Zum Ende des Zweiten Weltkriegs]

[Tagebuch] *Pacif. Palis., Mittwoch den 25. IV. 45*

Geschrieben an XXVI. [Kap. im »Doktor Faustus«] Zum Haarschneiden in Westwood. Nach Tische Besuch von Révy, der in Wien das Theater reorganisieren u. eine Empfehlung haben möchte. Zeitschriften. Nachmittags Brief an die Meyer, mit dem Roosevelt-Artikel. – Heute die Eröffnung der Konferenz von San Francisco. Radio-Rede Trumans aus Washington. Stimmungsbilder im Radio. – Zu den deutschen Selbstmördern gehört der militärische Kommentator Generalleutnant Dittmar. – Schwerstes Luft-Bombardement von Hitlers Siedelung bei Berchtesgaden, die zerstört wurde. War er dort, mag er tot sein. Der Hamburger Sender fährt fort zu versichern, daß der Elende an der Kampffront in Berlin ist, wie die anderen Mitglieder der Regierung (?) In diesem Fall sind sie gefangen, denn die Stadt ist völlig eingeschlossen und wohl auch schon die Flugfelder genommen. Die Amerikaner beschießen Regensburg, nähern sich Augsburg. Deutsche Truppen ergeben sich massenweise den Amerikanern aus Angst vor den Russen. Pétain begibt sich durch die Schweiz nach Frankreich, um sich den Prozeß machen zu lassen. Ein deutscher General, der sich in Gefangenschaft begeben, redet Keithl und Hitler ins Gewissen.

[Tagebuch] *Pacif. Palis., Dienstag den 1. V. 45*

Frühstück mit Erika. Geschrieben an XXVI. Mit K.[atia Mann] in der Nähe gegangen. Nach Tische deutsche Journalistik. Nachmittags Konferenz im Arbeitszimmer mit Mr. Morris und Gen. wegen des Beethovenfilms. Stokowsky, Horowitz, Menuhin haben angenommen. Meine Forderung 20000 Dollars. – Der Tod Hitlers von Döniz, den er zum Nachfolger bestellt, dem deutschen Volk und Heer feierlich gemeldet. Als Held gefallen im Kampf gegen den Bolschewismus

u. zwar gestern Nachmittag. Aber Himmler hat ihn schon längst als tot behandelt u. ein Friedensangebot ohne die Russen gemacht. Döniz mag als akzeptabler betrachtet werden, namentlich für die Russen. Das Ganze verdächtig und ungewiß. – Die Sowjetfahne auf dem Reichstag. »Nur weil die westlichen Alliierten es noch mit den Bolschewiken halten, kämpfen wir noch gegen sie.« Die Hoffnung auf die Wendung gegen Rußland ist unausrodbar und verstärkt durch Roosevelts Tod. – Brief an Kahler (Princeton). Viele Brief-Ausfertigungen.

[Brief an Erich von Kahler]

1550 San Remo Drive
Pacific Palisades, California
1. Mai 1945

Lieber, guter Freund,

was für eine Freude – Ihr Brief. Und einen Stein aufheben von Schweigens wegen dürfen wir doch gewiß nicht. Sitzen wir doch im Glashause, was das betrifft, und können uns auch nur mit dem Bewußten, Leidigen entschuldigen, den Geschäften und den Geschäftchen, den Sorgen, der Routine, den Forderungen des Tages. Was Sie über die Ereignisse sagen, all das längst Vorweggenommene, zu spät Kommende und doch als Wirklichkeit Erschütternde, haben wir mit einmütigem Beifall gelesen, einzeln und zusammen. Sie haben ja so recht, daß man den deutschen Anteil nicht isolieren soll von der allgemeinen Dummheitsschuld, – die sich ja ununterbrochen weiter bewähren zu wollen scheint. Daß aber die Deutschen – darauf muß nun ich wieder bestehen – eine besondere, entsetzlich echte Rolle im Stück gespielt haben, das zu leugnen wird der tiefe Kenner des deutschen Charakters in der Geschichte der Letzte sein. Wie unzulänglich Weniges werde ich nächstens darüber in dem Vortrag sagen können, den Sie vielleicht hören werden: Ich habe mich bemüht, den Mittelweg zwischen Apologie und Verleugnung zu finden und will offen erklären, »daß ich es auch alles in mir habe«. Man soll sich nicht als das

»gute« Deutschland empfehlen, im Gegensatz zum »bösen«, mit dem man garnichts zu tun hätte. Das »böse« Deutschland ist das »gute«, dem sein Gutes zu Bösem wurde.

Sie haben recht, wozu viel schreiben, wir sehen uns bald. Erika ist bei uns, und am 24. werden wir zusammen über Chicago nach Washington fahren, wo ich am 29. in der Library spreche. Am 3. oder 4. Juni werden wir dann wohl ins New Yorker »Bedford« einlaufen, und am 8. wiederhole ich den Vortrag im Hunter College. Am 6. Juni sollen wir abends bei Bruno Walter sein, der uns mit Bronislav Hubermann zusammen vormusizieren will. *Dazu müssen Sie auch kommen.*

Was fällt Ihnen eigentlich ein, das Manuskript zu lesen! Ich muß sagen, ich war ehrlich erschrocken über die Nachricht. Das Buch ist ja ein Geheimnis und vorläufig ganz privates Experiment, dessen Veröffentlichung ich mir noch garnicht vorstelle. Die Lowe betrachte ich nicht als Leserin; sie ist ein schweigendes Instrument, tut nie einen Mucks. Und nun lesen Sie das einfach. Bitte, geben Sie es wenigstens *auf keinen Fall irgendwie weiter!*

Roosevelt – lassen Sie mich nichts sagen! Es ist das Land nicht mehr, in das wir kamen. Verwaist und verlassen fühlt man sich. Aber für ihn war es freilich wohl gut so.

Was für eine porcheria wieder, diese vibrierende Rede des Dönitz an Volk und Heer über des Führers Heldentod! P. M. fragte heute telegraphisch bei mir an: »Do you believe that Hitler is dead?« Ich habe geantwortet: »Who cares.«

Grüßen Sie Broch und alle Helden! Auf Wiedersehn!

Ihr Thomas Mann

[Tagebuch] *Pacif. Palis., Mittwoch den 2. V. 45*

Geschrieben vor- und nachmittags an dem Artikel für das Office of War Information über die Konzentrationslager. Mittags bis zum alten Haus gegangen. Zeitung gelesen und »Nation«. Schöner Artikel über die letzten Film-Aufnahmen Roosevelts von James Agee, der, wie

Erika versichert, selbst ein extrem schöner Mensch und homosexuell ist. – Brief von der Meyer, erneut über den Vortrag und sogar über den Roosevelt-Nachruf, den die Post wiedergeben wird. – Stalin meldet die völlige Einnahme von Berlin. Hitler und Göbbels wohl zweifellos tot unter den Trümmern der Reichskanzlei auf der, wie auf dem Reichstag, die Sowjetfahne weht. Selbstmord das Wahrscheinlichste, sehr möglich aber auch bei Hitler Schlaganfall, da er nach Runstedts Bericht längst gezittert haben soll wie Espenlaub. Muß in einer Hölle gelebt haben. Die englische Presse citiert: »The day is ours, the bloody dog is dead.« – Auch Lübeck von den Russen besetzt. Die Armee im Westen ergibt sich millionenweise. Alle Generäle, ausgenommen Keithel, in Gefangenschaft. Runstedt bekommt Kaffee mit Cognac, sein Arzt verbietet ihm die amerikanische Cigarette. – Sehr müde von der Arbeit und von den Ereignissen.

Die Lager

Es tut wohl, zu wissen, daß die überlebenden Insassen der deutschen Konzentrationslager, diese erbarmungswürdigen Reste von Massen unschuldiger Menschen, Männer, Frauen und vieler, vieler Kinder, die an den Schandstätten oft noch im letzten Augenblick, bevor der Retter kam, von der Hand vertierter Zöglinge des Nationalsozialismus einen gräßlichen Tod erlitten haben und deren ausgemergelte Leichname und verkohlte Gebeine man gefunden hat nebst den ingeniösen Vorrichtungen, die zu ihrer Hinmachung dienten, es tut wohl, sag' ich, zu wissen, daß sie der Gewalt ihrer Quäler entrissen, den Gesetzen der Menschlichkeit zurückgegeben sind.

Aber ganz andere Empfindungen noch mischen sich für den Deutschen in das Gefühl der Genugtuung.

Der dickwandige Folterkeller, zu dem der Hitlerismus Deutschland gemacht hat, ist aufgebrochen, und offen liegt unsere Schmach vor den Augen der Welt, den fremden Kommissionen, denen diese unglaubwürdigen Bilder nun vorgeführt werden und die zu Hause melden, dies übertreffe an Scheußlichkeit alles, was Menschen sich vorstellen können. »Unsere Schmach«, deutscher Leser und Hörer! Denn alles Deutsche, alles was deutsch spricht, deutsch schreibt, auf deutsch gelebt hat, ist von dieser entehrenden Bloßstellung mitbetroffen. Es war nicht eine kleine Zahl von Verbrechern, es waren Hunderttausende einer sogenannten deutschen Elite, Männer, Jungen und entmenschte Weiber, die unter dem Einfluß verrückter Lehren in kranker Lust diese Untaten begangen haben.

Man nenne es finstere Möglichkeiten der Menschennatur überhaupt, die da enthüllt werden – deutsche Menschen, Hunderttausende sind es nun einmal, die sie vor den Augen der Welt enthüllt haben. Die Menschheit schaudert sich vor Deutschland! Ja, vor Deutschland. Denn dieses hat das fürchterliche Beispiel gegeben, und auch der Deutsche, der sich beizeiten aus dem Bereich nationalsozialistischer Menschenführung davongemacht hatte, der nicht, wie ihr, in der Nachbarschaft dieser Greuelstätten lebte, in scheinbaren Ehren seinen Geschäften nachging und nichts zu wissen versuchte, obgleich der Wind ihm den Gestank verbrannten Menschenfleisches von dorther in die Nase blies, auch ein solcher fühlt sich in tiefster Seele beschämt von dem, was im Land seiner Väter und Meister möglich geworden, freilich nur durch das Hitlerregime möglich geworden war, erschüttert von einer menschlichen Degradierung, die nur durch diese eine, die Naziherrschaft, in einem von Hause aus guten, Recht und Gesittung liebenden Volk angerichtet werden konnte.

Einer der letzten Kommentatoren des Goebbels-Radio, ein Mensch namens Fritzsche, hat ins Mikrophon gerufen, nichts komme gegen die Tatsache auf, daß der Nationalsozialismus die dem deutschen Volk einzig angemessene Verfassung sei, daß Deutschland für dieses Regime geschaffen sei. Das wagt er dem Volk ins Gesicht zu sagen, das zwölf Jahre mit schlechtem Gewissen und düsteren Gedanken unter diesem Regime gelebt hat und nun vor den Trümmern seines Reiches, vor einer Katastrophe steht, wie weder seine Geschichte noch die Geschichte überhaupt sie je gekannt hat. Das dem deutschen Volk »einzig zukömmliche Regime« hat es nach wenigen Jahren nicht nur in die furchtbarste, sondern auch in eine schändliche

Niederlage geführt, so daß Deutschland heute dasteht als Abscheu der Menschheit und Beispiel des Bösen.

Das Recht erstickt und die Wahrheit; die Lüge das Wort führend ganz allein; die Freiheit zertrampelt; der Charakter, jede Anständigkeit zermalmt und eine Korruption von oben bis unten, die zum Himmel stank; die Menschen, gedrillt von Kind auf in einem lästerlichen Wahn von Rassensuperiorität, Erwähltheit und Recht auf Gewalt, erzogen zu nichts als Begehrlichkeit, Raub und Plünderung: das war der Nationalsozialismus, und das soll deutsch, soll die der deutschen Natur einzig angemessene Verfassung sein!

Meine Leser und Hörer in Deutschland! Ihr konntet euch von dieser Herrschaft aus eigener Kraft nicht befreien; es war wohl nicht möglich. Die Befreier mußten von außen kommen, sie haben das zerbrochene Land besetzt und müssen es auf Jahre hinaus noch verwalten. Betrachtet sie nun wenigstens nicht, wie der Bischof Galen es euch vormacht, als eure »Feinde«! Fühlt euch selbst nicht, wie dieser unbelehrbare Geistliche, »in erster Linie als Deutsche«, sondern als Menschen, der Menschheit zurückgegeben, die nach zwölf Jahren Hitler wieder Menschen sein wollen. Denn keinen anderen Wunsch kann man haben, nach solchen Jahren wie diesen. Die Macht ist verspielt. Aber Macht ist nicht alles, sie ist nicht einmal die Hauptsache, und deutsche Größe war nie eine Sache der Macht. Deutsch war es einmal, und möge es wieder sein: Der Macht Achtung abzugewinnen durch den menschlichen Beitrag zum freien Geist.

[Tagebuch] *Pacif. Palis., Montag den 7. V. 45*

Kapitulation Deutschlands erklärt. Schwerin-Krosik und [?] war noch bei Eisenhower zur Unterzeichnung der unbedingten Übergabe an die drei Mächte. Döniz ordnet die Rückkehr der U-Boote zu ihren Basen an. Ausgeschlossen ist das Kommando von Prag, das rebelliert u. den Kampf fortsetzt. Mitteilung an das deutsche Volk: Die Überlegenheit des Gegners an Menschen u. Material zwinge zum Niederlegen der Waffen. Deutschland solle ruhig bleiben und ein neues Leben beginnen. Wäre dies letztere ehrlich gemeint! – Die Freude in London und New York soll groß sein. – Meldung, daß die Leichen des Göbbels und der Seinen gefunden seien. Außerdem die des Feldmarschalls von Bock. Die deutschen Truppenteile, die sich in letzter Zeit ergeben, bestehen aus »prächtigem«, wohl unterhaltenem Menschenmaterial. Man hat sie geschont und das Kruppzeug geopfert. – – Ist dies nun der Tag, korrespondierend mit dem 15. März 1933, als ich diese Serie von täglichen Aufzeichnungen begann, – also ein Tag feierlichster Art? Es ist nicht gerade Hochstimmung, was ich empfinde. Natürlich ist die gegenwärtige deutsche Regierung nur episodisch, Instrument der Kapitulation, da Eisenhower keinen Himmler ins Zelt lassen konnte. Übrigens aber wird dies oder das *mit* Deutschland, aber nichts in Deutschland geschehen, und bis jetzt fehlt es an jeder Verleugnung des Nazitums, jedem Wort, daß die »Machtergreifung« ein fürchterliches Unglück, ihre Zulassung, Begünstigung ein Verbrechen ersten Ranges war. Die Verleugnung u. Verdammung der *Taten* des Nationalsozialismus innen und außen, die Erklärung, zur Wahrheit, zum Recht, zur Menschlichkeit zurückkehren zu wollen, – wo sind sie? Die alberne Zerrissenheit der Emigration, der neidische Haß auf mich und meine Haltung kommen hinzu, die Freude niederzuhalten. – Eine gewisse Genugtuung ist das physische Überleben. Nach dem Fall Frankreichs ließ Göbbels meinen Tod melden; er konnte es sich nicht anders denken. Und hätte ich mir Hitlers Falschsieg als ernst zu Herzen genommen, wäre mir auch wohl nichts anderes übrig geblieben, als einzugehen. Überleben hieß: siegen. Es ist ein Sieg. Klarheit darüber, wem der Sieg zu danken: Roosevelt.

Schrieb dies morgens und fuhr dann im XXVI Kapitel fort. Machte nach dem Rasieren Rundgang in der Nähe. Viel Post nach Tische zu lesen: Artikel aus »Washington Post«, Briefe von Kerényi und schon von Gratulanten; Brief von Monty Jacobs aus London wegen Botschaft zu der am 3. Juni in einem Londoner [Konzertsaal] zu haltenden Geburtstagsfeier unter Teilnahme englischer Schriftsteller. – Nach dem Thee Diktate an K.: An Elmer Davis wegen Révy, an

Knopf und Leiser. – Truman und Churchill werden morgen das Ende des europ. Krieges verkünden. In Europa, Rom, Oslo, Stockholm, Jerusalem wird gejubelt. Dabei aber wird noch gekämpft, angeblich weil die Kommunikations-Verbindungen mit den Truppen in Deutschland langsam arbeiten, in Wahrheit aber wohl, weil die Autorität der Döniz und Jodl sehr zweifelhaft und Teile von Panzergrenadieren, S. S. Leuten, Hitlerjugend einfach nicht parieren. Man hört auch nichts von der Entwaffnung der Truppen, die vor Montgomery kapitulierten. Möglich ferner, daß die Russen nicht befriedigt im Punkt der Massenübergaben an die Alliierten. Freilich hat bei Eisenhower in Reims der Russe mit unterschrieben. E. hatte begreiflicher Weise die Veröffentlichung noch nicht gewünscht. Sträfliche Übereilung der Associated Press.

10. Mai 1945

Deutsche Hörer! [Radiosendung nach Deutschland]
Wie bitter es ist, wenn der Jubel der Welt der Niederlage, der tiefsten Demütigung des eigenen Landes gilt! Wie zeigt sich darin noch einmal schrecklich der Abgrund, der sich zwischen Deutschland, dem Land unserer Väter und Meister, und der gesitteten Welt aufgetan hatte!

Die Sieges-, die Friedensglocken dröhnen, die Gläser klingen, Umarmungen und Glückwünsche ringsum. Der Deutsche aber, dem von den Allerunberufensten einst sein Deutschtum abgesprochen wurde, der sein grauenvoll gewordenes Land meiden und sich unter freundlicheren Zonen ein neues Leben bauen mußte – er senkt das Haupt in der weltweiten Freude; das Herz krampft sich in ihm zusammen bei dem Gedanken, was sie für Deutschland bedeutet, durch welche dunklen Tage, welche Jahre der Unmacht zur Selbstbesinnung und abbüßender Erniedrigung es nach allem, was es schon gelitten hat, wird gehen müssen.

Und dennoch, die Stunde ist groß – nicht nur für die Siegerwelt, auch für Deutschland –, die Stunde, wo der Drache zur Strecke gebracht ist, das wüste und krankhafte Ungeheuer, Nationalsozialismus genannt, verröchelt und Deutschland von dem Fluch wenigstens befreit ist, das Land Hitlers zu heißen. Wenn es sich selbst hätte befreien können, früher, als noch Zeit dazu war, oder selbst spät, noch im letzten Augenblick; wenn es selbst mit Glockenklang und Beethoven'scher Musik seine Befreiung, seine Rückkehr zur Menschheit hätte feiern können, anstatt daß nun das Ende des Hitlertums zugleich der völlige Zusammenbruch Deutschlands ist – freilich, das wäre besser, wäre das Allerwünschenswerteste gewesen. Es konnte wohl nicht sein. Die Befreiung mußte von außen kommen; und vor allem meine ich, solltet ihr Deutsche sie nun als Leistung anerkennen, sie nicht nur als das Ergebnis mechanischer Übermacht an Menschen und Material erklären und nicht sagen: »Zehn gegen einen, das gilt nicht.« Deutschland zu besiegen, das allein mit aller Gründlichkeit den Krieg vorbereitet hatte, war auch im Zweifrontenkrieg eine Riesenaufgabe. Die Wehrmacht stand vor Moskau und an der Grenze Ägyptens. Der europäische Kontinent war in deutscher Gewalt. Es gab scheinbar gar keine Möglichkeit, kein Terrain, keinen Ansatzpunkt zur Bezwingung dieser unangreifbar verschanzten Macht. Der russische Marsch von Stalingrad nach Berlin, die kriegsgeschichtlich völlig neue und nicht für möglich gehaltene Landung der Angelsachsen in Frankreich am 6. Juni 1944 und ihr Zug zur Elbe waren militärisch-technische Bravourleistungen, denen deutsche Kriegskunst kaum etwas Ebenbürtiges an die Seite zu stellen hat. Deutschland ist wahrlich, wenn auch unter ungeheuren Opfern, nach allen Regeln der Kunst geschlagen worden und die militärische Unübertrefflichkeit Deutschlands als Legende erwiesen. Für das deutsche Denken, das deutsche Verhältnis zur Welt ist das wichtig. Es wird unserer Bescheidenheit zustatten kommen, den Wahn deutschen Übermenschentums zerstören helfen. Wir werden nicht mehr von den »militärischen Idioten« dort drüben sprechen.

Möge die Niederholung der Parteifahne, die aller Welt ein Ekel und Schrecken war, auch die innere Absage bedeuten an den Größenwahn, die Überheblichkeit über andere Völker, den provinziellen und weltfremden Dünkel, dessen krassester, unleidlichster Ausdruck der Nationalsozialismus war. Möge das Streichen der Hakenkreuzflagge die wirkliche, radikale und unverbrüchliche Trennung alles deutschen Denkens und Fühlens von der nazistischen Hintertreppen-Philosophie bedeuten, ihre Abschwörung auf immer. Man muß hoffen, daß das Mitglied des deutschen Kapitulations-Komitees, Graf Schwerin-Krosigk, nicht nur dem Sieger zum Munde reden wollte, als er erklärte, Recht und Gerechtigkeit müßten fortan das oberste Gesetz deutschen nationalen Lebens sein und Achtung vor Verträgen die Grundlage internationaler Beziehungen. Das war eine indirekte und allzu schonende Verleugnung der moralischen Barbarei, in der Deutschland länger als zwölf Jahre gelebt hat. Man hätte sich eine direktere, ausdrucksvollere gewünscht; aber der Fluch, den das deutsche Volk heute, wie ich glaube, gegen seine Verderber im Herzen trägt, klingt doch wenigstens darin an.

Ich sage: es ist trotz allem eine große Stunde, die Rückkehr Deutschlands zur Menschlichkeit. Sie ist hart und traurig, weil Deutschland sie nicht aus eigener Kraft herbeiführen konnte. Furchtbarer, schwer zu tilgender Schade ist dem deutschen Namen zugefügt worden, und die Macht ist verspielt. Aber Macht ist nicht alles, sie ist nicht einmal die Hauptsache, und nie war deutsche Würde eine bloße Sache der Macht. Deutsch war es einmal und mag es wieder werden, der Macht Achtung, Bewunderung abzugewinnen durch den menschlichen Beitrag, den freien Geist.

[Tagebuch] *Pacif. Palis., Freitag den 11. V. 45*

Spät auf. Brief an die Meyer mit Anmeldung Erikas. Fahrt zu N. B. C., Lesung der Message. Spätes Lunch. Zeitungen. Zum Thee Mr. Bekessy, Vater des Dr. Habe, jetzt in Frankfurt. Redaktion der letzten deutschen Ansprachen für Bermann. Geschrieben an ihn. Platten durch Gottlieb: Tristan, Götterdämmerung und Child Harold. – Energische Ankündigungen betreffend die Behandlung der Kriegsverbrecher. Äußerungen des Generals von Falkenhorst als Gefangener der Amerikaner, – nichts zu wünschen übrig lassend. »Sie haben uns von einem Gangster-System befreit. Eine nationale Schande, daß wir uns nicht selbst befreien konnten.« – Die Baseler National-Zeitung über die kraftlose Duldung der Greuel durch das Volk. Das ist nun einmal nicht abzuweisen. – Erika bei Eva Herrmann.

Warum ich nicht nach Deutschland zurückgehe

Antwort auf einen Brief Walter von Molos in der deutschen Presse

Lieber Herr von Molo!
Ich habe Ihnen zu danken für einen sehr freundlichen Geburtstagsgruß, dazu für den Offenen Brief an mich, den Sie der deutschen Presse übergaben, und der auszugsweise auch in die amerikanische gelangt ist. Darin kommt noch stärker und dringlicher, als in dem privaten Schreiben, der Wunsch, ja die verpflichtende Forderung zum Ausdruck, ich möchte nach Deutschland zurückkehren und wieder dort leben: »zu Rat und Tat«. Sie sind nicht der Einzige, der diesen Ruf an mich richtet; das russisch kontrollierte Berliner Radio und das Organ der vereinigten demokratischen Parteien Deutschlands haben ihn auch erhoben, wie man mir berichtet, mit der stark aufgetragenen Begründung, ich hätte »ein historisches Werk zu leisten in Deutschland«.

Nun muß es mich ja freuen, daß Deutschland mich wieder haben will – nicht nur meine Bücher, sondern mich selbst als Mensch und Person. Aber etwas Beunruhigendes, Bedrückendes haben diese Appelle doch auch für mich, und etwas Unlogisches, sogar Ungerechtes, nicht Wohlüberlegtes spricht mich daraus an. Sie wissen nur zu gut, lieber Herr von Molo, wie teuer »Rat und Tat« heute in Deutschland sind, bei der fast heillosen Lage, in die unser unglückliches Volk sich gebracht hat, und ob ein schon alter Mann, an dessen Herzmuskel die abenteuerliche Zeit doch auch ihre Anforderungen gestellt hat, direkt, persönlich, im Fleische noch viel dazu beitragen kann, die Menschen die Sie so ergreifend schildern, dort aus ihrer tiefen Gebeugtheit, aufzurichten, scheint mir recht zweifelhaft. Dies nur nebenbei. Nicht recht überlegt aber scheinen mir bei jenen Aufforderungen auch die technischen, bürgerlichen, seelischen Schwierigkeiten, die meiner »Rückwanderung« entgegenstehen.

Sind diese zwölf Jahre und ihre Ergebnisse denn von der Tafel zu wischen und kann man tun, als seien sie nicht gewesen? Schwer genug, atembeklemmend genug war, anno dreiunddreißig, der Schock des Verlustes der gewohnten Lebensbasis, von Haus und Land, Büchern, Andenken und Vermögen, begleitet von kläglichen Aktionen daheim, Ausbootungen, Absagen. Nie vergesse ich die analphabetische und mörderische Radio- und Pressehetze gegen meinen Wagner-Aufsatz, die man in München veranstaltete, und die mich erst recht begreifen ließ, daß mir die Rückkehr abgeschnitten sei; das Ringen nach Worten, die Versuche zu schreiben, zu antworten, mich zu erklären, die »Briefe in die Nacht«, wie René Schickele, einer der vielen dahingegangenen Freunde, diese erstickten Monologe nannte. Schwer genug war, was dann folgte, das Wanderleben von Land zu Land, die Paßsorgen, das Hotel-Dasein, während die Ohren klangen von den Schandgeschichten, die täglich aus dem verlorenen, verwildernden, wildfremd gewordenen Lande herüberdrangen. Das haben Sie alle, die Sie dem »charismatischen Führer« (entsetzlich, entsetzlich, die betrunkene Bildung!) Treue schworen und unter Goebbels Kultur betrieben, nicht durchgemacht. Ich vergesse nicht, daß Sie später viel Schlimmeres durchgemacht haben, dem ich entging; aber das haben Sie nicht gekannt: das Herzasthma des Exils, die Entwurzelung, die nervösen Schrecken der Heimatlosigkeit.

Zuweilen empörte ich mich gegen die Vorteile, deren Ihr genosset. Ich sah darin eine Verleugnung der Solidarität. Wenn damals die deutsche Intelligenz, alles, was Namen und Weltnamen hatte, Ärzte, Musiker, Lehrer, Schriftsteller, Künstler, sich wie ein Mann gegen die Schande erhoben, den Generalstreik erklärt, manches hätte anders kommen können, als es kam. Der Einzelne, wenn er zufällig kein Jude war, fand sich immer der Frage ausgesetzt: »Warum eigentlich? Die anderen tun doch mit. Es kann doch so gefährlich nicht sein.«

Ich sage: zuweilen empörte ich mich. Aber ich habe Euch, die Ihr dort drinnen saßet, nie beneidet, auch in Euren größten Tagen nicht. Dazu wußte ich zu gut, daß diese großen Tage nichts als blutiger Schaum waren und rasch zergehen würden. Beneidet habe ich Hermann Hesse, in dessen Umgang ich während jener ersten Wochen und Monate Trost und Stärkung fand – ihn beneidet, weil er längst frei war, sich beizeiten abgelöst hatte mit der nur zu treffenden Begründung: »Ein großes, bedeutendes Volk, die Deutschen, wer leugnet es? Das Salz der Erde vielleicht. Aber als politische Nation – unmöglich! Ich will, ein für allemal, mit ihnen als solcher nichts mehr zu tun haben.« Und wohnte in schöner Sicherheit in seinem Hause zu Montagnola, in dessen Garten er Boccia spielte mit dem Verstörten.

Langsam, langsam setzten und ordneten sich dann die Dinge. Erste Häuslichkeiten fanden sich, in Frankreich, dann in der Schweiz; eine relative Beruhigung, Seßhaftigkeit, Zugehörigkeit stellte sich aus der Verlorenheit her, man nahm die aus den Händen gefallene Arbeit, die einem schon zerstört hatte scheinen wollen, wieder auf. Die Schweiz, gastlich aus Tradition, aber unter dem Druck bedrohlich mächtiger Nachbarschaft lebend und zur Neutralität verpflichtet bis ins Moralische hinein, ließ verständlichster Weise doch immer eine leise Verlegenheit, Beklommenheit merken durch die Anwesenheit des Gastes ohne Papiere, der so schlecht mit seiner Regierung stand, und verlangte »Takt«. Dann kam der Ruf an die amerikanische Universität, und auf einmal, in dem riesigen freien Land, war nicht die Rede mehr von »Takt«, es gab nichts als offene, unverschüchterte, deklarierte Freundwilligkeit, freudig, rückhaltlos, unter dem stehenden Motto: »Thank you, Mr. Hitler!« Ich habe einigen Grund, lieber Herr von Molo, diesem Lande dankbar zu sein, und Grund, mich ihm dankbar zu erweisen.

Heute bin ich amerikanischer Bürger, und lange vor Deutschlands schrecklicher Niederlage habe ich öffentlich und privat erklärt, daß ich nicht die Absicht hätte, Amerika je wieder den Rücken zu kehren. Meine Kinder, von denen zwei Söhne noch heute im amerikanischen Heere dienen, sind eingewurzelt in diesem Lande, englisch sprechende Enkel wachsen um mich auf. Ich selbst, mannigfach verankert auch schon in diesem Boden, da und dort ehrenhalber gebunden, in Washington, an den Haupt-Universitäten der Staaten, die mir ihre Honorary Degrees verliehen, habe ich mir an dieser herrlichen, zukunftatmenden Küste mein Haus errichtet, in dessen Schutz ich mein Lebenswerk zu Ende führen möchte – teilhaft einer Atmosphäre von Macht, Vernunft, Überfluß und Frieden. Geradeheraus: ich sehe nicht, warum ich die Vorteile meines seltsamen Loses nicht genießen sollte, nachdem ich seine Nachteile bis zur Hefe gekostet. Ich sehe das namentlich darum nicht, weil ich den Dienst nicht sehe, den ich dem deutschen Volke leisten – und den ich ihm nicht auch vom Lande California aus leisten könnte.

Daß alles kam, wie es gekommen ist, ist nicht meine Veranstaltung. Wie ganz und gar nicht ist es das! Es ist ein Ergebnis des Charakters und Schicksals des deutschen Volkes – eines Volkes, merkwürdig genug, tragisch-interessant genug, daß man manches von ihm hinnimmt, sich manches von ihm gefallen läßt. Aber dann soll man die Resultate auch anerkennen und nicht das Ganze in ein banales »Kehre zurück, alles ist vergeben!« ausgehen lassen wollen.

Fern sei mir Selbstgerechtigkeit! Wir draußen hatten gut tugendhaft sein und Hitler die Meinung sagen. Ich hebe keinen Stein auf, gegen niemanden. Ich bin nur scheu und »fremdle«, wie man von kleinen Kindern sagt. Ja, Deutschland ist mir in all diesen Jahren doch recht fremd geworden. Es ist, das müssen Sie zugeben, ein beängstigendes Land. Ich gestehe, daß ich mich vor den deutschen Trümmern fürchte – den steinernen und den menschlichen. Und ich fürchte, daß die Verständigung zwischen einem, der den Hexensabbat von außen erlebte, und Euch, die Ihr mitgetanzt und Herrn Urian aufgewartet habt, immerhin schwierig wäre. Wie sollte ich unempfindlich sein gegen die Briefergüsse voll lange verschwiegener Anhänglichkeit, die jetzt aus Deutschland zu mir kommen! Es sind wahre Abenteuer des Herzens für mich, rührende. Aber nicht nur wird meine Freude daran etwas eingeengt durch den Gedanken, daß keiner davon je wäre geschrieben worden, wenn Hitler gesiegt hätte, sondern auch durch eine gewisse

Ahnungslosigkeit, Gefühllosigkeit, die daraus spricht, sogar schon durch die naive Unmittelbarkeit des Wiederanknüpfens, so, als seien diese zwölf Jahre garnicht gewesen. Auch Bücher sind es wohl einmal, die kommen. Soll ich bekennen, daß ich sie nicht gern gesehen und bald weggestellt habe? Es mag Aberglaube sein, aber in meinen Augen sind Bücher, die von 1933 bis 1945 in Deutschland überhaupt gedruckt werden konnten, weniger als wertlos und nicht gut in die Hand zu nehmen. Ein Geruch von Blut und Schande haftet ihnen an: sie sollten alle eingestampft werden.

Es war nicht erlaubt, es war unmöglich, »Kultur« zu machen in Deutschland, während rings um einen herum das geschah, wovon wir wissen. Es hieß die Verkommenheit beschönigen, das Verbrechen schmücken. Zu den Qualen, die wir litten, gehörte der Anblick, wie deutscher Geist, deutsche Kunst sich beständig zum Schild und Vorspann des absolut Scheusäligen hergaben. Daß eine ehrbarere Beschäftigung denkbar war, als für Hitler-Bayreuth Wagner-Dekorationen zu entwerfen – sonderbar, es scheint dafür an jedem Gefühl zu fehlen. Mit Goebbels'scher Permission nach Ungarn oder sonst einem deutscheuropäischen Land zu fahren und mit gescheiten Vorträgen Kultur-Propaganda zu machen fürs Dritte Reich – ich sage nicht, daß es schimpflich war, ich sage nur, daß ich es nicht verstehe, und daß ich Scheu trage vor manchem Wiedersehen.

Ein Kapellmeister, der, von Hitler entsandt, in Zürich, Paris oder Budapest Beethoven dirigierte, machte sich einer obszönen Lüge schuldig – unter dem Vorwande, er sei ein Musiker und mache Musik, das sei alles. Lüge aber vor allem schon war diese Musik auch zu Hause. Wie durfte denn Beethovens »Fidelio«, diese geborene Festoper für den Tag der deutschen Selbstbefreiung im Deutschland der zwölf Jahre *nicht* verboten sein! Es war ein Skandal, daß er nicht verboten war, sondern daß es hochkultivierte Aufführungen davon gab, daß sich Sänger fanden, ihn zu singen, Musiker, ihn zu spielen, ein Publikum, ihm zu lauschen. Denn welchen Stumpfsinn brauchte es, in Himmlers Deutschland den »Fidelio« zu hören, ohne das Gesicht mit den Händen zu bedecken und aus dem Saal zu stürzen!

Ja, so mancher Brief kommt nun aus der fremden, unheimlichen Heimat, vermittelt durch amerikanische sergeants und lieutenants – nicht nur von bedeutenden Männern, sondern auch von jungen und einfachen Leuten, und merkwürdig: von denen mag keiner mir raten, so bald nach Deutschland zu kommen. »Bleiben Sie, wo Sie sind!« sagen sie schlicht. »Verbringen Sie Ihren Lebensabend in Ihrer neuen, glücklicheren Heimat! Hier ist es zu traurig ...« Traurig? Wäre es nur das – und nicht unvermeidlich auch fortdauernd böse und feindselig. Als eine Art von Trophäe bekam ich kürzlich von amerikanischer Seite ein altes Heft einer deutschen Zeitschrift zugeschickt: »Volk im Werden«, März 1937 (Hanseatische Verlagsanstalt Hamburg) herausgegeben von einem hochgestellten Nazi-Professor und Dr. h. c. Er hieß nicht gerade Krieg, sondern Krieck, mit ck. Es war eine bange Lektüre. Unter Leuten, sagte ich mir, die zwölf Jahre lang mit diesen Drogen gefüttert worden sind, kann nicht gut leben sein. Du hättest, sagte ich mir, zweifellos viele gute und treue Freunde dort, alte und junge; aber auch viele lauernde Feinde – geschlagene Feinde wohl, aber das sind die schlimmsten und giftigsten. – –

Und doch, lieber Herr von Molo, ist dies alles nur eine Seite der Sache; die andere will auch ihr Recht – ihr Recht auf das Wort. Die tiefe Neugier und Erregung, mit der ich jede Kunde aus Deutschland, mittelbar oder unmittelbar, empfange, die Entschiedenheit, mit der ich sie jeder Nachricht aus der großen Welt vorziehe, wie sie sich jetzt, sehr kühl gegen Deutschlands nebensächliches Schicksal, neu gestaltet, lassen mich täglich aufs neue gewahr werden, welche unzerreißbaren Bande mich denn doch mit dem Lande verknüpfen, das mich »ausbürgerte«. Ein amerikanischer Weltbürger – ganz gut. Aber wie verleugnen, daß meine Wurzeln dort liegen, daß ich trotz aller fruchtbaren Bewunderung des Fremden in deutscher Tradition lebe und webe, möge die Zeit meinem Werk auch nicht gestattet haben, etwas anderes zu sein, als ein morbider und schon halb parodistischer Nachhall großen Deutschtums.

Nie werde ich aufhören, mich als deutscher Schriftsteller zu fühlen und bin auch in den Jahren, als meine Bücher nur auf englisch ihr Leben fristeten, der deutschen Sprache treu geblieben – nicht nur, weil ich zu alt war, um mich noch sprachlich umzustellen, sondern auch in dem Bewußtsein, daß mein Werk in deutscher Sprachgeschichte seinen bescheidenen Platz hat. Der Goethe-Roman, der, geschrieben in Deutschlands dunkelsten Tagen, in ein paar Exemplaren zu Euch hineingeschmuggelt wurde, ist nicht gerade ein Dokument des Vergessens und der Abkehr. Auch brauche ich nicht zu sagen: »Doch schäm ich mich der Ruhestunden, Mit euch zu leiden war Gewinn.« Deutschland hat mir nie Ruhe gelassen. Ich habe »mit Euch gelitten«, und es war keine Übertreibung, als ich in dem Brief nach Bonn von einer Sorge und Qual, einer Seelen- und Gedankennot sprach, »von der seit vier Jahren nicht eine Stunde meines Lebens frei gewesen ist, und gegen die ich meine künstlerische Arbeit tagtäglich durchzusetzen hatte«. Oft genug habe ich garnicht versucht, sie dagegen durchzusetzen. Das Halbhundert Radiobotschaften nach Deutschland (oder sind es mehr?), die jetzt in Schweden gedruckt wurden – diese immer sich wiederholenden Beschwörungen mögen bezeugen, daß oft genug anderes mir vordringlicher schien, als »Kunst«.

Vor einigen Wochen habe ich in der Library of Congress in Washington einen Vortrag gehalten über das Thema: »Germany and the Germans«. Ich habe ihn deutsch geschrieben, und er soll im nächsten Heft der Juni 1945 wiedererstandenen »Neuen Rundschau« abgedruckt werden. Es war ein psychologischer Versuch, einem gebildeten amerikanischen Publikum zu erklären, wie doch in Deutschland alles so kommen konnte, und ich hatte die ruhige Bereitwilligkeit zu bewundern, mit der, so knapp nach dem Ende eines fürchterlichen Krieges, dies Publikum meine Erläuterungen aufnahm. Meinen Weg zu finden zwischen unstatthafter Apologie – und einer Verleugnung, die mir ebenfalls schlecht zu Gesicht gestanden hätte, war natürlich nicht leicht. Aber ungefähr ging es. Ich sprach von der gnadenvollen Tatsache, daß oft auf Erden aus dem Bösen das Gute kommt – und von der teuflischen, daß oft das Böse kommt aus dem Guten. Ich erzählte in Kürze die Geschichte der deutschen »Innerlichkeit«. Die Theorie von den beiden Deutschland, einem guten und einem bösen, lehnte ich ab. Das böse Deutschland, erklärte ich, das ist das fehlgegangene gute, das gute im Unglück, in Schuld und Untergang. Ich stände hier nicht, um mich, nach schlechter Gepflogenheit, der Welt als das gute, das edle, das gerechte Deutschland im weißen Kleid zu empfehlen. Nichts von dem, was ich meinen Zuhörern über Deutschland zu sagen versucht hätte, sei aus fremdem, kühlem, unbeteiligtem Wissen gekommen; ich hätte es alles auch in mir; ich hätte es alles am eigenen Leibe erfahren.

Das war ja wohl, was man eine Solidaritätserklärung nennt – im gewagtesten Augenblick. Nicht gerade mit dem Nationalsozialismus, das nicht. Aber mit Deutschland, das ihm schließlich verfiel und einen Pakt mit dem Teufel schloß. Der Teufels-Pakt ist eine tief-altdeutsche Versuchung, und ein deutscher Roman, der eingegeben wäre von den Leiden der letzten Jahre, vom Leiden an Deutschland, müßte wohl eben dies grause Versprechen zum Gegenstand haben. Aber sogar um Faustens Einzelseele ist, in unserem größten Gedicht, der Böse ja schließlich betrogen, und fern sei uns die Vorstellung, als habe Deutschland nun endgültig der Teufel geholt. Die Gnade ist höher als jeder Blutsbrief. Ich glaube an sie, und ich glaube an Deutschlands Zukunft, wie verzweifelt auch immer seine Gegenwart sich ausnehmen, wie hoffnungslos die Zerstörung erscheinen möge. Man höre doch auf, vom Ende der deutschen Geschichte zu reden! Deutschland ist nicht identisch mit der kurzen und finsteren geschichtlichen Episode, die Hitlers Namen trägt. Es ist auch nicht identisch mit der selbst nur kurzen Bismarck'schen Ära des Preußisch-Deutschen Reiches. Es ist nicht einmal identisch mit dem auch nur zwei Jahrhunderte umfassenden Abschnitt seiner Geschichte, den man auf den Namen Friedrichs des Großen taufen kann. Es ist im Begriffe, eine neue Gestalt anzunehmen, in einen neuen Lebenszustand überzugehen, der vielleicht nach den ersten Schmerzen der Wandlung und des Überganges mehr Glück und echte Würde verspricht, den eigensten Anlagen und Bedürfnissen der Nation günstiger sein mag, als der alte.

Ist denn die Weltgeschichte zuende? Sie ist sogar in sehr lebhaftem

Gange, und Deutschlands Geschichte ist in ihr beschlossen. Zwar fährt die Machtpolitik fort, uns drastische Abmahnungen von übertriebenen Erwartungen zu erteilen; aber bleibt nicht die Hoffnung bestehen, daß zwangsläufig und notgedrungen die ersten versuchenden Schritte geschehen werden in der Richtung auf einen Weltzustand, in dem der nationale Individualismus des neunzehnten Jahrhunderts sich lösen, ja schließlich vergehen wird? Weltökonomie, die Bedeutungsminderung politischer Grenzen, eine gewisse Entpolitisierung des Staatenlebens überhaupt, das Erwachen der Menschheit zum Bewußtsein ihrer praktischen Einheit, ihr erstes ins Auge fassen des Weltstaates – wie sollte all dieser über die bürgerliche Demokratie weit hinausgehende *soziale Humanismus*, um den das große Ringen geht, dem deutschen Wesen fremd und zuwider sein? In seiner Weltscheu war immer so viel Weltverlangen; auf dem Grunde der Einsamkeit, die es böse machte, ist, wer wüßte es nicht, der Wunsch, zu lieben, der Wunsch, geliebt zu sein. Deutschland treibe Dünkel und Haß aus seinem Blut, es entdecke seine Liebe wieder, und es wird geliebt werden. Es bleibt, trotz allem, ein Land voller gewaltiger Werte, das auf die Tüchtigkeit seiner Menschen sowohl wie auf die Hilfe der Welt zählen kann, und dem, ist nur erst das Schwerste vorüber, ein neues, an Leistungen und Ansehen reiches Leben vorbehalten ist.

Ich habe mich weit führen lassen, in meiner Erwiderung, lieber Herr von Molo. Verzeihen Sie! In einem Brief nach Deutschland wollte allerlei untergebracht sein. Auch dies noch: der Traum, den Boden des alten Kontinents noch einmal unter meinen Füßen zu fühlen, ist, der großen Verwöhnung zum Trotz, die Amerika heißt, weder meinen Tagen, noch meinen Nächten fremd, und wenn die Stunde kommt, wenn ich lebe und die Transportverhältnisse sowohl wie eine löbliche Behörde es erlauben, so will ich hinüberfahren. Bin ich aber einmal dort, so ahnt mir, daß Scheu und Verfremdung, diese Produkte bloßer zwölf Jahre, nicht standhalten werden gegen eine Anziehungskraft, die längere Erinnerungen, tausendjährige, auf ihrer Seite hat. Auf Wiedersehen also, so Gott will.

Die Ehe im Übergang

Brief an den Grafen Hermann Keyserling

Werter Graf Keyserling!
Die Leute aufs Glatteis zu führen, ist eine wenig humane Liebhaberei, die seit des Sokrates Tagen als typischer Zug im Charakterbilde des Philosophen bekannt ist. Daß Sie einer seien, habe ich immer schon sagen hören, und ich zweifle nicht länger daran, seitdem Sie uns zu schriftstellerischer Betreuung ein Thema zu unterbreiten die Gewogenheit hatten, das man wohl als glättestes Glatteis ansprechen darf – als so glatt und tückisch in der Tat, daß man viel Tänzermut und -lust in sich verspüren muß, um es, in Erinnerung an ein Nietzsche-Verschen, als »Paradeis« zu empfinden. Die stille Zuziehung eines kleinen Kommandos rotbekreuzter Sanitätspersonen wird sich empfehlen bei Abhaltung des prekären Eisfestes, als dessen Veranstalter Sie zeichnen; denn daß sich allerlei pflegebedürftige Zwischenfälle dabei ereignen werden, ist leider vorauszusehen, und niemand kann sagen, ob er nicht einen dieser »Fälle« bilden wird. Immerhin, beiseitezustehen wird nicht angängig sein. Man hätte keine Entschuldigung als die der Furchtsamkeit. Man ist Ehemann, man hat nicht das Recht, zu sagen: Die Sache, die freilich hinlänglich problematische Sache, schiert mich den Teufel. Die Aufforderung hat etwas persönlich und zeitlich Verpflichtendes. Hic Rhodos, hic salta.

Die Ehe also – ein Problem. Problematisch geworden in der Zeit, wie alles. Unsere Großeltern, wohl ihnen, hätten es nicht verstanden. Es sind schlimme Zeiten, in denen das Notwendige, die Urordnung, unmöglich zu werden scheint, von innen heraus, aus dem Menschen heraus, der an und für sich ein problematisches Wesen ist, der Natur verbunden, dem Geiste verpflichtet, ein vom Gewissen geplagtes, zum Idealistischen und Absurden gezwungenes Geschöpf, mit dem Hange, beständig den Zweig abzusägen, auf dem es sitzt. Nehmen Sie das Dienstbotenwesen, eine der sozialen Grundlagen des Verhältnisses, der

Urordnung, wovon wir reden. Denn die Ehe ist zwar keine »bürgerliche« Einrichtung, es sei denn, wir nähmen dies Wort in seinem höchsten Verstande, dem der Lebensbürgerlichkeit; aber sie hat bürgerliche, soziale Grundlagen, – die erschüttert sind. Das haustierhafte Knechts- und Magdverhältnis, das Gesindewesen, nach seinem primitiven und epischen Ursinn kaum auf dem Lande noch leidlich erhalten, ist in den Städten vollends der Zersetzung verfallen, in die Sphäre sozialer Gewissenskritik, Emanzipation und Auflösung gerissen. Jedermann sieht, daß der Dienstbotenstand, als patriarchalisches Rudiment in die Zeit hineinragend, dank jener generösen Unklugheit des Menschen längst innerlich unmöglich geworden ist, und niemand sieht ab, wie es damit werden und enden soll; denn der epische Begriff des »Hauswesens«, wie noch Kant ihn handhabte, und dessen Zubehör Mann, Weib, Kind und Gesinde bildeten, ist schon damit gesprengt. – Ich sagte, die Ehe sei keine »bürgerliche« Einrichtung. Ich wollte sie damit sicherstellen gegen das zermalmendste Schimpfwort der Zeit und gegen die Verwechslung, die bei seinem revolutionären Gebrauch so leicht und unbeachtet sich einschleicht: die Verwechslung des eigentlich Bürgerlichen mit dem Urgegebenen und menschlich Ewigen, dem Zeit- und Alterslosen. Ich weiß nicht, ob es Konservatismus ist, an dergleichen zu glauben, aber ich glaube daran. Zum Beispiel glaube ich an die Zeitlosigkeit, die Vor- wie Nachbürgerlichkeit, die menschliche Ewigkeit der künstlerischen Grundformen und -seelen, an den Geist der Epik etwa, der heute mit Hilfe jener Verwechslung gern als »bürgerlich« gebrandmarkt wird. Freilich ist zuzugeben, daß das Bürgerliche mit dem zeitlos Urgegebenen und Beständigen vielfach täuschend zusammenfällt. So hat das 19., das eigentlich bürgerliche Jahrhundert, den epischen Urgeist, das ewig Homerische durch Dickens, Balzac und Tolstoi, in theatralischer Einkleidung durch Wagner, in riesenhaften Werken gepflegt, und was von diesem Wesen, von großer epischer Form, zersetzt und intellektualisiert, noch übrig sein mag, wird wohl dem 19., dem bürgerlichen Jahrhundert, und nicht dem 20. angehören. So war auch das urtümlich-patriarchalische Verhältnis des »Weibes«, der »Hausfrau«, zum Manne zugleich das bürgerliche. »Und er soll dein Herr sein«, das ist nicht nur biblisch, sondern auch altfränkisch. Und was wir erleben oder schon gründlich zu Ende erlebt haben, ist die sozialkritische Unterminierung dieser biblisch-bürgerlichen Gegebenheit durch die Verselbständigung und Befreiung der radfahrenden, chauffierenden, studierenden, starkgeistig gewordenen, in gewissem Sinn vermännlichten Frau: durch die »Frauenemanzipation«, welche, ein Greuel allem bürgerlichen Konservatismus, der seinerseits ebenfalls das Bürgerliche mit dem Ewigen verwechselte, so lächerlich und kindisch begann, und von der doch so viel ernsthaft Untilgbares, Irreparables, Nicht-rückgängig-zu-Machendes übriggeblieben und ins Leben eingegangen ist.

Es handelt sich um einen Ausgleich zwischen den Geschlechtern, der zu den allermerkwürdigsten Phänomenen der wahren, der inneren Geschichte gehört. Schon Wedekind (ich glaube, in »Franziska«) bemerkte eisig: »Der Unterschied zwischen männlicher und weiblicher Kleidung ist in der ganzen Welt im Schwinden begriffen.« Seinem Mignongeschmack (der zugleich das Urweibhafte suchte) war die Kleidung, also die Befreiung des Frauenkörpers durch Sport und Sportkostüm, das Interessanteste. Daß aber alles Äußere Symbol eines Inneren ist, daß hier Korrespondenz herrscht, und eines vom anderen lebt, entging ihm natürlich nicht. Überall ist genug des Weibchen-Kätzchenhaften übriggeblieben und mag unsterblich heißen: der Wille und Wunsch, auf den Mann als möglichst reiz- und geheimnisvolles, süß-wildfremdes Gegengeschlechtswesen zu wirken. Im großen und ganzen aber regiert die unaufhaltsame Tendenz zum Aus- und Angleich in allen Lebensverhältnissen, in Dingen der Bildung und Berufstüchtigkeit also, der Aktionsfreiheit in Sport und Politik: und zwar nicht länger ehrgeizig-emanzipatorisch-wettstreitsüchtig betont, sondern mit dem Akzent der Selbstverständlichkeit und ohne auf ernsthaften Widerstand von seiten des Mannes zu stoßen, welcher vielmehr ein »Entgegenkommen« zeigt, das durchaus nicht nur äußerlich ist.

Ich will nicht sagen, daß er »verweiblicht« – auch das Wort »Vermännlichung« ist, in Ansehung der Frau, kaum das rechte, und der praktische, die Toilette entlastende, dabei oft weiblich sehr reizvolle »Bubenkopf« hat mit der tendenziösen Haarschur der frühen Rechtlerinnen nicht das geringste mehr zu tun. Aber ein gewisser Begriff von Männlichkeit – galant, hahnenmäßig, roh, gebläht, dumm-herablassend und dumm-venerierend zugleich; die Atmosphäre des bürgerlichen Tanzsaals, gespannt und albern, erotisch, steif, förmlich, schlüpfrig und töricht – das kommt abhanden. Der Vorgang, so läßt sich sagen, läuft auf eine Art von beiderseitiger Vermenschlichung hinaus, die Kameradschaft ermöglicht. Es ist nichts nötig, als unseren jungen Leuten ein wenig zuzusehen, um festzustellen, daß da von Salon, von Ritter- und Damentum, Galanterie und Minauderie nicht viel mehr zu spüren ist. Beim Jüngling fällt das Martialische weg, der Stock im Rücken, das Hackenzusammenschlagen, der Schnurrbart. Er rasiert sein Gesicht, was die großzügigere Schönheit seiner Jugend (sofern alle Jugend schön ist) doch der weiblichen annähert, und seine Haltung hat modisch-zeitbestimmter Weise eher etwas feminin Gedrehtes und Weiches, ins Tänzerhafte Schlagendes. Auch er will »schön« sein – was etwas menschlich anderes ist als »männlich«; – der Ehrgeiz geht im ganzen nicht mehr auf »männlich« und »weiblich« – oder weiß, daß er »schön« ist –; und das hängt mit einer anderen und allgemeineren Emanzipationsbewegung und Bewußtwerdung zusammen: mit derjenigen der *Jugend*, die nicht länger sich als eine autoritativ bedrückte und gemaßregelte Vorform des Menschlichen, sondern als einen menschlichen Selbstsinn zu verstehen gewillt ist, ja, vermessenerweise denn doch wohl die eigentliche, und klassische Form des Menschlichen darzustellen Anspruch erhebt – jedenfalls aber ihre spezifische »Schönheit« entdeckt hat und darstellt. Schönheit war immer und ist heute bewußter und wortlos betonter Weise eine allgemein jugendlich-menschliche, also nicht nur weibliche Aspiration und Idee. Wo diese Aspiration und Idee im Spiele ist, da ist der reine und rohe Begriff des »Männlichen« seelisch nicht haltbar: etwas Feminines ist mit dem Wesen der »Schönheit« verbunden – vide den Künstler, der nie und nirgends ein reiner und roher Mann gewesen ist. Es ist etwas von der Idee der Androgyne, von der die Romantiker träumten, in jener menschlich ausgeglichenen Kameradschaft zwischen den Geschlechtern, von der ich sprach. Zufall ist es wohl nicht, daß die Entstehung ihrer Möglichkeit mit der psychoanalytischen Entdeckung der ursprünglichen und natürlichen Bisexualität des Menschen zusammenfällt. Und wenn überhaupt unser junges Volk – wir wollen es beglückwünschen dazu! – zu den geschlechtlichen Dingen sich heiterer und seelenruhiger verhält, als frühere Generationen es vermochten; wenn dieses Gebiet überhaupt seiner ehemaligen Tabu-Schrecken nun so gut wie entkleidet scheint: so wird es doch auch in jenen Zusammenhang gehören und fügt sich zum mindesten darein, daß das homoerotische Phänomen von seiten der neuen Jugend viel gelassene und unbefremdete Duldsamkeit erfährt – wie denn, seit Blüher, dies Element wenigstens mit *einer* Erscheinungsform der Jugendbewegung, dem Wandervogelwesen, für unser Bewußtsein psychologisch verbunden ist.

Ohne Zweifel genießt die Homoerotik, der mann-männliche Liebesbund, die Sexualkameradschaft, heute eine gewisse zeitklimatische Gunst und wird gebildeterweise nicht nur im Lichte klinischer Monstrosität gesehen. Nicht zufällig ist sogar in Frankreich, dem Lande der Galanterie par excellence, ein erster Schriftsteller des Landes mit einer dialektischen und offenbar leidenschaftlichen Apologie dieser Empfindungssphäre hervorgetreten, nachdem er lange die Schrift verschlossen gehalten. Tatsächlich ist über eine Gefühlszone, aus der das Mediceer-Grabmal und der David, die Venezianischen Sonette und die Pathétique in H-Moll hervorgegangen sind, nicht gut schimpfen oder spotten. Der Staat, sofern ihm blindlings an möglichst vielen Geburten, an Bevölkerungszuwachs à tout prix gelegen ist, möge seine Maßregeln dagegen treffen, obgleich die Antike lehrt, daß er manche Gründe finden kann, sich sogar daran zu interessieren, und obgleich der erwähnte Hans Blüher in einem Buche von starkem Wahrheitseinschlag die *Herkunft* des Staates selbst aus dieser Sphäre zu erweisen gesucht und plausibel zu machen verstanden hat. Unter dem abstrakt-ästhetischen Gesichtspunkt nun gar, einem generös-humanen, emanzipatorischen, gegen-utilitarischen und also innerlich antinatürlichen Gesichtspunkt, ist überhaupt nichts gegen dies Gefühlswesen zu erinnern, welchem also mit dem Urteil Unästhetisch am wenigsten beizukommen ist. Das Praktische ist etwas anderes. Aber hapert es da am Ende nicht auch im Natürlichen? Jedenfalls ist das Ästhetische ein außermoralischer, von Ethik, vom Lebensbefehl nichts wissender, von der Idee der Nützlichkeit und Fruchtbarkeit ganz unberührter Gesichtspunkt, und gegen die Emanzipation des Erotischen vom Nützlichkeits- und Fortpflanzungsgedanken, vom Interesse der Natur also, für welche die Liebesillusion nur ein Trick der Verführung, ein Mittel zu ihren fertilen Zwecken ist, werden ästhetisch-humaner Weise schlagende Argumente schwerlich beigebracht werden können. Wo der Begriff der Schönheit obwaltet, da büßt der Lebensbefehl seine Unbedingtheit ein. Das Prinzip der Schönheit und Form entstammt nicht der Sphäre des Lebens; seine Beziehung zu ihr ist höchstens streng kritischer und korrektiver Natur. Es steht dem Leben in stolzer Melancholie entgegen und ist im Tiefsten mit der Idee des Todes und der Unfruchtbarkeit verbunden. Platen sagt:

»Wer die Schönheit angeschaut mit Augen,
Ist dem Tode schon anheimgegeben.«

Aber diese beiden Verse bilden die Ur- und Grundformel alles Ästhetizismus, und mit Fug und Recht ist die Homoerotik erotischer Ästhetizismus zu nennen.

Wer leugnet, daß damit *sittlich* ihr Urteil gesprochen ist? Es ist kein Segen bei ihr, als der der Schönheit, und das ist ein Todessegen. Ihr fehlt der Segen der Natur und des Lebens – das möge ihr Stolz sein, ein allerschwermütigster Stolz, aber sie ist gerichtet damit, verworfen, gezeichnet mit dem Zeichen der Hoffnungslosigkeit und des Widersinns. Nicht-Segen, das ist Unsegen, ist Fluch, wo es sich um Natur und Leben handelt; und ein Fluch, nicht gleichbedeutend mit bloßer gesellschaftlicher Verpönung, um die es in so amüsabler und »vermenschlichter«, mit allen Wassern der Duldsamkeit gewaschener Zeit nicht gar so streng bestellt ist, schwebt unverkennbar über dieser freien, allzu freien Liebe. Sie pflegt in Gemeinheit und Elend zu enden, als eine wie hohe Intuition sie auch begonnen habe. Sie ist »freie« Liebe im Sinn der Unfruchtbarkeit, Aussichtslosigkeit, Konsequenz- und Verantwortungslosigkeit. Es entsteht nichts aus ihr, sie legt den Grund zu nichts, ist »l'art pour l'art«, was ästhetisch recht stolz und frei sein mag, doch ohne Zweifel unmoralisch ist. Sie selbst hegt das innere Gefühl ihrer Aussichtslosigkeit, Wurzellosigkeit, ihrer Nicht-Gebundenheit an die Zukunft, ihres Mangels an Zusammenhang. Ihr inneres Wesen ist Libertinage, Zigeunertum, Flatterhaftigkeit. Ihr fehlt die Treue. Es gibt tatsächlich keine untreuere, sich weniger gebunden fühlende, so sehr nach allen Seiten schweifende Liebe, wenn ich recht sehe. Daß sie im Altertum den Kitt der Phalanx bildete, Kriegs- und Todeskameradschaft schuf, spricht nur scheinbar dagegen. »Was ist denn das für eine Liebe,« fragt sogar schon ein Alter, »die an einem Haare hängt, mit der es aus ist, wenn dem Geliebten das erste Barthaar sproßt?« Sie irrlichteliert, wendet sich mit einer Leichtigkeit, die der dem Leben gehorsamen Liebe doch fremd ist, von einem Gegenstand zum anderen. Ich fand es immer humoristisch und naiv, wenn Goethe, ein ziemlich »freier« und egoistisch unehelicher Erotiker, bekennt: »Es ist eine sehr angenehme Empfindung, wenn sich eine neue Leidenschaft in uns zu regen anfängt, ehe die alte noch ganz verklungen ist. So sieht man bei untergehender Sonne gern auf der entgegengesetzten Seite den Mond aufgehen und erfreut sich an dem Doppelglanz der beiden Himmelslichter.« Aber diese treuherzige Treulosigkeit scheint mir durch die Freizügigkeit der Homoerotik weit überboten zu werden – was denn eben ein Ausdruck ihres Mangels an Seßhaftigkeits- und Verewigungsinstinkt ist: sie ist nicht gründend, nicht familienbildend und geschlechterzeugend.

Die *Treue* ist der ungeheure moralische Vorzug der naturgebotenen, ehelich möglichen, zeugenden Liebe. Das Gesetz der Juden, die sich auf diese Dinge allzeit wohl verstanden, bedrohte schon in erster Frühe den Knabenbeischlaf mit dem Tode. Ein zeitgenössischer Philosoph dieser sittlichen Rasse, Hermann Cohen, findet die Synthese von Eros und Ethos, von Geschlechtstrieb und Sittlichkeit, in der

Treue. »Der Treue wegen«, sagt er, »muß die Ehe dasein«; denn wahrhafte Liebestreue sei nur möglich in der Ehe und durch sie. Wirklich ist die Ehe sowohl eine Auswirkung und Schöpfung des Treueinstinktes, wie seine Erzeugerin, seine Schule, sein Nährboden, seine Bewahrerin. Sie sind eins; es ist nicht zu sagen, was eher war, die Ehe oder die Treue, und im Zusammenhang mit der Homoerotik gedacht, werden sie gleichermaßen absurd. Alles, was die Ehe ist, nämlich Dauer, Gründung, Fortzeugung, Geschlechterfolge, Verantwortung, das ist die Homoerotik nicht; und als sterile Libertinage ist sie das Gegenteil der Treue. Deutlich, wie nirgends, zeigt sich hier, wie Tugend und Sittlichkeit Sache des Lebens sind, nichts anderes als sein kategorischer Imperativ, der Lebensbefehl – während aller Ästhetizismus pessimistisch-orgiastischer Natur, d. h. des Todes ist. Daß alles Künstlertum dazu neigt, zum Abgrunde tendiert, ist nur allzu gewiß. Aber die Kunst, trotz des Zusammenhanges von Tod und Schönheit wunderbarerweise doch lebenverbunden, liefert aus sich auch wieder die Antitoxine; Lebensfreundlichkeit, Lebensgutwilligkeit bilden doch auch einen der Grundinstinkte des Künstlers; ein gewisser Einschlag von Lebensbürgerlichkeit und Ethik macht ihn jedenfalls, sowenig Kunst und Tugend von Hause aus zusammengehen, zusammengehören, unter Menschen erst möglich, und der Künstler, so scheint mir, ist recht eigentlich der (ironische!) *Mittler* zwischen den Welten des Todes und des Lebens. – Riefen Sie mich zur Sache soeben? Ich gehorche, indem ich persönlich werde. In dem großen Jugendwerk, das auch seiner bürgerlichen Existenz die Grundlage geben sollte, hatte der Jüngling schon von Ehe und Vaterschaft gehandelt, und zwar in einem recht pessimistischen Sinn und Geist. Das metaphysische Erlebnis, womit Thomas Buddenbrook sich zum Sterben bereitet, hatte ihn die Ehe, sofern sie »Sorge um ein rühmliches, historisches Fortbestehen in der Person von Nachkommen« ist, als verfehlt verneinen und von der »Furcht vor einer endlichen historischen Auflösung und Zersetzung« sich befreien lassen. »In meinem Sohne habe ich fortzuleben gehofft? In einer noch ängstlicheren, schwächeren, schwankenderen Persönlichkeit? Kindische, irregeführte Thorheit! Was soll mir ein Sohn? Ich brauche keinen Sohn! Wo ich sein werde, wenn ich tot bin? In allen werde ich sein, die je und je Ich gesagt haben, sagen und sagen werden, besonders aber in denen, die es voller, kräftiger, fröhlicher sagen ...« Diese Abwendung von der Idee der Familie und Geschlechtsverewigung, diese Flucht ins Metaphysische ist Ausdruck desselben Prozesses von Auflösung der Lebenszucht, von »Heimkehr« in die orgiastische Freiheit des Individualismus, den ich im »Tod in Venedig« in Gestalt der Knabenliebe noch einmal geschildert habe. Immer flossen die Begriffe des Individualismus und des Todes mir zusammen (wie denn mein Kriegsbuch, »Betrachtungen eines Unpolitischen«, ganz im Zeichen des romantischen Individualismus, d. h. des Todes, stand und diese Sphäre, heimatliche Sphäre unbedingt, gegen die der ratio und der sozialen »Tugend« verteidigte, welche damals auf mich beleidigende Weise zu literarischen Modeehren gekommen war) – umgekehrt aber der Begriff des Lebens mit dem der Pflicht, des Dienstes, der sozialen Bindung und selbst der Würde. Thomas Buddenbrook und Aschenbach sind Sterbende, Flüchtlinge der Lebenszucht und -sittlichkeit, Dionysier des Todes: eine Verfassung, auf die ich mich mit einem Teil meines Wesens beizeiten verstand. Ich will es nicht das künstlerische nennen, denn nochmals, ein Künstler ohne Lebenssittlichkeit ist nicht möglich; der Werkinstinkt selbst ist ihr Ausdruck, ist »Tüchtigkeit«, ist Sozialität, und zeitige er das lebenabgewandteste Werk. Ich habe schon gesagt, wie ich die Idee des Künstlertums von Anfang an konzipierte, welches Mittlertum ich ihm zuschrieb: Wir sind Sorgenkinder des Lebens, aber Kinder des Lebens eben doch und im Grunde zur sittlichen Güte bestimmt. Mit 24 Jahren konnte ich die Flucht eines Abgekämpften in den metaphysischen Individualismus erzählen – wahrhaftig, ich verstand mich schon in diesem Alter darauf. Aber das Wissen ist etwas anderes als das Sein, höchstens ein Teil des Seins. Goethe wußte vom Werther mehr, als er von ihm *war*, er hätte sonst nicht fortleben und -wirken können. Und der jugendliche Autor des Thomas Buddenbrook heiratete wenige Jahre, nachdem er ihn zum Sterben geleitet.

Hegel hat gesagt, der sittlichste Weg zur Ehe sei der, bei dem zuerst der Entschluß zur Verehelichung stehe und dieser dann schließlich die Neigung zur Folge habe, so daß bei der Verheiratung beides vereinigt sei. Ich habe das mit Vergnügen gelesen, denn es war mein Fall, und zweifellos ist er sehr häufig. Das Wort »auf Freiersfüßen gehen« (was nicht verliebt oder verlobt sein heißt, sondern eben nur gestimmt und geneigt sein, zu heiraten) ist der populäre Ausdruck dafür. In einem idyllischen Gedicht habe ich die Motive und das Wesen von Verehelichung und Ehe persönlich ausgesprochen; es ist da psychologisch kein Zweifel gelassen. Die Kinderschar, die der Jüngling-Vater, der eben noch einzeln war, rasch sich zusammenfinden sieht, erregt sein Staunen und seinen »kindischen Stolz«, wie alle Wirklichkeit, welche dem Träumer je zufiel. Und die Sentenz ist hinzugefügt, daß den Menschen des Traums Wirklichkeit träumerischer dünke, als jeder Traum und ihm tiefer schmeichle. Der junge Hauswirt »weiß sich« also »nicht wenig mit dem stattlichen Anhang und der bürgerlichen Befestigung«. Aber auch die Bänglichkeit ist nicht verschwiegen, mit der sie ihn oftmals berührt, sein inneres Sichhinwegwenden, die Sorge, seine »Freiheit und Einsamkeit« gegen das Leben, das er doch »redlich gesucht und sittlich gewollt«, zu bewahren. Das eigentümliche Erlebnis der Vaterschaft ist ausgedrückt: die Geschöpfe der eigenen Sehnsucht und des eigenen Schicksals im Fleische wandeln zu sehen als Menschen, die ihr eigenes Schicksal bergen; eine umringende Wirklichkeit anzuschauen, die aus Traum eher entsprungen scheint, denn aus dem Leben –, aus einem Traume eben, der zur »menschlichen Unternehmung« diesmal wunderlich ausgeschlagen, während der Traum sonst nur zum Werke auszuschlagen pflegte. Und so verfehlt nicht das Wort vom »Abenteuer«, vom »krausen Abenteuer« sich einzustellen beim Anblick der kleinen Gemeinschaft, »der traulichsten unter den Menschen«, welche erwachsen aus Traum und »lebensgutwilliger Bravheit«.

Diese »lebensgutwillige Bravheit« zum Abenteuer im Wirklichen, zur »menschlichen Unternehmung«, zur gründenden Verwirklichung des Gefühls und des Traumes im Leben ist die psychologische Formel aller Sittlichkeit und Sozialität – die Gegenformel zu jenem metaphysischen Individualismus, der als Auflösung der sittlichen Lebensform, als orgiastische Befreiung davon zu begreifen ist, und dem erotisch die ästhetisierend-sterile Knabenliebe entspricht. Diese ist, wie ich sagte, im tiefsten untreu, während die Ehe, nach Cohen, »die Begründung der Liebe in der Treue« ist. Die zur Ehe führende Liebe ist gründende Liebe. Es ist das Bewunderungswürdige der Ehe, daß hier ein Traum und Rausch wie die Liebe durch Gründung in Treue zur menschlichen Unternehmung, zum erstaunlich fortzeugenden Abenteuer im Wirklichen »ausschlägt«. Hegel hat für die ehelich befestigte Liebe überaus schöne Bestimmungen gefunden. Zum Beispiel nennt er sie »Sittlichkeit in Form des Natürlichen«. Er hätte sie aber auch »Natur in Form des Sittlichen« nennen können. Ist sie nicht wirklich und weit über den Sinn der katholischen Kirche hinaus, die kein echtes Sakrament in ihr sieht, sondern sie nur zur Indulgenz rechnet, ein sakramentales Geheimnis, die Liebesgründung der Ehe? Nicht umsonst will der Philosoph ihren religiösen Charakter gewahrt wissen, die »Pietät«, die mit ihr verknüpft sein müsse. Denn das ist eine Gründung nicht nur von Fleischlichem im Sittlichen, sondern auch umgekehrt von Geistigem im Fleische, und dies zuerst, weil zu allem sakramentalen, heiligen und mystischen Wesen Fleisch und Blut gehören und nichts rein Geistiges heilig ist. Gibt es überkirchliche Sakramente, so mag es auch übergesellschaftliche Institutionen geben; und es sind die eigentümlich reziproken Beziehungen des Geistigen und Fleischlichen in der Ehe, ihre wechselseitige Gründung ineinander, erinnernd bis zum Auffallenden an Wesen und Verhältnis der Kunst, was ihr das unverwischbare Gepräge des Sakramentalen und urinstitutionelle Dauer im Wandel der Zeiten verleiht. –

Ich komme zurück. Zum Bild unserer Tage gehört die Problematisierung aller Dinge, auch des Ewigen, des Heiligen, Unentbehrlichen und Urgegebenen – sein scheinbares Unmöglichwerden, sein scheinbar rettungsloser Verfall in der Zeit. Aber die Problematisierung des Ewig-Menschlichen, der Urinstitution durch die Zeit kann immer nur *Überhang*, nicht wirklich Ende und Auflösung bedeuten.

Wie heute alles und jedes, ist auch die Ehe im Übergang begriffen; an ihr Ende, ihr Aufhören zu glauben, wäre absurd. Gibt es heute mehr »unglückliche Ehen« als zu Zeiten, wo das patriarchalisch-religiöse Element in ihr stärker war und ein Druck von Heiligkeit und Weihe auf ihr lag, der das Bewußt-und-wirksam-werden, die Subjektivierung des »Unglücks« und das Aufkommen des Scheidungsgedankens hintanhielt? Es ist möglich, es ist wahrscheinlich. Freiheit, Individualismus, verstärktes Persönlichkeitsgefühl (auch dort und gerade dort, wo seine Rechtfertigung schwierig wäre), Ideen von »Recht und Glück« gewähren dem Unglück, dem Wunsch nach Lösung leichteren Zutritt ins Bewußtsein. Unter anderm ist ja die Ehe ein Problem der Herrschaft und Unterordnung. Ein Teil – so läßt sich zur Erläuterung ihres Verfalles sagen – muß der dienende, duldende sein, und dem patriarchalischen Geist der alten, der »klassischen« Ehe zufolge war es die Frau. Das ist aber durch ihre Emanzipation, ihre Individualisierung und Befreiung, ihre Ebenbürtigkeit und Gleichstellung grundsätzlich unmöglich geworden. Das Er soll dein Herr sein ist entschieden obsolet, – und doch war es das Prinzip, das die eheliche Gemeinschaft, wenn nicht überhaupt ermöglichte, so doch unvergleichlich vereinfachte. Nicht anders verhält es sich mit dem patriarchalisch-autoritativen Verhältnis der Eltern zu den Kindern, das ebenfalls, dank der Jugendemanzipation, nicht aufrecht zu halten ist. Ich schweige vom »Gesinde«, aus welchem durch Erkältung und sozialistische Verrechtlichung des Verhältnisses höchst freizügige »Hausangestellte« geworden sind. Wir sehen also: Bedrohung und Problematisierung der Ehe und des »Hauswesens« vom Manne her aus Libertinage, Recht auf Glück, Recht auf Wechsel, wenn ihm sein Glück nicht vollkommen scheint; von der Frau, von den Kindern, vom »Gesinde« her durch Emanzipation, gewonnenen Selbstsinn, Freiheit, Persönlichkeit. Die kulturelle Differenzierung steht mit alldem in Zusammenhang und kommt hinzu. Sie kompliziert und erschwert die unverbrüchliche Zusammensperrung zweier Menschen fürs Leben – eigentlich nur bei altväterlicher Einfalt des Gemütes, der Sinne, der Nerven beiderseits möglich – aufs äußerste, macht ein ganz anderes Maß von Rücksicht, Takt, Diplomatie, Zartheit, Güte, Nachsicht, Selbstbeherrschung, Kunst unentbehrlich, als in primitiveren Zeiten zu einer »glücklichen« Ehe gehörten. Selbstverständlich ist die Reizbarkeit außerordentlich gewachsen. Die Ehedefinition des Fürsten Talleyrand: »Deux mauvaises humeurs pendant le jour et deux mauvaises odeurs pendant la nuit«, dürfte auf viel Verständnis stoßen. Darum: getrennte Schlafzimmer (während noch kürzlich die patriarchalische Zweischläfrigkeit Zubehör einer guten, einer richtigen Ehe schien), selbständige, auseinandergehende Interessenbetätigung und Berufsübung, Verringerung der Reibungs- und Reizungsmöglichkeiten. Trotzdem das Beben namenloser Ungeduld in den Stimmen von Ehegatten, selbst in Gesellschaft – ein Ausdruck, der jeden Augenblick eine beschämende Explosion angestauter Mengen von Nervenqual und verzweifelter Gereiztheit gewärtigen läßt. Strindbergsche Erinnerungen melden sich bei nur leichter Beobachtung der meisten Ehen – infernalische Erinnerungen. Wirklich kann man, bei einigem »bösen Blick«, sehr leicht den Eindruck gewinnen, daß heute 90 % aller Ehen unglücklich sind – vorausgesetzt, daß prozentuale Berechnungen oder auch nur Vermutungen und Überschläge erlaubt und möglich sind im Hinblick auf so relative und fließende Begriffe wie Glück und Unglück.

Warum wird bei alledem von der institutionellen Möglichkeit der Scheidung, der gesellschaftlich kaum noch etwas Skandalöses anhaftet, nicht viel ausgiebiger, als in der Tat, Gebrauch gemacht? Warum *halten* trotzdem so viel mehr Ehen, als geschieden werden, – die große Überzahl tatsächlich, fast alle, kann man sagen? Sucht man die Gründe dafür, so geht das Banalste ins Höchste über. Selbst in schlimmen Fällen verbinden sich praktische Schwierigkeiten mit menschlicher Beharrungsträgheit, den Entschluß zur Trennung und selbst den Gedanken daran niederzuhalten – jener Trägheit, von der Novalis sagt, daß sie es sei, die »uns an peinliche Zustände kette«. Aber in dies natürliche Beharrungsvermögen mischt sich bereits etwas Tieferes, Seelischeres und Sittlicheres, etwas von der Pietät, die Hegel nennt: die noch triviale »Gewöhnung« mag den Übergang bilden; sie ist ja nichts weiter als eingefleischte Schicksalsgemeinschaft, Lebensverbundenheit, auch durch die Kinder, sie wird Pietät, wird selbst in glaubenslosen Zeiten zum mehr oder weniger bewußten, disziplinierenden Gefühl von dem sakramentalen Charakter der Ehe als »gründender Liebe«. Selbst in schlimmen Fällen, wie gesagt, und wieviel mehr in den glücklicheren, macht jene Vergeistigung und jenes Selbstbewußtwerden der Gemeinschaft sich geltend, von der Hegel einmal spricht, und die über die bloße Geschlechtsgemeinschaft weit hinausreicht, sie zu irgendeinem Zeitpunkt ja immer hinter sich läßt. Wäre die Ehe nichts weiter, als was Immanuel Kant sie greulich junggesellenhaft definiert, nämlich »die Verbindung zweier Personen verschiedenen Geschlechtes zum lebenswierigen wechselseitigen Besitz ihrer Geschlechtseigenschaften«, sie hätte die individuelle und institutionelle Widerstandsfähigkeit nie erwiesen, die zu erweisen unsere Tage ihr so reichlich Gelegenheit geben. Solche Bestimmungen legen die Sentenz nahe, daß das eigentlich Brutale das Abstrakte ist. Feiner, wissender, menschlicher sind diejenigen Hegels – von all der Vorsicht beherrscht, die vor einem so intimen, vielfältigen und pietätsbedürftigen Gegenstand am Platze ist. Hegel ist zart genug, die Ehe kaum als ein Rechtsverhältnis zu betrachten, solange sie währt. Das Recht in der Ehe, sagt er, trete überhaupt erst hervor, wenn die Familie in der Auflösung begriffen sei und ihre Glieder wieder selbständig würden. Nach einem Hauptzweck des Verhältnisses zu fragen, lehnt er gleichfalls ab. Er sieht in ihm ein eigentümlich Ganzes, dessen Sinn durch das Wegfallen eines oder des anderen seiner möglichen Zwecke nicht beeinträchtigt werde. Das eheliche Verhältnis, meint er, könne sich »in der gegenseitigen Liebe und Beihilfe allein erschöpfen«. Auch ist ja klar, daß dies bei betagten Eheleuten immer der Fall ist, und daß, wenn das Verhältnis auf dem Geschlechtsverkehr allein beruhte, die Ehe als solche zum Zeitpunkt der geschlechtlichen Erkaltung automatisch erlöschen würde – was nicht zu tun doch gerade ihr Sinn ist. Das hindert nicht, daß die fleischliche Gemeinschaft zu ihrem sakramentalen Begriff gehört. Die Ehe ist »gründende Liebe«, das heißt: die geschlechtliche Verbindung wird zur sakramentalen Grundlage einer dauernden, sie überlebenden Lebens- und Schicksalsgemeinschaft. Die geschlechtliche Vermischung der Ehe unterscheidet sich dadurch von jeder anderen, »freien«, daß mit ihr der Gedanke, die Absicht, der Zweck einer solchen Liebesgründung verbunden ist. Nach Kant wäre die Ehe dazu da, den Geschlechtsverkehr zu ermöglichen, und es gibt ja Fälle, wo dies zutrifft, wo die Leidenschaft für eine Frau, welche anders »nicht zu haben« ist, den Mann, der eigentlich viel lieber frei bliebe, bestimmt, sie zu heiraten. Mit einer solchen Ehe möge es glimpflich ablaufen – daß es um ihre sittliche Grundlage nicht zum besten steht, erhellt aus Hegels Satz, daß bei der wahren Ehe der Entschluß zur Verehelichung das Primäre, die individuelle Neigung das Sekundäre sei. Man heiratet eine Frau nicht, um sie zu »besitzen«. Die geschlechtliche Gemeinschaft, zu der die Ehe führt, und die ihre sakramentale Grundlage bildet, ist etwas wesentlich anderes, Vergeistigungsfähigeres als jene, zu deren Erlangung man nicht notwendig zu heiraten brauchte. Dieser Unterschied eben muß es sein, was jene »Gewöhnung«, welche die große Mehrzahl der Ehen bis zum Tode gegen alle individuellen Abträglichkeiten und Erschütterungen bestehen läßt, über den Sinn bloßer Beharrungsträgheit und Resignation erhebt, und was der Ehe als Institution Bestand durch die Zeiten, den Charakter des Menschlich-Ewigen verleiht.

Das Ewig-Menschliche aber ist wandlungsfähig. Es muß und wird sein, es kann nicht untergehen, sondern nur übergehen in neue Lebensformen, nebst allem, was seinesgleichen ist. Sein Unmöglichwerden in der Zeit ist nur Schein; es hat in sich selber die Kräfte, aus denen es sich nach aller Entheiligung neu zu heiligen weiß. Glaubt jemand im Ernst an das Ende des Urphänomens der *Kunst* – welches doch auf die überzeugendste Weise im Begriffe scheint, unmöglich zu werden? Die von Nietzsche initiierte psycho-analytische Durchschauung ihres Trägers, des Künstlertyps; die intellektualistische Auflösung der Kunstformen, die nihilistische Selbstverspottung, die sie durch ihre begabtesten Vertreter üben, so daß nur die Minderbegabten und Rückständigen sie noch ernst zu nehmen scheinen: spricht das alles nicht unmißverständlich für das Ende? Und doch ist auch die Kunst ein Sakrament, ein Geistiges, gegründet im Fleischlichen; sie war und wird sein. So wird auch die Ehe sein und aus den Tiefen des Lebens neue Heiligung zu ziehen wissen. Das Schlimmste und Falscheste aber in allen Stücken ist Restauration. Die Zeit, der vor sich selber graut, ist voll von Restaurationsverlangen, von Velleität der Rückkehr, der Wiedereinsetzung des Alten und Würdigen, der Wiederherstellung zerstörter Heiligkeit. Umsonst, es gibt kein Zurück. Alle Flucht in lebensleer gewordene historische Formen ist Obskurantismus; alles fromme »Verdrängen« der Erkenntnis schafft nur Lüge und Krankheit. Es ist eine falsche, dem Tode zugewandte und im Grunde glaubenslose Frömmigkeit, denn sie glaubt nicht an das Leben und seine unerschöpflichen Heiligungskräfte. Der Weg des Geistes muß überall zu Ende gegangen werden, damit Seele wieder sein könne. Nicht um Verdrängen und Restauration kann es sich handeln, sondern um Einverleibung und Einverseelung der Erkenntnis zur Bildung neuer Würde, Form und Kultur.

[Katia Mann zum siebzigsten Geburtstag]

Meine lieben Freunde,

die Schweiz, unsere Schweiz, von der der unvergleichliche Redner dieses Abends den Namen hat, ist sehr fern dem Matriarchat. Sie ist ein Männerstaat, in dem die Frau nur indirekt mitzureden hat. Der Mann ist *der* Teil eines Ehepaars, der für alles einzustehen hat, von dem amtlich überall der Vortritt gefordert wird. Handelt es sich auch nur um eine notarielle Beglaubigung, und zwar in einer Sache, die in erster Linie die Frau angeht, so hat ihre Unterschrift kein Gewicht. Der ›Eheherr‹ muß heran, muß dabei sein, so gern die Frau ihm das Mitkommen ersparte, muß schwören und schreiben. Der patriarchalische Eheherr.

So wäre es ganz unschweizerisch, wenn nun unser Geburtstagskind aufstände, um Richard Schweizer für seine herzgewinnende Festrede zu danken, zu danken Ihnen allen, unseren Schweizer Freunden, für alles, was Sie ihr an ihrem hohen Tage Liebes erweisen, für die Idee dieses Abends und ihre reizende Verwirklichung. Das, wie gesagt, wäre gegen den Geist des Landes. Der ›Eheherr‹ muß eintreten. Oder soll ich sagen *darf*? Er tut es nämlich sehr gern, da sein eigenes Herz voll ist von der Erkenntlichkeit und Rührung und Genugtuung darüber, daß wir diesen Tag in *Zürich* begehen, einem Ort, traut uns beiden, der lieben Frau hier und mir: sie teilt die Anhänglichkeit an Zürich mit mir, wie sie alles mit mir teilt. »Angefangen an trautem Ort« schrieb ich ihr einst in ihr Exemplar von ›Lotte in Weimar‹ –

Angefangen an trautem Ort –
Schrieb in der Fremde daran fort.
Einmal fehlt' ich, macht's einmal gut –
Es wurde fertig in Deiner Hut.

Bleibe Du mir auf dieser Erden,
So soll alles fertig werden!

Verzeihen Sie das Selbstzitat, aber es ist in diese Privatverslein eines Prosaikers so vieles eingeschlossen und versiegelt an Gefühl für das Traute und für die Traute, die Märchenbraut von einst, die nun in ihrer heiteren Alterswürde neben dem Alten sitzt, dem verwegenen Freier von einst.

»Doch ich zuvor schon hatte dich gesehen«, klingt es im ›Lohengrin‹. Ich hatte sie gesehen, lange bevor ich sie sah, als halber Junge schon, als Schüler im fernen alten Lübeck. Wer noch einen Teil des neunzehnten Jahrhunderts miterlebt hat, erinnert sich, daß damals die Malerei in der angenehmen Verfassung war, von Zeit zu Zeit ein Bild hervorzubringen, das das sensationelle Entzücken der ganzen bürgerlichen Gesellschaft erregte. So ein Bild, so ein Treffer ins Herz des bürgerlichen Geschmacks wanderte von Stadt zu Stadt, und jeder wollte es sehen. Von wem war das drollig gewinnende, hundertfach reproduzierte Gemälde, das ›Ein Geheimnis‹ hieß und ein Kinderpärchen zeigte, Bub und Mädchen, die einander etwas ins Ohr flüsterten? Ich weiß es nicht mehr. Ebensowenig weiß ich noch, wer die tragische Leinwand geschaffen hatte, die damals unter allgemeiner Ergriffenheit die Runde machte und auf der ein verzweifeltes Liebespaar dargestellt war, höchst elegant, der Herr im Frack, die Dame in Balltoilette – mit einem Strick hatten sich die feinen Unglücklichen zusammengebunden und waren im Begriff, sich von einem Felsen ins Wasser zu stürzen. Es gab mehr solcher ausgreifender Erfolge der Malkunst, und einen der besseren Art trug weiland Exzellenz von Kaulbach in München davon mit einem Bild, das ›Kinderkarneval‹ hieß und auf dem besten Niveau eines schon bestrittenen Kunstbegriffs fünf schwarzlockige Kinder mit Elfenbeinteint in Pierrot-Kostümen, spitze Mützen auf den Köpfen, in einer Reihe nebeneinander abschilderte, vier Jungen und ein großäugiges, süßes Mädchen am Ende, vermutlich das Zwillingsgeschwister des beinahe ebenso hübschen, spitzbübisch melancholisch blickenden kleinen Burschen neben ihr. Das in seiner Art meisterhafte Gemälde, entzückend durch seinen Gegenstand, machte Furore, daß es nicht zu sagen ist. Es wurde zur öffentlichen Herzenssache. Man sah es überall, wiedergegeben auf allen möglichen Gegenständen. Es gab Papierservietten – ich glaube, sie waren von Rußland gekommen –, auf denen der ›Kinderkarneval‹ abgedruckt war.

Der Sekundaner in Lübeck sah eine große Reproduktion davon in einer illustrierten Zeitschrift und fand sie so liebens- und anschauenswert, daß er sie herauslöste und mit Reißnägeln über seinem Schüler-Schreibtisch befestigte. Wie der Künstler zu seinem Sujet gekommen, ob es seinem eigenen Kopfe entsprungen war oder ob er nach einer Wirklichkeit gearbeitet hatte, fragte ich mich sowenig wie andere Leute. Es waren aber die Kinder des Münchener Mathematikprofessors Pringsheim, die die Maler-Exzellenz auf einem Faschingsfest – wahrscheinlich im prächtigen Elternhause – in diesen Kostümen mit so viel Vergnügen gesehen, daß er sich ihre Porträtierung ausgebeten hatte. Und so habe ich meine zukünftige Frau schon als Schuljunge, in ahnungslosem Wohlgefallen, dauernd vor Augen gehabt, – die nun Siebzigjährige, die seit achtundvierzig Jahren, bald seit einem halben Jahrhundert, das Leben mit mir teilt.

Mit mir – das Leben. Wußte die Mädchenblüte von damals, was sie tat, als sie in das Werben des jungen Menschen willigte, der dabei auf nichts fußte als auf seiner Liebe und auf der überraschten und überraschenden Teilnahme, die ein glücklicher, in scheuer Einsamkeit von ihm vollendeter Erstlingsroman gefunden? Das ›Lied von der Glocke‹ singt gar klassisch von dem Mann, der hinaus muß ins feindliche Leben, muß wirken und streben und pflanzen und schaffen, muß wetten und wagen, das Glück zu erjagen. Und dann singt es ebenso kanonisch von der züchtigen Hausfrau, die still im Inneren waltet und um die schnurrende Spindel den Faden dreht. Aber unter Umständen ist das ja alles Unsinn. Wenn der Mann ein Schriftsteller, ein Dichter, ein Künstler und Träumer ist, so liegt das »feindliche Leben«, in das er hinaus muß, im Geistigen. Da liegen seine Abenteuer, da bewährt sich, wir wollen es hoffen, sein Mut, seine Kraft, da wirkt und strebt und pflanzt und schafft er, und auf die wirkliche Wirklichkeit, wo hart im Raume sich die Sachen stoßen und wo man sich mit den Menschen herumstößt, versteht sein Träumersinn sich schlecht. Wer in diese »feindliche Welt« hinaus muß, sich darin tummeln, mit Menschen umgehen und handeln und das Geld, das der Mann nur mit seinen Sonderbarkeiten zu verdienen braucht, *ausgeben* muß, um das äußere Leben aufrechtzuhalten und dabei des Träumers Wirken und Wagen liebevoll abzuschirmen gegen das Störende, Praktische, Geschäftliche, das ihn erschöpfen und für *seinen* Lebenskampf untauglich machen würde: wem diese Rolle zufällt, das ist die Frau, – *das war* diese Frau ein langes Leben lang, und wahrhaftig, es war nicht immer ein Auto für sie da, um sich darin zu tummeln im Wirklichen: in strengen, mageren Kriegs- und Nachkriegsjahren war es bloß ein Fahrrad, worauf sie herumfuhr in einer Windjacke zur Winterszeit, – da glitt sie aus auf vereister Trambahnschiene und brach sich den Knöchel.

Es gibt ja Frauen, die ganz Gattin, und solche, die ganz Mutter sind, deren Gedanken ganz dem Mann oder ganz den Kindern gehören, oder deren Liebeskraft doch ungleich verteilt ist zwischen ihm und ihnen. Das starke Herz dieser Frau, das Herz eines *ganzen* Menschen, schlug nie so verschieden. In ihrer Natur vereinigte sie beide Typen, sie war Mutter so ganz wie sie ganz Gattin war, und um nichts überwog *eine* Liebessorge die *andere.* Da sitzt sie und tippt die Stenogramme meiner Briefdiktate, kontrolliert Verleger-Abrechnungen, arbeitet Steuererklärungen aus und schreibt zwischenein lange mütterlich beratende Briefe an entfernte Kinder. Da wehrt sie den Besuchern und lehrt sie rechtzeitig wieder zu gehen. Von tausend Geschäften belastet und überlastet, ist ihr heller Geist noch wach zu erregter Teilnahme am öffentlichen Leben, den Weltereignissen. Da schilt sie. Da empört sich ihre Redlichkeit über die Bübereien der Politik, die Lüge, den Unsinn, die Heuchelei, das vom Interesse korrumpierte Denken. Da beklagt sie sich übers Niederträchtige, über das man sich doch nicht beklagen soll, da es das Mächtige ist, was man dir auch sage. Nie wird sie sich damit abfinden, so beschwichtigend man ihr zuredet: »Was wunderst du dich?«

Ihr energisch geschwindes Temperament heißt *Ungeduld*, Ungeduld mit der Trägheit, der störrischen Langsamkeit von Welt und Menschen, dem Zeitverderb, den all die Lahmheit ihrer Raschheit zumutet. *Und welche Geduld* hat sie lernen müssen, hat sie heldenhaft geübt als meine Gefährtin, die mit mir meine Arbeit trug! Diese schrecklichen Romane, in denen immer etwas Unmögliches möglich gemacht werden mußte, deren Entstehung sich in täglich webendem Bedacht hinschleppte durch Jahre und Jahre, mit ihren Einschaltungen, die ihrerseits Jahre verschlangen – wie oft hat sie seufzen müssen: »Nein, ich erlebe es nicht!« Von Zeit zu Zeit, von langer Zeit zu langer Zeit, hat sie's doch erlebt, das Finis, und dann gab es manchmal Feste, gab es Ehren. Es ist ja wahr: ich habe viele Ehren empfangen in meinem Leben, mangelhaft verdient für mein Gefühl, – meine Skepsis, die diesem Leben immer das Motto setzte: »Thou com'st in such a questionable shape«, sie hat sich der Kränze nie recht herzlich freuen können. Aber *für sie* haben sie mich gefreut, weil sie sie freuten, weil sie sie kindlich stolz machten und dadurch mein Gewissen entlasteten; zu ihren Füßen habe ich sie alle niedergelegt in sonst nicht auszusprechender Dankbarkeit für ihr unerschütterliches Ausharren, bei der Langsamkeit meines Lebens, für die heldenhafte Geduld, zu der Liebe und Treue ihre natürliche Ungeduld anhielten.

»Bleibe du mir auf dieser Erden, – so soll alles fertig werden!« – Nun, es ist einiges fertig geworden und wird – vielleicht – in ihrer Hut noch fertig werden. Aber alles? Das gibt es nicht. Wir gehen alle dahin als hoffnungslose Schuldner des Unendlichen. »And my ending is despair«, sagt Prospero, Shakespeare's Zauberer. Wenn dann die Schatten sich senken und all das Verfehlte und Ungeschehene und Ungetane mich ängstet, dann gebe der Himmel, daß sie bei mir sitzt, Hand in Hand mit mir, und mich tröstet, wie sie mich hundertmal getröstet und aufgerichtet hat in Lebens- und Arbeitskrisen, und zu mir sagt: »Laß gut sein, du bist ganz brav gewesen, hast getan, was du konntest.«

Der dunkle Engel, der die Hände löst und jeden ins Alleinsein mit seinem Nichtsein weist, – hat er wirklich in jedem Falle Gebot und

Macht, so zu tun? Ich glaube es nicht. Gerade diese Tage ihres Altersfestes, und was ihr an Dank, Bewunderung, Ehrerbietung dabei zuströmt, läßt mich gläubig zweifeln an des Engels Vermögen. Was so gewesen ist, dem bleibt das Sein. Wir werden zusammenbleiben, Hand in Hand, auch im Schattenreich. Wenn irgendein Nachleben mir, der Essenz meines Seins, meinem Werk beschieden ist, so wird sie mit mir leben, mir zur Seite. Solange Menschen meiner gedenken, wird ihrer gedacht sein. Die Nachwelt, hat sie ein gutes Wort für mich, ihr zugleich wird es gelten, zum Lohn ihrer Lebendigkeit, ihrer aktiven Treue, unendlichen Geduld und Tapferkeit.

– Nun habe ich auch eine Rede gehalten auf meine Frau. Und ich hätte doch eine halten sollen auf Richard Schweizer und Freund Motschan und Emmie Oprecht und auf die Schweiz und alle Schweizer Freunde, die anwesenden und die, für die der Raum nicht reichte. Es war auch nicht anders gemeint. Es war nur so gemeint, daß, wie es sich gehört, der patriarchalische ›Eheherr‹ vorträte und im Namen der unmündigen Jubilarin in aller Form, in aller Herzlichkeit Dank und abermals Dank sage für das liebe Geschenk dieses Abends.

Nachweise und Anmerkungen

(Titel und Überschriften, die nicht von Thomas Mann stammen, stehen in eckiger Klammer.)

Erzählungen

Tonio Kröger
Erstdruck der Novelle in *Neue Deutsche Rundschau.* Februar 1903. Jg. 14, H. 2, S. 113–151.

Schwere Stunde
Erstdruck der Novelle in *Simplicissimus.* 9. Mai 1905. Jg. 10, Nr. 6 (Schiller-Nummer), S. 62f.

Mario und der Zauberer. Ein tragisches Reiseerlebnis
Erstdruck der Novelle in *Velhagen und Klasings Monatshefte.* April 1930. Jg. 44, H. 8, S. 113–136.

Aus den Romanen

Buddenbrooks. Verfall einer Familie. Roman
Erstdruck: Berlin: S. Fischer Verlag 1901. Auszug: Vierter Teil, 3. Kapitel.

Der Zauberberg. Roman
Erstdruck: Berlin: S. Fischer Verlag 1924. Auszug: Abschnitt *Analyse* aus dem Vierten Kapitel.

Joseph in Ägypten. Roman
Erstdruck des dritten Teils der Tetralogie *Joseph und seine Brüder*: Wien: Bermann-Fischer Verlag 1936. Auszug: *Siebentes Hauptstück: Die Grube*, Kapitel *Die Damengesellschaft.*

Doktor Faustus
Das Leben des deutschen Tonsetzers Adrian Leverkühn, erzählt von einem Freunde. Roman
Erstdruck: Stockholm: Bermann-Fischer Verlag 1947. Auszug: Beginn des VIII. Kapitels.

Bekenntnisse des Hochstaplers Felix Krull
Der Memoiren erster Teil. Roman
Erstdruck: Frankfurt / Main: S. Fischer Verlag 1954. Auszug: Zweites Buch, Fünftes Kapitel.

Druckvorlagen: Alle Erzählungen und die Auszüge aus den Romanen sind den im Fischer Taschenbuch Verlag erschienenen Werken entnommen.

Vermischtes

Im Spiegel
In *Das literarische Echo* vom 15. Dezember 1907 als 27. Beitrag der Rubrik »Im Spiegel«. – Druckvorlage: *Große kommentierte Frankfurter Ausgabe*, Band 14.1: Essays I, 1893–1914. Hg. v. Heinrich Detering unter Mitarbeit von Stephan Stachorski. Frankfurt / Main 2002, S. 181–184.

[Meine Arbeitsweise]
Antwort auf eine redaktionelle Rundfrage der Zeitschrift *Uhu* (abgedruckt in Heft 1, Februar 1925). – Druckvorlage: *Große kommentierte Frankfurter Ausgabe*, Band 15.1: Essays II, 1914–1926. Hg. v. Hermann Kurzke unter Mitarbeit von Joëlle Stoupy, Jörn Bender und Stephan Stachorski. Frankfurt / Main 2002, S. 807 f.

Zur jüdischen Frage
Essay in Briefform an den Herausgeber des *Neuen Merkur*, Efraim Frisch; entstanden im September und Oktober 1921. Thomas Mann zog den Aufsatz während der Korrekturarbeiten zurück. Am 15. 1. 1966 wurde der Text zum ersten Mal in der *Frankfurter Allgemeinen Zeitung* (Beilage *Bilder und Zeiten*) veröffentlicht. – Druckvorlage: *Große kommentierte Frankfurter Ausgabe*, Band 15.1: Essays II, 1914–1926, S. 427–438.

Zu Wagners Verteidigung
Unter dem Titel *In Defense of Wagner. A Letter on the German Culture that Produced both Wagner and Hitler* erschienen in der amerikanischen Zeitschrift *Common Sense* (Januar 1940). Der Brief-Essay wendet sich an Alfred M. Bingham, den Herausgeber des *Common Sense*. – Druckvorlage: *Im Schatten Wagners. Thomas Mann über Richard Wagner. Texte und Zeugnisse 1895–1955.* Ausgewählt, kommentiert und mit einem Essay v. Hans Rudolf Vaget. Frankfurt / Main 1999, S. 178–185.

Bruder Hitler

Der ab Frühjahr 1938 entstandene Essay wurde zuerst auf Englisch in der Chicagoer Zeitschrift *Esquire* (3. März 1939) unter dem Titel *That Man is my Brother* publiziert. Der deutsche Erstdruck erfolgte kurze Zeit später in *Das Neue Tage-Buch* (25. März 1939). – Druckvorlage: *Achtung, Europa!* Essays, Bd. 4, 1933–1938. Hg. v. Hermann Kurzke u. Stephan Stachorski. Frankfurt/Main 1995, S. 305–312.

Tagebuch-Einträge von April und Mai 1945

Druckvorlage und Anmerkungen (Ausz.): *Tagebücher 1944–1. 4. 1946*. Hg. v. Inge Jens. 2. Aufl. Frankfurt/Main 1986, S. 193–204.

Eintrag v. 25. 4. 1945

Pacif. Palis.: Pacific Palisades, Los Angeles, in Kalifornien; Thomas Manns Wohnort von 1941–1952.

Meyer: Die Publizistin Agnes E. Meyer (1887–1970), wichtigste Förderin und zentrale Briefpartnerin Thomas Manns in Amerika.

Konferenz von San Francisco: UNO-Gründungskonferenz.

Ein deutscher General: Appell über Radio an Generalfeldmarschall Keitel, den Krieg angesichts der alliierten Überlegenheit sofort zu beenden.

Eintrag v. 1. 5. 1945

Mr. Morris: Boris Morros, Filmproduzent und Musiker.

von Döniz: Der deutsche Großadmiral Karl Dönitz verkündete 24 Stunden nach Hitlers Selbstmord am Abend des 1. Mai über den Rundfunk, »der Führer« sei »im Kampf gegen die bolschewistische Sturmflut« gefallen.

Eintrag v. 2. 5. 1945

Artikel: *Die Lager.*

James Agee: (1909–1955), amerikanischer Drehbuchautor und Filmkritiker für die *Nation.*

Eintrag v. 7. 5. 1945

Schwerin Krosigk und [?]: Die Namen Admiral Hans-Georg von Friedeburg und Generaloberst Alfred Jodl fehlen im Manuskript.

Gratulanten: Thomas Mann feierte am 6. Juni 1945 seinen siebzigsten Geburtstag.

Kerényi: Karl Kerényi (1897–1973), ungarischer Philosoph und Religionswissenschaftler.

Monty Jacobs: (1875–1945) Deutscher Schriftsteller und Kritiker, seit 1938 im Exil.

Londoner [Konzertsaal]: Feier am 3. 6. 1945 anlässlich des siebzigsten Geburtstags.

Elmer Davis: (1890–1958), Rundfunkjournalist und Nachrichtenkommentator.

Knopf: Alfred A. Knopf (1894–1966), amerikanischer Verleger, der seit 1924 Thomas Manns Werk betreut.

Döniz und Jodl: Karl Dönitz gehörte mit Johann Ludwig Graf Schwerin-Krosigk zur deutschen Übergangsregierung, die die Kapitulationsverhandlungen mit den Alliierten abwickelte. Alfred Jodl war Chef des Wehrmachtsführungsstabes und strategischer Berater Hitlers.

Eintrag v. 11. 5. 1945

Mr. Bekessy: Der Journalist und Zeitungsverleger Imre Békessy (1896–1951).

Ansprachen: *Deutsche Hörer! 55 Radiosendungen nach Deutschland.* Zweite, erweiterte Ausgabe. Stockholm: Bermann-Fischer Verlag 1945.

Child Harold: Hector Berlioz: *Harold in Italien*, op. 16 (1834); Programmmusik nach Lord Byrons *Childe Harold's Pilgrimage.*

Ankündigungen: Forderung seitens der Alliierten nach einem internationalen Kriegstribunal.

Eva Herrmann: (1901–1978), Zeichnerin; langjährige Freundin von Erika und Klaus Mann.

Brief an Erich von Kahler vom 1. Mai 1945

Druckvorlage: Thomas Mann – Erich von Kahler: Briefwechsel 1931–1955. Hg. u. komm. v. Michael Assmann. Hamburg 1993, S. 79f.

Thomas Mann kannte den Historiker, Philosophen und Schriftsteller Erich von Kahler (1885–1970) bereits aus München, eine freundschaftliche Beziehung entwickelte sich allerdings erst in der Exilzeit.

den Vortrag: *Deutschland und die Deutschen* (1945).

Bronislav Hubermann: (1882–1947), polnischer Geiger.

das Manuskript: Erste Teile des *Doktor Faustus.*

Die Lowe: Helen Lowe-Porter (1877–1963), Übersetzerin des Mann'schen Werks ins Englische.

P. M.: *P. M. Weekly*, New Yorker Wochenzeitung.

Die Lager

Rundfunkbotschaft vom 8. Mai 1945 aus Santa Monica, Kalifornien. Unter dem Titel *Thomas Mann über die deutsche Schuld* publiziert in *Bayerische Landeszeitung. Nachrichtenblatt der Alliierten 6. Heeresgruppe für die deutsche Zivilbevölkerung*, München, 18. 5. 1945. – Druckvorlage: *Gesammelte Werke in dreizehn Bänden*, Bd. XII. Frankfurt/Main 1974, S. 951ff.

Deutsche Hörer!
Auf Einladung der BBC, London, hat Thomas Mann ab Oktober 1940 insgesamt 58 Rundfunkansprachen an die Deutschen gehalten. Die ersten 25 Radiosendungen erschienen 1942 gesammelt in Buchform beim Bermann-Fischer Verlag in Stockholm. Die zweite, erweiterte Ausgabe erschien 1945 mit 55 Radiosendungen. – Druckvorlage: *Deutsche Hörer! Radiosendungen nach Deutschland aus den Jahren 1940–1945.* 3. Aufl. Frankfurt / Main 2001, S. 150ff.

Warum ich nicht nach Deutschland zurückgehe
Der Schriftsteller Walter von Molo hat nach der Lektüre von Thomas Manns Artikel *Die Lager* den Autor in einem Offenen Brief um die Rückkehr nach Deutschland gebeten. In einem privaten Brief wiederholt Molo die Bitte kurze Zeit später. Thomas Manns Antwort erschien am 28. September 1945 in der New Yorker Zeitschrift *Aufbau* und wurde über das Office of War Information weltweit verbreitet. – Druckvorlage: *Meine Zeit.* Essays, Bd. 6, 1945–1955. Hg. v. Hermann Kurzke u. Stephan Stachorski. Frankfurt / Main 1997, S. 33–42.

Die Ehe im Übergang
Der Kulturphilosoph Hermann Graf Keyserling bat mehrere berühmte Zeitgenossen um Stellungnahmen für sein *Ehe-Buch*, das 1925 im Kampmann-Verlag in Celle erschien. – Druckvorlage: *Große kommentierte Frankfurter Ausgabe*, Bd. 15.1: Essays II, 1914–1926, S. 1026–1044.

[Katia Mann zum siebzigsten Geburtstag]
Rede, gehalten am Abend des 24. Juli 1953 bei einem Festessen der Zürcher Freunde. Gedruckt erschien die Rede zuerst im Band *Nachlese. Prosa 1950–1955* im Rahmen der Stockholmer Gesamtausgabe der Werke (Berlin / Frankfurt / Main 1956). – Druckvorlage: *Gesammelte Werke in dreizehn Bänden*, Bd. XI. Frankfurt / Main 1974, S. 521–526.

Thomas Mann

Buddenbrooks
Verfall einer Familie
Roman
Band 9431

Königliche Hoheit
Roman
Band 9430

Der Zauberberg
Roman
Band 9433

Joseph und seine Brüder
Roman
I. Die Geschichten Jaakobs
Band 9435
II. Der junge Joseph
Band 9436
III. Joseph in Ägypten
Band 9437
IV. Joseph, der Ernährer
Band 9438

Lotte in Weimar
Roman
Band 9432

Doktor Faustus
Das Leben des deutschen
Tonsetzers
Adrian Leverkühn,
erzählt von einem Freunde
Roman
Band 9428

Der Erwählte
Roman
Band 9426

**Bekenntnisse des
Hochstaplers Felix Krull**
Der Memoiren erster Teil
Band 9429

Fischer Taschenbuch Verlag

fi 555 042 / 1